方卫平学术文存

第九卷

童年与童年的文化

方卫平 著

山东教育出版社

图书在版编目（CIP）数据

童年与童年的文化 / 方卫平著 . — 济南 : 山东教育出版社 , 2021.7
（方卫平学术文存；第九卷）
ISBN 978-7-5701-1774-1

Ⅰ . ①童… Ⅱ . ①方… Ⅲ . ①儿童文学－文学研究
Ⅳ . ① I058

中国版本图书馆 CIP 数据核字 (2021) 第 129657 号

方卫平学术文存　　第九卷
童年与童年的文化　　方卫平　著
TONGNIAN YU TONGNIAN DE WENHUA

责任编辑：杜　聪
责任校对：赵一玮
美术编辑：蔡　璇
装帧设计：王承利　王耕雨

主管单位：山东出版传媒股份有限公司
出 版 人：刘东杰
出版发行：山东教育出版社
地址：济南市市中区二环南路 2066 号 4 区 1 号
邮编：250003
电话：(0531)82092660
网址：www.sjs.com.cn
印刷：山东临沂新华印刷物流集团有限责任公司
开本：710 mm × 1000 mm　1/16
印张：30.5
字数：365 千
版次：2021 年 7 月第 1 版
印次：2021 年 7 月第 1 次印刷
印数：1—1000
定价：288.00 元

（如印装质量有问题，请与印刷厂联系调换，电话：0539－2925659）

作者简介

方卫平，祖籍湖南省湘潭县，1961年8月出生于浙江省温州市；1977年考入宁波师范学院中文系读本科，1984年考入浙江师范大学中文系读研究生，毕业后留校工作至今。1988年任讲师，1994年由讲师晋升为教授。曾任浙江师范大学中文系副主任、儿童文化研究院院长、儿童文学研究所所长、儿童文学系主任等。

现为浙江师范大学二级教授、博士生导师，中国作家协会儿童文学委员会副主任，浙江省作家协会副主席，意大利马切拉塔大学《教育史与儿童文献》杂志国际学术委员，鲁东大学兼职教授。

主要从事儿童文学、儿童文化研究与评论，出版个人著作多种；在中国、美国、意大利、德国、日本、韩国、马来西亚发表论文和评论文章数百篇，论文曾被《新华文摘》、《中国社会科学文摘》、中国人民大学《复印报刊资料》等转载或摘介。

主编有"中国儿童文化研究年度报告"系列、"中国儿童文学大系"（增补卷10卷）、"当代西方儿童文学理论译丛"、"国际安徒生奖大奖书系"、"中国儿童文学名家论集"、"第六代儿童文学批评家论丛"；选评有"方卫平精选儿童文学读本"、"方卫平精选少年文学读本"、"中国儿童文学分级读本"；主编学术丛刊《中国儿童文化》，合作主编《新语文读本·小学卷》等。

1. 2007 年 9 月 27 日，在意大利马切拉塔大学出席"国际学校练习本论坛"，在会议上宣读论文《媒介中的课艺：一个变革时代的文化现象及其历史解读》

2. 2008 年 10 月 22 日，在浙江师范大学主持"媒介与儿童文化"国际高峰论坛闭幕式

3. 2009 年 5 月 12 日，在金华主持浙江师范大学儿童文化研究院与加拿大多伦多大学儿童研究所联合主办的"儿童发展与教育"国际高峰论坛开幕式

1. 2010 年 10 月 16 日，在浙江师范大学图文信息中心主持第十届亚洲儿童文学大会开幕式

2. 2012 年 4 月 1 日，应中国国家图书馆和丰子恺儿童图画书奖组委会邀请，在北京市五一小学做公益讲座后与部分小读者合影

3. 2017 年 4 月 29 日，与王尚文先生在研讨会上

4. 2017 年 11 月 9 日，应广西教育出版社邀请参加进校园活动时与小读者合影

1．2019年7月6日在深圳宝安图书馆做报告，
会后，与听众交流、合影

2．2019年3月19日在浙江省金华市湖海塘
小学与孩子们一起分享《童诗三百首》

3．2019年9月20日，在云南省临沧市沧源
佤族自治县翁丁小学与佤族孩子们交谈

4．有趣的儿童文学，让孩子们听得入迷

目录

文 化 ───────────────

《2007 中国儿童文化研究年度报告》前言

这是一部旨在为中国儿童文化研究领域逐年留下思想印痕和学术成果、具有文化积累性质的大型资料集、可供检索的专业工具书，同时也可视为一部力求表明选编者的理论观察、批评立场和思考、建设性意见的年度学术报告和蓝皮书。我们期望以专业的精神和持续的努力，为中国儿童文化研究留下一份具有历史价值的文献索引和学术档案。

英国人类学家爱德华·泰勒在 1871 年首次将文化定义为"包括知识、信仰、艺术、法律、道德、风俗以及作为一个社会成员所获得的能力与习惯的复杂整体"。此后，有关文化的各种定义层出不穷。早在 1952 年，美国人类学家克罗伯 (A.L.Kroeber) 和克拉克洪 (C.Kluckhohn) 合写了一本专门研究"文化"这一概念的论著，名为《文化：关于概念和定义的探讨》，列举了他们所能搜集到的 1871 年到 1951 年 80 年间关于"文化"的定义共 161 个。这一史实已经成为文化史研究中人们耳熟能详的一则掌故。长久以来，人们在使用"文化"这一概念时，其内涵、外延往往存在着很大的差异，但是有一点认识却基本相同，即文化研究者们通常都认为，文化有广义与狭义之分。广义的"文化"，着眼于人类与人类以外的自然生命体、人类社会与自然界的本质区别，着眼于人类在自然万物中的独特的生存方式，其外延包罗万象，所以又称作"大文化"(Culture with a big C)。广义的"文化"从人之所以为人的意义上立论，认为正是文化的出现"将动物的人变为创造的人、组织的人、思想的人、说话的人以及计划的人"，因而将人类社会——历史生活的全部内容统统摄入"文化"的定义域。而狭义的"文化"则排除了人类社会——历史生活中关于物质创造活动及其结果的部分，专注于精神创造活动及其结果，所以又被称作"小文化"(culture with a small c)。《辞海》(1989年版)对"文化"一词的广义和狭义之分做了简洁的概括："广义指人类社会历史实践过程中所创造的物质财富和精神财富的总和。狭义指社会的意识形态，以及与此相适应的制度和组织机构。"

与"文化"定义的某种不确定性一样，"儿童文化"这一概念也可以有不同的定义和概括。一般说来，儿童文化是指人类历史文化发展进程中，围绕儿童及其生存、教育、成长等所创造、积累和建构起来的精神生活与物质生活的总和。换句话说，儿童文化包括了儿童内隐的精神生活和外显的日常生活。当然，无论是儿童内隐的精神生活还是外显的日常生活，从历史上看，都可能处处被打上成人权力介入的历史印痕——或者是无视儿童独立价值和地位的文化暴力印记，或者是发现儿童、尊重儿童甚至崇拜儿童的文化诗意印记。

儿童与儿童文化研究作为一个相对独立的思想和研究领域，在人类文化与学术史上留下过一段久远的历史和记忆。在中国，早在春秋战国时代，老子就认为，圣人治天下，就要一切任其自然，使百姓"复归于婴儿"。在老子那里，婴儿无知无欲，天真纯朴，以柔弱为用，不与人争雄。所以，他常常以婴儿比喻得道者的神态情状，所谓"专气致柔，如能婴儿乎"，"为天下谿，常德不离，复归于婴儿"，"含德之厚，比于赤子"即是。《庄子·大宗师》中，闻道者可以面色如孩童，透露出庄子对童年状态的推崇。在西方，从夸美纽斯、洛克、卢梭，到荷尔德林、霍尔、杜威、蒙台梭利、皮亚杰等，不同时代不同国度的人们，也曾经以各自的思想和表达方式，留下了一连串对当时以及后来的儿童与儿童文化领域产生过重要乃至巨大影响的思想成果和著作。

当然，我们知道，儿童与儿童文化研究作为一门学科的历史，其自觉的学术和历史建构，则要晚许多。例如，19 世纪后半叶到 20 世纪初，在美国，以斯坦利·霍尔为首的一批心理学家和教育家发起过一场声势浩大的儿童研究运动；同时，还出现了伊利诺斯儿童研究学会这样有影响的儿童研究机构。该机构举办儿童研究学术会议，主办《伊利诺斯儿童研究学会会报》，大大推进了儿童研究及其学科建设在美国的发展。进入 20 世纪之后，儿童与儿童文化研究的学术制度建设在世界范围内得到了更为系统全面的推进。例如：1953 年，国际儿童读物联盟 (IBBY) 在瑞士苏黎世成立；1982 年，在挪威成立了儿童研究中心，该中心出版了广有影响的跨学科的儿童研究学术期刊《童年：全球儿童研究》；1993 年成立的"儿童守护国际"，则是包括 45 个国家或国际儿童研究机构的全球儿童跨学科整合研究的网络组织，等等。类似这样的儿童与儿童文化研究机构、组织的成立和刊物的创办，改变了当代儿童与儿童文化研究整体的学科面貌，也大大丰富提升了国际儿童与儿童文化研究的学术水平。

早在"五四"前后，与儿童研究相关的西方教育学、心理学、人类学、儿童学成果开始陆续传入中国，并直接影响、参与了中国现代儿童和儿童文化研究相关领域的学术建设和展开。1916 年，商务印书馆出版了朱元善所编的《儿童研究》（"教育丛书"第 2 集第 4 编）一书。这本薄薄的小册子在谈到何为"儿童研究"时说："以研究成人心理所得法则，应用之于儿童，而以所得儿童心理之知识，确立教育学之客观的基址，是即所谓儿童研究……'儿童研究'一语，亦与儿童心理学略有不同，盖不独研究其心理方面，兼研究其生理方面也。"1921 年，商务印书馆又出版了凌冰编著的《儿童学概论》（"世界丛书"之一）。这已经是一部颇为系统的儿童学理论著作了。全书八篇（章）分别论述了什么叫作儿童学、儿童学的历史、儿童学的方法、儿童学与遗传、儿童身体的发达、儿童各种天性的发达、儿童知力的发达、儿童教育的目的。1925 年，陈鹤琴以自己的亲生孩子为对象，进行了 808 天的跟踪观察、实验，研究儿童身心发展的特点和规律，总结了教育孩子的 101 条原则，于 1925 年出版《儿童心理之研究》和《家庭教育》两部著作，开启了我国现代本土化的儿童心理研究之先河。经过将近一个世纪的学术跋涉，今天，中国的儿童与儿童文化研究已经进入了一个新的历史时期。

当代儿童及其文化生存、发展环境，都已发生了巨大的变化；当代国际儿童与儿童文化研究领域也已经有了丰富的拓展和提升。尤其是进入 21 世纪以来，中国儿童生存和发展的社会文化背景、中国儿童成长所呈现的历史特质和文化容量都向当代儿童文化理论研究者提出了新的课题和挑战。近年来，不同专业、不同学科背景的研究者们从不同的角度，对儿童和儿童文化生存及其发展现实进行了深入、广泛的研究和探索，积累了也许是近代以来中国儿童文化研究领域最为丰富的学术成果。这些拓展和推进，引发了我们对中国当代儿童与儿童文化研究现状更多的关怀与思考。浙江师范大学儿童文化研究院作为以推进中国儿童文化研究事业为己任的学术机构，希望以自己的专业热情和逐渐积累起来的专业眼光、素养，借助"中国儿童文化研究年度报告"这一学术平台，逐年收集、整理、呈现年度中国儿童文化研究的重要成果，并与校内外的儿童文化研究专家携手合作，以前沿观察和学术评析的方式，向当代儿童文化研究界乃至整个学术界报告我们的思考和分析；希望以此来积累中国儿童文化研究的重要成果，共同推进、提升相关学科的整体建设及其学术水平。

《2007 中国儿童文化研究年度报告》在选编时的基本思路是：第一，关注年度儿童文化研究中的重大理论问题研究；第二，关注与当代儿童生活密切相关的新政策、新思潮、新问题的研究；第三，重视多学科研究成果的整合和整体呈现；第四，力求表达选编者和有关专家、研究者的立场与思考。

《2007 中国儿童文化研究年度报告》分为文件报告，学术前沿，热点聚焦，2007 年度中国儿童文化研究论文索引，2007 年度中国儿童文化研究博、硕士论文索引等五个板块。其中"文件报告"板块收录的是该年度有关儿童的法律和重要政府公报、文件等；"学术前沿"板块，从儿童观与儿童研究、儿童法学研究、儿童社会学研究、儿童教育研究、儿童心理研究、儿童文学研究、儿童媒介研究、儿童艺术研究、儿童营养与卫生研究、少儿出版研究等十个方面梳理本年度儿童文化研究的重要理论成果；第三个板块聚焦于留守与流动儿童、青少年网络成瘾、未成年人犯罪、儿童食品与用品安全、中国动漫产业等五个年度热点话题，观照当下儿童生存现状；最后两个板块为资料性的年度儿童文化研究论文索引。

"学术前沿""热点聚焦"是整部年度报告的两个重点学术板块。每一板块中每一方面的研究成果根据编者的通盘考虑，分为"论文选载""学术卡片""研究述评"三个部分。其中，"论文选载"全文收录当年发表的该领域重要学术论文；"学术卡片"系较为重要的学术论文的主要观点摘介；"研究述评"是约请各个相关领域的专家、研究者对该年度特定领域研究现状、进展和存在问题的梳理、分析及建议，"研究述评"部分表明的只是执笔者个人的观察与分析，以供读者了解和参考。

由于儿童文化研究涉及广泛的学科领域，加上编者的经验和学科背景方面的限制，《2007 中国儿童文化研究年度报告》在资料的收集、选择、归类等方面肯定还存在着一些问题，部分研究述评文章也可能存在着某些专业素养、眼光、判断力等方面的缺憾。我们衷心地期待有关专家和读者朋友们的批评、指点，以使从事这项工作的人们能够从中获取继续前行的力量、智慧、素养和信心。

（原载《2007 中国儿童文化研究年度报告》，浙江少年儿童出版社 2008 年 12 月出版）

《2008 中国儿童文化研究年度报告》前言

　　《2007 中国儿童文化研究年度报告》由浙江少年儿童出版社出版后，引起了儿童文化研究领域许多专家和一些媒体的广泛注意和重视。一些相关领域的学者和读者朋友告诉我们说，这是一件富有远见和学术价值的工作，浙江师范大学儿童文化研究院为中国儿童文化研究事业做了一件大好事。《中国文化报》《中华读书报》《文汇读书周报》《出版参考》等许多媒体也纷纷发表了有关报道和评论文章，其中《中华读书报》以《儿童文化研究学科有了文献索引和学术档案》为题，刊载了记者的专题报道。学术界、教育界、新闻界，尤其是儿童文化研究领域专家同行们的关注和评价，给我们的工作提供了重要的精神支持和鼓励。

　　正如我在《2007 中国儿童文化研究年度报告》"前言"中所说的那样，这是一部旨在为中国儿童文化研究领域逐年留下思想印痕和学术成果、具有文化积累性质的大型资料集、可供检索的专业工具书，同时也可视为一部力求表明选编者的理论观察、批评立场和思考、建设性意见的年度学术报告和蓝皮书。我们期望以专业的精神和持续的努力，为中国儿童文化研究留下一份具有历史价值的文献索引和学术档案。《2008 中国儿童文化研究年度报告》的编撰工作，同样秉持着这样的目标和信念。

　　当代儿童及其文化生存、发展环境，都已发生了巨大的变化；当代国际儿童与儿童文化研究领域出现了许多影响巨大的思想成果。随着诸如尼尔·波兹曼《童年的消逝》、大卫·帕金翰《童年之死》等西方相关著作在中文世界的译介和引进，尤其是进入 21 世纪以来，中国儿童生存和发展的社会文化背景、中国儿童成长所呈现的历史特质和文化容量对当代儿童文化理论研究者提出了一系列新的课题和挑战；在此背景下，新的一轮儿童文化研究热潮，正在中国儿童文化研究领域蓬勃兴起。2008 年，我国儿童文化研究领域的研究者们基于不同的专业和学科背景，从不同角度对儿童和儿童文化生存与发展现实进行了深入、广泛的研究和探索，积累了相当丰富的研究成果。这些成果，为《2008 中国儿童文化研究年度报告》的编撰提供了大量的学术资源和坚实的工作基础。

《2008 中国儿童文化研究年度报告》选编工作的基本思路仍然是：

关注年度儿童文化研究中的重大理论问题研究；

关注与当代儿童生活密切相关的新政策、新思潮、新问题的研究；

重视多学科研究成果的整合和整体呈现；

力求表达选编者和有关专家、研究者的立场和思考。

《2008 中国儿童文化研究年度报告》分为文件报告、学术前沿、热点聚焦、论文索引四个板块。其中，"文件报告"板块收录的是该年度有关儿童的法律和重要政府公报、计划和规定等；"学术前沿"板块，从儿童文化理论与政策研究、儿童发展与教育研究、儿童文学与艺术研究等三大方面梳理本年度内儿童文化研究的重要理论成果，涉及儿童社会学、儿童教育学、儿童心理学、儿童艺术学、儿童文学等十几个研究领域；第三个板块聚焦于流动与留守儿童、儿童灾后心理危机干预、媒介与儿童发展、青少年流行文化等四个年度热点话题，以关注、凸显当下儿童的生存现状及学术界的相关研究和思考；最后一个板块为资料性的 2008 年度儿童文化研究论文索引。

"学术前沿""热点聚焦"是整部年度报告的两个重点学术板块。每一板块中每一方面的研究成果根据编者的通盘考虑，分为"论文选载""学术卡片""年度述评"三个部分。其中，"论文选载"全文收录当年发表的该领域重要学术论文；"学术卡片"系较为重要的学术论文的主要观点摘介；"年度述评"是约请各个相关领域的专家、研究者对该年度特定领域研究现状、进展和存在问题的梳理、分析及建议，"年度述评"部分表明的只是执笔者个人的观察与分析，以供读者了解和参考。

　　浙江师范大学儿童文化研究院作为以推进中国儿童文化研究事业为己任的学术机构，希望以自己的专业热情和逐渐积累起来的专业眼光与素养，借助"中国儿童文化研究年度报告"这一学术平台，逐年收集、整理、呈现年度中国儿童文化研究的重要成果，并与院内外的儿童文化研究专家携手合作，以前沿观察和学术评析的方式，向当代儿童文化研究界乃至整个学术界报告我们的思考和分析；希望以此来积累中国儿童文化研究的重要成果，共同推进、提升相关学科的整体建设及其学术水平。

　　由于儿童文化研究涉及广泛的学科领域，加上学科背景等因素的限制，《2008中国儿童文化研究年度报告》在资料的收集、选择、归类等方面肯定还存在着一些可以改进和完善的地方，部分年度述评文章也可能存在着专业素养、眼光、判断力等某些方面的缺憾。我们继续期待着有关专家和读者朋友们的批评、指点，以使我们在未来的岁月中努力把这项基础性的学术积累工作做得更好。

（原载《2008中国儿童文化研究年度报告》,浙江少年儿童出版社2009年12月出版）

《2009中国儿童文化研究年度报告》前言

继2007、2008两个年份的"中国儿童文化研究年度报告"出版之后，由浙江师范大学儿童文化研究院主持编写的《2009中国儿童文化研究年度报告》也即将与读者见面。

《2009中国儿童文化研究年度报告》分为"文件报告""学术前沿""热点聚焦""论文索引"四个板块。其中，"文件报告"板块收录的是该年度国家有关儿童的法规和重要政府公报、规划和通知等；"学术前沿"板块，从儿童文化理论与政策研究、儿童发展与教育研究、儿童文学与艺术研究等三大方面梳理本年度儿童文化研究的重要理论成果，涉及儿童哲学、儿童社会学、儿童教育学、儿童心理学、儿童传播学、儿童文学、儿童艺术学等研究领域；第三个板块聚焦于性别教育研究、震后儿童心理危机研究、高中教育与文理分科问题研究三个年度热点话题，以关注、凸显当下儿童的生存现状及学术界的相关研究和思考；最后一个板块是资料性的2009年度儿童文化研究论文索引。

"学术前沿""热点聚焦"是整部年度报告的两个重点学术板块。每一板块中每一方面的研究成果根据编者的通盘考虑，分为"论文选载""学术卡片""年度述评"三个部分。其中，"论文选载"全文收录当年发表的该领域重要学术论文；"学术卡片"系较为重要的学术论文的主要观点摘介；"年度述评"是约请各个相关领域的专家、研究者对该年度特定领域研究现状、进展和存在问题的梳理、分析及建议，需要特别说明的是，"年度述评"部分表明的只是执笔者个人的相关观察与分析，谨供读者参考。

本系列研究报告的编撰工作已经持续了三年。三年来，我们也对研究报告的板块设置进行了一些微调。微调的基本思路，一是尽可能地使本年度报告能够较全面地反映和覆盖当代中国儿童文化研究的主要学术领域；二是依据中国儿童文化研究现状及学科发展的总体趋势，努力勾勒当代中国儿童文化研究的理论疆域和学术地图；三是使年度报告的学术构架与浙江师范大学儿童文化研究院的学科建设规划、学术研究重心等有所呼应，以更好地依托研究院的专业积累和学术理念，支撑和保障本年度报告的编撰工作得以顺利、专业、持续地进行下去。

三年来，本年度报告的编撰工作得到了全国各地许多专业人士的大力支持，年度述评的撰写工作更是得到了兄弟院校、出版社有关专家、学者的帮助。他们的学术参与，无疑丰富和提升了本年度报告的专业素养；本院专业研究者、研究生们的全力参与，更是保证了本报告编撰的如期完成。浙江师范大学以及出版本系列报告的浙江少年儿童出版社的支持，使本年度报告能够逐年按时出版。对此，我们要对上述单位和个人，表达最深切的谢意。

我们深知，由于儿童文化研究涉及广泛的学科领域，加上学科背景等因素的限制，每一部"中国儿童文化研究年度报告"在资料的收集、选择、归类等方面肯定还存在着一些可以改进和完善的地方，部分年度述评文章也可能存在着专业素养、眼光、判断力等某些方面的缺憾。为了进一步提高本年度报告的专业水平、文献意义和参考价值，我们准备在今后的年度报告编撰工作中，做出进一步的调整和努力：一是要更多地寻求国内儿童文化研究领域有关专家、学者的专业支持，更好地融合国内儿童文化研究领域的相关资源和学术力量；二是要加强对中国当代儿童生存和发展现实的调查和研究，努力积累第一手的数据和资料；三是要在观察、把握、评述研究历史和现状的基础上，加强对儿童文化学科发展动向和研究趋势方面的分析、预测和建议。

从启动"中国儿童文化研究年度报告"系列的编撰工作开始，我们就期待它们成为一系列"为中国儿童文化研究领域逐年留下思想印痕和学术成果、具有文化积累性质的大型资料集、可供检索的专业工具书"，同时也是"力求表明选编者的理论观察、批评立场和思考、建设性意见的年度学术报告和蓝皮书"。我们期望以专业的精神和持续的努力，为中国儿童文化研究留下一份具有历史价值的文献索引和学术档案。对于我们来说，这将是我们始终如一的工作方向和目标。

2010 年 7 月 31 日于浙江师范大学红楼

（原载《2009 中国儿童文化研究年度报告》，浙江少年儿童出版社 2010 年 8 月出版）

"中国儿童文化研究年度报告"系列编撰自述：
一个学科建设的"野心"

中国"儿童学"学科建设

2007 年，当我和浙江师范大学儿童文化研究院的同事们提出"中国儿童文化研究年度报告"系列编撰工作的设想并开始启动这一工作计划时，我们怀着这样一个"野心"，即尝试通过对于国内儿童文化研究成果的综合梳理与深度考察，为中国当代儿童学的学科建设开辟一条可能的初始路径。与这一设想形成呼应与配合的另一项工作，是 2008 年 5 月，在年度报告工作进展期间，我们借《浙江师范大学学报》的"儿童文学与儿童文化研究专栏"推出了儿童学学科建设笔谈，邀请校内外专家就儿童学学科的历史、现状、趋势、建设方向等问题展开学理性的介绍和探讨。2011 年 11 月开始，我们与《中国社会科学报》合作开设了"儿童文化研究"专栏，陆续邀请国内学者围绕儿童学学科建设问题发表了多篇文章，引起了学术界和媒体的关注。今年"六一"国际儿童节前夕，《中国社会科学报》记者以《学者呼吁"使儿童学成为一门独立学科很有必要"》为题发表了专访文章。这几项工作，既是对浙江师范大学原有的儿童文学与儿童文化研究传统的继承和发扬，同时也是想要通过对这一研究传统的推进，来与国际范围内持续升温的儿童研究事业形成一种及时的呼应和对接。我们看到，从 20 世纪后期到21世纪初，儿童研究作为一门学科在世界范围内的学术地位有了十分明显的提升，尤其是在发达国家，许多院校、机构内设立了儿童研究的专业课程乃至专业系所，同时，这一研究领域的工作也越来越与国家以及地方政策法规层面的工作相关联。

"中国儿童文化研究年度报告"的系列工作，很大程度上正是想要在综合当前中国语境下儿童研究成果的基础上，通过创造性地编织中国儿童文化研究的总体框架，为儿童学学科体系的当代构建提供一种思路，为儿童学的建设提出一个可供参考的学科框架。我想特别强调这里的"创造性"一词。也就是说，年度报告的工作远不只是像它看上去所做的那样，对每一年度出现的国内儿童文化研究成果加以机械的综合，而是包含了许多创造性的工作。其中，各领域研究成果的搜集、选择、取舍、分类、编目、述评等工作，都有着大量的创造因素。以年度报告的目录形成为例，令我印象深刻的是在完成文献的初步搜集和整理工作之后（这一采集和整理工作本身就包含了我们此前难以想象的巨大艰辛），2007年年底，我和年度报告的编撰者们面对着排满整张大会议桌的年度文献，一次又一次地探讨应该以何种方式清晰、充分、层次分明地呈现这些文献。为此，我们从不同层级的学科分类中一遍遍地梳理与儿童研究有关的学科，反复商讨相应的儿童研究分支名称，最终形成了一个既具有充分的覆盖力、分类标准又相对统一和合理的儿童研究学科框架。其间，关于某类研究究竟应该归属于哪个分支领域，其分支命名应该如何处理才妥当，对于许多交叉性质的研究又该如何安置等问题，都是经过多次讨论乃至争论，才逐渐形成的。这个框架，实际上也包含了我们对于当代儿童学学科构架的一种思考。

不过，在我看来，作为一门学科的儿童学本身还有广狭义之分。广义的儿童学囊括一切以儿童及其生存要素为对象的研究，这个概念里的"学"字，与英语的"study"（即研究）形成直接的对应关系。所以，儿童学在当代英语世界最常见的对位词，便是 child study。狭义的儿童学则是指在独立学科建设的语境下，儿童学学科的基础理论建设。上面提到的年度报告的编目工作，就是一种针对广义儿童学学科框架的设计尝试。但在这一过程中，我也越来越意识到，对于儿童学学科的独立发展来说，主要以这一学科自身借以立身的基础理论体系建设为目标的狭义儿童学学科建设，具有另一种或许更为根本的意义。

　　正是考虑到当代儿童学学科建设本身对于传统儿童研究的独特意义，近年来，我个人特别关注从狭义的儿童学范畴来探讨目前的儿童学学科建设问题。这一点也体现在《2012 中国儿童文化研究年度报告》中。在该年度报告的"热点聚集"板块，专门设立了"'儿童学'研究"的专栏，对 2012 年国内学界围绕着儿童学学科基础理论展开的探讨进行梳理、呈现并评述。这种以明确的"儿童学"独立学科意识为出发点的综合性探讨，是当前儿童学学科建设特别需要的一项工作，有其不可替代的重要价值。

　　同时，在我看来，这一狭义层面的儿童学学科思考，也关系到中国儿童学学科相对于国外儿童学学科的优势和特色问题。依目前的情况来看，国内外对儿童学的学科探讨主要集中在儿童研究的相关领域内，而且处于起步阶段，包括该学科的内在构成、外在边界等在内的许多问题，尚没有形成明确的共识。至于在专业领域之外，人们对儿童学作为一门独立学科的认识就更弱了。因此，我个人认为，在传统儿童学研究的基础上，今天的儿童学学科应该进入一个新的建设阶段，即致力于确立儿童学作为一门学科的基础理论体系，为这一学科的真正独立和自觉发展奠定必要的基石。在有关儿童学学科的历史与未来的思考中，我有这样一种感觉：当前国外和国内的儿童学研究正呈现出一种越来越明显的区别，即国外儿童学研究的独立学科意识并没有国内儿童学研究这样强烈，很多时候，国外（主要是欧美国家和日本）儿童学实际上是传统儿童研究的一种综合。相比之下，国内近年的儿童学探讨明显表现出对这一学科的独立身份内涵的认识焦虑。

在这一研究区别的事实之下，国内儿童学又格外注重对儿童学作为一门独立学科的基本构架的讨论。近年国内儿童学研究的一个重要议题，就是儿童学的学科建设问题，其成果突出表现在儿童学学科理论探讨的显在推进上。在儿童学学科的框架共识内，我们的研究者们在努力回溯和建构这一学科的历史，努力探讨其可能的学科架构和理论体系。如此强烈的独立学科意识和自觉的学科理论建设，在国外的儿童学研究中恰恰很难见到，某种程度上，我们是在为肇始于西方的儿童学学科做一项空前系统的理论梳理和进一步的理论建构工作。尽管在很多基本问题上，一致的认识还远没有建立起来，而且由于语言转译的原因，对来自域外的儿童学概念的梳理，也存在着许多有待推敲的地方，但不同立场的探讨乃至争论极为有力地推进着这一学科建设的奠基性工作。

我认为，对于当代儿童学学科的建设及其研究推进而言，这项工作具有根本性的意义。我也相信，随着国内儿童学探讨的深入和儿童学学科的进一步发展，在这一学科内部会逐渐形成一些研究者共同认可的核心概念，这些概念将成为儿童学赖以确立其独立学科身份的重要依托，也将成为儿童学学科建设的重要基点。同时，这些在中国儿童学研究的特殊语境下得到培育的核心概念，有可能影响和反哺国外比较宽泛和松散的儿童学研究。这也是中国儿童学学科发展的重要契机。

所以，还是回到创造力的话题上来："中国儿童文化研究年度报告"系列的编撰工作不是一般的研究整理工作，更是对于本土儿童学学科理论创造力的一种考验和发掘。我期待着这项工作能够为本土儿童学学科建设提供可用作奠基的思想和理论资源。

理论探讨推进现实改善

近年来，关于当代儿童生存与发展中出现的一系列典型个案，不断引发公众和全社会的巨大关注和伤痛。从这个背景上看，"中国儿童文化研究年度报告"系列固然有一个明确的学科建设目标，但其最终目的，仍然要落实到对于儿童生存问题的关切上。这一点是毋庸置疑的：任何儿童研究的终极关切都不在于有关儿童的任何理论，而在于作为人的儿童。

这一点也是由儿童学自身的学科性质决定的。最早的儿童学研究是从早期人类学研究中衍生的产物，在 19 世纪后期至 20 世纪初的发展阶段，它主要也被理解为一种人类科学（human science）。这一时期人们对于儿童身心特征及其发展过程的研究关注，最终指向着对"人"本身的科学理解。这一科学化的特征在 20 世纪的儿童学研究中得到了进一步的强化，并被推衍到关于儿童文化、儿童社会生存等一系列新的研究问题领域，在这一过程中，研究者对儿童的生存现实的关切态度逐渐超越了中立的科学态度，更进一步体现了对"人"的关怀。实际上，儿童学的发展在根本上也是这一关怀的产物。因此，有学者认为儿童学应归属于"人学"。我很赞同这一点。儿童学是一门货真价实的人文学科。

尽管表面上看，儿童研究主要呈现为一种理论的研究，很多时候，它与儿童生存现实之间的距离乃至隔阂是显而易见的；但如果我们看得更深入些，就会发现，近一个多世纪以来，正是这一理论层面的探讨对当代儿童现实生存的改善产生了重大的（某种程度上也是决定性的）影响。在西方发达国家，儿童的生活现状及其权利问题受到社会的全面重视和集中关切，主要从 20 世纪后期以来才日益成为一种普遍的共识；在这一过程中，儿童所受的各种现实苦难，才越来越成为我们可以向社会提出的一种文化、政策以及人道的质问。这其中，除了儿童在当代家庭生活中地位提升的事实之外，有两项事业对儿童问题的逐渐中心化起到了决定性的助推作用——一是儿童研究事业，二是儿童权利运动，两者都在 20 世纪后期得到了最富成果的发展。当然，这两者彼此之间是紧密衔接的，20 世纪后期日益庞大的儿童研究队伍中拥有大量儿童权利的启蒙者、主张者和鼓吹者，反过来，许多儿童权利伸张者本人也是各个领域、层面的儿童研究从业者。这其中，儿童研究一方面致力于进一步加强体系性的研究理论建设（顺便说一句，儿童学学科的倡导和形成即是这一研究理论综合与体系化的尝试之一）；另一方面也越来越走出书斋，走向儿童的现实生存问题。

当代儿童研究对于儿童现实问题的作用主要有二：

其一，儿童研究对儿童独立的个体身份、身心特征、生存权利、文化地位等的强调，对于唤起和强化整个社会付诸儿童的现实关切而言，是一项基础性的工作。对照直至19世纪的儿童生存现状，如果没有20世纪西方儿童研究事业的推进所带来的儿童关切感与儿童权利意识的迅速提升，我们今天能够理直气壮地将儿童权利视为一种社会道义标准的局面是不可想象的。

其二，大量儿童研究的理论成果也为全社会思考和解决儿童问题提供了重要的资源、思路等，实际上，许多成果本身就是针对儿童问题而产生的。在当代儿童研究界，一个大家都看得到的清晰方向是，儿童研究正在越来越寻求贴近儿童生存的现实状况。20世纪后期以来，除了儿童发展、儿童权利、儿童福利等一般化的儿童研究理论和话题之外，许多过去未能受到充分关注的儿童现实生存问题也被提到了理论批判和学术探讨的层面上。在专业研究力量的介入下，我们对于一些可见的儿童生存现实困境——比如儿童虐待问题、儿童情色问题、儿童安全问题等——的理解，不再仅仅停留在普通的道义批判层面，而是进入了对它们更为全面、细致、深入的考察和理解中。在西方发达国家，自20世纪末以来，像儿童虐待、儿童情色、儿童校园欺侮、儿童性侵等现实话题，都已经发展出相对完整、成熟的一套考察、分析和表述的话语机制，这些研究成果为家长和教育从业者提供了有益的指导和借鉴，更为官方相关法律和政策的确定及实施提供了重要的参考。

在中国，由于整个儿童研究事业的发展滞后，相应的研究工作还亟待铺展。国内儿童研究总体上远远落后于儿童生存现实变化的步伐，这是一个不争的事实。因此，当前儿童研究要做的不仅仅是理论体系的探索和建设，更是使这些研究真正面向当代儿童的生存问题，并与之尽可能迅速和紧密地结合在一起。因此，"中国儿童文化研究年度报告"系列自 2007 年启动编写以来，除了对儿童研究各领域重要的前沿理论成果进行判断、介绍和述评之外，也关注到了当下儿童生存的一些重大热点问题，并试图通过组织一批专业力量对这些问题所涉及的现象、成因、症结、出路等展开比一般的社会观察更为广泛和深入的述评，来实践儿童研究工作对于我们理解和解决儿童生存现实真正的指导意义。

儿童问题的本土研究建构

20 世纪中国的儿童研究领域受到国外儿童研究成果的显在启发和全面影响，这是我们无须讳言的一个事实。某种程度上，整个中国现代儿童研究事业的发生和发展首先都是国外研究平行影响的一种结果，尤其是在理论资源和研究方法上，来自国外相关领域的研究影响是显而易见的。这为近一个世纪以来中国儿童研究事业的迅速推进提供了极大的便利，但也同时导致了相关学术研究与本土儿童问题的某种隔阂与脱节。由于政治、文化等层面的显在区别，我们在运用西方儿童研究的一些理论和方法资源分析与阐说中国儿童问题时，不可避免地会遭遇某种事实上的药不对症的问题。这当然是一切跨文化的研究挪移都会遭遇的问题。但在儿童学领域，由于这一学科的发展本身就处于初始阶段，而远未形成一套相对完整、成熟的理论话语体系，因此，相应研究的这种"不切实际"的危险，就很容易造成本土儿童学研究某种基础性的先天缺陷，这个缺陷将影响到本土儿童学学科的立身基础及其价值实现。

因此，如何使中国的儿童学研究不但具备一种鲜明的现实关切意识，而且能够真正面向本土儿童的生存现实，贴近本土儿童的生存境况，从中发现问题、思考问题并尝试提出解决问题的门径，是我们在从事"中国儿童文化研究年度报告"系列的编写工作时一直怀有的想法。除了在基础理论部分凸显这一现实关切意识之外，从报告工作启动伊始就设立的"热点聚焦"板块，其基本宗旨就在于抓取每一年度中国儿童生存的主要事件与话题，突出本土儿童研究的在地性和接地性。六年来，我们关注的话题包括"流动与留守儿童""青少年网络成瘾""青少年犯罪""儿童食品与用品""动漫产业""儿童灾后心理危机干预""震后儿童心理危机""媒介与儿童发展""青少年流行文化""性别教育""男孩危机""儿童校园安全""校车安全""'虎妈'现象""儿童受虐待"等大量与国内儿童生存现实直接接轨的话题。这其中有些属于世界范围内儿童生存的公共环境话题，它们在近年来越来越渗透到了国内儿童的生活环境内部，进而影响着国内儿童的生存发展；另一些话题则是聚焦近年来受到人们普遍关注的中国童年现实问题，如儿童食品安全（以当年阜阳儿童"毒奶粉"事件为触发点）、儿童震后心理危机（以2008年汶川地震灾害为触发点）、儿童校车安全（以2011年甘肃、江苏等地多起校车事故为触发点）、儿童虐待（以2012年温岭幼师虐童事件为触发点）等等。在六年来的年度报告中，一些关系到中国当代儿童生存的重大事件均有反映。就此而言，年度报告的编写工作也是在为当代中国儿童的生存状况留下了一笔特殊的历史记录。

当然，比记录更重要的是我们对此发出的声音以及呈现的思考。在来自域外的理论资源远不足以覆盖、阐说和解决中国儿童问题的现实之下，我们如何站在研究者的立场来考察和解剖这些现象，进而就此提出富于现实价值的建议或对策，这是本土儿童研究的难点所在，也是本土儿童研究的创造空间所在。

我的观察是，中国社会发展到今天，长年来积蓄其中的儿童生存问题已经到达了一个"爆发"的节点。这个节点的到来比域外发达国家晚了几十年乃至近一个世纪，但从现在的情形来看，它正以一种无可阻扼的态势进入公众生活的视野。从若干年前已经开始受到一定关注的儿童食品安全、人身安全问题的不断升级到近期频遭揭露的儿童性侵事件，毫无疑问，这些事件反映的是我们社会中令人触目惊心的童年生存问题；但从另一面看，它的被揭露和受重视的事实，也代表了我们文化的一种进步，它说明从20世纪初鲁迅提出"救救孩子"到今天，我们开始真正认识到了从最切实的生活层面"拯救"孩子的迫切问题。它们不应被理解为一些在当代社会才发生的儿童生存问题，而应被理解为长期以来一直存在、但在过去从未受到如此关注的问题。在认识到这一事实的前提下，我们的儿童研究应该以研究自身所特有的观察、梳理、分析、思考的优势，超越一般和泛化的社会道义批判，而进入上述儿童生存问题的历史与现实深处，揭示其内在的成因、症结，并为改善当代儿童的生存提出至少是操作层面的具有真正价值的对策建议。这也是"中国儿童文化研究年度报告"系列接下去将持续加强的一项工作。我相信，在这个过程中，中国问题也将为中国儿童研究本土理论的建构，提供独一无二的现实资源。

童年的事情，是一桩与整个人类文明相关的事情；童年的问题，也在一定程度上映射出了文明自身的问题。我希望，通过我们的不懈努力，我们可以为孩子们的生存与发展，为我们时代文明的进步，贡献我们的一份力量。

（原载 2013 年 7 月 10 日《中华读书报》，有改动）

做一个洞悉儿童文化的教育者

建立面向儿童的思想文化视野

自 2007 年以来，我主编的"中国儿童文化研究年度报告"系列由浙江少年儿童出版社逐年陆续出版，引起了儿童文化理论界和教育界许多同行的兴趣和关注。我以为，建立当代儿童教育者面向儿童的思想文化视野，对于今天从事儿童教育工作的人来说，应该是十分必要和有益的。

20 世纪后期以来，当代儿童的生存状况及特质发生了深刻的变化。20 世纪 80 年代初，美国传媒学者和文化批评家尼尔·波兹曼出版了著名的《童年的消逝》一书。作者提出，在一个电子和娱乐文化占据主导地位的社会，由于儿童与成人共同沉浸在以视觉消费为主的娱乐文化中，当代儿童所接受的文化训练也越来越趋于娱乐化，从而导致今天的儿童已经不像"儿童"。他就此提出了"儿童的成人化"和"成人的儿童化"问题。

波兹曼所说的这些现象，也正在今天的中国社会蔓延。如果说时隔 30 年，我们越来越看到了波兹曼上述论断中过于保守的成分，那么对于他所提出的当代童年的生存危机问题，我们也还没有能够发现一个确定的答案。今天的孩子究竟怎么了？今天的童年正在走向何处？是童年出了问题，还是我们对童年及其文化的判断出了问题，抑或两者兼而有之？站在全部人类文明的立场上来看，当代教育应该向当代童年期待些什么，又能够为此做些什么？严格说来，所有这些问题都是当代儿童教育者无法绕过的。

诚如波兹曼所说，"儿童是我们发送给一个我们所看不见的时代的活生生的信息"。这意味着，童年的事情，是一桩与整个人类文明相关的事情；童年的问题，也在一定程度上映射出了文明自身的问题。毫无疑问，从这一精神基点出发的对于童年文化的历史、内涵、意义及对其当代变革的深刻理解，将为我们更好地理解和从事当代儿童教育工作，提供更加深刻、宽广的思想和文化视野。

现代儿童文化研究的兴起

儿童与儿童文化研究作为一个相对独立的思想和研究领域，在人类文化与学术史上留下过一段久远的历史和记忆。在中国，从老子、庄子到王阳明、李贽，在西方，从夸美纽斯、洛克、卢梭到荷尔德林、霍尔、杜威、蒙台梭利、皮亚杰等等，不同时代、不同国度的人们，都曾经以各自的思想和表达方式，留下了一连串对当时以及后来的儿童与儿童文化领域产生过重要乃至巨大影响的思想成果或著作。

当然，儿童与儿童文化研究作为一门学科的历史，其自觉的学术和历史建构，则要晚了许多。在西方，19世纪后半叶到20世纪初，以斯坦利·霍尔为首的一批心理学家和教育家在美国发起过一场声势浩大的儿童研究运动。进入20世纪后，儿童与儿童文化研究的学术制度建设在世界范围内得到了更为系统全面的推进。许多儿童与儿童文化研究机构、组织的成立和刊物的创办，改变了当代儿童与儿童文化研究的整体学科面貌，也大大丰富提升了国际儿童与儿童文化研究的学术水平。

在中国，早在"五四"前后，与儿童研究相关的西方教育学、心理学、人类学、儿童学成果开始陆续传入，并直接影响、参与了中国现代儿童和儿童文化研究相关领域的学术建设和展开。1916 年，商务印书馆出版了朱元善编的《儿童研究》（"教育丛书"第2集第4编）一书。1921年，商务印书馆又出版了凌冰编著的《儿童学概论》（"世界丛书"之一），这已经是一部颇为系统的儿童学理论著作了。1925 年，陈鹤琴以自己的孩子为对象，进行了 808 天的跟踪观察、实验，研究儿童身心发展的特点和规律，总结了教育孩子的 101 条原则，出版《儿童心理之研究》和《家庭教育》两部著作，开启了我国现代本土化的儿童心理研究之先河。经过将近一个世纪的学术跋涉，今天，中国的儿童与儿童文化研究已经进入了一个新的历史时期。

思考童年命运是教育者的使命

尽管在儿童教育实践中，向孩子传授生活中的知识名目和闻见道理始终是一个重要的目的，但任何真正的教育，都不会仅仅以此为终点，它所实践的始终是教育的最初也是最根本的意义，就是"人"的塑造，是对于"人"这一特殊存在的关怀。

儿童教育者能否做到这一点，决定了教育实践所能达到的精神高度，而这又与教育者对于儿童及其文化、教育的认识程度有关。真正优秀的教育实践者，必定同时是一个对儿童及其文化怀有敏锐、深刻的见解之人。同时，这些见解不是通过各种儿童教育理论、方法的机械学习就能获取的，也不是现代学校教育体制下儿童教育实践的普通经验可以达到的，而是我们的思想真正深入人性和人类生活，尤其是儿童文化及其生活的历史与现实的一个结果，它使我们认识到教育首先不是一种制度或程序，而是一种以"人"的完善为目的的生活方式。这样的见解者对现代教育的现实往往怀有激烈的批判精神，但同时也对改善现实的行动怀有坚定的信心。

　　近几十年来，不论在中国还是西方，伴随着整体社会环境与儿童生存环境的巨大变迁，现代童年观的许多方面已经不能诠释今天的许多童年问题。它至少提醒我们，童年的生活、童年文化无时不在变化，教育者也需要时常检查自己的童年观是否脱离了不断丰富的童年现实。同时，当代儿童教育者所要面对的，不仅仅是对童年生存现状的贴近认识和理解，还要向人们提供有关当代童年命运的思考。一个真正的儿童教育者，在童年观的问题上，不但要善于观察和把握童年的当下现实，而且要深入这一现实的内部，去琢磨它的内涵，思考它的意义，同时也发现它的问题。我们在编撰《2012中国儿童文化研究年度报告》的过程中，大量接触到了如浙江温岭幼儿教师虐童事件等令人痛心的事实，这说明，做一个洞悉儿童文化的教育者，培养一种富有当代意识的教育情怀，对于我们时代的教育来说，仍然是一件多么紧要的事情。

　　我盼望，"中国儿童文化研究年度报告"系列的编撰和出版，也能为实现这一目标，提供一份思想资源和理论参考。

·对 话

为当代儿童文化研究建立档案

《中国教育报》读书周刊：请您谈谈编撰"中国儿童文化研究年度报告"（以下简称"年度报告"）的背景。

方卫平：当代儿童及其文化生存、发展环境，都已发生了巨大的变化；当代国际儿童与儿童文化研究领域也已经有了丰富的拓展和提升。尤其是进入 21 世纪以来，中国儿童生存和发展的社会文化背景、中国儿童成长所呈现的历史特质和文化容量都向当代儿童文化理论研究者提出了新的课题和挑战。近年来，来自不同专业、不同学科背景的研究者们从不同角度对儿童和儿童文化生存、发展现实进行了深入、广泛的研究和探索，积累了也许是近代以来中国儿童文化研究领域最为丰富的学术成果。这些拓展和推进，引发了我们对中国当代儿童与儿童文化研究现状更多的关怀与思考。

2005 年初夏，浙江师范大学发文成立了儿童文化研究院。作为一家以推进中国儿童文化研究事业为己任的学术机构，我们希望以自己的专业热情和逐渐积累起来的专业眼光与素养，借助"中国儿童文化研究年度报告"这一学术平台，逐年收集、整理、呈现年度中国儿童文化研究的重要成果，并与校内外儿童文化研究专家携手合作，以前沿观察和学术评析的方式，向当代儿童文化研究界乃至整个学术界报告我们的思考和分析。我们希望以此来积累中国儿童文化研究的重要成果，共同推进、提升相关学科的整体建设及其学术水平。

读书周刊：编撰"年度报告"基于什么样的设想？

方卫平：儿童文化研究涉及许多领域，具有很大的学科跨度。"年度报告"编撰的基本设想，一是关注年度儿童文化研究中的重大理论问题研究；二是关注与当代儿童生活密切相关的新政策、新思潮、新问题的研究；三是重视多学科研究成果的整合和整体呈现；四是力求表达选编者和有关专家、研究者的立场和思考。为了实现上述设想，年度报告分为文件报告、学术前沿、热点聚焦、年度中国儿童文化研究论文索引等若干板块。其中，"学术前沿"板块，从诸如儿童文化理论研究、儿童政策研究、儿童社会学研究、儿童教育学研究等方面梳理各年度内儿童文化研究的重要理论成果。"热点聚焦"板块则根据每个年度现实儿童生活的实际，聚焦于例如留守与流动儿童、儿童灾后心理危机干预、媒介与儿童发展等年度热点话题，跟踪当下儿童生存现状。

读书周刊："年度报告"的原创性体现在哪里？

方卫平：我们在每个研究领域、每个热点话题，都安排了一篇由相关领域专家执笔撰写的述评文章，这也是年度报告最具原创性的部分。从 2007 年开始，我们就组织院内外、校内外的专家学者参与这项工作，希望通过高质量的年度述评文章，呈现儿童文化研究各领域的学术面貌，分析年度儿童文化研究各领域的进展和存在的问题，并提出相应的研究趋势预测，给出相应的研究建议。特别值得一提的是，这些年，我们还逐年聘请了浙江大学、中国人民大学、中国政法大学、华东师范大学等高校的有关专家学者撰写相关领域的年度述评文章。这些专家学者专业素养和智慧的融入，不仅加强了我们研究院与国内同行的专业联系，同时也保证了"年度报告"的整体编撰质量和学术水平。

读书周刊：作为主编，您希望"年度报告"在儿童文化研究中起到哪些作用？

方卫平：我在《2007中国儿童文化研究年度报告》的"前言"里写过这样一段话：这是一部旨在为中国儿童文化研究领域逐年留下思想印痕和学术成果、具有文化积累性质的大型资料集、可供检索的专业工具书，同时也可视为是一部力求表明选编者的理论观察、批评立场和思考、建设性意见的年度学术报告和蓝皮书。我们期望以专业的精神和持续的努力，为中国儿童文化研究留下一份具有历史价值的文献索引和学术档案。

（原载2013年2月25日《中国教育报》）

谁能读懂童年的秘密

　　对从事儿童教育工作的人们来说，儿童文学为他们提供了理解童年的一个重要平台。但这并不是说，在儿童文学里安放着一个被固定了的童年，它就在那里，像一块面包，或者一件器具那样，等着教育者打开书本，不费气力地把它给取出来，再用到教育的实践操作中去。相反，教育者想要从那些优秀的儿童文学作品中获取对童年的真正理解，他们自己也得具备相应的"资质"。

　　那么，这是怎样的一种"资质"呢？

　　我想举一个小学语文课堂教学的实际例子。几年前，我应邀去参加一个儿童文学的教学研习活动，在那儿观摩了几场儿童诗的教学活动。其中一位老师给孩子们选讲的是一首题为《萤火虫》的儿童诗："长长的夏天 / 萤火虫 / 都找不到 / 自己的家 / 提着小小的灯笼 / 朝东朝西走 / 我的心 / 也跟着 / 朝东朝西"。

　　这是一首很优秀的儿童诗，它的想象稚气而有趣，意境单纯而优美，体现了儿童诗典型的美感。一位小学语文老师能够从数量众多的儿童诗作品中为孩子们挑选出这样一首艺术趣味纯正的诗作，这体现了这位教师本人的阅读视野。在这节童诗课的教学过程中，主讲老师展示了娴熟的课堂掌控和调节的能力，课堂讲解生动清晰，讲课过程十分流畅，学生的反应也很踊跃，课堂气氛很好。

　　可惜的是，这首诗歌所传达的童年感觉与生命的内涵，还没能在课堂教学活动中得到充分的发掘和体现。比如，教师为本诗的教学设计了两个基本问题：第一是"想想这是一只怎样的萤火虫？"，针对这个问题的预设答案是"迷路、糊涂、调皮……"；第二是"你有什么想提醒它的呢？"，相应的预设答案则是"不要贪玩，让妈妈担心；要多个心眼，记住回家的路……"我们看到，对于这首童诗的这样一种解读，显然还局限在旧有的教化主义思维里，而没有看到诗歌要表达的童年生命自身的审美内涵。

　　我曾经在一篇文章中认为，《萤火虫》这首诗形在状物，实是抒情，是借儿童对于夏天里萤火虫飞来飞去的景象的诗意描绘，来表现童年独有的天真、淳善的情趣。"我的心"随着萤火虫"朝东朝西"，既生动地写出了一个年幼的孩子面对世界时的那份新奇感和关切感，也巧妙地呼应了前面"找不到家"的忐忑和不安。它的显在层面是"我"对萤火虫的同情和关切，底下则还隐含着"我"对"家"这个意象所包含的安全感的认同。因此，以"迷路""糊涂""调皮"等训诫性的话语来解读诗中萤火虫的意象，未免显得牵强，而以"不要贪玩""记住回家的路"等寡淡的教育意图来诠释其中蕴藉的美学内涵，则同样是不够合适的。教学过程中，曾有孩子举手提出在预设答案之外却更接近诗歌文学旨趣的回答，但并未得到老师的肯定，这是十分可惜的。

　　在儿童文学的发展历史上，有一个很长的时间段，人们把狭隘意义上的道德和礼仪教育看作儿童文学的一个最基本的功能。这一观念直到 20 世纪还占有举足轻重的地位。举个例子，著名的美国当代图画书作家苏斯博士，他创作过一本很棒的图画书《我看见了什么》，讲的是一个很简单的故事：一个孩子走在街上，见到一匹马拉车，便在自己的想象里把普通的马车变成了一辆神奇的车子；可是一回到家，见到严厉的父亲，他的想象顿时化为乌有。他只能老老实实地说，自己在街上只看到了一匹马拉车。然而，苏斯博士最初完成这部作品的时候，至少曾被27家出版社拒绝出版，理由是它里面没有包含道德教育，无助于"把孩子培养成一个好公民"。但后来的事实证明，这是一本非常优秀的图画书，这优秀不但在于它获得了孩子们的热烈欢迎，更因为它真正走进了孩子的世界，写出了他们独特的、有价值的却又常常被成人们所忽视或轻视的童年生命感觉和体验。

今天，许多优秀的儿童文学作品已经从狭义的教化主义传统中走出来，走向了更广阔的童年教育，这种教育的目的不是为了让儿童学会"听话"，而是为了教给儿童生活的美好和生命的各种本真价值。这些作品刷新着我们的儿童观，并提供给我们理解童年的钥匙。而我们的教育者除了要学会从各种各样的童书中挑选出这些优秀的作品，也要学会理解这些作品的儿童观，学会从中解读出那个最有价值的关于童年的讯息。这实际上是一切儿童文学阅读和教学的起点。只有站在这个起点上，一切儿童文学的教学活动，才能最充分地去实现它们的价值。

（原载 2014 年第 8 期《人民教育》）

接收来自童年的讯息

爱尔兰诗人、1923 年诺贝尔文学奖获得者 W.B. 叶芝就教育的问题发表过这样的警言："教育不是灌满一桶水，而是点燃一把火。"这句话可以做丰富的解读：教育的过程不是灌输知识，而是激发学生对知识的兴趣；教育的目的不是把人变成被动的容器，而是在他心里播下燎原的生命火种。

但问题并不因此而结束。我们看到，在今天，许多教育者实际上并不缺乏"点燃一把火"的激情，但这激情却尚不足以帮助他们尽到点燃的职责。他们的激情里怀着各种各样的困惑，究其原因，在教育的实践中，这份激情还需要更明确的方向和更具体的操作。这就像意大利教育家玛丽亚·蒙台梭利在她的《童年的秘密》一书里所说的那样，一些成年人觉得"我们已经尽了最大努力，我们热爱我们的儿女，我们为了他们甚至牺牲了自己的幸福"，但这不能保证他们所做的一切就符合儿童发展的利益。相反，他们"出于对儿童无比的热爱和忍痛做出的自我牺牲"，恰恰可能"在无意识地压抑儿童的个性发展"。

因此，接着叶芝的思考，我们还要问的是：如果说教育应该承担起"点燃一把火"的工作，那么它要点燃的究竟是什么样的火？如何才能使教育者真正尽到这一"点燃"的职责？

对于这两个问题的解答，当然不是一两篇短文可以解决的。但我们或许可以从这两个问题出发，来谈一谈教育的一切"点燃"工作得以展开的基本起点。

这个起点就是"儿童"的问题。

儿童是什么？历史上，曾经有那么一段时间，儿童什么也不是。《万物简史》的作者比尔·布莱森在他的《趣味生活简史》里谈到过这么一个现象：在19世纪的英国，一个名为"防止虐待动物协会"的组织的成立时间，比一个保护儿童的类似组织的成立时间早了60年。他的潜台词很清楚：即便我们不能据此断定那时候儿童的处境还不如动物，其糟糕程度也是可想而知。

这一现实在当代人听来或许是难以想象的，因为今天的儿童俨然已成为无数家庭日常生活的重心。但"儿童是什么"的问题，却并没有因为成人关注的增加而变得简单起来。我们越是密切地关注儿童，就越是感到在这个特殊的个体身上，有着某些永远需要我们去探寻、去琢磨的生命的"秘密"。

读懂这些秘密，是一切教育工作的起点。针对儿童的教育要想真正点燃他们心中知识的火种，真正激发他们生命的潜能，就得去了解这些秘密，进而从中发现那个值得点燃的生命的火种。不过，童年的秘密从来不会停留在任何抽象的理论中，而永远是在孩子生动的日常生活里，在孩子蓬勃的生命状态中。

这也是为什么教育者需要关注儿童文学的原因之一。从古至今，最能够洞悉童年秘密的人们，往往是那些优秀卓越的儿童文学作家。他们是一些能够怀着真正的同情进入孩子的世界里，和他们一起看世界、看生活的作家，也是一些懂得儿童生命中最珍贵的火种藏在哪里的作家。正如马修斯在谈到儿童哲学的问题时所说的那样，对儿童世界最为敏感的成人，不是发展心理学家，不是教育理论家，而是写儿童故事的作家。优秀的儿童文学作品让我们看到，理解童年不只是理解一个小孩子的事情，它也是我们理解人性、理解人的一切发展的起点。

（原载 2014 年第 9 期《人民教育》）

"儿童节"提醒我们什么

　　每年"六一"国际儿童节到来之际，在各种围绕孩子展开的节庆和消费活动中，人们很容易忘了，儿童节首先是一个政治节日。1925年8月，在瑞士日内瓦召开的关于儿童福利的国际会议上，"国际儿童节"概念首次被提出，其宗旨在于借这样一个世界性的节庆日的确立，提醒人们关注全球儿童的普遍福利，关切全球儿童的生存权益。会议通过的《日内瓦保障儿童宣言》，与1924年发布的《日内瓦儿童权利宣言》一起，开启了20世纪全球儿童权利与权益的保护和推进运动。人们越来越意识到，儿童问题即是人的问题，认可、伸张儿童的权益和权利，即是更好地认可、伸张人的权益和权利。在这一基本理念的支撑和导引下，20世纪中后期，全球性的儿童福利、权益事业获得了巨大的发展。

　　被包括中国在内的许多国家定为儿童节的6月1日，同样是一个充满政治含义的时间点。1942年6月，德国法西斯以恐怖的暴力毁灭了捷克的利迪策村，不但屠杀成人，更枪杀婴儿，囚禁儿童。最初为纪念这一事件而设立的"六一"国际儿童节，不只是为了纪念在这场灾难中罹难的孩子们，更是以此提醒人们，在任何时候，保护儿童的生命和尊严，保障儿童的权益和权利，都是人类文明不能忘记的一项基本伦理与职责。今天，技术和社会生活的革新正日益越出我们想象的边界，但对那些生存于战火、贫困等境况之中的孩子们来说，身体和精神上的饥饿、贫穷、虐待甚至死亡等苦难，却从不曾远离他们。不论在日常生活还是社会事件中，他们的身影都太弱小了，太容易在权力的天平上被视而不见。正因如此，设立国际儿童节，在每一年的这个时间以一种仪式性、象征性的聚焦和宣告，向人们大声重申对儿童的关注，大声呼吁对儿童的关切，显得意义重大，同时也格外意味深长。

在一个经济开放、发展的时代，任何节庆大概都会不可避免地被附以经济的内容。自儿童节在世界各国得到普遍的设立和庆祝以来，上述儿童节的政治含义渐渐被儿童节的经济内容所置换。或许，这种变化也在情理之中。从积极的方面看，围绕着儿童节和儿童群体而发生的日益扩大的消费活动，首先是儿童的家庭身份和社会地位得到公众日益广泛认可的一种体现。实际上，对于迅速兴起壮大的当代儿童经济来说，儿童节只是其中数量众多的催化元素之一，我们由此窥见的，是儿童的生活需求和消费意愿在成人的生活价值体系内得到的认可。不论对成人还是儿童，儿童节这个符号都提供了重视童年、满足孩子的一个理由，一次契机。这个姿态本身，无疑是应该予以肯定的。

儿童节经济，或者说，以儿童节经济为代表之一的儿童消费经济，以其特有的影响力参与推动着社会对于儿童需求的了解和关注。既然现代消费经济的活动不仅在于满足既有的需求，更在于不断发现乃至创造新的需求，所以，当儿童消费经济的按钮被触动，它必然会造成一种以儿童消费者群体为对象的日益精细的消费需求考量。在儿童消费史上，这一经济以前所未有的大众影响力和启蒙力，推动了有关童年需求的相关观念、知识的普及。这方面最典型的例证之一，大概是18世纪的英国，作为约翰·洛克哲学及儿童教育思想的信奉者和追随者，现代商业童书之父、英国书商约翰·纽伯瑞以他成功的商业童书营销事业，大大促进了儿童在游戏娱乐中学习的观念在中下层民众意识里的普及。我们看今天围绕着儿童消费者的形象组织起来的消费网络，它对儿童生活各方面的考虑已经相当细密，对于儿童的身体和精神照料，也显出相当的系统性。从这个意义上说，儿童节经济也以自己的方式，回应着儿童节固有的政治诉求。

当然，在我看来，由于这种儿童节经济以盈利为重要目的，它最终构成了对儿童和成人的一种消费压迫。这就是为什么起初为了响应积极的儿童游戏观念而兴起的儿童玩具业，会演变为后来远远开发过度的儿童玩具产业。凭借"儿童节"式的观念或情感勒索，消费经济将众多成人无可奈何地卷入到了儿童消费无止境的竞争中。这个过程里，儿童节经济曾经内含的关切"儿童需要什么"的积极政治诉求，日益被关注"儿童想买什么"的消费诉求所取代和遮蔽。当儿童节仅仅成了一场消费追逐的热闹庆典，它的价值也在这样的追逐中日渐成为可疑的对象。

但我并不主张由今天的儿童节经济简单回到一种关于儿童的政治吁请。我相信，这样的要求可能反而会剥夺这么多年这个节庆在广大儿童群体中培养起来的情感意义。我看重这个节日迄今为止与儿童大众的日常生活建立起的情感联系，同时也认为，关于儿童节的反思应该带着这一重要而珍贵的情感联系，进一步寻求它对于当代儿童生存的现实价值与意义的实现。

今天，儿童节除了致力于为孩子们提供更好的生活福利，或许还应努力为这样一些关于童年的公共思考提供展示和探索的契机。

例如，在今天儿童生活条件普遍比过去更为富足的时代，什么才是对童年的更高尊重？倾听孩子自己的意愿，努力满足他的愿望，其中当然包含了尊重孩子的良好愿望。但一味迎合孩子的欲望，一味纵容孩子的需求，恰恰可能是对童年的不够尊重和不负责任。如何在一个消费膨胀的年代，既开放给儿童充分的生活和文化的权益，又为儿童刚刚迈开的脚步把好分寸、守住门槛，恐怕是我们今天的物质和文化生活必须面对的一项课题。

又如，在这个儿童生存环境发生重大变化的时代，怎样更好地保护一个孩子？进入新世纪以来，媒介和技术的变革给整个社会生活带来了翻天覆地的变化，与此同时，这些变革带来的大量棘手和前所未有的童年问题，也远超我们的预料和想象。许多既有的儿童保护伦理和规则难以及时应对新现实的冲击。自媒体泛滥导致的讯息的过度暴露，媒介启蒙滞后导致的文化上的"新文盲"现象，正在给当代儿童的生存发展带来难以估量的伤害性影响。在今天做一个合格的儿童保护人，也许比以往任何一个时代都不容易。

再如，在儿童节的欢愉气氛中，如何坚持不忘记它的背后当代童年的另一副面孔：饥饿、穷困、战乱、逃亡以及其间发生的一切不应属于童年的悲剧。童年的这副面孔与我们今天许多人的生活看似遥远，但它实际上一直左右着我们这个世界的运转。只要童年的这副面孔仍然存在，我们的社会和文化的进步便从未真正完成。唯有不忘记它，才有可能去改变它。

我以为，儿童节当然无法舍弃其政治、经济方面的属性与内容，但是归根结底，它提醒我们的应该是一种关乎童年的根本精神，一个我们社会、文化的关乎童年的根本伦理。在这里，一个孩子的欢笑是全世界的满足，一个孩子的眼泪是全世界的忧伤。

（原载 2018 年 5 月 30 日《文艺报》）

童书出版的困惑

童书作为一种文化记录和传播的媒介，其兴衰是同印刷媒介的兴衰紧密联系在一起的。回顾昨天，20 世纪 80 年代是从文学沙漠中出走的年代，试验和创新、伤痕和反思，发起了文学上的艺术突围，儿童文学也从困境中走出，破除单一的文字创作载体，不仅创作领域激情澎湃，出版领域也捷报频传。然而到了 90 年代以后，文学转入了困惑和茫然的时期，随着儿童文学生存环境的变化，儿童文学出版显得越来越艰难。我在参加图书评奖的时候注意到，大量童书印数在 1000 和 2000 之间，甚至有的只印了 122 本。这个数字低得惊人，没有一定的销量，再好的作品也产生不了大的反响，尤其是在现在这样一个资讯社会，把自己的念头和想法传播出去，才是最重要的事情。

分析现在的童书处境，我认为今天孩子的精神世界发生了很大变化，由此而导致的儿童文学的创作困惑是必然的，关键是作家和出版界都要用健康的心态去面对这一问题。随着孩子的选择增多，出版的媒介帝王形象开始崩塌，要继续保持出版的领跑地位，就必须探寻童书的最终出路。

随着经济发展和社会进步，财富增加实际上为图书提供了一个巨大的潜在购买市场，而文化产业如果能进一步完善产业链，准确把握住读者的需求，引导作家再学习、再思考，创作出真正适合当代读者的作品，那么无论是财富空间还是产业空间，都将有很大的提升潜力。在获取产业利益的同时，也能够给孩子们带去一个充满书香的童年。

（原载 2004 年 12 月 27 日《新民晚报》）

媒介中的课艺：一个变革时代的文化现象及其历史解读

——以早期《学生杂志》（1914—1918）为例

作为学术研究对象，学生的练习本在中国的学术研究体制中一直没有得到过系统的保存、关注和研究。因此，当我们试图对中国教育发展史上的学生练习本进行考察的时候，我们面临着无从下手的尴尬和困难。

但是，在重返历史现场的过程中，我们也发现，在清代晚期至民国初期的近代社会变革和文化转型过程中，伴随着近现代中国教育观念、内容、制度等的巨大变革，中国近代的传播媒介也有了惊人的发展。这些近代的传播媒介在以不同的方式参与时代的社会文化变革的同时，也以极大的热情介入和影响着中国近代教育变革和转型的进程。据有关的中国近代传媒史料研究介绍，"五四"前后出版的各类大中小学学生刊物就有数百种之多。[1] 在翻检这些已经泛黄了的媒介遗存和教育史料时，我们进一步发现，这些以大中小学学生为主要读者对象的学生刊物，发表了大量的各类学生练习，因此，通过对近现代学生杂志的检索和分析，我们不仅可以感受到一个特定的变革时代中，媒介与学生练习之间的密切联系，而且还可以借此解读出丰富的历史和文化内容。

一

　　从 1840 年爆发的鸦片战争开始，古老中国的社会生活、文化传统和观念遭受了巨大的冲击，并逐渐发生了深刻的变革。人们发现，曾经走在世界文明先进行列的中国，此时在经济、文化、科技等方面，都已经远远落后于西方。不但古老的刀矛弓矢根本抵挡不住西方坚船利炮的轰击，古老的思想文化也根本抵挡不住"西学"的传入。在严酷的现实面前，原先被视为至高无上的传统文化，开始被一些先进人士所怀疑。在中西文化的对峙、交汇、碰撞中，近代中国走上了曲折的革旧求新、救亡图存的觉醒之路。

　　这一漫长、痛苦、曲折的变革过程蕴含着极为丰富复杂的具体社会历史内容。从学生练习本研究的角度看，我们认为，以下文化动态所构成的基本历史背景是特别值得我们关注和思考的。

　　首先，晚清学术文化进入了一个"旧学派权威既坠，新学派系统未成，无定于一尊之弊，故自由之研究精神特盛"（梁启超语）的时期。面对"西学"的冲击，"中学"的发展开始挣脱了传统的汉宋之争和今古文经学之争，在汲取西学的同时开始了废弃旧学创建新学的时代更新。近代新学的构建是一个动态演变的历史过程。王先明教授认为，这一过程的复杂性在于，因为人们学识和知识背景的不同，因为人们认知程度的不断变化，人们所建构的新学体系及其内容也有所不同。但是，到了 20 世纪初，"新学"已被普遍认定为一种兼取中西的新的中学形态。尽管其具体内容无比丰富复杂，但大体说来，就内在结构而言，新学体系是一种融通中西的学术文化复合体，即以中学之纲常伦理与西学之西史、西艺、西政的合而为一。[2]

新学的历史建构过程及其所提供的新的学术文化面貌，具有多方面的社会历史文化意义和价值。对于本文的论题来说，新学也构成了当时教育改革的具体学术和文化背景，尤其是其中关于西史、西艺、西政方面的内容，不仅影响了当时新式教育的具体内容，也直接对学生的学习和练习内容面貌构成了广泛而深刻的影响。

其次，在晚清的各项社会改革中，教育改革是其中颇具成效的一项改革。中国封建教育在由传统向近现代的转型过程中，经历了洋务教育、维新教育、新政教育三个改革阶段。经过前两个阶段的积累，新政教育改革获得了最具突破性的进展。1901 年，清朝政府为了应对当时的社会政治、经济、文化危局，不得不开始在各个方面实行"新政"。这次"新政"在教育方面的改革主要有四项内容，即废除科举制度，建立新学制，厘定教育宗旨，改革教育行政机构。这些改革在中国教育史和文化史上的意义是极为深刻的。例如，1903 年拟订的《奏定学堂章程》对学校系统、课程设置、学校管理等都做了具体规定；1906 年科举制度的最终废除，结束了中国长达 1300 多年的科举取士传统；各级兴学机构也纷纷建立。这一切，都为近代学校教育体制在中国的建设和推广，从制度设计上提供了可能。

事实也正是如此。从 1902 年至 1911 年，近代学堂由 700 余所发展至 52500 所，在校学生数最高时达到 163 万多人。教育改革的具体行动也开始辐射、深入到普通教育领域，新型的大中小学及师范学校、各类专业技术学校纷纷出现，各级学校之间相互衔接，形成了比较完整的近代教育体系。[3]

近代教育的大规模普及，大中小学和师范学校、专业技术学校学生人数的迅速增长，从本文的观察视角来看，其实也就为近代学生杂志的创办和传播准备了相应的读者和社会条件。

最后，近现代传播媒介的兴起和发展，尤其是近现代学生杂志的大量创办和出现，不仅为当时的教育改革实践提供了具体的传播媒介和展示舞台，同时也在有意无意之间，为当时学生练习的呈现和保留，提供了一个独特的媒介空间和传播场所。

1815 年，英国伦敦教会派遣的传教士罗伯特·马礼逊（Robert Morison）、威廉·米伶（William Milne）创办了第一份中文近代新闻期刊《察世俗每月统记传》（*Chinese Monthly Magazine*），此后，由于时世所需，近代报刊在中国逐渐得到了发展。"据不完全统计，从 1895 年到 1898 年，全国出版的中文报刊有 120 种左右，其中 80% 左右是中国人自办的。"[4] 其中部分报刊已经开始刊载大量与学生练习有关的内容。例如，1898 年在教育改革的重地湖南出版的《湘报》，就对湖南全省各府、州、县改课书院的课程设置、教材内容、学生的优秀"课艺"（学习笔记、作业或试卷），乃至这一年湖南省属各府、州、县科举考试的试题，做了大量篇幅的登载。[5] 至"五四"前后，伴随着新文化运动的兴起和深入，大量以大中小学学生为主要受众的学生杂志陆续面世。这些杂志因为以大量发表学生各种形式的练习为主，所以被统称为"课艺派"杂志。如 1915 年创办的《中华学生界》，以培养品德、指导读书为主旨，内容涉及征题征答、优秀习作、外语学习、国文成绩等。1915 年发行的《国学》杂志，设有"学校课选""函授课选"两项。1917 年创办的《南开思潮》，主要发表学生写作的正论、小说和一般作业等。[6]

在诸多"课艺派"杂志中,由中国近代著名出版机构商务印书馆创办的《学生杂志》,是发行时间最长(1914—1947)、影响很大的一份学生刊物。该刊在长期的办刊过程当中,其栏目、内容、风格等,都发生过较大的变化。不过,我们感兴趣的是,在《学生杂志》创刊的最初几年间,该刊在"学艺""文苑""杂纂"等许多栏目中,发表了大量当时学生的练习和各类习作,因而被时人视为典型的课艺杂志——而这也成了本文以早期《学生杂志》(1914—1918)为个案,描述当时学生练习在传媒中的呈现内容和形态,并进而探讨这一现象背后所隐藏着的社会文化内容和历史特征的主要原因。

二

成立于 1897 年的商务印书馆,早期是一家以编印新式中小学教科书为主要业务的出版机构。至 1914 年,该馆已成为当时中国最大的集编辑、印刷、发行为一体的出版企业。这年 7 月,一家以中学生为主要受众,兼及小学生和大学生的学生杂志在该馆面世了,这就是中国近现代报刊史和教育史上知名的《学生杂志》。

《学生杂志》1914 年 7 月在上海创刊,月刊,每月 20 日发行;第 1 卷共出 6 号,次年起,按年分卷,按月分号;出至 18 卷 11 号(1931 年 11 月)第一次停刊;1938 年 12 月在香港复刊,卷期续前,至 21 卷 11 号(1941 年 11 月)后,再次停刊,1944 年 12 月在重庆复刊,卷期续前;1946 年,迁回上海出版;1947 年 8 月停刊;合为 24 卷。

《学生杂志》从创办之初起，就十分重视征集和发表各级各类学校的学生来稿。例如，在1914年9月出版的第1卷第3号的首页上，刊载了《征集文字图片简章》[7]：

> 本社创刊学生杂志出版以来，颇见风行。惟本志材料除本社社员撰著外，全采各校学生投稿，以期各抒所长，藉获互相观摩之益。务希各校学生，惠寄佳篇，增敝志光。无论文字图片均所欢迎。兹将征集简章列下：

> 惠寄之件，不拘体裁，不论长短，左列各门，尤为重要：　一论说　凡试验中或课业外所作论文均可。　二　学艺　各学科上研究之心得。　三　修养　平日修德养身之心得。　四　文苑　诗词唱歌、笔记杂俎之类。　五　小说　无论短篇长篇、文言白话均可。　六　英文普通之论说书札及文学上一切文字并附列译文。　七　图片　学生之手工图画成品，及学校中之各种影片。

> ……

由此可见，《学生杂志》的稿源，大部分来源于各地各类大中小学学生，尤其是中学生的投稿。而这些投稿中，绝大部分属于与课堂学习有关的心得、论文、随笔及文学、美术、摄影等作品。以1914年第1卷第1号至第6号的"学艺"栏目为例，其中发表的学生文章情况如下：

表一

	第1号	第2号	第3号	第4号	第5号	第6号
总文章数	10	8	8	6	8	6
学生文章数	7	3	6	5	6	5

从表一可以看出，1914年第1卷1至6号"学艺"栏目共发表各

类文章 46 篇，其中学生作者的各类文章共 32 篇，约占 69.6%。

再随机抽取 1917 年第 4 卷第 5 号，该号在"图画""论说""演讲""译论""学艺""体育""文苑""小说""杂纂""余兴"等各栏目发表的各类作品情况是：

表二

	图画	论说	演讲	译论	学艺	体育	文苑	小说	杂纂	余兴
总文章数	7	2	1	1	4	1	34	1	3	2
学生文章数	7	1	0	0	3	0	29	0	3	2

从表二可以看出，1917 年第 4 卷第 5 号各栏目共发表各类文章、美术作品共 56 篇（幅），其中学生作品共 45 篇（幅），约占 80%。

表一、表二所提供的情况，大体上反映了《学生杂志》在创办的最初五六年间所发表的各类学生练习的数量比例。在当时和后来，那一时期的《学生杂志》被人们定位为一本课艺刊物，是符合实际的。

当然，除了关注数量方面的统计学结果外，我们更应关注的，是这一时期《学生杂志》所发表的各类学生练习在内容上所包含的社会内容和历史脉动。

1914 年至 1918 年，对于中国来说，正处在这样一个特定的时期：1911 年的辛亥革命已经在制度上结束了封建帝国的统治，深刻影响了 20 世纪中国整个思想文化走向的"五四"新文化运动正在酝酿中呼之欲出；在欧洲，第一次世界大战的爆发及其结果也逐渐辐射并影响到地处远东的中国大陆。这一切，也在很大程度上规定了当时整个中国的教育界和青年学生所可能拥有的精神面貌和学习生活，包括他们的各类练习、作业的内容和面貌。

一、救亡图存的危难意识在学生课艺中的保存

自 1840 年鸦片战争以后，古老的中国进入了民族危难当头、神州陆沉的历史关头。救亡图存的时代主题，规定了当时中国的先进分子，尤其是知识分子的特殊心态和历史使命感，决定了他们的思考和实践的焦点、重心必然是与急迫的社会政治与民族危难问题紧紧结合在一起的。壮怀激烈，慷慨悲歌，勾勒出一代知识分子的群体形象。很显然，一个危难时代的降临，一代知识分子的思考和呐喊，不能不对一个时代的教育理想和教育生活产生或激烈、或微妙的冲击，也不能不对一个时代的儿童与青年学生的精神结构和知识生活产生或直接、或间接的影响。从早期《学生杂志》所发表的学生的论说、随笔等方面的练习来看，当时青少年学生的眼光和视野已经不再局限于古老的四书五经的束缚，不再拘囿于封闭的课堂的限制，他们联系历史，放眼域外，关注现实，思考未来。例如，《学生杂志》陆续发表了江苏省立第二师范学校学生丁传商的《我国外交自前清道咸以来无往而非失败推厥原由首在江宁条约次在天津条约试略述其梗概》（第1卷第3号）、江苏省立第二师范学校学生黄铁崖的《本国历史研究之注意》（第1卷第5号）、广东公立法政专门学校学生虞槐伯的《租借地与割让地之差别》（第1卷第6号）、山西第二师范学校学生张子潜的《说河东地理与中国将来之关系》（第2卷第1号）等习作。在丁传商的习作中，作者开始思考近代以来中国国势衰弱

的原因，他写道："呜呼，国势衰弱，于今为烈。危急存亡，间不容发。推厥原由，非内政使然，实外祸所致。彼则得陇望蜀，窥我堂奥；我则事事退让，因循苟且。虽然，岂一朝一夕之故哉。所由来渐矣。溯其原，推其由，首在江宁条约，次则天津条约。"虽然，作者的分析和观点不一定全面和准确，但习作中所透露、表达的历史思考和现实情怀，却显示了一个时代的民族不幸和屈辱，在当时学生身上所引发的思想触动，所留下的深刻烙印。

与此同时，学生练习中也时时表现出了他们对于域外情势的关注和思索。《欧战之远因》（浙江私立法政专门学校学生孔涤奄，第1卷第5号）、《欧战溯源》（上海沪江大学学生严恩椿，第2卷第1号）等习作对于正在欧洲激战的第一次世界大战的爆发原因做了初步的思考。《欧战之远因》认为，"今日之大战……原因则固有蛛丝马迹之可寻者也"；"一曰由于欲维持军事之局面也……二曰由于种族界限之未除也……三曰由于科学发达而欲藉战争以为试验场也……"在分析了"远因"的同时，作者还分析了"诱起今日剧战之近因"。此外，《南海与世界之关系》（江苏省立第四师范学校学生刘文焯，第1卷第1号）、《国粹主义与欧化主义》（江苏省立第二师范学校学生陆福基，第1卷第4号）等习作，则将中外各国及其地理、文化、价值等联系起来，进行了初步的分析与比较。《国粹主义与欧化主义》一文的作者认为："抟抟大地，一竞争之场也……列强眈眈，群雄逐逐，富强者存，贫弱者亡。岌岌乎其不可终日也。事急矣，势危矣，将何以固本？曰国粹主义。将何以救弱？曰欧化主义。国粹主义者，立国之本；欧化主义者，强国之原。不知国粹主义，是谓亡本；亡本者其国必败。不知欧化主义，是谓泥古；泥古者其国必弱。若是则国粹主义与欧化主义，固未可偏废也。"联系在此前后中国学术界关于"中学"与"西学"的"体""用"之争，我们发现，这一争论在一个普通中等师范学校预科生的习作中，也得到了延伸和呈现。

二、近代西方自然科学与技术引进背景下的学生课艺

众所周知，中国古代有一个很长的自然研究（Natural Studies）的传统，但是，近古以来，中国并没有独立发展出如西方近代科学那样的自然科学知识系统。在经历了曲折而漫长的犹豫、学习乃至误读之后，近代知识分子的智力兴趣逐渐由庞杂的博物学，转向分科化、系统化的近代科学。至少在20世纪初年，"新学"已经普遍被认定为是一种"兼取中西"的新的知识和学术形态。"从此内讲中国文学，以研经义、国闻、掌故、名物，则为有用之才；外求各国科学，以研工艺、物力、政教、法律，则为通方之学。"[8] 经过晚清时期洋务教育、维新教育、新政教育三个阶段的改革，在"废八股、倡西学"的理念冲击下，新式学堂的教育内容已经发生了巨大的变革，人们特别强调重视西方科学知识的传授及其学习方法、研究方法的探讨。而这一切，也在早期《学生杂志》所发表的"课艺"中，留下了十分深刻的历史痕迹。

相对于在旧式教育制度下学习和成长的学生们来说，近代新式学堂给学生们提供了极为不同的知识生活，也向他们提供了培养更为丰富的智力兴趣和知识热情的可能性。这最突出地表现在学生的"课艺"中出现了大量以自然科学知识的学习和实验探讨为内容的习作。我们在早期的《学生杂志》上，就看到了这样一些学生习作——《代数学问题演草》

《三角法与代数学公式之变换》《彗星考》（第1卷第1号）、《说明分子量克分子之定义及其理由并分子量之测定法》《游戏算术》（第1卷第2号）、《用盐酸溶解纯大理石二百格所需之盐酸并所生之碳酸气各为若干格又使苛性曹达吸收此碳酸气全部所生之碳酸曹达为若干克》（第1卷第3号）、《试举远心力定律之公式并说明其原理且就实验计算远心力之多少》《物理题演草》（第1卷第4号）、《萤火研究可为灯火改良之方针说》《蝗螈驱除预防法》《开多次方之研究》（第1卷第5号）、《天演学辨惑》（第1卷第6号）、《动物生殖之进化阶段》《二数相乘得积之理可依等差级数解之》（第2卷第1号）、《水分与植物生理之关系》《活细胞与死细胞组织之异致》（第2卷第2号）、《蝶蛾类鳞粉转写法》《动物生态之研究》（第2卷第3号）、《植物之变化》《弹力橡皮之种类性质及栽培采集制作法》（第4卷第1号）、《$a^{2m} \pm a^{2n} = M(10)$ 之证明》《圆函数相关之定则及公式》（第4卷第2号）、《论植物之雌雄性别及其变化》《空气窒素间接利用法之研究》（第4卷第5号），等等。这些习作的内容涉及数学、物理、化学、植物学、生物学、天文学等学科知识及相关的实验和实用方法的探讨，我们从中感受到的是当时教育界和学生这一特定的知识受众对近代自然科学知识的学习兴趣和钻研热情。我们知道，西方的近代科学早已经被中国的知识分子纳入"格致之学"的范围之内，到了19世纪末20世纪初，一部分知识分子认为，西方的天文历算等学问具有实用价值，西人"船坚炮利"的背后与算学力学的精密有着直接的联系，这就使得自然研究本身作为"学"的意义凸现出来了。应该说，近代"西学"在当时的输入和传播，这仍然首先是因为中国本土的一种需要，而"西学"——包括近代西方自然科学以及西史、西艺、西政等等的输入和传播，不仅构成了当时中国教育的知识背景，而且直接进入了中国学生的学习生活和求知过程，并在相当程度上借助媒介中的练习发表而得以保存、记忆和收藏。

三、课艺：一代学生集体性格与精神世界的呈现

在中国传统的以封建纲常伦理为核心的文化体系中，儿童是没有独立的精神和人格的。在中国传统的封建教育体制和科举取士传统控制下，年轻人的个性和精神在总体上也是被束缚和压抑的；他们天真的心性、自由的性格、蓬勃的精神世界往往还来不及生长和发育，就已经被传统的文化力量和教育容器塑造并收容其中了。19 世纪末 20 世纪初，中国近代一些进步的思想家们开始谈论近代的人格平等观念，抨击封建传统伦理道德的伪善和凶险。近代中国思想界的观念推进，通过后来一系列文化制度尤其是教育制度上的变革而逐渐得到了艰难的落实。传统儿童观的革命性变革和新式教育制度的逐步建立，开始改变着在传统文化及其制度挤压下匍匐生存了许多个世纪的中国儿童，包括青年学生的集体性格和精神世界。

在早期《学生杂志》所发表的各类课艺中，这种集体性格和精神世界的改变，首先表现为一种视野的拓展和精神的敞开。一代青少年学生走出了幽闭的传统私塾课堂，他们不仅思考中国的现实与传统（《本国历史研究之注意》，第 1 卷第 5 号；《易为中国之灵魂学》，第 2 卷第 2 号），而且关注域外文明和民族未来（《说河东地理与中国将来之关系》，第 2 卷第 1 号）；不仅研习中国传统学问，而且钻研近代西方格致之学（见上文所列篇目）；不仅关心外部世

界的广袤，而且思考自身的存在特点（《中学生宜注意法制经济说》，第1卷第2号；《余之学生观》，第1卷第4号）；不仅探索物质和自然领域的奥秘，而且关怀人文和心灵的建设（《心之意味》，第1卷第4号；《名誉为第二生命说》第1卷第4号）……与在传统私塾课堂和教育制度下成长的青年学生相比，这一时代青少年学生的各类练习和习作中所显示的，无疑是更为开阔的心灵和思想空间。

一代青年学生的这种集体性格和精神世界的改变，还表现为独立思考、自由探索的热情、意识和个性的逐渐养成。尽管19世纪末、20世纪初叶以降的社会文化变革过程充满了无法回避的艰难、复杂、曲折乃至倒退，但是，一个在阵痛中发生着不可逆转的变革的时代，毕竟已经为一代学生集体的精神和性格塑造，提供了新的文化条件和历史机缘。通过相对新式的课堂学习，借助相对独立的课业练习，凭借着探索的勇气、率真的个性，他们延伸和展现了一种独立、自由、追求的精神性格。例如，第1卷第1号所登载的《南海与世界之关系》一文，从中国的黄海、东海、南海三大海域的比较出发，探讨南海特殊的地理位置及其与世界各国的特殊联系。作者认为，如能注重南海之经济、交通、军事等方面的发展和强盛，"安知我国将来不与英美并驾齐驱乎哉！然则南海一部，正今日所当亟亟注意者也"。第1卷第5号发表的《萤火研究可为灯火改良之方针说》一文分析了萤火的发光原理和优点，认为"萤光得水愈炽，风吹益强；无耗费之热，无失慎之忧，况其光清丽美妙，最合乎吾人之视觉，真吾理想中之安全灯也。苟能以萤发光体之要素研究得之，则有光无热之灯火斯达其目的。此吾所深望生物学者详加研究，以谋人类之幸福也"。虽然这些观点和分析不一定全面、准确、可行，在文字和思维的呈现方面，还难免带有一些稚嫩或偏执的痕迹，但是，在自由的思考和陈述中，这些学生课艺所蕴藏着的激情和想象力，所展示的独立思考、探索之精神，却是弥足珍贵的。

如果说，在中国漫长的封建社会历史进程中，童年常常无法摆脱在精神和文化上夭折的命运的话，那么，到了20世纪初叶，伴随着近代儿童观的逐步确立，伴随着近代中国社会文化变革过程的推进，一代青少年学生的集体性格和精神世界也发生了深刻的重塑和变迁。开放、多元、独立、探索等元素逐渐开始成为这种集体性格和精神世界的主要构件。而以早期《学生杂志》等为代表的"课艺派"杂志，无疑为这种重塑和变迁，提供了一个自由的空间，一个生长的舞台。

1919年"五四"新文化运动爆发，《学生杂志》所面临的外部社会文化条件又发生了新的剧变。20世纪20年代后，为了顺应"五四"新文化运动的潮流和学生读者的新需要，《学生杂志》在张元济主持下着手进行改革。1921年，聘请杨贤江负责对刊物"大加改良"。此后若干年，《学生杂志》发表了大量社评和教育专论，宣传新思想、新文化，而它作为一本大量发表优秀学生练习的课艺杂志的特征，则慢慢地消失了。

三

通过以上对时代背景和早期《学生杂志》课艺内容的分析，我们可以发现以下几点：

从媒介自身生存和发展的角度看，20世纪初的大众传播媒介，对于中国绝大多数普通受众来说还是相当陌生的事物，对于儿童和青少年学生来说，情况同样如此。早期《学生杂志》以发表新式学堂学生自己的"课艺"作品为主，在内容上十分贴近自己的基本受众，包括学生、教师、父母和一般知识青年。因此，早期《学生杂志》以自己的"课艺派"杂志定位，拥有了独特的媒介亲和力，使杂志成了一种十分有效的文化传播渠道，也用自己的方式在一定程度上实现了公众媒介素养的提升。

从近现代新式教育的实践和推进上看，由于早期《学生杂志》所发表的大都属于新式学校学生的优秀课艺和习作，在质量上，他们处于当时大众化教育水平的最顶层；从这个意义上说，这些优秀课艺和习作的发表，为整个新式教育提供了一种信心和示范，而杂志本身，也成为整个社会共同拥有的一所"看不见的学校"。

从媒介、教育与社会发展之间的关系来看，学生课艺和习作的发表，成为沟通它们之间历史联系的一个极为有效的中介因素。通过这些课艺的大量发表，新兴的媒介与新式教育之间产生了密切的联系；新思想、新文化的孕育和生长，与一代学生群体集体性格和精神世界的塑造之间，实现了一种微妙的对接；相对独立的教育现场则与广阔的新型文化系统和公共舆论空间建立了某种有效的互通平台。一句话，因为早期《学生杂志》中的学生课艺的揭载和存在，20世纪第二个十年中，媒介、教育与社会发展之间，形成了一道小小的、独特的文化风景。

总之，与当时的社会思想风气及时代变革进程相呼应，早期《学生杂志》所发表的学生课艺与练习，在很大程度上反映了当时教育界观念更新、思想开放、关注西方文明和对传统文化进行重新解读与发挥的时代特征，它是与晚清以降的整个社会思潮倾向相一致的。同时，早期《学生杂志》对学生课艺和习作的关注和登载，既以一种特殊的方式为中国教育史保存了当时曾经存在过的那些生动的课艺内容，同时它也成为那个时代整个社会和教育变革、发展的一份生动、别致的历史档案。

注 释

[1] 刘宇新：《读者的天空："五四"时期"课艺派"杂志的传媒理念》，《传媒》2005年第2期。

[2] 王先明：《近代"新学"形成的历史轨迹与时代特征》，《天津社会科学》2002年第1期，《新华文摘》2002年第6期。

[3] 李绮：《晚清教育改革的历史考察》，《学海》2000年第5期。

[4] 方汉奇主编：《中国新闻事业通史》第1卷，北京：中国人民大学出版社1992年版，第539页。

[5] 参见罗小琼：《浅议晚清教育》，《清史研究》1995年第4期。

[6] 刘宇新：《读者的天空："五四"时期"课艺派"杂志的传媒理念》，《传媒》2005年第2期。

[7] 本文所引《学生杂志》内容均来自1914至1918年间5卷共54册《学生杂志》，商务印书馆出版。

[8] 王先明：《近代"新学"形成的历史轨迹与时代特征》，《天津社会科学》2002年第1期，《新华文摘》2002年第6期。

（原载2008年第6期《浙江社会科学》）

多学科、跨文化视野下的国际学校练习本研究及其启示

　　学生练习作为学校教学的一种重要的学习考察方式和知识巩固手段，长期以来都是教学过程必不可少的组成部分和教学研究的一个重要内容。然而，当我们出于各种研究目的，对参与或者影响教学过程的各种显性、隐性因素进行细密而周全的发掘和分析时，用以承载学生练习的各种形式的练习本，作为一种特殊的研究资源，却很少系统地进入我们的研究视野。在我们所保存的各类教育历史文档中，不乏关于教育法规、政策、思潮、观念以及各种教育运动和活动的记录，而对于练习本这一生动地体现了某一时期的教学内容、教学方法、师生关系、校园文化、社会生活等的文字档案，则似乎缺乏相应的关注和探讨。事实上，学校练习本在内容和形式上的承继与变迁，作为展现学校教育史以及教育与社会、文化、意识形态之间的丰富而复杂的关系的生动标本，有着十分特殊的研究价值。

　　广义上的学校练习本研究是指对于学校教育、教学活动中经由学生参与形成的一切书面文字材料的研究，其研究对象既包括一般意义上的学生练习册和笔记本，也包括试卷、班报、墙报、校报以及由学生参与制作的各种教学资料等。学校练习本作为一种可以从多角度、多层次进行研究阐释的综合性研究资源，包括了教育史、童年史、社会发展史、教育出版史、语言学史、插图史和文化人类学等多

方面的内容，其研究因而具有相当强的跨学科性。

研究对象的复杂性直接导致了研究方法的多样性，而如何在不同的研究角度和研究方法之间建立起广泛而有效的关联，一方面，绘制出现有的学校练习本研究版图，以实现不同地区的不同研究在同一研究对象领域的连接、沟通；另一方面，在现有研究成果的基础上，通过交流、碰撞，发现和开拓新的研究疆域，对于推进学校练习本研究的学术力度，提升其学术层次，具有十分重要的意义。

本文将以当今世界范围内的学校练习本研究为背景，就国际学校练习本研究的内容、方法等做初步的评述和思考。[1]

一、学校练习本的研究内容

学校练习本是对于学校教学生活内容和校园文化的生动反映，其丰富的内涵决定了对于学校练习本的研究也必然是可以从多个角度进行切入和展开的。

1. 练习内容的研究

对于学生练习内容的研究是学校练习本研究最基本和最重要的研究内容，它包括特定时代的学科知识、教学内容、学生面貌、教学方法、校园文化和社会文化等多个方面。其中学科教学内容是练习内容研究通常会涉及的第一个层面的内容。

在保存较为完整的一部分学校练习本资料中，我们可以得到有关某一时期各科教学内容的详细记载，并获知历史上该学科教学的一些基本情况。20世纪70年代，一位名叫莎尔·艾尔比祖的西班牙女孩把自己四年间就读于西班牙一所国立小学的练习本编订为四卷，其中包括听写、写作、语法、地理、历史、自然科学、数学、宗教、政治及女工等多门学科的练习内容，为人们了解和研究那个时代的学科和教学发展提供了一个十分具体的样本。[2] 就单门学科而言，俄罗斯学者爱拉·塞尔尼科娃 (Alla Salnikova) 在其研究论文《布尔什维克统治初期俄罗斯儿童写作的变迁："苏维埃主义"的内化》中，以1917年俄国十月革命后一部分学生的写作练习内容为分析对象，指出了它们所反映的布尔什维克统治初期国内儿童习作的变迁。葡萄牙学者杰拉·卡佛罗 (Guida Carvalho) 在《希尔玛拉·达·考斯塔·普莱莫：透过学生练习本显示的教育方法》一文中，以萨拉查"新国家"独裁政权时期为背景，以特定的学生练习册为研究对象，分析了当时中学和大学生物科学教学的艰难而重要的发展过程。此外，学生的练习本还提供了关于教师授课与学生练习两种内容之间的有趣对比。例如，意大利热那亚大学的奥尔伽·罗茜·卡萨塔娜 (Olga Rossi Cassottana) 教授在题为《寻找消失的学校》的研究论文中，就以20世纪30年代中期的一部分意大利学生练习为例，就当时一种特定教学方法下教师的授课内容和学生的练习内容进行了分析和对比，并揭示出它们之间相互的关系。

除了学科知识外，学生练习尤其是写作练习，同时也是关于一代学生思想、观念和精神风貌的生动记载。中国学者方卫平等撰写的研究论文《媒介中的课艺：一个变革时代的文化现象及其历史解读》[3]，以 19 世纪末 20 世纪初的中国社会为例，认为不但当时社会的大动荡、大变革在学校教学内容和学生练习中留下了独特的印痕，而且，一代儿童和青年关心民生、独立自主、敢于思考、勇于创新的精神风貌，也在当时许多公开发表的"学生课艺"上得到了生动的反映。同样是在 19 世纪末至 20 世纪初的意大利，一批学生写作练习也对那个时代意大利儿童观和学生观的变迁做了独特的记录。由于学生开始被真正视为学校教育的中心，他们的写作也摆脱了虚饰和做作，开始在写作练习和日记中书写真实的想法，表达个性的本真。意大利热那亚大学的戴维·蒙提诺 (Davide Montino) 教授在《从学童到儿童：学校儿童的自觉性与主体性》一文中指出，这些学生练习为教育史研究者提供了关于特定时期儿童观、儿童世界和儿童思维发展的珍贵材料。不仅如此，很多时候，这些材料还是对于既成的儿童观和学生观的提醒与反拨。20 世纪二三十年代，一位名为约瑟夫·朗巴多·莱迪斯的意大利教育家从意大利各地搜集起一大批六至十岁儿童的练习本，并对这些儿童练习中的写作和绘画内容进行了分析和研究。他发现在这些练习中，儿童显示了超出成人想象的美学表达能力和自由、独特的创作才华。

教学方法是与授课内容和授课对象直接相关的教学过程构成要素，因此，练习内容研究的第三个方面，便是学生练习中所体现的具体的或特定的学校教学方法。这里既包括作为大范围的教育思潮、教育运动和国家教育指示的内容之一得到提倡的教学方法，也包括在具体教学活动中，教师个体或者学校根据教学需要发明使用继而得到推广与流传的教学方法。20 世纪 30 年代中期，西班牙教育家弗列尼 (Freinet) 开始了他的"新学校"和"大众教育"的推行运动，倡导将操作性的游戏或活动引入教学方法之中。这一教育理念和运动同时受到了学校教师的赞同和抵制，并在学生练习中得到了鲜明的反映。西班牙萨拉曼卡大学的何塞·马利亚·赫南邓兹·达斯 (José Maria Hernández Díaz) 和何塞·路易斯·赫南邓兹·休塔 (José Luis Hernández Huerta) 两位教授在《西班牙内战期间的学校练习本与弗列尼教学法》一文中，以 1936—1939 年间西班牙学校的部分学生练习本为例，撰文分析了学生练习中所体现的不同地区的学校教育对于弗列尼教学方法的拒斥或援用。同样，法国雷恩大学教授伊芙琳·海莉 (Evelyne Hery) 在《学生练习本与学校实际课程》一文中，以 20 世纪 40 年代末的四种学校练习本为例，发掘和阐述了其中关于当时课程设置、教学活动、学校文化以及学校发展史建构方面的重要内容。1935 年至 1950 年间，在阿根廷罗萨里奥地区一所名为伊斯库拉·赛里那的实验小学，许多新的学校教育原则和教学方法得到推行，从而使这所学校在阿根廷教育改革史上具有了里程碑意义。尤其是该校教师将大量图片运用于教学实践的新方法，在很大程度上提升了教学的质量和效果。这一教学方法也在该校学生的练习本上得到了生动的反映。阿根廷罗萨里奥国立大学的玛丽亚·德·卡门·费南德兹 (María del Carmen Fernández) 等三位教授在《塞丽娜实验小学练习本中图像的力量》一文中，对这一现象做出了较为详尽的分析与论述。意大利博罗尼亚大学的米瑞拉·德·阿参佐 (Mirella D' Ascenzo) 教授的论文《在教育理论与教学实践之间》也以具体的学生练习本为例，分别就特定历史时期教师的教学方法进行了探讨。这些在学生练习中得到记载的教学方法，构成了对于教学和教育史的特别的注脚。

尽管练习本的使用大多与课堂教学相关，但它们却提供了比课堂教学丰富得多的校园文化内容。2000 年，西班牙马德里孔普鲁顿大学的萨拉·瑞默斯·查摩若 (Sara Ramos Zamoba) 和阿尔卡拉·德·埃纳雷斯大学的玛丽亚·德·玛·德·普佐·安德瑞斯 (Maria del Mar del Pozo Andrés) 两位教授开始了西班牙国内首个学校练习本的研究计划。她们搜集了 1922 年至 1942 年间来自西班牙大多数省份的学生练习本样本，并对这些样本进行了细致的解读和分析。在题为《西班牙学校练习本中的书写练习模式 (1920—1940)》一文中，她们认为，一个时代教育家和教师的观念，在很大程度上影响了这一时期学校教育和校园文化的基本面貌，进而从当时教育家所倡导的教育文化、学校教师所传授的帝国文化、学生练习本中所实际表现出的学校文化三个方面，对于学生练习本中的临摹、听写、缩写和作文四种练习内容进行了分析和比较，并在最后指出，学生练习究竟能否反映学生自己的个性和思想，取决于教师对于学生个性的尊重程度、教师本人与进步教育思潮的关系及其对于教学中"自由"一词的理解。

特定时代的社会文化内容也会在一定程度上影响和规约着该时代的学校教育体制。从学生练习的角度切入特定社会文化内容的研究，同样是一个颇有意义的话题。意大利费拉拉大学的乔瓦尼·杰诺凡斯 (Giovanni Genovesi) 教授在《学校练习本中的生活日记》一文中，就以 1928—1929 年间意大利儿童杂志上发表的一部分儿童作文为分析对象，指出这些作文所记录的儿童日常生活、家庭和活动情况等既体现了当时学校的师生关系、生活背景和行为方式，也反映了意大利小学教师对于法西斯运动的背离和对于教育职业本身的忠诚。诚如德国埃尔兰根-纽伦堡大学的伊丽莎白·艾德曼 (Elisabeth Erdmann) 教授在其研究标题中所道明的那样，学校练习本即其"所处时代之明镜"。

2. 练习和练习本形式的研究

相比于练习内容的研究，当前针对练习本形式所展开的研究由于受到练习原件及保存条件等方面的限制，不但为数较少，研究也较为分散，其话题涉及练习本的封面、插画、样式、开本、装订以及练习本物质载体的历史变迁等。这方面比较有代表性的学者如意大利热那亚大学的罗贝托·佩勒雷 (Roberto Pellerey) 教授。在题为《方形、加线抑或空白？》的研究论文中，他以世界各地 18 种不同的学校练习本为研究对象，从开本、书脊、插画、封面、装订以及书页组成等方面，对这些练习本进行了比较性的研究。他指出，尽管有着书写习惯和文化习俗的区别，但就练习本的原材料特征和书页组成来看，各个地区的练习本并不存在本质性的差别；然而，不同的封面、插画和纸张则体现了不同的美学、教育和伦理规则。佩勒雷认为，所有的练习本都可以在总体上做出两种区分，一是用于严格的学科知识训练的练习本，一是类似个人日记簿之类的通用练习本。不同形式的练习本都致力于将严格的知识训练与愉悦的审美享受相结合。意大利马切拉塔大学教授保拉·佩洛蒂诺 (Paola Pallottino) 的研究则专门选取练习本的封面和插图为研究对象，其研究论文《意大利练习册的封面插图》以一个包括七百种学校练习本在内的样本群体为例，分析了 20 世纪前 60 年中学校练习本封面插图的特色及其变化。研究揭示了练习本封面与学校课本插画之间的跟从和接续关系，并指出，随着教育的普及，练习本生产从一个地区性的行业成了全国性的工业，各种类型的练习本也应运而生，涉及的学科有文有理，封面印制有彩图也有漫画，插图内容包括商业广告和墨索里尼像等法西斯政治宣传内容。他同时分析了这些练习本的外在形式、种类及其使用的印刷技术和插画、摄影等。意大利罗马大学的乔凡娜·阿拉特莉 (Giovanna Alatri) 和弗朗西斯卡·盖戈里阿多 (Francesca Gagliardo) 两位教授的题为《练习本封面》的研究，梳理了意大利学校练习本封面从 20 世纪初至今的发展历程及其所具有的教育学、美学意义，以及这些封面对于历史、地理、艺术、自然科学等各门学科的教育学意义和在国家意识形态宣传、控制方面的意义。另一位意大利学者、费拉拉大学的埃琳娜·玛瑞斯科提 (Elena Marescotti) 教授的论文《作为教学工具的学校练习本封面：从自然世界到环境教育史》专门从自然内容的角度切入，分析了 19、20 世纪之间意大利一部分学校练习本的封面特色以及其中所反映的关于自然和人与自然关系的内容。

练习本物质载体的历史变迁是练习本形式研究中一个颇富趣味性的话题。由于各民族在物质发展的不同阶段都有过不同形式载体的练习本，对于这些载体进行纵向和横向的比较研究，就显出特别的趣味。不过由于从事该研究所需要掌握的实物资料不易获得和保存，目前看来，这方面的研究成果仍较为缺乏。其中塞尔维亚贝尔格莱德教育学博物馆的研究者玛雅·尼可洛娃 (Maia Nikolova) 的纵向研究具有一定的代表性。在《塞尔维亚学校教育史上的练习本》一文中，尼可洛娃将塞尔维亚历史上的学校练习本置放在学校教学史的背景上进行考察，分四个时段分析了 19 世纪初至第二次世界大战期间塞尔维亚学校练习本载体形式的变迁，并就练习本所体现的不同年级的不同练习形式进行了探讨。

练习本的形式与其生产方式有着密切的关联，因此也有不少研究者从练习本的生产角度切入练习本的研究。例如巴西里约热内卢州立大学教授安娜·克里斯蒂娜·米格诺特 (Ana Chrystina Mignot) 题为《在需求与禁令之间：学校练习本生产界的卡扎·克鲁兹》的研究文章，从学校练习本生产的角度分析了 20 世纪 20 年代后半期由里约热内卢的卡扎·克鲁兹百年文具店制作和销售的学校练习本，并指出，这些练习本的封面、扉页、标题、内文等的变化，是与当时霸权化的教育、政治价值观相对应的，也反映了那一时期整个巴西学校练习本生产的变迁。意大利马切拉塔大学教授朵莱娜·卡若里 (Dorena Caroli) 在《作为苏联学习资源的学生和少先队员练习册 (1917—1939)》一文中就一组俄国和苏联学生的练习册样本展开分析研究，其中也涉及了十月革命前后学校练习本的形式、生产和分配方式的变化。

3. 对于学校练习本研究价值的研究

一般说来，关于学校练习本研究价值的研究大多融汇在具体的练习内容和形式研究之中，但也有研究者专门就练习本作为一种特殊的研究资源所具有的多重研究价值展开探讨。例如，意大利马切拉塔大学的罗贝托·赛尼 (Roberto Sani) 教授就特别强调学校练习本作为研究 19、20 世纪之间学校教育和练习方法史的一种综合性资源所具有的多重价值，但总体上看，这方面的研究在练习本研究内容中仍为少数。

二、 学校练习本的研究方法

学校练习本与教育史、学校发展史、民族史以及社会、文化变革之间的或隐或显的关联，决定了练习本研究借以展开的方法论途径也是多种多样的。从目前世界范围内的学校练习本研究现状来看，其最主要的方法论资源，主要来自历史学、语言学、社会学和文化研究。

1. 历史学的研究方法

从历史学的角度切入学校练习本研究，主要涉及两个方面的内容：一是练习本自身的发展史；二是练习本作为一种重要的学校教学手段，对于学校、教育发展史乃至整个社会、文化发展史的意义。当然，在具体的研究和论述中，这两者也往往结合在一起，因为对于练习本发展史的研究，总是不可避免地与某一阶段的教育、社会、文化发展史相连。通过对学校练习本的发展史的研究，一方面可以为教育史的研究和撰写提供来自"学生练习"这样一个特殊层面的生动、具体、丰富的参考，如上文提及的尼可洛娃的研究。此外如斯洛文尼亚学者布兰克·苏斯塔 (Branko Sustar) 的研究《19 世纪中期至 20 世纪中期介于儿童习作与编辑产品之间的学校练习本》，以斯洛文尼亚学校图书馆收藏的学生练习本和师生个人记录资料为例，结合相关历史时期的教育学杂志、文章、报道等，回溯了斯洛文尼亚学校练习本的发展历史及其所包含的政治和社会内容。意大利莫利塞大学的麦可拉·德艾莱西尔 (Michela D'Alessio) 教授在《莫利塞大学学校机构史、教材史、儿童文学史档案与研究中心的学校练习本收藏》一文中，也以所在的莫利塞大学收藏的 19、20 世纪之间莫利塞地区小学、中学学生的临摹练习本为对象，分析了这些学生练习的特点，并就学校临摹本作为一种学校发展史的研究资源，提出了方法论上的思考。

另一方面，由于基础教育与社会环境存在着一定程度上的间离性，对于学校练习本的考察也将有助于我们从另一个角度发现社会、文化发展史的复杂性与多样性。事实上，不少学者都从练习本的研究中发现了有别于国家宏大叙事的历史内容。葡萄牙圣塔伦省高等教育学校的刘易斯·维迪加尔 (Luis Vidigal) 在《儿童文化产物之类型》一文中，就以大量搜集到的学生练习本资源为依托，分析了这些学生练习中所体现的儿童“自己的”而非官方和政治压制下的观念和态度，并提出了在儿童和青年文化研究中，从“为儿童的文化”转向“儿童的文化”这一话题和研究方法。

2. 语言学的研究方法

从语言学的角度切入学校练习本研究，将练习本的研究与语言学和语言学史的研究连接在了一起。很多情况下，研究者从其中所记录的历史上的学生书写和写作练习里找到并发现了特定时期语言和语言习得内容方面的重要变迁。例如，意大利奥斯塔大学路易莎·瑞芙里 (Luisa Revelli) 教授的研究文章《在彼物与沉默之间：儿童写作语言中的省略与修正》，通过考察 19 世纪初意大利的部分学生作文，发现在当时跟随官方模式、千篇一律的学生作文中仍然存在着自由和创造的灵光；其中一些学生的自发性创作，既反映了当时意大利语言从地区化向着学者化、从口头化向着书面化的转变，也显示出为当时的教育体系所压制的语际语言学空间。意大利莫利塞大学教授阿尔伯特·巴拉塞 (Alberto Barausse) 的研究文章《19、20 世纪之间莫利塞小学生练习本中的"意大利学校"变迁》则从词汇的角度切入，以 1850 年至 1943 年间意大利莫利塞地区小学生的练习和习作为分析对象，阐述了这一时间段内学校语言教育的特征及其变化。他指出，在这一过程中，识字的教学和公民的教化所使用的是一种包括诸多宫廷词汇形式的意大利语，而这些词汇是由占有统治地位的中产阶级的教育模式所支撑着的；在写作中，学生也同样被要求使用有别于乃至远离日常生活的词汇，方言则始终受到压制。英国艾塞克斯大学教授波雅娜·佩特里克 (Boiana Petric) 的研究文章《在故乡的最后一个早晨：1917 年的儿童描写写作》以"一战"期间逃亡法国的一批塞尔维亚儿童在临时学校完成的试卷为对象，分析了特定时期和情境下，塞尔维亚儿童写作中对于主观描写手法的运用及其种类、地位，以及这种运用对于写作主体所具有的语言学和语体学方面的意义。巴西南雅拉瓜中心大学的依莉亚·坦科恩 (Iria Tancon) 等三位研究者在《朝向故乡的写作：南巴西德国移民孩子的练习本研究》一文中，对于保存至今的巴西八所德国移民学校的学生练习本中所反映出的由于民族身份认同和国家身份要求之间的差异而带来的语言学习的困难和特点，进行了具体的分析。这些学者的研究向我们展示了学生练习与民族语言发展、变革之间的有趣关联。

3. 社会学的研究方法

从社会学的角度切入学校练习研究，是将广阔的社会发展、变迁的现实内容以及调查、访谈等社会学研究方法援引入学校练习本的研究。而事实上，研究者们也很难避开练习本和练习得以生成的社会、文化背景来谈论其内涵和意义。因此，从广义上说，大多数学校练习本的研究都必然会涉及社会学角度的分析。但也有不少研究是将学校练习本作为一种通常被忽略的社会文献记录，专从这一角度对它加以研究。例如，西班牙萨拉曼卡大学的拜恩文尼多·马丁·弗莱尔 (Bienvenido Martín Fraile) 教授等的研究文章《佛朗哥政权下学校练习本的政治与宗教内容：隐性与显性课程》分析了佛朗哥政权时期西班牙学生练习中所反映出的政治控制的内容，以及当时学校教育的意识形态特征。阿根廷国立卢汉大学教授赫克托·卢奔·卡库萨 (Héctor Rubén Cucuzza) 的研究文章《教条学说、礼拜仪式与精神训练：爱国宗教下的学校练习本》阐述了 20 世纪阿根廷学生练习内容与阿根廷五月革命时期政治和社会变革的关联。意大利卡萨维诺 G．C．瓦尼尼文法学校路依吉·马莱拉 (Luigi Marrella) 的研究文章《19、20 世纪之间作为意大利复兴运动及爱国想象之构建媒介的学校练习本》，以研究者本人收藏的学校练习本为例，分析了从翁贝托一世时期到 20 世纪 20 年代之间，练习本在 19 世纪意大利复兴运动以及民族效忠榜样和价值观的建立与巩固中所扮演的中介角色。这部分研究均十分突出特定的学生练习内容和练习本形式与相应的社会、政治现实之间的动态联系，除了阐明它们之间的一致性外，如前所述，也致力于寻找存在于其间的裂缝及其成因、意义等。

4．文化研究的方法

学校练习本研究对于文化研究方法的援用，最鲜明地体现在从意识形态研究的角度切入所获得的那部分研究成果。这方面比较具有代表性的研究者如俄罗斯学者维塔利·班佐戈夫 (vitaly Bexrogov)，他的研究《旧笔描出新世界——20 世纪 20 至 30 年代苏联学校的学生写作练习》以 1917 年十月革命前夕或革命后出生的一代苏联儿童各种形式的写作和书写练习为例，阐述了那个时代国家意识形态主宰下的教育和童年特征。其所论及的学生写作和书写练习形式包括听写，复述，日记，自由作文，用于墙报、手抄报等的散文体或韵文体的虚构作品，绘画题字，学校各处官方画像的配文，学生校际通信，学生写给党和领袖的信，等等。比较革命前后的学生练习，我们可以清楚地看到一个以政治和党派学说而非儿童发展学和学校教育学为纲的苏联教育体系的形成。意大利热那亚大学教授弗朗西斯卡·塞莎莉 (Francesca Cesari) 的研究文章《从鲁比诺到赞德里诺》则从练习本的形式切入，以 19 世纪晚期至 20 世纪意大利两大练习本生产商的练习本封面为例，分析了"二战"和法西斯时期练习本封面如何与邮政卡、邮票等的插图一道共同致力于使当时的人们进一步认同侵略主义的国家理念。从总体上看，意识形态研究构成了西方学校练习本研究的一个重要内容，其分析也往往显示出一定的深度和广度。

当然，上述四种研究角度和方法在具体的研究中并非彼此分离。很多时候，历史学、语言学和社会学的研究方法会被同时援引入研究者的材料搜集、分析和立论过程中，而性别、意识形态等研究方法则更多地与前三者结合在一起。事实上，大部分学校练习本研究都具有明显的学科交叉性质。哲学、教育学、历史学、社会学、语言学、文学、艺术学等各个学科的研究内容与方法在学校练习本这一共同的研究对象身上交叉、互补和融会，进而揭示出这一特殊的教学手段所藏有的丰富蕴涵。

三、学校练习本研究对我们的启示

在中国，尽管练习本正在日益成为学生学习生活的一个重要组成部分，但针对学校练习本的系统研究则尚未引起足够的关注。而了解国际范围内学校练习本研究的最新成果和研究经验，可以为我们开拓这一新的研究领域提供有益的借鉴和启示。

首先，将学校练习本的研究援引入教育和教育史的研究领域，可以进一步丰富和开拓我国教育史研究的对象和内容。我们看到，学校练习本以其生动、独特的方式，从一个侧面反映了特定时代的教育内容、教学方式、学生生活、校园文化、社会变革、意识形态等方面的内容。这些内容为我们了解一定时代的教育、社会、文化等体系的完整面貌提供了重要的注脚或补充。而在最直接的意义上，学校练习本成为一个时代学校教育的一种特殊见证。它突显了教育史研究中的"学生"，亦即教育接受者的特殊存在面貌，从而形成了对于一个主要以教育家及其教育思想、教育者及其教育实践为叙事线索的传统教育史叙述模式的补充和丰富。学校练习本所包含的各个层面的研究内容，能够在一定程度上丰富乃至改写我们对某一段历史的细节认识，而细节往往也牵系着全局。然而，研究工作的开启首先需要一定数量的研究样本作为基础。欧洲不少地区或高校的学校图书馆都将学生练习册的历史搜集作为要务之一。因此，对于目前中国的学校练习本研究领域来说，最重要的或许还是学校练习本的系统搜集和保存意识的确立与加强。在这个基础上，再来展开进一步的资料整理、分析和研究工作。研究中，要特别注意国内学校练习本所具有的特殊的民族、国家和历史特征，发掘具有本国特色的学校练习本研究内容。

其次，国际学校练习本研究中多样化的、跨学科的研究视野和方法，为我国学校练习本研究的开启与推进，提供了方法论方面的启示与借鉴。多学科研究方法的介入，为学校练习本的考察、研究打开了多维度的思考视角，也进一步丰富了练习本研究自身的内容。但另一方面，我们也应看到，学校练习本研究最重要的学科基础始终是教育学；实际的教育和教学行为是学校练习本得以与社会、文化、历史等范畴发生关联的重要前提和决定性因素。综观国际范围内的学校练习本研究，无论其学科辐射有多开阔，其论述得以展开的基点及其研究的主体内容，仍然与教育学紧密相连。因此，对于当前国内的学校练习本研究来说，最重要的和最首要的，是开掘其作为一种教育研究资源所具有的丰富的研究内涵。由于教育与社会、文化、历史等也存在着天然的关联，因此，从教育学角度切入学校练习本研究，也必然会与其他相关学科发生联系；通过发掘这种跨学科的关联，来丰富和促进教育学领域内的学校练习本研究，应是开展我国练习本研究的主要任务之一。

我们相信，学校练习本这一研究领域的开辟和推进，对于进一步丰富我国教育史和当代教育研究的思路和内容，并为周边学科提供丰富而独特的教育史研究资料，将会产生积极的作用和影响。

注 释

[1] 本文所涉及的研究文献除注明出处者外，均来自 2007 年 9 月在意大利召开的国际学校练习本论坛所汇总的论文集。

[2] Xavier Laborda．"*Cuadernos de la nina Sol Albizu en el tardofranquismo(1970—1973)*"．

[3] 方卫平：《媒介中的课艺：一个变革时代的文化现象及其历史解读》，《浙江社会科学》2008 年第 6 期。

（本文与赵霞合作，原载 2008 年第 11 期《课程·教材·教法》）

闲暇时间与当代青少年美育

一、闲暇与闲暇活动的一般分析

1. 闲暇的界定

当我们把研究的目光从学校教育和校园文化领域转向青少年的闲暇生活领域的时候，我们便可以发现构成当代中学生美育现实的另一个生活板块。借助时间维度截取方式上的变换，我们进入了一个新的美育过程和文化空间的考察。

这里，我们首先遇到的问题是：什么是闲暇？

从一般的语义学上分析，闲暇是指人的空闲时间。《现代汉语词典》中"闲暇"一词的释义即为"闲空"，而"闲空"的释义是"没有事的时候"。由此可见，闲暇标示了一段特殊的时间过程，即人们没有工作和事情要做、可以悠然消闲的时间过程。例如，在闲暇时间中，教师没有来自工作方面的压力，学生没有来自学习方面的压力。换句话说，教师、学生作为特定社会角色所承担的规定劳动和任务至少是暂时性地不存在了，甚至连家务方面的任务也没有了，人们似乎变得自由自在、无事可做。

但是，一旦我们从美育研究的角度对闲暇进行理论分析的时候，"闲暇"一词的语义学含义就远远不够用了。是的，闲暇的确是人们没有

"必须做的事情"的时间，但它并不是"不做事情"的时间。准确地说，闲暇是与社会分工规定的劳动和必须承担的家庭义务相对应的概念。因此，人们在参加或完成了社会规定的劳动和一定的家务劳动之外完全由个人自由支配的空闲时间，就是闲暇时间；而人们在闲暇时间中所从事的一切自由的活动，就是闲暇活动。

青少年仍然处于文化知识的学习、接受阶段。他们的社会角色位置决定了其社会规定任务即是由学校这一具体文化媒体和场所所指定的以学习为中心的一切任务。所以，青少年的闲暇时间，即是他们完成了学校指定的任务和一定的家务劳动之外可以自由支配的空余时间。

随着近几十年来人类生活方式的不断变化，许多学者对闲暇进行了大量的考察和研究，并在此基础上为闲暇下了自己的定义。

其中，杜马泽德（J. Dumuzedier）所下的定义是很著名的：

"所谓闲暇，就是当个人从工作岗位、家庭、社会所赋予的义务中解放出来的时候，为了休息，为了散心，或者为了培养并无利害关系的知识和能力，自发地投身社会，发挥自由的创造力而完全随意进行的活动的总体。"[1]

日本学者荫山庄司分析说，在这个定义中，闲暇是与"个人被工作岗位、家庭、社会所赋予的义务"相对而言的。我们可以把这种义务看作是劳动，闲暇的意义之一就是从劳动中解放出来。同时，杜马泽德的定义还涉及闲暇活动的功能，这与单纯把闲暇看作多余的闲工夫的观点不同，它赋予闲暇以"个人自觉地积极地花费的主体时间"的意义。我们在研究现代青少年时可以看到，这个意义上的闲暇还没有在生活中占据足够的地位，这个问题应当作为教育问题加以考虑。[2] 很显然，杜马泽德的定义和荫山庄司的分析，对于我们思考闲暇活动的特征、功能、意义等，都是很有参考价值的。

近年来，闲暇理论也已经引起国内研究者的重视。有的研究者认为，"可以给闲暇下这样一个定义：所谓闲暇，就是指个人没有必须做的事情因而最感到自由和最能表现个性特点的时间"[3]。这个定义虽未涉及闲暇的具体功能，但对闲暇时间的基本含义却做了高度概括的揭示。因此，在闲暇理论的研究中，严格意义上的闲暇时间是指：按个人意愿自由支配的时间。

2．闲暇的特点

根据以上对闲暇含义的界定，参照国内外有关闲暇理论的研究成果，我们可以发现闲暇具有以下三个基本特征。

自由性

闲暇是与人们所承担的社会规定劳动相对应的。社会规定劳动是社会分工的结果，它带有毋庸置疑的他律性、强制性，或者说是不自由性。马克思、恩格斯指出："当分工一出现之后，每个人就有了自己一定的特殊的活动范围，这个范围是强加于他的，他不能超出这个范围：他是一个猎人、渔夫或牧人，或者是一个批判的批判者，只要他不想失去生活资料，他就始终应该是这样的人。"[4]"社会活动的这种固定化，我们本身的产物聚合为一种统治我们的、不受我们控制的、与我们愿望背道而驰的并且把我们的打算化为乌有的物质力量，这是过去历史发展的主要因素之一。"[5] 这就是说，自发的社会分工所导致的人的社会活动的固定化，一方面反映了一定社会历史发展的客观要求；另一方面也使人类的社会规定劳动和工作成了"某种异己的、在他们之外"的力量，带有一定的"异化"性质。于是，闲暇时间就成为人类渴求自由、舒张身心的最重要的补偿渠道。在闲暇时间里，人的自由意识得到了最自由的表现和满足。你愿意干些什么，你愿意想些什么，你愿意上哪儿去，你愿意与谁在一起，或者，你什么也不干，哪儿也不去，你就愿意一个人静静地待上一会儿———一切都悉听尊便。很显然，自由性是闲暇的最基本最本质的特性。

由自由性，又导出了闲暇的另外两个特性：个人性、情感性。

个人性

分工从根本上说是劳动、工作、社会化的结果。处于一定分工系统中不同个人的劳动、工作构成了一个相互联系、相互制约、相互影响的社会共同活动整体。因此，人的社会规定劳动必然是一种集体性的活动，一种社会性的行为。在这种集体性的劳动中，任何个体都必须遵循群体活动所形成和约定的纪律、程序和规则，而不可能拥有超出群体规范要求之外的纯私人性的愿望和要求；社会规定要求于个体的是与群体规范的一致性、统一性，任何与此相左的个人性的愿望及表现都只能被认为是非分的、犯规的。

与此相反，闲暇则为个体反叛社会规定劳动所要求的集体性、社会性规约并从中解放出来提供了可能。作为可以按自己的意愿自由支配的时间过程，闲暇具有鲜明的个体性和私人性的特点，也就是荫山庄司在分析杜马泽德的闲暇定义时所说的，闲暇具有"个人自觉地积极地花费的主体时间"的意义。在闲暇时间里，个人不但是自己闲暇活动的参与者，它的价值的承受者、消费者，而且是它的设计者和它的结果的评判者。因此，在闲暇时间里，人相对地脱离了集体和社会，成了不受约束的"自由人"，并因此而最充分自觉地体验到、认识到自己是自己的主人。[6] 当然，个人性不能理解为绝对没有伙伴的孤独的个体。事实上，闲暇伙伴的自由选择和组合，也构成了闲暇生活中的一个重要现象。所谓闲暇的个人性，只是相对于社会劳动的集体性而言的。

情感性

人的社会规定劳动当然并非毫无情感性因素的介入和存在，有些分工甚至具有很强的职业情感色彩。但是，从总体上看，人的职业分工和规定劳动更主要的是蕴含和体现了一种客观的社会性的要求，它更多地涉及人的理性、义务和责任感，更多地具有一种他律性的、强迫性的色彩，而人的个体化的情感生活一般说来并不成为它所必须考虑和照顾的方面。于是，闲暇在填补和满足人的情感需求和生活中的重要作用便突出了出来。在闲暇生活中，人们可以按照自己的兴趣、爱好和需要，脱下理性的厚靴，步入一片自由的情感绿洲。在情感的世界里，精神是自由的、放松的，而被情感所唤醒的理性又可能具有一种新的生命活力和创造智慧。因此，闲暇生活对人的精神的健全发展，具有特殊的作用。

3．闲暇生活的意义与质量

闲暇生活的意义

从闲暇的特性中，我们不难看出闲暇在人的生存和发展中的特殊意义与价值。事实上，人们对此也早已有所论述。在西方，亚里士多德在其《政治学》一书中就专门论及过闲暇对人生发展的意义，认为闲暇是一个重要的甚至高尚的概念，它的含义并不是无所事事，纯粹玩乐，而是一种自由的、理性的活动。在东方，中国古代著名的教育论著《学记》早在两千多年前也提出了"藏、修、息、游"的教育思想，主张把敬德修业与休闲游乐结合起来，使受教育者在各方面得到全面发展。马克思对闲暇时间于人的发展意义的论述则更为深刻。他不仅重视劳动时间的节约，而且十分重视闲暇时间的价值。他指出，节约劳动时间等于增加自由时间，即增加使个人得到充分发展的时间，而个人的充分发展又作为最大的生产力反作用于劳动生产力。[7] 在这里，马克思把自由时间的增加、人的充分发展和劳动生产力的发展密切联系起来，揭示了闲暇时间对人和社会发展的意义。很显然，闲暇作为一种财富，其价值正体现在它对个人的充分发展，进而对社会发展所具有的促进作用上。

从更深的意义上看，劳动与闲暇到底哪是生活的核心，也是值得思考的。"劳动是神圣的，劳动就是生活"的观点曾长期统治着人类。这种观点认为"生活的中心是劳动"，而闲暇只是为了更好地劳动的一种手段。这一闲暇观如今已经受到了有力的挑战。在国外，随着现代生活方式的变化，认为"劳动和闲暇并存"的观点和认为"生活的中心是闲暇"的观点正在增加。据日本总理府的调查，在

20 世纪 70 年代，持"工作闲暇并存型"观点的人占压倒性多数，而分别把劳动和闲暇作为生活中心的两种观点的人却占少数。值得注意的是，在十年间，持"劳动为中心"观点的人减少了三分之二，而持"闲暇为中心"观点的人则处于渐增的趋势。尽管不同年龄人的情况多少有些差异，但发展趋势基本一致。由此可以看出现代人们对闲暇的看法的特点。[8]

其实，正如有的研究者指出的那样，把闲暇仅仅看作手段，即认为只有为了更好地工作、劳动才可以从事一下闲暇活动的人，他大概也不能说明工作、劳动又是为了什么。就人类社会的发展而言，和传统的观念恰恰相反，人类无止境追求的目的正是为了增加闲暇时间和提高闲暇质量。[9]按照马克思、恩格斯的描述，共产主义社会正是一个人们能够充分根据自己的意愿从事生产和工作的时代，一切活动都已成为那个"伟大的闲暇"的一个组成部分："在共产主义社会里，任何人都没有特定的活动范围，每个人都可以在任何部门内发展，社会调节着整个生产，因而使我有可能随我自己的心愿今天干这事，明天干那事，上午打猎，下午捕鱼，傍晚从事畜牧，晚饭后从事批判，但并不因此就使我成为一个猎人、渔夫、牧人或批判者。"[10]这也就是说，人的工作劳动与闲暇活动已经由相互分离趋于合一，劳动成了"乐生的要素"，成为闲暇活动的一部分，一种形式。在这种情况下，闲暇就不仅是一种生活手段，而且成了生活的目的。

当然，在现代社会，闲暇仍然主要还只是人们生活中调剂精神、丰富生活内容的一种手段。特别是对青少年来说，他们处于人生发展中的准备期，系统的学习和掌握科学文化知识对于他们来说不仅是文化传递本身的需要，而且也是他们开创未来生活的必然要求和前提。一般说来，青少年以掌握知识为中心的学习任务主要是通过学校组织、监督来完成的。不过，在社会物质和精神文化得到空前发展的现代社会，青少年的闲暇生活内容和方式都随之大大地丰富起来，闲暇在青少年发展中的社会学习功能、发展个性功能也变得越来越重要。因此，现代教育理论已经明确地把青少年学生的闲暇活动提到了与正规课堂同等重要的地位。

现代课程理论认为：学生的文化学习，不但存在于正规课堂内的有组织、有计划地传授知识、技能、行为规范的正规学习、正规课程，同时也存在着通过非正式方式和途径，借助生活环境中的各要素（习俗、风尚、文化氛围、游乐休闲、自发活动、人际交往）进行潜在的、隐喻的、无意的潜隐学习，即"潜隐课程"。潜隐课程填充着学生课堂以外的时间与空间，对学生增加知识信息，学习社会生活技能，获得休闲愉悦，接受一定的思想和行为规范，促进个性特长的发展，起着不可替代的育人作用。例如，在闲暇时间中，青少年学生根据自己的兴趣、爱好，自由地阅读各种报刊书籍，收听广播、收看电视，或通过与社会实际和各界人们的广泛接触、了解，来多方位地、大量地获取各种信息和知识，培养自己的各种技能，发展自己的兴趣、个性，这些在学校课程教学中都是难以获得和实现的。可以说，闲暇生活不仅为青少年学生提供了极有价值的继续"学习"的过程，而且为他们的全面发展提供了一个自由而广阔的社会空间和文化途径。

积极的闲暇与消极的闲暇

我们强调并肯定闲暇生活的意义和价值，同时我们也意识到，由于潜隐学习是青少年学生在现代复杂的社会文化和整体经验环境中自发地、自由地进行的，因此，它不仅可以产生正向的诱导和影响，也可能产生负向的效应。所以，我们有必要对闲暇生活进行深入的质量分析，区分积极的闲暇和消极的闲暇，以便为分析、研究青少年学生的闲暇生活提供相应的价值尺度。

由于闲暇文化环境的复杂性，也由于青少年自身发展中的易感性和不成熟性，闲暇之于青少年也有两重性：它既可以是青少年的一笔财富，也可以是他们的一个负担；既可以成为他们自由活动、自我发展和完善的生命乐土，也可能变成虚掷光阴、消磨意志、放浪形骸的生命泥沼。因此，闲暇生活从其方式、后果、效益等方面看，可以区分为积极的闲暇和消极的闲暇。在这里，闲暇的效益不仅是就闲暇生活的个体而言的，同时也是就其对整个社会整体利益和发展的效果而言的。

所谓积极的闲暇，其活动方式既是丰富多样的，又是文明的、健康的、科学的；其效果对主体个人身心的全面发展和整个社会文化进步来说都是积极的、有益的。而消极的闲暇则与此相反，其活动形式和效果或低级庸俗，或无聊盲目，或愚昧落后，或惹是生非，危及社会。因此，闲暇生活尽管在具体形式和内容上千差万别，但就其功能和质量而言，可划分为积极的和消极的两类。

首先，积极的闲暇有利于人们特别是广大青少年开阔视野、健身益智、愉悦性情、发展个性。作为学校生活的扩展和补充，积极的闲暇生活使青少年有可能从社会整体经验环境中进行内容和形式都更丰富和自由的社会学习。他们根据自己的兴趣从这种学习中内化一定的价值体系，习得一定的生活技能，培养和完善自己的个性品质，并且反过来对课堂的专业学习产生有益的影响。

报上曾载文介绍过一个名字叫炜的十九岁女孩的例子。在中学时代，炜爱好文学，喜欢上语文课。考大学时她选择了自己喜爱的理工科专业，同时又惦记着自己的文学爱好，盼望能有人和她谈文学，她将文学视为自己精神生活的主要内容。她说："一天到晚学数学、化学、制图，再也没有语文课……想想自己并不是不喜欢这个专业，也还算用功，可还是觉得空虚，真不知该怎么办。"她接受了咨询指导者的建议：在不影响学业的前提下，去建立有益的闲暇生活，满足自己对于文学的"饥渴"。后来，她在给指导者的一封信中这样叙述了自己的收获和感受："以前我还真是不知道，闲暇生活对人有如此积极的意义。以前，当我感到空虚时，我真的很想去阅读那些文学作品，可心里又觉得自己'不务正业'，不踏实。于是强迫自己整天扎在专业书中，试图从中去发掘生活的意义。可无济于事，仍感到空虚。心情上的压抑，令学习显得枯燥，而且效率低下。现在我听从你的建议，在课余时间，挤出一段时间，'心安理得'地享受文学，我不仅阅读，有时还将心得写信与老同学交流，还参加了学校的书社，结识了一批文科学生。我还投过几次稿，尽管没被刊用，可我不在乎，因为从中我愉悦了身心。做这许多事，不仅没耽误学习，反而提高了效率。我不再感到孤独，因为我不再是憋着股'怨气'在学。"[11] 这个例子充分说明，有益的闲暇生活之于主体的精神调剂、个性发展具有多么重要的意义。

其次，积极的闲暇对于社会的进步和发展也是有益的。闲暇虽然具有个人性，但人却是具有社会性的个人，闲暇文化说到底也总是特定社会文化的有机组成部分。因此，良好的闲暇生活状态对于整个社会的精神文明建设，对于人类科学文化事业的发展，都将起到有益的促进作用。例如，许多科学家、文学艺术家正是在闲暇时间的自由探索和创造中，获得了宝贵的发现和发明，创作了优秀的文学艺术作品，从而为人类的科学文化事业做出了重大的贡献。在这里，闲暇生活不仅对个人，而且对整个社会进步都具有积极的、肯定性的意义。

消极的闲暇则具有无聊、落后、愚昧甚至腐朽堕落、危害社会的特点。例如，有的人饱食终日，无所事事，于是闲得发腻，无事生非，所谓"吃饱了撑的"是也。尤其是青少年，在物质生活相对改善的今天，如果不能建立正常的、积极的闲暇生活，就更有可能干出危害社会的事情来。现在，青少年犯罪已成为令人忧虑的社会问题。而调查表明，青少年犯罪之始很多恰是因为"吃饱了撑的"。据《大地》月刊1992年第2期报告文学载，湖南邵阳有一个流氓团伙的首犯戴某，常砸保险柜，他自己解释说："生活太没意思，就想寻点刺激，不玩点花样，心里就发痒。"有一次，他们一伙将一个十四岁小孩的七根手指砍掉，原因不过是"酒醉饭饱，肚子里胀得难受"，拿两年前曾与之有过一次口角的孩子"寻开心"。[12] 可见，个人闲暇生活的无聊和愚昧，终将成为社会治安和文明的一个不稳定的破坏性因素。

看来，闲暇虽然属于个人性的生活领域，但我们决不能等闲视之。很显然，闲暇生活的质量如何往往在一定程度上反映了一个人的精神面貌，如兴趣、爱好和人生观，也能反映出一个民族、一个社会的物质文明和精神文明程度。有人认为："一种文化能在多大程度上决定自身的前途，检验这种前途的有效办法之一是看它如何处理闲暇问题。"[13] 也有人认为："改变了某个民族的闲暇品性就可以改变这个民族的整个个性和这个民族的效率。"[14] 这些说法是有道理的。闲暇生活正是以它的广泛而突出的自由性、个人性、情感性特征，展现出闲暇个体的心灵状态和精神品位，也展示了一个民族的价值观念系统和文明水准。因此，提高闲暇生活质量和品位，无疑是当代生活中一个值得重视的问题。

二、闲暇美育与青少年

1. 青少年闲暇生活中的美育因素

我们已经指出，美育在各种教育形态中，是偏重于感性、情感的教育，而闲暇生活正是以其独特的泛审美化特征，为个体审美情感的表现和构造，提供了广阔的美育空间；同样，它也为青少年提供了一个学校美育所无法替代的自我美育的天地。

从青少年闲暇生活的具体类型和功能看，美育因素可以说是无处不在。首先当然是他们闲暇生活中自发的文艺欣赏和接受活动。例如：阅读文学作品、听音乐、习书法、看电视播出的各类文艺节目，等等。这些活动的美育功能是不言而喻的。其次，在那些非文艺类的日常生活方式中，也蕴含着大量美育因素。例如：旅游、交友、居室布置、体育锻炼、集邮，等等。这类活动既满足了青少年迅速发展的审美情感需求，同时也有利于培养他们的审美能力和创造才能，发展他们美化生活的意识和能力，陶冶青少年的高尚情操。因此，闲暇生活中的美育因素几乎可以说是无处不在的，而闲暇美育也几乎是随时随地在自发进行着的。

2. 闲暇美育的特点

在青少年美育研究中，闲暇美育是与学校美育相对而言的，它以闲暇生活特征为基础，具有区别于学校美育的一些特点。

从校园文化进入社会文化圈

学校美育有时不一定都在学校空间范围内进行（如学校组织的一些含有美育因素的校外活动），但无疑都必须遵守校园文化的规则，在校园文化圈的规范内进行。所谓校园文化，不仅是指学校的教育场所、体制和物质设施等等，更是指学校的教育方针、内容、规范等观念文化内容，它是一定社会主流文化对于教育文化的期待和要求的体现，反映的是社会主导文化的价值观念和体系。相形之下，社会文化圈的领域就要比校园文化圈的范围开阔得多。社会文化圈既包括一定社会的主流文化观念、倾向，又纳入了社会的非主流文化观念和倾向；同时，它对社会生活的辐射和影响也是全方位、多层面的。而青少年的闲暇美育以社会文化为背景和依托，这就使闲暇美育的方式、渠道异常丰富和多样，这是学校美育所难以比拟的。

当然，闲暇文化既以社会整体文化为背景，同时又是它的一个有机组成部分。而社会文化的发展总是充满了各种矛盾和冲突：进步的与落后的、科学的与愚昧的、文明的与粗俗的，种种文化因素在现实生活的土壤中孕育、相遇和碰撞，并且相互对抗、相互制约、相互融合。一句话，现实生活以其丰富复杂的原生状态对人们的闲暇生活产生影响，也使青少年的闲暇生活在走向色彩斑斓、丰富多彩的同时，也变得美丑杂糅，良莠并存——这正是造成青少年闲暇生活质量差异的背景原因，也正是我们特别关注青少年闲暇美育的重要原因之一。

从理性规范到感性解放

当代学校美育虽然不乏成功的实例，但是正如我们前文已分析指出过的那样：它在总体上还存在着重重困难和种种弊端，这里既有美育观念上的迷误，也有美育设施、手段等方面存在的问题。特别是受升学率和高考指挥棒的影响，中学教育中普遍存在着重视智力发展和知识教育，忽视感性、情感教育的倾向。

我们在中学调查时，有的中学校长向我们发出了这样的感叹："美育很重要，但你美育搞得再好，又能怎样？不把升学率抓上去，学校就要承受来自上级和社会各方面的压力。"于是，一方面是政府、中学生和舆论界不断呼吁减轻学生的学习负担，另一方面则是学校迫不得已不断增加学生的学习负担，当代中学教育进入了一个难以摆脱的怪圈。一位中学生朋友说："我每天的活动轨迹是三角形：从寝室到食堂，从食堂到教室，再从教室到寝室。"校园课余文化生活单调而贫乏，大量的作业和补充题、单元检测题、模拟考试题等等，将许多中学生的闲暇时间挤压得所剩无几。如此不断运转的学习生活，使中学生的精神处于高度的紧张状态。他们用"黑色的星期一""战斗的星期二"等说法来概括每一天的生活。我们想指出的是，这种严格而单调的理性规范和知识教育，对青少年的全面健康发展是一种极大的阻碍。

于是，一旦中学生们走出课本、走出校园，走进可以自由呼吸、自由欢笑的闲暇天地的时候，他们的情感生活和感性解放渴求便获得了自我疏导和满足的可能。这种渴求无疑由于学校生活的超负荷运转而变得异常强烈。一位北京的中学生在倾诉自己苦恼的作文中说："虽然老师不辞辛劳地讲了课，但他剥夺了我们娱乐的时间，回报他的也只有我们那冷漠的目光。这条心灵间的鸿沟似乎已很难逾越。朱老师始终没有赢得我们的拥护，因为他根本就不知道逾越鸿沟的桥是什么，也始终没有真正理解我们都是朝气蓬勃的青年，需要五彩斑斓的生活。"而只有闲暇，这段可以自由支配的时间，才使许多中学生绷紧的神经得以松弛，压抑的情感世界得以舒张。一位女中学生这样说："周末带给我们第一个感觉就像碧蓝的天空中飘来的几朵彩云，一扫前几天的沉闷和紧张，就凭这点，就足以让我心境舒坦了。"另一位中学生朋友则在一篇题为《我们的周末》的周记开头情不自禁地写道：

平时，我就像一只关在笼中的鸟儿，只能在狭窄的空间里生活，而一到周末，我就能冲破束缚，到大自然中去，呼吸新鲜空气，沐浴生活的阳光，尽情地去放松，去迎接即将诞生的下一周……

一位北京的女中学生则在自己的作文中记叙了这样一件事情：

……终于有一天，我们忍受不了家庭的寂寞和父母那没完没了的啰唆，忍受不了来自学校、老师那沉重的压力。越轨行动终于出现了。我约了几个伙伴，偷偷爬上了香炉峰，看到了那烟雾缭绕的群山，看到那点点绯红的香山红叶，看到了那远山间隐隐约约的香山旭日，似乎又在一种渺茫中看到了自己的希望，使自己已经疲倦的精神又恢复了以往的神采，也就是在同时我也想到了您错了。虽然我违背了您的意思，没有蜷伏在书本中，但我却在自然中得到了一种力量。这是家庭、学校所不能给予的。

这些实例说明，相对理性规范较为严格的学校教育而言，青少年的闲暇生活则具有较为浓烈的感性文化色彩。从这个意义上说，闲暇美育不仅是青少年从校园文化场进入社会文化场的转换过程，也是一个从理性规范到感性舒张的主体审美情感的释放和建构过程。这个过程对于生活在相对严密的理性规范下的青少年学生来说不仅是一种调剂精神、平衡心理的需要，而且对于满足他们的审美需求、培养他们的审美能力和审美观，也有着不可忽视的意义。

从被动接受到主动选择

从理论上说，学校美育应该充分发挥青少年学生在美育活动中的自我参与能力和选择能力，使他们在积极的活动中培养自己的审美趣味和审美能力。然而从实践上看，目前中学美育的疲弱状态使中学生的审美个性少有自我表现和自我塑造的机会，艺术教育的内容在一定程度上脱离青少年学生的审美趣味和情感需求，而学校教育的权威性和强制性使得许多中学生的学校美育生活处于一种相对被动的接受状态。与此不同，闲暇活动的自由性使得中学生的自我选择、自我设计能力得到了较多的表现机会。因此，从被动接受到主动选择，构成了青少年闲暇美育的又一个特点。

从我们在中学的调查情况看，许多中学生闲暇生活表现出很强的自我选择性。例如，为了了解中学生闲暇生活的选择意愿，我们在问卷调查中设计了这样的问题：如果有两个小时的空余时间，你首先想做什么？

请看在厦门九中和上海师范大学附属中学初二年级的调查结果（见表1）。

表1

选择项目	厦门九中初二		上海师大附中初二	
	选择人数	百分比	选择人数	百分比
听音乐	11	23.40	7	25.93
体育锻炼	9	19.14	0	0
读有趣杂志	4	8.51	5	18.52
找朋友玩	4	8.51	3	11.11
读童话作品	4	8.51	0	0
读中外文学名著	3	6.38	5	18.52
看电视	3	6.38	2	7.41
练琴	2	4.26	3	11.11
郊游	2	4.26	1	3.70
看艺术展览	2	4.26	0	0
做家务	2	4.26	0	0
练书法	1	2.13	1	3.70
合计	47	100	27	100

表中原列集邮、看电影、闲逛等项目，均无人选择。

从比较分散的多样化选择中，我们发现中学生的自我选择倾向在闲暇生活中表现得十分突出。我们在各地中学所得到的调查结果，都向我们显示了这一点。

同样，在青少年闲暇美育中占有重要地位的闲暇文艺消费需求，也呈现出普泛化的选择趋向；许多文艺类型都在他们的选择和文艺消费结构中占有一定的位置。

问题：在下列文艺类型中，你最喜欢哪一类？

表2

文艺类型	厦门九中初二		上海师大附中初二	
	选择人数	百分比	选择人数	百分比
电影	10	21.28	9	28.12
电视	10	21.28	5	15.63
小说	7	14.89	2	6.25
音乐	6	12.77	8	25.00
美术	4	8.51	2	6.25
诗歌	4	8.51	1	3.12
摄影	3	6.38	2	6.25
书法	3	6.38	0	0
戏剧	0	0	3	9.38
合计	47	100	32	100

我们在杭州学军中学的调查中，也得出了类似的结果：

表3

文艺类型	初二选择人数	百分比	高一选择人数	百分比
音乐	14	26.93	8	18.60
电视	10	19.23	12	27.91
电影	9	17.31	3	6.98
美术	9	17.31	4	9.30
小说	7	13.46	14	32.56
诗歌	1	1.92	2	4.65
摄影	1	1.92	0	0
书法	1	1.92	0	0
戏剧	0	0	0	0
合计	52	100	43	100

从表中所列诸项来看，电视、电影、音乐、文学、美术等文艺类型都在中学生的自我选择和闲暇文艺消费结构中占据了比较重要的位置。这种不同闲暇生活内容的选择，既与青少年各自所

处的文化环境有关，更是他们从自己的审美趣味和审美能力出发进行自我选择的结果。很显然，面对复杂的闲暇生活环境，青少年的审美趣味和能力从总体上说还处于不成熟的状态，这就使他们的自我选择也必然呈现出某种复杂状态：既可能趋向于高尚的、健康的审美生活，也可能陷入低级的、庸俗的闲暇泥淖。在这里，自我选择同样表现出积极与消极的两重性。

3．当代闲暇文化与青少年美育的特殊联系

改革开放给中国当代社会发展带来了巨大的动力。随着科学技术的不断进步，经济文化的不断发展，当代社会人们的闲暇生活日益发生着深刻的变化，当代闲暇文化也不断地改变着自己的文化面貌和格局。按照罗伯特·威尔逊的说法，文化包含了艺术，广义的解释为包括小说、戏剧、诗歌、绘画、雕塑、舞蹈、音乐，以及诸如影视、收音机、期刊、报纸等大众传播媒介。很显然，在不同的社会发展阶段，这些艺术文化的各个组成部分在社会文化总体构成中的位置和比重必然会不断地发生升降和变迁。当代美国著名的马克思主义学者弗·杰姆逊就认为，不同的社会历史阶段，"文化"的含义、作用和地位各不相同。按照戴维·莱恩的讲法，19 世纪文化的样式是书籍，20 世纪的新型文化样式主要有电视、电影、唱片等。可以说，以电影、电视、录像等为代表的影视文化已经以一种不可抗拒的力量，改变、重塑了整整一代人的闲暇生活内容和艺术消费方式、趣味和习惯。当今的青少年正沉湎于那个无所不包、更适合他们口味的"影子世界"。东西方一些社会

学家们经过调查统计发现，不少青少年流连于那个"影子世界"的时间，已经超过了课堂上课、读书、与家庭成员交往的时间。

毫无疑问，影视等大众传播媒介的发展，为现今的青少年接受艺术熏陶、了解各种信息提供了前所未有的良好而便利的条件。美国未来学家阿尔温·托夫勒在《第三次浪潮》一书中就认为，在群体化传播工具出现以前，第一次浪潮时期（指农业阶段）的孩子们生活在变化缓慢的村落中，只能通过很有限的客观事物形象来建立他们自己对现实的认识模式和关于世界的形象，这种认识往往狭隘得十分可怜。而第二次浪潮时期（指工业阶段）成倍地增加了各种为个人绘制现实形象的渠道。孩子们再也不仅仅通过自然界和他人接受形象信息，他们还从报纸、各种杂志、无线电，稍后，还从电视中获得信息。而已经掀起的第三次浪潮，又将剧烈地改变这种状况，"非群体化的传播工具"（如有线电视、录像机等）的普及将使人们不只是被电视设备所左右，而是也可以按自己的兴趣来操纵设备、选择节目。这种情况在我国也已经常可以看到，并且将迅速蔓延。例如，我国城乡居民电视机拥有量从 20 世纪 70 年代末期开始迅速增加，1980 年为 1000 万台，1985 年增加到 3300 万台，如今更猛增至 2 亿 300 万台以上。电视剧的生产也是如此：1978 年为 8 部（集），1984 年为 1300 多部（集），目前，全国年产电视剧已达 3000 部（集）。伴随着电视文化的迅猛涨潮，录像片也从沿海向内地悄悄渗入，把电视机前的青少年观众一批又一批地吸引过去，由此又形成了一个与电影、电视三足鼎立的新的闲暇文化消费场所。从 20 世纪 80 年代中期起，全国录像放映点大量出现，1986 年大约有 3 万个，1989 年上升到 5 万多个。1988 年，我国花费了 4 亿美元进口了近 100 万台录像机，到 1989 年底，据不完全统计，已有 600 万台录像机率先在"小康之家"落户。而到了 90 年代，我国家电消费市场上，录像机热依然没有减弱，并且持续上升。所以，录像机进入我国闲暇文化消费领域虽然还只是近些年的事情，但它实际上也已经对当代青少年（尤其是沿海经济较发达地区和一些大中城市的青少年）的闲暇文化生活产生了很大的影响。人们常常说当今的青少年见多识广、思想活跃，这在相当程度上与现代影视传播工具的迅速普及是分不开的。

当然，不仅仅是影视录像的影响。随着商品经济的发展，当代中国社会进入了传统文化与现代文化交织、冲突、并存的时代，甚至已经出现某些后现代主义情绪和文化特征。文化与工业生产和商品已开始结合；"商品化"不仅表现于一切物质产品，而且渗透于各个精神领域。除了电影工业以及大批生产的录音带、录像带以外，我们还生活在无边无际的"商品化"了的广告、畅销书、杂志、歌星、时装等等所构成的形象的汪洋大海中。这一切所追求的是大批量的生产和大幅度的倾销。如果说现代主义是崇尚天才和创造，那么后现代主义则流行复制和模仿，甚至生活本身在很大程度上也成了上述流行形象的复制和模仿。正如杰姆逊教授所说的："在 19 世纪，文化还被理解为只是听高雅的音乐，欣赏绘画或是看歌剧，文化仍然是逃避现实的一种方法。而到了后现代主义阶段，文化已经完全大众化了，高雅文化与通俗文化，纯文学与通俗文学的距离正在消失……总之，后现代主义的文化已经从过去那种特定的'文化圈层'中扩张出来，进入了人们的日常生活，成了消费品。"[15]

在这种文化背景下，走出校园的当代中学生们的闲暇生活带上了强烈的文化消费倾向。各种大众传播媒介和大众娱乐方式，填满了青少年学生也许已经是不算太多的闲暇时间；电视、录像、音乐、电子游戏机、台球、卡拉 OK、舞会、广告、时装、体育竞赛等等，都可能随时进入他们的闲暇文化消费领域。在与中学生的接触与交谈中，我们感到，当代中学生闲暇文化生活的内容和方式都不是过去时代的中学生所能比拟的（当然，对这种闲暇生活质量的评价又是另一个问题了）。为了获得这方面的比较具体的材料和认识，我们曾在问卷调查中设计了这样一个题目：你平时最喜欢参加的活动是哪三项？

在福建省厦门市第九中学和陕西省宝鸡市烽火中学的调查中分别得到了如下结果（见表4）。

表 4

活动项目	厦门九中初二		宝鸡烽火中学高二	
	回答人次	百分比	回答人次	百分比
收看电视	25	19.08	24	18.18
体育锻炼	19	14.50	9	6.82
看录像	16	12.21	9	6.82
与同学或朋友聚会	15	11.45	20	15.15
学习或思考问题（与功课无直接关系）	15	11.45	4	3.03
阅读感兴趣的书刊	14	10.69	27	20.45
娱乐游戏	4	3.05	12	9.09
与家长在一起	7	5.34	8	6.06
欣赏艺术品或艺术创作	6	4.58	4	3.03
收听广播	5	3.82	6	4.55
看电影	3	2.29	3	2.27
美容、健美与时装	2	1.53	0	0
闲逛	0	0	6	4.55
合计	131	100	132	100

从这个所列项目并不完备的调查表中（例如，尚未列出听音乐、玩电

子游戏等热门项目），我们不难发现，当代中学生的闲暇生活内容与当代社会文化发展有着密切的联系。谈起影视明星，谈起流行音乐，谈起卡通片，谈起体育竞赛，他们都可以津津乐道，如数家珍。在这种日常文化消费中，渗透、融合着大量的审美因素。可以说，各种大众传播媒介、大众娱乐形式以及当代生活方式对青少年审美生活的影响，甚至超过了学校美育。

三、生活方式的剧变对青少年的影响

1. 生活方式的一般分析

生活方式问题曾在20世纪80年代引起理论界的热烈讨论。关于"生活方式"的界定，出现了许多不同的说法，但归纳起来不外是两种类型：有的研究者是从人类生活活动的总体上来下定义，有的研究者则把生活方式归结为消费方式、消费生活。我们认为，生活方式是一个综合性的概念，它是指在一定生产方式和社会条件制约下人们物质生活和精神生活活动的整体模式或典型方式的总和。而消费方式一般是指人们为满足生活需要而消费各种精神产品和物质资料的方式、形式和途径。它与生活方式既有联系又有区别：消费方式是人们生活方式的一个重要组成部分，而生活方式的领域和范围要比消费方式广阔得多。

任何社会生活方式都是建立在一定经济形态的基础之上的，其中生产活动方式决定着其他一切活动。随着当代中国社会经济文化的发展，人们的生活方式也正在发生着种种变化。《中共中央关于经济体制改革的决定》明确指出："经济体制的改革，不仅会引起人们经济生活的重大变化，而且会引起人们生活方式和精神状态的重大变化。"我们看到，作为生活方式具体内容的人们的生活观念、生活态度、生活条件、生活内容、生活结构等等，都已随着当代社会经济文化的发展而发生了很大的变化。这种变化必然对当代青少年的生活方式也产生深刻的影响，并进而对当代青少年的闲暇生活和闲暇美育产生深刻的作用。

2. 当代青少年生活方式的变化

当代青少年的生活方式具有自己的特点。这一特点首先是受整个当代社会生活大环境影响、制约的。如上所述，生活方式这一概念所提示的是人们在一定社会经济形态和一定生产方式基础上所形成生活活动的整体模式或典型形式的总和；当代青少年生活方式同样如此，它只能是当代经济文化形态的产物，并随着当代社会的发展而发展。

其次，青少年生活方式的特点还与"青少年"这一生活方式主体自己的特点有关。生活方式不仅是一个内容广泛的概念，而且从生活方式的主体看，它又是一个多层次的概念。例如，从不同社会阶层来看，其生活方式就有差别。清晨在街心绿地练太极拳、坐茶室悠然闲聊的多是离退休了的老人，而夜晚进高档舞厅和音乐茶座一掷千金的则多是个体户或年轻的恋人。正如列宁所说的："每一个社会阶层都有自己的生活方式，自己的习惯，自己的爱好。"[16] 再如，从年龄上看，处于不同年龄阶段的主体，由于受不同年龄阶段特有的生理、心理特点以及社会与家庭角色、经济地位等条件的制约，其生活方式也互有区别。青少年的生活方式显然不同于中年人和老年人，甚至也不同于一般的青年。青少年生活方式的特点无疑与青少年生理、心理的发展特征及随之而来的独特社会处境和人格特点有关。研究表明，从少年期开始，青少年就已经出现强烈的社会参与意识。"在少年期，个体进入崭新的社会位置，在这一时期他开始有意识地把自己看成是社会的一员"，"如果说，学龄前儿童在游戏时把自己装扮成大人，则低年级小学生是模仿大人，而少年已把自己置于现实关系系统内的成人位置上。"[17] 但是另一方面，青少年的这种社会参与感和社会角色感在很大程度上还只是一种心理上的扮演，还不具有真正的现实性。这就造成了青少年在社会生活中的特殊身份和处境。这种社会地位和人格上的"边缘性"特征表现在青少年的生活方式上，则是他们的生活观念、生活领域、生活内容等等都已突破了学校和家庭生活圈的框范，而与整个社会的生活方式有了更密切的联系。另一方面，青少年的年龄特征、社会角色、经济状况等，又对他们的生活方式形成了一定的约束力，从而形成了青少年群体的独特生活风格和面貌。

青少年的闲暇生活方式是实现青少年闲暇美育的重要途径。闲暇生活方式的日常选择和展开，往往蕴含和传递着青少年审美世界的最真实、最丰富的信息——对于当代青少年来说情况更是这样。

3. 当代青少年闲暇生活方式扫描

如果说，当代中学生的审美生活在校园文化圈中由于种种原因从整体上看还处于一种单调、贫乏的状态之中的话，那么，一旦走出校园，走入自由而广阔的闲暇生活领域，中学生们的审美视野便变得异常开阔，他们的审美感觉变得异常丰富而灵敏。请看——

镜头之一：服饰与美容热

生活水平的提高使人们有时间和经济条件来打扮自己。服饰与美容成为人们日常生活中的消费热点。从喇叭裤、牛仔裤、巴拿马西裤、健美裤、萝卜裤到光夫衫、幸子衫，从高知衫热、宽松衫热、超短裤热到护士鞋热、礼帽热、胸饰热，从束发、烫发到披肩直发，不同款式，各领风骚，正应了那句话：太阳每天都是新的。各种大众传播媒介更是播放着千姿百态的时装表演，登载着大量的广告，配以具有暗示功能的优美诱人的语言，爱的梦、丽花丝宝、爱萝利高级化妆系列美容品、海飞丝、飘柔、霞飞高级洗发香波，各种纯金首饰、高档钻石翡翠饰品、金利来领带，爱世克斯、阿迪达斯运动装，耐克、史莱辛格高级进口鞋等等，洋货、高档、名牌，炫耀于目，充斥于耳，刺激着人们的感官，使人们的消费欲望不断膨胀。

对于大多数普通中学生来说，这一切显然是过于奢侈了一些。他们既拿不出那么多钱，也不想过早地加入刻意修饰打扮的"时髦族"。但是，另一方面，中学生对于服饰和仪表再也不是随随便便或懵懵懂懂的了。他们知道服装和仪表对于展示个性、塑造个人形象乃至吸引异性的目光等方面的作用。选择一件可心的衣裙，套上一件潇洒的 T 恤，理一个带些港味的发型，对中学生来说都可能令他们精神振奋，自信心陡增。女中学生小汪长得并不起眼，她也一直不太留意自己的着装打扮，周围的人们似乎也从未留意到她，她因此很自卑。一天，她应邀与同学们一起去参观老师的新居，出门前，姐姐帮她梳理了一番，并拿出自己上大学时最喜爱的一套服装：一条吊带裙，配上一件镶了漂亮花边的白衬衣。打扮停当的小汪第一次发现自己是那样楚楚动人，她忽然有了信心，当来到同学跟前时，破天荒地没有垂下头。她第一次成了众人关注的焦点，也第一次感到了自身存在的价值。她在当天的日记里写道："原来，适当的打扮能增加自己的魅力，帮助自己克服自卑，树立信心。"

爱美之心人皆有之，中学生注意衣着打扮是无可厚非的。问题是中学生应该以何种服饰风格来显示自己的群体形象和身份？女中学生小王这样描述了自己在市场上发现一件漂亮裙子时的喜悦心情和购买冲动："多漂亮啊！望着这条裙子，我简直心花怒放了。它是我经过一下午努力，终于在这个小摊上发现的。这条连衣裙是浅粉色玻璃纱制成的，领口周围一圈'小玫瑰花'，肩膀处有两条浅粉色飘带，裙子重叠成两层，仿佛一片朝霞，看上去就那么清爽……裙子上的亮片在阳光下闪动着。哎！我怎么能不买呢？"她从裙子中发现了服装的美丽，同时也意识到这条无领无袖的短裙"又不是奇装异服，看上去朴素清爽，挺适合学生穿的嘛"。看来，中学生在选择服装时有他们自己的标准。我们在对中学生的调查中发现，绝大多数中学生认为，中学生的服饰风格应该是清纯、整洁、活泼、自然的，而不应过分追求洋气和新潮。

学校对学生的服饰也有各种各样的要求，例如不许烫发，不许穿高跟鞋等。不过，我们在调查中发现，一些看起来十分严格的要求实际上并未得到遵守。有些中学生还是按照个人的喜好进行适当的修饰、打扮，学校一般也不予追究。在这一点上，一些学校似乎采取了默认的态度。

从服装、装饰品市场看，当前适合中学生特点和需求的消费品还很少。一些中学生朋友呼吁，希望能生产一些具有清纯、活泼特点的服装和装饰品等。同时，一些中学生也利用闲暇时间设计自己喜爱的服装。浙江省曾组织过全省中小学校服设计比赛，其中一些作品便出自中学生之手。通过设计校服这类活动，中学生们同时也在塑造着自身的美的形象。

镜头之二：人头攒动的电子游艺室

20 世纪 80 年代中期，当电子游戏机开始在一些大中城市大量出现的时候，人们就已经感受到这个色彩斑斓的"铁老虎"的厉害。如今电子游戏机已遍及大中城市和县城、小镇，成为青少年和儿童最喜欢的闲暇娱乐方式之一。

一项调查发现，玩电子游戏的十之八九是青少年。其中大多数是中小学生，年龄多在 10—15 岁。从被调查人员构成情况看，中学生占48%，其中高中生占 17.6%，初中生占 30.4%；小学生占 41.5%；社会其他人员仅占 10.5%。从玩游戏机的时间上看，除节假日外，他们在中午和下午放学以后也玩，有的玩个把钟头不过瘾，还要一直玩到深夜，待游戏室关门才肯离去！[18]

客观地说，电子游戏机的出现，丰富了青少年的闲暇生活，给他们带来了乐趣，同时也锻炼了他们的观察、判断、反应能力和手眼的协调能力。另一方面，我们也看到，一旦青少年过分沉溺于电子游戏，也会给他们的身心健康和学习带来负面影响，这一情况也应引起家庭、学校和社会的重视。

镜头之三：走进舞厅的中学生

舞厅门口的广告牌，舞厅门窗闪烁的色彩变幻的灯光，还有那或轻柔抒情或节奏强劲的舞曲，对于中学生们来说无疑具有某种诱惑力。虽然进入营业性舞厅的中学生毕竟是少数，但是我们已不难在摇曳的灯光中寻见他们的身影。

一位高二的女学生每天放学都要经过一家舞厅，她觉得那里面一定很高雅、很好玩。"等放了假我一定进去看看"，她每天这样对自己说。带着强烈的好奇感，在放假后的一天，她拉了最要好的女同学做伴，第一次走进了舞厅。尽管人们对中学生进入舞厅会有各种各样的想法，但中学生也有他们的想法。一位女中学生这样说："中学生为什么不能进舞厅？重点中学的学习比大学还紧张，整天脑子里全是功课、考试、竞争、上大学，学校很少搞文艺活动，搞了的我也不喜欢。这样读三年高中，如果不是偶尔去舞厅听听音乐跳跳舞放松放松，神经非崩溃不可。""你不要把我们中学生看得那么傻。我的经历可能比你还要复杂，几个假期，我独自去了好多地方旅游，还在发廊、酒吧打过工，什么样的人没见过？"这位中学生说自己是以"换一种活法"的目的走进舞厅的。她是一个住校生，有时候星期天不回家或哪个晚上自习上腻味了，就溜到舞厅"换一种活法"。别以为她是人们眼中的那种坏学生，她可是班长，门门功课全优，在全校演讲竞赛中得过奖，还在杂志上发表过几篇习作，是典型的好学生。当然，她去舞厅换个活法的故事，学校老师并不知道。[19]

镜头之四：中学生交友录

一位中学生这样写道："我们都同样年少，也都同样有着青春的骚动，并伴随那无穷无尽的遐想和难言的孤独，于是寻求心与心的遥相呼应成了生活的必需。"

渴望交流，渴望友情，成为当代中学生生活中的一个突出现象。当代中学生的交友对象既有朝夕相处的同学，也有未曾谋面的远方朋友。例如，一位爱好文学的中学生发表了一篇作品，就有可能收到四面八方、千里之外同龄人的来信，这些信往往将内心细微的烦恼尽情倾吐，以寻求心灵的安慰和共鸣。这是中学生交友活动中一种较高层次的心灵感应和交流。

当然，中学生的交友方式是多种多样的。更常见的情形是，当一位好朋友过生日，或遇上其他有纪念意义的日子时，他们会购制（自制）一份精美的贺卡，或在电台的"听众点播"节目里点上一支祝福的歌曲，或组织一次小小的聚会。他们用这些美好的形式表达自己真诚的情感和祝福，也美化着彼此的友情和人生。

物质生活水平的提高，也使部分中学生的人际交往打上了沉重的物质烙印。"君子之交淡如水"对于他们来说已很难存在。一些中学生告诉我们，为朋友过生日已经成为一种负担："过去好朋友过生日送明信片、贺卡、音乐卡，现在送毛绒玩具等，送的礼品越来越高档了。"有的中学生的排场甚至越来越大：过生日时要把屋子布置成"人造黄昏"，点上蜡烛，吃高档生日蛋糕，收礼物，设宴请客，举办舞会。

在中学生的交友活动中，也有一些人利用别人的真诚干坑蒙拐骗的勾当。某市一所重点中学的高中女生S从小喜爱文学，可惜无名师指点、挚友帮助。有一次她偶尔买到一本中学生刊物，看到一篇中学生 H 写的小说，笔法篇章颇有大家风度。于是 S 决定去信讨教作文之道。不久，S 收到了该同学的回信，在长达四页密密麻麻的论述友谊与真诚之类的文字之后，H 告诉 S，他现在正主编一份文学报纸，欢迎 S 加入小记者队伍，不过，必须先交证件工本费三十元。S 大喜过望，第二天就给 H 如数汇款。然而，过了很久，既不见 H 寄来报纸，也不见寄来所谓记者证。S 有苦难言，只能独咽这"友情"的苦果。[20]

四、文化多层次分离与美育的新问题

1．众说纷纭

很显然，即使是通过上面这些镜头的大略的透视，我们也不难发现，在当今社会文化环境中成长起来的这一代青少年，已实实在在地变成了具有独特亚文化特征的"新人类"。他们的闲暇生活方式已摆脱了纯物质性的需求而更多地带有精神娱乐和享受的成分，并表现出明显的审美化倾向。他们谈"阿迪达斯"，谈"皮尔·卡丹"，谈"健力宝""三明治""肯德基"，谈"霹雳舞""摇滚乐"，谈"马拉多纳""兴奋剂""科特游戏机""中华学习机"……正是在这种广泛的文化接触和消费中，他们追求并拥有了多彩多姿的生活方式，形成了较为开阔的精神视野，养成了独特的审美趣味和个性。不过，问题的复杂性在于，当代社会文化对青少年生活方式的全面影响已经使我们难以用一个明确的价值尺度做出确定的把握和判断。我们所能肯定的大概只有这一点：当代文化媒体和环境通过青少年的闲暇生活而对他们的生活态度、生活方式、生活风格形成了很大的影响。除此之外，人们的判断便可能迥然不同。

例如，有人描述并批评了中学生生活中的超前消费现象——这类现象时下十分时髦的有：(1) 节日互致贺卡。这活动本身并不坏，问题在于它的花费十分可观。(2) 过生日。现在中学生为自己过生日或相互祝贺生日已是寻常事。一次生日花费百元左右，"新潮"的或"富裕"的，还会邀请同学上咖啡厅，其花费则在百元以上。(3) 假日聚会，听音乐，打扑克，郊游，逛商店。(4) 男抽烟，女化妆。(5) 玩电子游戏机。有些中学生已玩到废寝忘食的地步。有的还醉心于街头台球。在福州"伊法达"餐厅玩一局收费三十元，至于沿街摆设的简陋台球，则往往与赌博缠在一起，虽赌金不高，却能让人泥足深陷。[21] 毫无疑问，扫视上述景象的，是一种忧虑的目光。随着这种目光，我们读到了这样一些文章：《走进舞厅的女中学生》《游戏机——"老虎口"》《中小学生信教问题应引起全社会的重视》《金钱，在孩子们身上》《哥们儿姐们儿和中国帮会意识》，等等。

相反，另一些人们对中学生涉足新生活方式现象的评价则持相对谨慎和宽容的态度。例如，有研究者指出，要确切地找到当代社会文化对青少年影响的正负临界点，实在是一个太难解决的问题。因为在新世纪即将到来的今天，我们这些曾自认为是下一代成长的天然的指导者的"先生们"，其实也才刚刚学会识得"乡间小路旁的'鲁冰花'"，才刚刚学会了解"都市里的现代崇拜"，才刚刚学会发现"新生活的风景线"。此时此刻，我们并不比我们的下一代高明多少，我们和他们共同拥有一个崭新的世界。因此，当我们观察变化着的青少年闲暇生活，尤其是那些具有特异性的现象时，决不能仅凭感情因素就下正或负的结论。或许较完整的认知和多侧面的分析才是我们解决问题的现实出发点。[22]

2. 两种文化的互补与错位

当代青少年处在社会文化和人们的生活方式发生急剧变化的时期，他们的闲暇生活所呈现的种种复杂矛盾性状，正是当代生活转换过程中诸种文化矛盾、冲突、发展、变化的投影。其中，校园文化与闲暇文化的日益分离甚至对立，是他们感受最直接的方面。这也是在教育上我们与他们共同面临的新问题之一。

在 20 世纪 80 年代之前，中国的中学生面对的是一个统一的文化系统，学校教育与社会生活在价值取向和观念模式上是基本一致的。然而，随着主流文化与非主流文化之间差异性的日益突出，校园文化与闲暇文化之间的对峙也开始形成。如果说，青少年在学校接受的主要是主流文化的影响的话，那么，在闲暇生活中，他们主要接受着非主流文化的影响。而这两种影响在观念模式、价值取向等方面存有较大差异。

客观地说，当代青少年的闲暇生活是他们走向成熟的重要方面，是他们学会适应变化着的社会生活的必要途径。从美育的角度来说，丰富多彩的闲暇生活方式部分地满足了青少年情感生活的多方面需求，而这些需求在目前的学校教育中是很难得到满足的。因此，闲暇时间中的审美生活是当代青少年美育的一个不可小视的方面，是对学校美育的重要补充，这种补充主要体现在下列几方面：（1）相对于中学美育课程少的状况，获得更多的审美生活时间；（2）相对于中学艺术教育种类单一的状况，获得接触更多艺术样式的机会；（3）相对于中学美育重"教"轻"乐"和重"理"轻"情"的偏向，寻求更多自由轻松的情感愉悦；（4）相对于中学美育偏重于传统和成人艺术的特点，寻求更多有当代性和适合青少年特点的艺术的活动;（5）相对于中学美育上大课、求一律的状况，寻求个性化的审美方式；（6）相对于中学艺术教育偏重正统艺术样式的特点，接触更生活化的艺术样式。从这些意义上说，当代青少年的闲暇审美生活对于他们获得更为平衡的发展是有益的。

另一方面，由于校园文化与社会闲暇文化的错位甚至对立，当代青少年在审美选择和判断等方面常常会发生价值尺度的混乱。他们容易从一种"逆反心理"出发，拒斥学校美育中理性的、传统的、道德的因素，把审美理解为一种只求随心所欲，不要规范的生活方式，反而对某些消极的闲暇生活方式产生兴趣。应该看到，社会上某些低级、庸俗的思想观念和生活趣味，正是通过青少年的闲暇生活，对他们产生影响。

为了帮助青少年走出闲暇生活的误区，变消极的闲暇为积极的闲暇，学校应该高度重视培养学生的社会适应能力，帮助他们分析、认识、选择和评价社会的各种闲暇生活方式；学校教育应该缓和与社会闲暇生活的对立，避免由于这种对立而造成当代青少年在观念意识、行为规范和生活方式等方面更多的无所适从。我们认为，学校一味地排斥社会生活的影响，只会使学校更封闭和孤立；一味地指责当代青少年的闲暇生活方式，只会在更大程度上错失对他们教育引导的时机。问题的关键或许在于：学校是否能用健康的东西来吸引学生；是否能使他们真正感受到优秀艺术作品的无穷魅力；是否能在这种审美经验基础上，培养他们敏锐的审美能力和健康的审美观念。对于天天下水嬉戏的孩子，最好的办法是教会他们如何游泳，而不是在水边监视，或禁止他们下水。

注 释

[1] 荫山庄司、田中国夫、全盛一郎编著：《现代青年心理学》，邵道生译，上海：上海翻译出版公司 1985 年版，第 93 页。

[2] 荫山庄司、田中国夫、全盛一郎编著：《现代青年心理学》，邵道生译，上海：上海翻译出版公司 1985 年版，第 97 页。

[3] 张国珍：《论闲暇》，《湖南师范大学学报（社会科学版）》1991 年第 2 期。

[4] 马克思、恩格斯：《马克思恩格斯选集》第一卷，编译局译，北京：人民出版社 1972 年版，第 37 页。

[5] 马克思、恩格斯：《马克思恩格斯选集》第一卷，编译局译，北京：人民出版社 1972 年版，第 38 页。

[6] 参见 J. 曼蒂等：《闲暇教育理论与实践》，叶京、潘敏、鲍建东等译，北京：春秋出版社 1989 年版，第 1—18 页。

[7] 参见马克思、恩格斯：《马克思恩格斯全集》第 46 卷下册，编译局译，北京：人民出版社 1980 年版，第 225 页。

[8] 荫山庄司、田中国夫、全盛一郎编著：《现代青年心理学》，邵道生译，上海：上海翻译出版公司 1985 年版，第 93—94 页。

[9] 参见张国珍：《论闲暇》，《湖南师范大学学报（社会科学版）》1991 年第 2 期。

[10] 马克思、恩格斯：《马克思恩格斯选集》第一卷，编译局译，北京：人民出版社 1972 年版，第 37—38 页。

[11] 仲炜：《建立有益的闲暇生活》，《文汇报》1992 年 4 月 20 日。

[12] 参见冯日乾：《“吃饱了撑的”》，《文汇报》1992 年 4 月 20 日。

[13] B.F. 斯金纳：《超越自由与尊严》，王映桥、栗爱平译，贵阳：贵州人民出版社 1988 年版，

第 178 页。

[14] J.曼蒂等：《闲暇教育理论与实践》，叶京、潘敏、鲍建东等译，北京：春秋出版社 1989 年版，第 11 页。

[15] 弗·杰姆逊：《后现代主义与文化理论——杰姆逊教授讲演录》，唐小兵译，西安：陕西师范大学出版社 1986 年版，147—148 页。

[16] 列宁：《列宁全集》第 20 卷，编译局编译，北京：人民出版社 1989 年版，第 480 页。

[17] 参见 Д.И.费尔德施坦主编：《当代少年心理学》，巽芷译，北京：教育科学出版社 1990 年版，第 1 章。

[18] 参见朱健明：《游戏机——"老虎口"》，《中国教育报》1991 年 9 月 5 日。

[19] 陈传敏：《走进舞厅的女中学生》，《中国青年报》1992 年 3 月 2 日。

[20] 高亢：《中学生交友奇闻录》，《中外少年》1991 年第 4 期。

[21] 何家铿：《社会非主流浅层文化对中学生的影响》，《社会》1991 年第 7 期。

[22] 谭刚强：《大众传播中的德育效应》，《青年研究》1992 年第 2 期。

（原载《教育新概念：青少年美育》，华中理工大学出版社 1995 年 5 月出版）

青春的萌动

——论当代青少年文艺的创作与评论

一、"青春期"概念的独立与青少年文艺的崛起

当代中学生处于这样一种文艺消费环境中：

一方面，社会以学校为主要渠道向中学生提供着严肃的、经典的、传统的艺术知识和文艺消费内容。他们读鲁迅、莎士比亚，听冼星海和《伏尔加船夫曲》……

另一方面，通过闲暇时间，当代中学生们怀着一种痴迷的甚至是近乎疯狂的热情大量地消费着通俗、流行的文艺样式。他们迷恋姜育恒、刘德华、郭富城、林志颖、小虎队，迷恋琼瑶、三毛、汪国真……

我们注意到，来自这两个方面的艺术夹攻，其本身并不是为青少年的艺术审美需求而存在的。换句话说，无论是严肃文艺还是流行文艺，它们被青少年所接受和消费，都只是在客观上适应、契合了当代青少年的审美心理和消费需求。那么，为青少年创作，并且首先为青少年而存在的文艺是否现实地存在着？

毫无疑问，它存在着。

青少年文艺在中国的崛起是进入 20 世纪 80 年代以后的事情。这一崛起与"青春期"概念在当代生活中的逐渐确立有着密切的关系。

我们知道，青春期（少年期）的独立是一种社会历史文化现象。玛格

丽特·米德在对萨摩亚岛青少年的研究中发现，"成年礼"的完成就标志着由儿童到成年的直接转化，其间没有过渡，没有"独创性"的危机。因而，"青年"（Adolescence，包含了青春期）的独立出现是文化的产物。在 20 世纪以前，青春期很少被公认为人类中的一个独特的时期。直到 1904 年，G. 斯坦利·霍尔发表了经典性著作《青少年：他们的心理及其与生理学、人类学、社会学、性、犯罪、宗教、教育等的关系》之后，青春期、青少年才得到社会的普遍承认，并成为家喻户晓的词汇。此外，国外一些著名学者如马林诺夫斯基、R. 本尼迪克特、卡丁纳、林顿等人的研究成果，也部分地证明了青少年的心理特征取决于社会的文明化程度，深受文化的影响，而不仅仅是一个生理、心理学上的变化。从这种观点上看，少年期的独立乃是文化全面发展和精细化的产物。它的独立出现是根源于现代社会文化环境作用中的青少年性早熟，以及少年期的延长后发生的新异行为和思想观念。这样，青少年便由一个过渡性的概念变成了一个独立的文化概念。[1]

同样，我国当代社会经济文化生活的全面发展，也对当代青少年的身心发展产生了深刻的影响："青春期"不仅作为一种独立的生理、心理现象为社会所关注，而且它也日益广泛地渗透、辐射到当代文化生活的各个方面，进而逐渐形成了一种具有鲜明个性特征的文化分支——青春期文化。

而青少年文艺，无疑是当代青春期文化的一个重要组成部分。伴随着"青春期"概念的日益确立，青少年文艺也在当代中国的艺苑文坛上悄然崛起。

童年与童年的文化

文 化
青春的萌动

二、文学、影视、音乐：当代青少年文艺一瞥

当代青少年文艺正逐渐作为一种独立的文艺现象而存在。但是，当我们用"崛起"这样富有气势的字眼来描述这一过程时，我们仍不免会感到不安：当前青少年文艺在数量上的匮乏和艺术特色方面的模糊性，使它还未能在当代文化领域取得应有的地位。这种情况一方面说明了青少年文艺尚处于生长、探索的过程之中，另一方面也为我们预示了这一领域的富有潜力的发展前景。我们之所以在这里用了"崛起"一词，是因为相对于历史状态而言，"青少年文艺"客观上已经构成 20 世纪 80 年代以来我国当代文艺发展进程中一种相对独立的艺术现象，而且它也已经日益成为人们十分关注和不时议论的一种特定的文艺景观了。

1. 青少年文学——先导与主力

在青少年文艺的各个品类中，青少年文学无疑是其中最早觉醒、最有实绩、较有影响的一个门类。可以说，青少年文学事实上充当了当代青少年文艺阵营中的先导和主力的角色。考察 20 世纪 80 年代以来青少年文学的艺术构成，可以发现它大体上是由来自三个方面的文学作品聚合而成。

首先是来自成人文学方面的对于青春期题材的关注和艺术再现。

在当代中国文学界，20 世纪 50 年代曾经出现过像王蒙的长篇小说《青春万岁》那样的充满青春气息的作品，但这样的作品数量不多，而且其精神气质更多的是那个富有理想和朝气的时代精神投射的结果，

"青春期"并未明显地作为一个独特的、生命的、文化的概念而存在。进入 80 年代，当代文学对青春期的再现，则更多地关注这一年龄段自身所包含和拥有的种种文化的、生命的内容，这使青春期题材文学初步获得了一种独立的气质和个性。

我们首先想到的是 1977 年问世的刘心武的短篇小说《班主任》。这篇作品以其敏锐的艺术洞察力和充满激情的艺术思考引起了当时文坛的震惊。谢惠敏，一个真诚然而却深中魔法之毒的少女形象，唤醒了当代文学的现实精神、思辨热情和忧患意识。而在浩劫刚刚结束，新生活的全部多样性、复杂性在一个新的层次上开始展开的时候，宋宝琦、石红的形象也是富有意义的。当然，《班主任》是以成人视角来表现中学生生活的，还不能算是真正意义上的青少年文学作品。不过，它却是新时期以青少年生活为题材并卓有影响的第一部作品。它的成功展示了青少年题材所拥有的潜在的文学力量和艺术魅力，并为 20 世纪 80 年代青少年文学的兴盛做了有力的铺垫。

我们不打算在这里详细描述 20 世纪 80 年代以来整个当代文学界对青春期题材的热情的积蓄过程，而想直截了当地指出，这种热情的积蓄在 80 年代中后期终于酿成了一次蔚为壮观的艺术喷发。"青春期"一度成为当代文坛炙手可热的题材，尤其是在小说和报告文学领域更是如此。我们读到了例如肖复兴的长篇小说《早恋》，陈建功的中篇小说《鬈毛》、吴冰的中篇小说《中学生启示录》、陈丹燕的中篇小说《女中学生之死》、牟国平的中篇小说《生日》，以及刘西鸿的《你不可改变我》《我十四岁》、李叔德的《和陌生人谈心》、青青的《不再寂寞》等一批短篇小说。报告文学则有孟晓云的《多思的年华——

中学生心理学》《我们与你们》《你在哪里失去了他》、肖复兴的《中学琼瑶热》《与当代中学生对话》、罗达成的《少男少女的隐秘世界》等一大批很有影响的作品。这些作品以开阔的社会文化视野为背景，对当代青少年的生存现实做了较全面的艺术再现和剖析，尤其是多层次地、细腻地揭示了青少年伴随着成长而来的种种愿望、苦恼困惑和心理萌动，使青春期题材在当代文学创作中达到了前所未有的思想深度和艺术深度。

当然，上述来自当代文学领域的青春期题材作品带有一种边缘性质：一方面，它们反映和表现的是成年人对青春期的关注和思考，其艺术思维往往带着成年人的焦虑、不安和沉重，因而很难将它们简单地归入青少年文学之列；另一方面，这些作品又确实以其对当代青少年生存状态，特别是他们的精神现实的真切把握和艺术表现，而引起广大青少年读者的阅读兴趣和强烈共鸣。因此，这类作品既是当代青少年文学的一个有机组成部分，同时又不是真正意义上的青少年文学——我们或可称之为"准青少年文学"。

其次是来自儿童文学领域的对于少年文学艺术空间的探寻和垦拓。

传统儿童文学作品主要是以幼年和童年期读者为对象的，而较少顾及处于过渡期的青少年读者。事实上，以"儿童文学"这一概念来说，其中的"儿童"一词便不止一种指称对象。当它与"成人"这一概念相对照时，指的是所有未成年者；当它与"婴儿""幼儿""少年"这些概念并列时，则特指长于幼年、未及少年的童年期（学龄初期）儿童。而我们早就感觉到，适宜于幼童欣赏的文学作品与少年喜欢的作品并不相同。因此，传统儿童文学由于比较重视低龄读者的阅读兴趣而相对忽视了与少年读者的艺术交流和文学对话。

20 世纪 80 年代儿童文学创作的宏观变化之一，是少年文学开始走向自觉。当人们逐渐发现，我们过去为少年读者提供的作品实际上常常是根据较低年龄阶段儿童的心理特征和生活状态去进行创作，从而形成事实上的文学断层的时候，他们就像又发现了一片遥远的文学新大陆那样激动不已。而最贴近成人文学的少年文学，又为儿童文学创作的突破和超越提供了更多的可能空间和成功机会。于是，开辟少年文学新大陆的远征开始了。

我们看到，20 世纪 80 年代以来，少年文学创作正是整个儿童文学领域最活跃和最引人瞩目的部分。少儿文学作家在校正了对少年读者审美心理的理解以后，开始在少年文学创作中进行自觉的探索和开拓，这些努力不仅为整个儿童文学创作带来了活力，而且也为当代青少年创作提供了有益的援助。

不过，青少年身心发展的过渡性特征，也使得少年文学作家对如何确定和把握少年文学的艺术特征感到困惑。诚然，少男少女身心发展过程中呈现了许多飘忽不定、微妙难言的状态，但这并不意味着少年文学也可以那么稀里糊涂、随随便便地炮制一下端出去便可了事，恰恰相反，少年文学作为文学实体，必然有自己相对稳定的本体特性。困难也许就在这里：由于这块文学土壤的长久荒芜，少儿文学作家对少年文学的艺术构成和美学规定缺乏必要的了解，而已有的艺术经验又不可能"越俎代庖"。因此，在不期而会的新的艺术实践面前，少儿文学作家由于太缺乏准备而只能仓皇地应战，一面探索，一面不断地修正自己的"期望模式"，只能在困惑中寻找自己的路。有关少年小说《独船》（常新港著）的讨论，就十分典型而清晰地向人们显示了这种困惑和寻求的状态。

《独船》诉说的是一个令人战栗的悲剧故事。少年石牙渴望合群和友谊，也渴望父亲能理解他的内心要求和愿望。然而在生活中变得异常自私、孤僻、冷漠、狠心的父亲张木头却宁愿离群索居，在小河边厮守着独屋、独船、独子度日。他粗暴而专断地拒绝了石牙的合理要求。在张木头的影响下，石牙遭到了同学们的误解甚至羞辱，被逼上了孤独、与同学隔阂的境地。为了摆脱孤独，获得同学们的友谊和尊重，石牙顶住了父亲的训斥和痛打，尽了令人心酸的努力。最后，这位少年孤独者毅然划船去搭救落水的同学，并在这最后的渴望和努力中献出了自己的生命。而痛失独子的张木头这才幡然悔悟，但悲剧终究已经发生了。

几乎所有的评论都一致肯定《独船》是一篇上乘之作。《儿童文学选刊》的编者在以头条位置选载这篇小说时动情地写道："《独船》是独特的，无论思想与艺术都是独特的。我们期待这样的佳作已经很久了。"耐人寻味的是，在一片热烈的褒奖声中，关于这篇小说算不算少年小说的争鸣也同样热烈。有人认为，《独船》所展示的"深邃的人生内容"是有助于加强少年文学的"深度、力度、生命力"的，因而它无疑也是一篇优秀的少年小说。有的论者则认为，这篇作品向成人读者提出了一个十分严峻的现实问题：理解我们的下一代，关心我们的下一代。其艺术视角是成人化的，因此不能被看成是一篇少年文学作品。也有论者认为，少年读者的特点，"要求我们必须以很大的机智来对待少年文学的创作"，应该"机智而巧妙地把儿童化与适度的成人化因素结合起来"。[2]

看来，成人化和非成人化之辩成了这场争论的焦点。讨论的意义当然不仅仅在于对一篇小说的评论，更主要的是它深刻地反映了人们对少年文学本体特性的困惑感，以及认识和把握这一特性的强烈意愿。在我们看来，当代青少年的心理世界尽管呈现了极为复杂多元的状态，但它仍有着自身的质的规定和合理性。所谓少年们有一种"半成人半儿童"心理的说法，确切地说不过是一个形象化的比喻，它表达了少年心理世界的那种特殊的矛盾状况和过渡特征，而绝不是说少年心理即等于一半的成人心理加上一半的童年心理。少年对成人世界的向往，仍然是典型的少年心理，绝非来点儿"成人化"就能解决问题；少年所表现出来的任性、幼稚和幻想，也只能是少年式的任性、幼稚和幻想，绝非留点儿"儿童化"就能万事大吉。因此，我们认为借助"成人化"这一概念是无法把握少年文学艺术特性的。少年文学需要的是少年化，而不是其他的什么"化"。《独船》这篇小说试图从以往儿童文学创作的狭窄思路中挣脱出来，根据少年读者的接受能力来向他们展示生活的复杂、严峻和艰辛，从而给他们以人生的启迪。从这个角度看，它是应该被归入少年文学之列的。至于有的论者提出的作品的艺术视角问题，也的确不可忽视。20世纪80年代少儿文学的一个重要主题是呼吁大人们理解、尊重当代少年的心理世界和个性发展，从早先刘健屏的小说《我要我的雕刻刀》，到后来孙云晓的报告文学《"邪门大队长"的冤屈》，都贯穿了这个主题。可以肯定的是，少年文学可以而且应该同成人对话，但是以何种方式和途径实现这种对话，却没有什么现成的路子可走。这就要允许作家在创作实践中进行探索。

　　20世纪80年代以来儿童文学界对少年文学艺术可能的探寻，在客观上也提供了一批富于时代气息、适合当代青少年口味的文学作品。尽管这种探寻还伴随着种种困惑和不尽如人意之处，但来自儿童文学界的这种努力，与上述成人文学界对青春期题材的关注相配合、相呼应，有力地促进了青少年文学的艺术自觉和独立发展。

当代青少年文学构成的第三个方面，是由青少年自身的文学创作所提供的。

当代中国，"作家"这顶桂冠上的神圣光环正不断消失。有这样一则真实的故事：一位知名作家某次赴宴，同席一人问他，在哪里高就？作家答曰："我是作家。"语气中不免流露出自豪感。谁知对方听了，竟哈哈笑道："您别谦虚了。"自报"作家"竟被认为是谦虚的表示。"作家"地位的中落由此可见一斑。然而，对许许多多的青少年朋友来说，成为一名作家仍然是他们年轻生命中的一个最美丽的梦幻。《中国青年报》的"校园"（中学版）专刊曾组织过一次关于"校园'文学梦'"的讨论，其中披露了不少中学生迷恋文学的情况。一位河北的中学生在题为《万劫不悔》的文章中写道：

> 我是个中学生，文学是我万劫不悔的梦。什么时候着迷早已忘记，只是每每翻开自编的作品集，看到那虽幼稚但却郑重的文字，便庆幸自己竟写了这么多。名利舍去，只求那一点真切的心动。我曾饱尝了其中的酸甜苦辣，常常在失望与希望之间、现实与梦想之间感喟。曾几何时，苦抄那些不知有没有价值的文字；曾几何时，只身漂泊千里，让脆弱的心浸在离乡的愁苦里；曾几何时，偶尔翻开杂志，看见自己的名字很陌生地印在上面，便感动得要流泪……文学是条苦路，但只有走了一段才会真正明白。的确，我不能卜知自己的路，但面对惊呼、惋惜和鄙夷，我只能走下去，

就像歌里说的"爱过就不要说抱歉，毕竟我们走过这一回，从来我就不后悔"。

这也是一种人生观，真的。

与这位中学生一样做着"万劫不悔"的文学之梦的青少年朋友何止成百上千！当然，真正能够实现这一梦幻、走上文学之路的只能是其中的佼佼者。但也正是因为有着千千万万中学生的参与，才出现了当代中学生文坛色彩斑斓、果实累累的特殊景观。很显然，中学生的文学创作，是当代青少年文学的一个特殊而重要的组成部分。

一篇谈论 20 世纪 80 年代中学生文学创作的文章曾用不无夸张的语气说："1983 年，中国文坛上的一件大事就是出现了韩晓征。"该文紧接着写道："说是大事，并不因为她的文笔多么出色，而是因为她给后来的中学生文学定下了一个调子，并成为第一个被公认的中学生作家。这对少年文学的创作与发展无疑起了鼓励士气、树立信心的作用。"[3]

韩晓征引人注目的作品是分别发表于《儿童文学》和《十月》的短篇小说《鹅黄色的窗纱》、中篇小说《夏天的素描》。前者描写了一个自私学生的故事，后者描写了一群中学生的困惑、躁动。"韩晓征的作品仍拘泥于校园生活的小圈子里，但它们第一次向外界展示了中学生的心理状态、对平静的中学生活的抵抗和中学校园里'复杂'的人际关系等等。由于韩晓征生活在其中，其描写是真实准确的，立刻引起了全国中学生的共鸣与文学界的关注与欣赏。"[4]

几乎与此同时，当代文坛突然出现了例如眉毛的《女高中生》那样的一批充满少年式的坦率和真诚的中学生作品。这些作品以其对当代中学生心灵、个性和生活情状的鲜活而真切的描述和袒露，避免了某些由成人创作的同类题材作品的武断、做作和隔靴搔痒的弊端，给人以耳目一新之感。

在中学生文学创作中，中学生诗歌创作无疑是其中影响最大、收获也最丰的一个门类。有研究者认为，这十多年来中学生诗坛从总体上看，表现出了这样几个显著特点：一是中学生诗歌爱好者最多，参加创作的人数也最多。《语文报》曾在全国中学生中发起以"我们这个年龄"为题的征诗活动，在短短几个月中，竟收到来自全国各地中学生的八万余份诗稿，来稿高峰期每天用麻袋往回装便是最好的证明。二是中学生出的诗集多、办的刊物多，在全国上下确实形成了一定的声势。三是确实出现了一批小有成就的少年诗人。田晓菲、刘梦琳、阎妮……这些少年诗人小则七八岁即有诗作见诸报端，大则十六七岁一鸣惊人，以颇见功力的创作奠定了自己在全国中学生文坛的地位。尽管这些中学生诗人将来并不一定就"吃"文学这碗饭，但他们的突然崛起与耀眼光芒确实令不少少男少女心向往之；再加上有些青少年报刊发起评选"全国青少年十佳诗人""全国十大校园诗人"等活动，更为本来已十分兴奋、燥热的中学生诗坛注入了新的活力，起了推波助澜的作用。[5]

尽管中学生受自身社会阅历、文化素养等方面的限制，因而从文学鉴赏的角度看，中学校园文坛中真正可算上乘之作的并不是很多，而一些中学生文学爱好者一心想通过发表作品免试升入大学，荒废了学业，这更使一些学子由此陷入了无所适从的沼泽。但是从总体上看，中学生文学创作对于发掘当代青少年的艺术潜能、培养他们的审美创造素质，是具有积极的意义的。而中学生文学创作所展示的生活内容和心灵空间，所具有的纯情气质和率真个性，或许恰好为我们提示了青少年文学所最应具有的艺术内涵、气质、个性。

2. 青少年影视——匮乏和希望

曾经有人把现在称为电影尤其是电视的时代。电影、电视是当代青少年日常生活中频繁接触的两大艺术门类。从青少年影视的角度来考察，我们可以发现，自20世纪80年代以来，"青春片"的概念业已确立，也就是说，它已成为表现人生黎明风景和青春故事的一个特定的片种。

当然，我们必须承认青春片的艺术幼苗尚未长成参天大树。

最明显的莫过于数量的匮乏。以少儿电视剧为例，据统计，1960年至1986年间，少儿电视剧共拍了201部，而成人电视剧单是1986年一年间送中央电视台的就达1510部（集），实际播出946部（集）。另据一项最新统计资料，1990年全国少儿电视剧产量为90部102集，1991年为26部59集，1992年只剩下15部34集。而同一时期内，全国电视剧生产呈上升趋势。电视剧数量从2000部上升到5000部，少儿电视剧所占比例还不到0.7％，其中以青春期为题材的"青春片"数量就更是微乎其微了。

另一方面，青少年影视剧中也出现了一批比较优秀的作品，例如电影《十四五岁》《豆蔻年华》《红衣少女》《哦，香雪》《失踪的女中学生》《少年犯》，电视剧《寻找回来的世界》《十六岁的花季》等等。其中有的是很地道、很青春，也很优秀的青少年影视作品，例如被称为是"国内迄今为止最长的一部青春片"的电视连续剧《十六岁的花季》。

一位童心未泯的老师，一群渴望着成为大人的孩子，是这部长达12集的电视剧的主角；生理、心理上骚动不安的独特世界，折射着改革开放后的社会现实、国民心态、教育现状，是少男少女整整十年的备忘录；综合成百上千个十六岁孩子的经历，展现他们心中热烈的诗，委婉的歌，纯洁的梦，是这部作品尝试开拓的崭新视角。

如此，难怪《十六岁的花季》在首映地上海，引起社会各界的强烈反响；在首都北京，先睹为快的影视界称其为"青春片里的上乘佳作"，"描写中学校园生活的力作"。[6]

而该剧播映后，在青少年观众中更是引起了巨大的反响。剧中白雪、韩小乐、陈非儿、欧阳严严、彭瑜、袁野等十几个中学生的感情世界，他们的爱和恨，他们的委屈和困惑，他们的思考和寻求，他们的期待和憧憬，无不深深地吸引了与他们同龄的中学生观众。

中国人民大学附属中学的一位中学生说："看完这个电视剧我挺佩服编导的，以您这个年龄把中学生活写得如此浪漫很不易。在电视剧中，早恋并没有造成什么悲剧，非常大胆。还有就是把中学生写得很成熟，像白雪，那么认真有勇气地对待父亲的婚外恋，真是太好了。我很羡慕白雪的家庭，父母与女儿像朋友一样，平等相处。我觉得，父母和老师对待中学生异性交往中的感情，就应像剧中一样，要去启发、引导而不能扼杀友谊。我们总会长大，总会面对这些。"

另一位北京大学附属中学的学生说："我觉得这个电视剧贵在平淡。一些文学作品总是把早恋写得特别特别严重，其实不是那个感觉。歌里说，'平平淡淡从从容容才是真'。这个电视剧就是这样，把比较真实的那种平淡劲儿写出来了。"

既表现青春期的不安和躁动，又把这一切表现得极为真实、自然、美好，使这部电视剧具有一种特殊的青春气息和艺术魅力。

《十六岁的花季》在青春片极为匮乏的影视园地，仿佛一朵清丽的小花，散发着幽雅的艺术芳香，而我们也可以从这朵小花的绽放中，看到一种希望，一个未来新的艺术花季。

3. 青少年音乐——无奈的描述

如果说青少年文学是当代青少年文艺阵容中的先导和主力，青少年影视虽然匮乏却充满希望的话，那么，对青少年音乐的考察将使我们感到惶惑：真正具有青春气息而又符合校园气氛的青少年音乐作品几乎难以寻觅。

据报道，某地举办了一次少儿卡拉 OK 擂台赛。擂台赛开始后，参赛的小歌手们对组织者提供的歌曲不感兴趣，多数表示不会唱。在参赛的几个组别中，小学组的同学唱得最多的是《采蘑菇的小姑娘》《闪闪红星》等老歌，而初中组参赛歌手最少，因为缺少可供他们选择的歌曲。

青少年缺乏真正属于他们自己的音乐作品，这就是现实！

然而，我们又必须对青少年音乐创作现状做出描述，尽管是一次无奈的描述。

我们在各地中学的调查中发现，音乐是当代青少年艺术生活中最重要的门类之一。

那么，令中学生喜爱或如痴如醉的，首先究竟是哪些音乐作品呢？

答案必然是：流行音乐。

十余年来，以港台流行歌曲为主的流行音乐，如潮起潮落，此起彼伏地响彻中学校园。"昨天邓丽君的柔美，今天'小虎队'的跳跃，明天的……姜育恒、张雨生、郭富城、林志颖，在这期间，数以百计的大陆内外的华人歌星成了改革开放十多年来几代中学生感情宣泄的知音。" [7]

如果我们不抱偏见，不以简单化的态度来看待流行音乐的话，那么应该承认，流行音乐并不就等于浅薄、庸俗。优秀的流行音乐作品同样能满足青少年的情感需求，陶冶他们的情操，使他们从音乐中去感受、体味更加深沉、内在的人生和历史内容。请看，安徽一位中学生歌迷是这样评价自己喜爱的歌手的：

有人曾告诉我，童安格的歌来源于一种豁达、大度的人生态度。是的，童安格的歌不单纯是一种情绪的宣泄，他的音乐是一种别致的音乐，委婉，但不刻意追求变化，他的《星月》颇有美国早期电影音乐的风范，深沉凄婉。

……

如果说除了"忧郁"之外，姜育恒还有什么让人们欣赏的话，那就是他对于唱歌的严谨态度。姜育恒是认真去唱每一支歌的，他的低低的有点颤抖的歌声，一种用力抑制内心波澜的激动，一种四顾沧桑的茫然，人们不可能不为之所动。

忧郁是一种气质，而气质是装不出来的。为什么姜育恒以长城为背景的磁带封面设计令我们有某种沧桑感，为什么貌不出众、歌不惊人的姜育恒会走入许多人的内心深处？

这也许是答案之一。[8]

不过，流行歌曲毕竟只能是青少年艺术生活中自发选择的一个部分，他们还应该拥有真正属于他们自己的音乐作品——青少年音乐。

青少年音乐的基本形式是青少年歌曲（包括校园歌曲）。回顾十余年来的中学校园音乐发展历程，我们发现，先是台湾校园歌曲的一度流行，后来则是以"小虎队"为代表的纯真派歌曲的走红。台湾校园歌曲清新、优美，但其内容和情绪显然是属于更为成熟的大青年的。比较起来，"小虎队"的歌声更容易引起中学生歌迷的喜爱。1989 年，中央电视台刚刚播完了《潮——来自海峡的歌》，立刻在不少中学生中引起了沸腾，"小虎队"的磁带一上市，即被抢购一空。不少人很快就学会了其中的几首歌，《青苹果乐园》的歌声响彻校园。

我们自己的青春歌声呢？

能够表现当代中学生的情绪、愿望、感受，并一度被传唱的歌曲恐怕只有《我多想唱》《十六岁》（《十六岁的花季》主题歌）等寥寥几首。

由徐楠、尚纪元作词，著名作曲家谷建芬作曲，青年歌手苏红首唱的《我多想唱》，道出了处于高考升学压力之下的中学生们的苦恼和愿望：

> 我想唱歌可不敢唱／小声哼哼还得东张西望／"高三啦还有闲情唱"／妈妈听了准会这么讲／高三成天的闷声不响／难道这样才是考大学的模样／可这压抑的心情多悲伤／凭这怎么能把大学考上／生活需要七色阳光／年轻人就爱放声歌唱／妈妈妈妈呀你可知道／锁上链子的嗓子多么痒。

据说作词作曲均由中学生自己完成的《十六岁》，则勾勒出十六岁美丽、自信和潇洒的身姿：

　　　　十六岁的秘密装满沉沉的书包／十六岁的日历写满长长的思考／十六岁的眼睛飘出绿色的旋律／十六岁的心灵走出梦幻和烦恼／十六岁的记忆／永远不会衰老／十六岁的太阳／会把未来照耀。

　　我们得承认：这样的唱出青少年最本真的生命感受和充满青春气息的歌曲实在是太少太少了。

　　当青少年朋友嘴上哼着流行歌曲，并且被称为"追星族"的时候，他们事实上同时也渴望能拥有真正属于自己的歌曲。也正因为如此，才出现了这样的情形：当初《十六岁的花季》公开征集主题歌和插曲时，作词作曲全部由中学生完成的应征歌曲高达百首！

三、青少年文艺：面对青少年的思考

1．面对青少年时的尴尬

　　我们在前面既乐观地肯定了十余年来青少年文艺在当代文坛艺苑崛起的基本事实，同时我们也看到，青少年文艺的艺术自觉和独立是一个艰难的过程。这种艰难不仅表现在青少年文艺的创作方面，而且也表现在它面向青少年的审视和接受时的尴尬。

　　是的，青少年应该拥有属于他们的文学艺术。在国外，青少年文艺似乎较早就有了自己的独立位置。例如英美等国，"在'儿童文学'之母体萌发而自成个体之后，另有'青少年文学'(Literature for young adult or Adolescence's literature) 之称。'青少年文学'较近于儿童文学，而不甚似成人文学，其间却又有甚大差异。由文体、题材等到语文、情节等因素，也常另具有特性"[9]。除"青少年文学"外，英美等国也有"少年文学"(Juvenile Literature) 之说。在我国，青少年文艺的自觉或许晚了一些，但是它毕竟已经开始了。

不过，青少年是特殊的一群，也是挑剔的一群，面对文艺界以"少年文学""青春片""校园歌曲"等名义提供给他们的作品，他们并未心花怒放、照收不误。

例如，少年文学若干年以来一直被认为是整个儿童文学界最为活跃也最有成绩的一块文学园地。不是说少儿文学肤浅、轻飘、没有艺术分量吗？那么请看少年文学是怎么一回事吧：这里同样有孤独悲伤的人生哲理，同样有历史思考、文化寻根，而且还有若显若隐挠得人心里直痒痒的朦胧爱情！评论界对少年文学的艺术进展倾注了很大的热情：宏观研究，微观分析，热情肯定，积极扶植。这种热情使人们相信：少年文学的艺术成功已是毋庸置疑的事实，少年读者从此将在这块园地度过人生的一个阅读阶段。

可是不知从什么时候起，少儿文学界人士逐渐失去了当初的那份自信，那些被一致看好的少年文学作品似乎并不如人们所期待和想象的那样对少年读者有一种绝对的征服力：作家希望以自己的文学设计和努力来拥有少年读者，而少年朋友却并不领情和买账！

我们在中学调查时也发现，被调查的中学生们的课外读物很少是少儿文学界人士心目中的少年文学作品。例如问卷中设计了这样一个题目："请写出你最近一个月中所读过的课外书名称。"

通过调查，我们获得了一些很有研究价值的各地中学生近期读过的书目。为了便于了解当前中学生的文学阅读实际，现从中随意抽取几份大体综合罗列于此，以备研究者参考。

杭州市学军中学高一年级一个班的 43 位同学近期课外阅读的书刊有：《诗经》《老子》《楚辞》《中国古代乐府诗集》《上古神话演义》《古文通鉴》《唐宋词选》《宋诗一百首》《菜根谭》《老残游记》《官场现形记》《鲁迅杂文选》《朱自清散文选》《林语堂作品选》《梁实秋散文选》《何其芳散文选》《台湾散文选》《林家铺子》《围城》《第二次握手》《唐山大地震》《早恋》《傅雷家书》《沙漠观浴记》《杨家将演义》《魔女江湖》《神雕侠侣》《倚天屠龙记》《名剑风流》《幸运指环》《女富豪》《中统兴亡录》《红与黑》《巴黎圣母院》《简·爱》《约翰·克利斯朵夫》《珍妮姑娘》《飘》《外国短篇小说选》《布哈林夫人回忆录》《诺贝尔获奖者传》《简明大不列颠百科全书》《培根论人生》《快乐的科学》《证明与反驳》《系统进化论美学观》《足球报》《足球世界》《1989 围棋年鉴》《世界博览》《山海经》《物理精编》《化学辅导》《英语语法》等等。

上海师范大学附属中学高二年级一个班的 32 位同学近期课外阅读的书刊有:《史记》《红楼梦》《郁达夫小说集》《围城》《毛泽东选集》《邓小平文选》《席慕蓉诗歌精选》《江海英雄》《神雕侠侣》《射雕英雄传》《倚天屠龙记》《谋杀的荒郊》《幸福花》《问斜阳》《偷渡女》《我敢爱谁》《简·爱》《傲慢与偏见》《基督山伯爵》《从地球到月球》《福尔摩斯探案全集》《飘》《名人传记》《败战启示录》《王牌战舰的毁灭》《奥斯卡内幕》《物价》《学烧中国菜》《读者文摘》《青年文摘》《世

界博览》《世界知识画报》《国际问题研究》《环球荧幕》《体育博览》《文化娱乐》《大众电影》《小说界》《兵器知识》《石油时代后的世界》《高中数学解题途径》《高中英语综合能力培养》等等。

当我们粗略地整理出这一份份书目时，我们发现了这样一个事实：当人们年复一年地为少年文学而苦苦求索而不断努力的时候，当人们为少年文学的哪怕是些微的进展而倍感鼓舞时，我们的中学生读者却没有对这种努力报以相应的热情——至少在被调查的那些中学生以及他们所代表的相当一部分中学生读者那里，情况就是这样。

也许，人们还会抱有这样的希望：高中生们的一只脚已经开始迈入青年的行列，初中生呢，恐怕会是另一番阅读景象吧？

事实又怎样呢？下面是杭州市学军中学初二年级一个班级近期的读书目录：《唐宋词鉴赏》《镜花缘》《水浒传》《西游记》《封神演义》《红楼梦》《古文观止》《徐志摩诗选》《子夜》《围城》《红岩》《汪国真诗选》《西王妃洪宣娇》《姜子牙外传》《一帘幽梦》《庭院深深》《爱在深秋》《烟雨蒙蒙》《问别黄昏》《无怨》《侠骨丹心》《燃烧吧，火鸟》《碧云天》《侠客行》《窗外》《伊索寓言》《世界童话精选》《外国童话寓言选》《圣经故事》《少年维特之烦恼》《红与黑》《悲惨世界》《简·爱》《傲慢与偏见》《母亲》《钢铁是怎样炼成的》《丧钟为谁而鸣》《我与拿破仑》《巴顿将军》《宇宙奇观》《上下五千年》《十万个为什么》《世界军事博览》《半月谈》《故事会》《故事大王》《幽默大师》《海外星云》《读者文摘》《海外文摘》《天南地北》《气功与体育》《数学奇观》《物理精编》《中学生数理化》《中学生作文指导》《中学物理》等等。

限于篇幅，这里无法列出更多的书目。不过以上这些书目所提示的当代一部分中学生的阅读倾向，已经粗略地向我们展示了当代青少年的一种极有代表性的阅读事实。在这些书目中，除了中外文学名著之外，武侠、言情、侦探类通俗小说都占据了相当主要的位置，而当代少年文学作品却相对极少进入他们的阅读视野。这种阅读情况或许还有些特殊，但至少可以用来证实上述少儿文学界人士的那种忧虑并非杞人忧天。看来，如何重新考虑我们对当代青少年文艺欣赏趣味和选择倾向的认识，对于广大青少年文艺工作者来说，无疑并不是一件无关紧要的事情。

　　我们当然还应该认识到，青少年对各类文艺作品的广泛接受是一种正常的现象。如果说低幼期和童年期的儿童还总是表现出对儿童文艺的虔诚和喜爱的话，那么青少年对少年文艺的某种疏离和背叛，就几乎是一种必然发生的接受事实了。这种疏离和背叛起因于青少年生理、心理的发展特征及随之而来的独特社会处境和人格上的"边缘性"特征。其在文艺接受方面，则表现为青少年已开始不满于总是扮演一个被动的文艺受惠者的角色，而是要做出自己的主动的接受选择和判断了，尽管这种选择和判断还带有很大的随意性和盲目性。因此，青少年时期必然是一个文艺接受视野不断开放的阶段，向成人文艺索取也就成为青少年文艺欣赏的一个天经地义，也是无法抑制的接受取向，任何试图阻止这种接受迁移的企图都是不明智的，也是不可能真正有效的。

　　毫无疑问，青少年是由儿童向成人过渡的"成长"中的文艺接受者，是处于文艺接受的边缘区域的特殊受众。面对不安分的青少年，我们有必要调整我们对青少年文艺的接受期望：一方面，我们不应抱有幻想，以为青少年文艺能够满足当代青少年日益变化和膨胀的文艺欣赏需求；

另一方面，我们应该更多地研究一下当代文化背景中青少年审美趣味和接受重心的迁移和变化，以增强青少年文艺本身对他们的艺术吸引力。

2. "理解"与"理解"的超越——关于青少年文学艺术姿态的思考之一

青少年文艺无疑不能背对青少年，而应该更贴近当代青少年的生活和心灵。

在前面提到的那篇谈论20世纪80年代中学生文学创作的文章中，作者曾这样写道："在韩晓征之前，少年文学几乎全由成人垄断着。成人们以他们的眼光去看少年，未免武断和不准确，更何况当时的少年正在揭开一个父辈祖辈们从来没有过的多彩的青春帷幕呢，对于这件事，少年们的不忿之意早已萌生……"[10]

是的，正如我们已经多次指出过的那样，青少年处于一个特殊的人生阶段，他们既开始成熟，又难免幼稚；既倔强自信，又难免脆弱；既纯真可爱，又难免时时困惑……欢乐、自信、潇洒，与不安、困惑、痛苦的交织，构成了青春期独特的人生乐章。处于人生过渡期的青少年渴望平等，渴求理解，因此，青少年文艺之于他们，应该是一个可以沟通的艺术知音，应该是一双可以紧握的艺术之手，伴随着他们走过一段特殊的人生旅程。

青少年文艺的这一特征，最明显地表现在中学生自己的文艺创作中。我们读韩晓征、田晓菲、程冰雪、任慧超、李春利等人的作品时，可以最真切地感受到当代青少年的人生脉动，感受到他们渴望平等和沟通的心声。作家韩少华几年前评价他们说："青春萌动期所具有的多愁善感的少年气，使他们的作品里含有寻求突破、挣脱束缚的时代意识，他们有追求自由渴望理解的意识。在这种情况下，他们的困惑、激动、不安往往是独特的，他们的作品充满个性，早已不把文学看成教化的工具，而看成一种沟通的方式。"

实际上，那些由成人创作的成功的青少年文艺作品，也无不是以一种平等、理解的态度来接近、看待作为艺术表现对象和接受者的青少年朋友的。电视连续剧《十六岁的花季》的编导张弘、富敏曾这样谈到他们的创作思想："以前的所谓青春片，都是从成人的角度，不平等地看待学生。其实孩子们是有脑子的，他们反对那种高高在上的、应当怎样或不应当怎样的教育方式。如果拍得使他们反感了，他们就会'啪'地关掉电视，那就更谈不上起作用了。所以，我们到学生中去采访了一年，力争和中学生在平等的视角下拍片。看来我们的想法达到了。"[11]

为了拍好片子，两位编导曾到过一所又一所中学去采访。大到人生理想、升学竞争、前途选择，小到吵嘴打架、穿衣着鞋、一颦一笑，桩桩件件细细地观察、记录。渐渐地，那喧闹的多思多梦的世界向他们袒露出字字真、句句情。一位中学校长感叹地评价："难得看到描写这个年龄段如此生动准确的作品，作者对他们的熟悉程度，连我这当了几十年老师的也不免佩服。"

熟悉青少年，理解青少年，真实地描述他们的生活情状和喜怒哀乐，热切地吁请社会理解和平等地对待这些处于"花季"中的孩子们，这些无疑都是青少年文艺应该具备的基本艺术姿态。然而，"理解"并不是青少年文化艺术姿态的全部。"理解"不是目的，理解的价值在于使青少年文艺超越"理解"，实现更高的艺术目标。

从本质上说，青少年文艺是青少年文化与特定社会文化之间对话和互动的艺术产物。一方面，它体现了青少年文化及其审美趣味自身的特点和要求；另一方面，它也应体现一定社会文化对青少年一代成长的期望和要求。从接受方面看，我们应当认识到当代社会文化发展演变对青少年具体文艺接受行为的塑造和潜在的制约作用。与成人比较起来，少年儿童的艺术接受行为常常表现出对于特定审美传统和文化背景较为疏离的状况，表现出较强的自律性特征。但是，少年儿童艺术审美心理的发展从最本质的意义上说，是从生命的自然行为走向审美的文化实现的过程，对青少年来说更是如此。因此，当我们看到青少年审美接受过程中童年生命的自然冲动的一面时，还应当意识到特定社会文化现实对这种自然行为和状态的影响。很显然，青少年文艺在一定程度上也正是实现这种影响的文化通道之一。

从青少年自身的心灵成长来看，它也对青少年文艺提出了抛开单纯的理解的要求。未来的社会竞争和社会发展，要求这一代人具有健全的心灵和强劲的素质。因此，让青少年走出易受伤害的脆弱的自我，教给他们生存的力量、智慧和原则，是青少年文艺应有的艺术目标。

这是一种艺术化的文化导引，它不同于传统青少年文艺的呆板教化，它立足于理解，而又超越单纯的理解。

3. 探索与调整——关于青少年文学艺术姿态的思考之二

20 世纪 80 年代以来，青少年文学在其艺术发展过程中，不断寻求着与青少年读者进行艺术对话的新的契合点。这种探寻在少年文学领域表现得尤为突出，例如班马的《鱼幻》、金逸铭的《长河一少年》、冰波的《毒蜘蛛之死》等作品。这些作品所提供的艺术内涵和表现形态，是过去少儿文学中难以见到的。因此我们至少可以说，它们以自己的出现丰富、发展了少儿文学的传统审美形态。

然而，少年文学艺术现象的这种丰富和发展又必然是以一种"陌生化"的方式进行的：它试图以一种新的文体构成方式来更新青少年读者对生活和经验乃至对文学本身的感觉。以《鱼幻》为例，它缺乏传统少年小说所具有的那种审美上的明晰性。对于习惯于用一两句话拎出作品主题思想的读者来说，它所传达的"江南味道的意境"可能反而容易被轻易地忽视掉。作者班马曾经表示说："写《鱼幻》的动机，便是想让小读者得到一点江南味道的意境，也就是在心中增添那么一点中国的文化背景。这种文化背景对他们已成为陌生的了，而'陌生'，却正是我所要表现的。"[12]陌生的文化背景加上陌生的传达方式，这就不可避免地要使具有传统的视读经验的读者感到加倍的陌生了。

当然，那些有着良好文学素养的大读者还是喜欢《鱼幻》的，他们担心的是少年朋友们能否接受这篇作品。余衡认为《鱼幻》"是一篇精致的小说，是一件小小的艺术品，耐读、耐咀嚼"，但"这小说太精致了！精致到只配由你们大人来读"。他补充说，"少年人不是不能接受比较精致、比较新颖独特的作品，而是目前在素质基础上仍有距离"。[13]郑晓河承认"《鱼幻》一扫故事、情节、人物似曾相识之通病，给人一种全新的感受，引起读者读后的思索"，同时又以他自己和"周围几位读过这篇作品的大读者"看不懂为依据，推测"小读者恐怕就更不在话下了"，并得出了如下结论：《鱼幻》的探索是失败的。[14]

我们认为，当代一部分少年文学作家以他们的探索性作品表达了他们对当代青少年读者和少年文学接受问题的独特观念，显示了他们对当代青少年接受行为的一种新的理解，也表现了作家同青少年读者实现新的艺术对话的强烈愿望。

首先，探索性作品的出现表明：一些作家调整了对于当代青少年读者文学阅读需要和接受能力的认识。他们不满于充当一个传统文学对话关系的继承人，而尝试与新一代少年读者签订一份新的文学契约。他们认为，传统少年文学艺术规范已无法满足当代少年读者的接受需求，因而有必要在新的文学语境中进行新的艺术探索。不难发现，探索性作品所提供的艺术表现方式和表现形态是过去少年文学中所难以见到的。这种艺术方式和形态上的变化，当然并不预示着传统少年文学艺术形态将完全失去其存在价值，相反，它带来的是少年文学审美形态和对话姿态的丰富。我们可以说新的艺术追求更多地暗示了这个时代接受趣味和侧重点的转换，却不能武断地说传统的艺术方式和形态必然与这种转换相背离、相排斥。

其次，探索性作品不是从一般青少年读者已有的审美感受力出发，而是更着眼于如何拓宽他们的审美感受阈，因此在表现出作家对当代少年读者接受行为的一种新的理解的同时，又体现了一种审美上的启蒙意图和超前意识。曾经写过《蓝鸟》《双人茶座》《老丹行动》《我们没有表》等作品，近年来着意于寻求新的少年小说叙述形式的梅子涵在一次会议上谈到，他的意图之一即在于训练少年读者的接受能力，"你不会读，作品教你读"。从这个意义上说，探索性作品不是放弃与当代少年读者的艺术对话，而正是为了加强和扩大这种对话。

最后，探索性作品意识到青少年读者并不是没有内部差异的统一体，而是一个包含着各种差异的读者群。由于这种内部差异，青少年读者的文学接受能力和趣味也呈现出种种分化趋势。而部分探索性作品的意图也很明显，它们试图以较高层次的那一部分青少年读者作为自己的接受对象，并在这种文学接受关系中来确立自己的存在价值。

毋庸讳言，对于当今大多数青少年读者来说，探索性作品强烈的"陌生感"使得作家寻求新的接受能力的努力在他们那里的收效究竟如何尚需打一个问号。例如，这些作品的特征之一，是试图对当代少年的精神现象进行深层的艺术把握和再现。像班马就尝试沟通当代少年与一种历史文化背景的联系，尝试发掘当代少年精神深处的"幽古意识"和"人的根"。不过，在他的《鱼幻》《迷失在深夏古镇中》等作品里，当代少年的心灵世界与外在的文化现实和文化精神之间的沟通、联系还表现出不无生硬的牵制和规范，其文学语码呈现出幅度过大的解读困难。当然，我们丝毫没有否定这些作品的意思。在我们看来，这些作品的文化和美学品位是高档的。只是作为少年文学作品，它们在由一种文化精神向少年文学的艺术转化过程中，尚未找到一条合适的艺术途径。于是，它们的意义更多地存在于青少年文艺发展的艺术环链之中，也就是说，它们更主要的是具备了一种文学史的意义。因此，已有的创作实践为我们提供的是具有探索意义的少年文学实验性文本，而来自各方面的疑惑和批评也将有利于作家对青少年文学这种文体做出进一步的思考和创新。很显然，当代青少年文艺与当代青少年接受行为之间的良好美学联系的建立将永远是一个不断探索、调整和相互适应的过程，而当代乃至未来青少年文艺的一切魅力也将在这一过程中逐步得到实现。

4．青少年文艺：呼唤自己的评论

曾有一段时间，中学生文学热刚刚兴起，此时恰逢三毛、琼瑶、席慕蓉等大举"入侵"，给中学生文坛造成了一个极缜密的"温室效应"。中学生们被三毛、琼瑶、席慕蓉们弄得糊涂了，写出的诗歌也缠绵万分。

北京某重点中学一名学生曾写出这样的诗句：

你何必看着我不言不语／只像一群鸽子在雨外徜徉／忧郁深陷／我的心情为此迷惘

还有：

孤星高悬／我的夜晚孤单寂静／没有和声／只有一根呼唤的弦

这样的吟风弄月之作曾一度充斥着中学生诗坛，仿佛天全阴了，进入梅雨时节。

然而这个时候，来自青少年文艺评论方面的声音，却微弱得几乎难以听见。

站出来的竟是一个毛丫头——陈晓妮。这位北京十三中的学生、北京中学生诗社社长大声疾呼："难道现在的中学生心里盛得下的只是这些吗？"[15]

青少年文艺，呼唤着属于自己的评论。

目前青少年文艺评论大体上是在儿童文学（少年文学）、校园文学、成人文学（青少年题材评论）等几个领域自发地进行的。这些评论对青少年文艺的创作发展是有一定积极作用的。但是，由于这些评论受制于各自领域的理论视野和理论兴趣，因而还难以算得上是真正的、独立的青少年文艺评论。我们认为，青少年文艺评论的真正独立有待于它确立一整套自己的评论概念、范畴和批评标准、理论范式，并拥有自己相对独立的批评队伍和批评阵地。如此，青少年文艺作为一种独立的文艺现象才能得到全面的建设和健全的发展；也只有如此，青少年文艺才可望对青少年的心灵成长和审美发展产生更久远的影响。

注 释

[1] 参见邓匡林：《青春期文化论》，《青年研究》1991 年第 7 期。

[2] 有关作品和讨论文章，详见 1985 年至 1986 年《儿童文学选刊》各期。

[3][4] 老冒博士：《个性美：率真的苏醒》，《中外少年》1992 年第 1 期。

[5] 张巴伦：《青春的美丽与人生的辉煌——新时期中学生诗歌创作一瞥》，《中国校园文学》1993 年第 2 期。

[6] 参见赵东：《花季无端字字真——访〈十六岁的花季〉编导张弘、富敏》，《中国青年报》1990 年 3 月 25 日。

[7] 朝翔：《流行与永恒》，《中外少年》1993 年第 2 期。

[8] 唐克杨：《风也流行——我说流行音乐》，《中外少年》1991 年第 4 期。

[9] 高锦雪：《儿童文学与儿童图书馆》，台北：学艺出版社 1981 年版，第 20 页。

[10] 老冒博士：《个性美：率真的苏醒》，《中外少年》1992 年第 1 期。

[11] 转引自程赤兵：《我们眼里的十六岁》，《中国青年报》1990 年 4 月 2 日。

[12] 班马：《关于〈鱼幻〉的通信》，《儿童文学选刊》1987 年第 4 期。

[13] 余衡：《〈鱼幻〉太精致了》，《儿童文学选刊》1987 年第 2 期。

[14] 郑晓河：《不要离开自己的读者——评〈鱼幻〉》，《儿童文学选刊》1987 年第 2 期。

[15] 程赤兵:《海洋中的岛屿——北京中学生文化的新崛起》,《少男少女》1991 年第 6 期。

（原载《教育新概念：青少年美育》，华中理工大学出版社 1995 年出版，题目有改动）

原创动漫如何走向经典

原创动漫产业的"1"在哪里

在中国提及"动漫"，与此相关的是一连串充满诱惑力的数字：3.16亿14岁以下青少年的潜在消费大军，数千亿元产值的市场需求，以及全球范围内近万亿美元的动漫及其衍生品市场年产值，等等。面对如此诱人的前景以及国外动漫产业已经取得的巨大回报，中国动漫业几乎是怀着一种相识恨晚的心情迫不及待地投入到了动漫产业的当代开发事业中。尤其自2004年《中共中央、国务院关于进一步加强和改进未成年人思想道德建设的若干意见》和国家广播电影电视总局《关于发展我国影视动画产业的若干意见》发布以来，在官方政策、市场驱动、技术进步、人才培养等方面的合力作用下，人们对于国产动漫业的热情迅速升温。据有关调查统计，从2003到2008年间，国产动画产量增长了近11倍。近年来，随着"动漫"作为一个产业所蕴藏的巨大经济和文化效益的不断突显，人们对于本土动漫产业的关注也一直在持续升温中。针对本土动漫产业发展问题的研究课题、论文、调查等也频频发表在各类报刊上。可以说，身挟巨大商业利润与文化宣传符码的国产动漫正在日益牵动着从政府到民间、从工厂到市场、从创作到研究等相关领域从业者的神经。

然而若干年过去了，本土动漫产业发展所面临的基本尴尬却并没有消除。尽管这些年中国动漫业的进步有目共睹，但直至今天，主导着国内动漫收视率与市场份额的，仍然是来自日本与欧美的动漫作品，占据着动漫经典榜单的也几乎是清一色的舶来作品。一个在近年得到反复征引的数据是，2006 年，全球动漫及衍生品市场产值达到 8600 亿美元，而中国 2008 年动漫产业总产值仅为 500 多亿元人民币。由于很长时间以来，来自日本和欧美的舶来作品始终占据着国内动漫业的主要市场空间与份额，而本土动漫产业由于在观念革新、产业建设、市场培育等方面起步均比较晚，这就导致了关于国产动漫发展的某种焦虑。

这一焦虑体现在从政府到民间、从工厂到市场、从创作到研究等各个领域，也由此催生出一批针对本土动漫发展的对策性建议，其内容涵盖了政策、资金、技术、观念、人才、文化内涵、产业链结构、产权保护等各个方面。相比之下，对于动漫作品本身的关注则显得少之又少。一些研究确乎注意到了国产动漫作品的艺术性与文化缺陷，但由于研究者对于作为艺术的动漫作品的属性与特征往往所知甚少，因此所谈大多隔靴搔痒，难以深入问题的要害。

这正是当下国产动漫发展最为根本的症结所在。我们或可借用数字"1"与"0"的譬喻来描述艺术问题对于国产动漫发展的意义。正如数字"0"孤立存在时，任何"0"的添加都没有意义，而当它们出现在数字"1"的身后时，每次添加的意义就完全不同了。我以为，对于动漫产业来说，作为核心的动漫作品本身的艺术水准是"1"，而资金、技术以及处于产业链其他环节上的一切都是加在"1"后面的"0"。在保证"1"的前提下，每一个"0"的添加都意味着一次不菲的价值增殖，然而如果缺乏基本的艺术性保证，那么所有的"0"

都将缺乏一个能够赋予它们充分意义的价值支点。

原创动漫"原创"了什么

事实上，考察迄今为止任何一部成功的日本或欧美动漫作品，不论是"哆啦A梦"这样的动漫系列还是《狮子王》这样的动画影片，我们都会发现，这些作品无不展示了同一时期动漫艺术语境下富于创意的艺术设计或革新。这一点最为突出地表现在作品的故事结构能力上。第75届奥斯卡最佳动画短片获奖导演、高级动画总监艾里克·阿姆斯特朗就认为，"现在的竞争不完全在于谁更擅长利用技术，而是谁更会利用故事"。事实是，再先进的技术都无法凭借自身生产出一个好的故事，正如《阿凡达》视效专家查克康米斯基所说的那样，"3D不会让糟糕的电影变好"；但是反过来，一个好的故事则可以保证技术在最大程度上得以转化为艺术价值。

在很长一段时间里，后起的当代国产动漫业给公众造成了一种先天技术能力缺陷的假象，这一点也一度成了人们发泄对于国产动漫的不满情绪的一个重要端口。然而，现任中国动画学会常务副秘书长李中秋曾指出："从20世纪90年代开始，中国动漫产业与国际上的差距无论是从软件还是硬件技术上来说几乎没有，而且现在只要国外有的技术，都没有对中国限制出口，唯一的差距就在应用上。"这里的"应用上的差距"，显然已经远不仅仅是技术本身所能解决的问题，而是在很大程度上取决于其作品对象的艺术质量。

或许，作为近年国产动漫成功范例之一的"喜羊羊与灰太狼"系列最好不过地说明了这个问题。该系列动画片于 2005 年 6 月开始陆续在国内几十家电视台播出后，顿时风行一时，其收视率创下了国产动画的新高，在一些发达城市的收视率甚至大大超过同时段播出的境外动画片。2008 年和 2009 年年底，制作方以贺岁片的形式推出了《喜羊羊与灰太狼之牛气冲天》与《喜羊羊与灰太狼之虎虎生威》，据称以 1000 多万的投入创下了 2 亿票房的神话，堪称这一动画系列的盈利高峰。这也使得多年来人们关于国产动漫雄起的想象终于得到了一个可以依托的作品支点。

　　然而，一个值得注意的现象是，整个"喜羊羊与灰太狼"系列几乎没有使用任何高新的视像技术，个中形象与场景的视觉呈现方式甚至停留在早期二维动画的技术效果层面上，尤其是角色轮廓、动作、表情以及场景色块、阴影等的处理，从技术的角度来看，完全缺乏当代动漫业持续追求的真实感、立体感和生动感。可以说，"喜羊羊与灰太狼"系列的成功，其主要的和根本的原因与技术没有任何关联，而在于它的突破传统动画模式规约的故事艺术。它一方面借用了一个最为传统的动漫母题——善与恶的对立；另一方面又巧妙地破除了这一母题所指向的模式化的角色设定，将善与恶双方的性格、行动等都恢复到普通生活的语境中，这样一来，代表善的羊与代表恶的狼便具有了比一个简单的身份标签远为丰富、多面和日常的性格与命运内涵。尽管每一个短片的基本情节及其结尾总是如出一辙，但作品却通过吸收和呈现当代普通人的大量日常生活内容与情感，使之成了现代人生存境况的某种喜剧式的寓言。

很显然，"喜羊羊与灰太狼"系列的成功，在很大程度上正是由于它颠覆了国产动画长期以来模式化、刻板化、说教化的艺术面孔，以一种更为贴近现代人普通而又真实的生活情感与生命体验的卡通叙事方式，向观众呈现了一系列个性鲜明、幽默搞笑，同时又总能令我们情感深处有所触动的动画形象与童话故事。比如故事主角之一灰太狼的凶狠而又软弱、聪明而又愚笨、利己而又"利她"的性格，使之既携带着传统童话中恶者的身份编码，同时又无时不是观众施予同情的对象，这就使这个看上去极为平常的动画形象被赋予了特殊的暧昧、复杂的个性与情感内涵，从而大大突破了此前国产动画较为单一的角色模式设定。而从情节的角度来看，这一系列中的大量短片也构成了对于狭隘的道德故事的完全超越。我们不难注意到，片中每一个"惩恶扬善"过程的完成都不完全是刻板的道德律令的产物，而是常常由日常的生活智慧、人情温暖、人性光亮推动着走向那个快乐、明亮的结局；而与此同时，许多向来被标签化了的正面或负面的个性品质，也在这一动画系列中得到了更为生活化的诠释与出其不意的意义反转。这些显然来自叙事艺术层面的创新性元素，正是将"喜羊羊与灰太狼"系列推向当代国产动画发展的阶段性峰顶的最重要原因。

原创动漫离经典还有多远

尽管"喜羊羊与灰太狼"系列成就了国产动漫的一次巨大成功，然而我们必须承认，不论从动漫观赏的一般经验还是从专业细致的艺术分析来看，与国外经典的动漫作品相比，它显然算不上一部一流的当代动漫作品。这一点同样是由它的艺术局限所决定的。

毫无疑问，"喜羊羊与灰太狼"系列在故事艺术上构成了对于此前大量国产动漫作品的某种质的飞跃，但它的艺术上的成功也在很大程度上与国内观众长期以来对于国产动漫的艺术饥渴有关。换句话说，"喜羊羊与灰太狼"系列的艺术成就是相对于国产动漫长期以来过于贫乏刻板的艺术面貌而言的，正是在后者的背景上，该系列的艺术创意被放大和照亮了。事实上，"喜羊羊与灰太狼"系列标志性的动漫喜剧模式还停留在20世纪六七十年代在欧美风行一时的米高梅电视动画《猫和老鼠》的基本框架中。除了在角色性格和情节设计上有所丰富，并吸收了大量当代生活的内容与元素之外，该系列故事在基本的矛盾设置、情节模式、喜剧效应等方面，并未实现对于旧的动漫喜剧艺术框架的突破。可以说，在21世纪之初的中国出现这样一部动漫作品，对于国际范围内的动漫事业来说并不存在多么特殊的艺术意义，它离中国当代动漫走向世界的目标也还有一段很大的距离。

显然，在"喜羊羊与灰太狼"系列中，我们还难以寻找到一种经典的动漫艺术气象。这不仅仅是由于它在故事叙述方式上的艺术限制，也是由于它在将国产动漫的艺术精神落实到日常生活情感中的同时，始终未能向读者提供一种更为深厚、大气、幽远的精神关怀。与《白雪公主》《爱丽丝漫游奇境记》《美女与野兽》《小飞侠》等依托西方经典儿童文学作品的早期美国动画作品相比，"喜羊羊与灰太狼"系列显然缺乏一个足够深远的文学传统来支撑起它的艺术蕴含；而与《狮子王》《海底总动员》等将一个民族的精神梦想融入富于艺术性的动漫叙事的当代美国动漫作品相比，"喜羊羊与灰太狼"系列则又未能导入一种足够深厚的精神传统来支撑起它的思想内蕴。它也不像 20 世纪八九十年代以来的日本动漫那样，以动漫的艺术来深入探讨和呈现关于生命、宇宙等的存在思考以及关于人性的透彻微妙的洞察、领悟与调侃。

与"喜羊羊与灰太狼"系列差不多同时热播的另一部国产动漫《虹猫蓝兔七侠传》也存在同样的问题。这部作品将一般武侠小说、玄幻小说的情节设计与欧美动画的喜剧元素相结合，其中也借用了若干来自中国传统文学与文化的内容，比如从中国古典小说《西游记》《水浒传》中转借角色等，但这一艺术形式的创新在增强故事可看性的同时，却并未带来作品艺术精神的真正拓展。尽管故事从一开始就亮出了"和平"这一具有世界性的主题，然而我们看到的是，这一主题不但常常被片中刻意渲染的武侠打斗与死伤场面弄得残破不堪，更由于作品内容缺乏"和平"之于生命存在的真实意义的切肤思考，最后仅仅成了一个口号性的道德与情节的目的。

"喜羊羊与灰太狼"系列与《虹猫蓝兔七侠传》的突破性意义在于，它们将国产动漫的艺术可能提升到了与长期以来占据着国人视野的一般日本、欧美动漫作品（如众所周知的"七龙珠""美少女战士""变形金刚"等系列动漫）可以相持的水平上。但是像日本动漫大师宫崎骏在《萤火虫之墓》《千与千寻》等作品中所表现的对于战争和人性的深刻的艺术反思，仍然是中国当代动漫创作所远远欠缺的。

而我相信，真正成就一部经典动漫作品的，除了基本的技术保障之外，正是这部作品在艺术形式与艺术精神的层面上所达到的双重高度，以及制作者将这种高度转化为动漫语言的能力。而这在很大程度上可

以被还原为一个古老的文学艺术问题。正如儿童文学作家张之路所说，
"动漫事业要依靠文学（不仅仅是儿童文学）的支撑，从文学中吸取营养"。
我不敢断言目前国内的动漫创作与人才培养环节中一定缺乏对这一文
学艺术环节的深思熟虑，但我可以断定的是，只要这个问题得不到足够
的重视，中国动漫走向真正的经典所需要的那个关键的"1"，始终都
无从谈起。

（原载 2011 年 6 月 3 日《人民日报》，初次发表时有删节）

从视像的洪流中拯救童年

—— 兼谈推行儿童视觉媒介教育的必要性

视像时代的童年文化狂欢

大约在 20 世纪 90 年代，当人们意识到一个难以阻挡的"读图时代"正在日益逼近和吞噬我们日常生活的空间时，空气中一度洋溢着对于那消逝中的印刷时代灵光的深切叹惋。而今天，随着视像媒介对于社会生活的进一步覆盖和深入渗透，以及它所带来的新的艺术与文化价值在公众领域逐渐确立起它的合法性，这份叹惋的心情在很大程度上被一种群体性的视像消费快感所取代了。时至今日，以电视、电影、电子游戏等为代表的视像性媒介消费已经成为无数社会成员基本生活内容的一个部分，而其影响还在不断扩散和深化。

在童年文化领域，这一现象所导致的一个值得关注的结果是，当代儿童的身体和精神感官正在被卷入到前所未有的视像洪流之中。这股洪流既包括一些生产机构专为儿童制作的各类视觉消费品，更包括大量以成人为主要接受对象的视像商品。如果说在印刷媒介时代，识字能力的限制为许多童年文化禁忌的有效设立提供了关键性的保障，那么由于视像符号本身具有读取方面的便捷特征，今天的孩子正在越来越多地与他们的成人伙伴共享同一个文化空间。以电视和电脑这两种家庭常用的信息载体为例，在这里，各种频道与网站上的视像节目实际上都不对儿童观众构成有效的限制，而只要这些内容不涉及明显的童年视觉禁忌，在很多情况下，这种开放式的分享也常常是被监护人认可的。例如，近年来在电视和网络上热播的宫廷剧、穿越剧、奇幻剧等，就同时成了成人和大量儿童、青少年的娱乐消费对象。

这一由新媒介促成的"成人—儿童"文化共享现象有其积极的文化意义。它通过向儿童开放知识、提供信息，大大打开了儿童个体的所知范围，拓展了童年文化的传统边界。如果说知识意味着权力，那么这一现象也使传统"成人—儿童"关系中的权力上下位得到了较大的改善，并在某种程度上响应了 20 世纪后期以来在欧美发达国家和地区呼声甚高的儿童赋权思想。孩子知道得越多，对于他们的问题、需要、感受等等，成人便越是难以敷衍应对。换句话说，相对平等的知识关系促使我们不得不认真地对待儿童的各种诉求，并以一种真诚的态度，进入到与儿童的各种对话和行动关系中。这就难怪一些西方童年文化研究者将新媒介的发展视为当代童年赋权行动的一次重要契机。

视像中不能承受之重

然而，面向童年的视像讯息开放也带来了一些前所未有的童年文化问题。它首先表现在儿童由于缺乏足够的辨识力而产生的对于视像产品盲目的知识接受与行为模仿。众所周知，人类用于判断某类知识和行为真实性的"理性"，是在长期的教育和实践活动中发展起来的。对于"理性"能力尚未获得充分培育的大多数儿童个体来说，在特定讯息的刺激下，他们所展现出的首先是一种令人惊讶的吸收能力，它包括针对对象知识和行为方式的双重学习。于是，我们看到，一些视觉消费产品所提供的关于世界、历史、社会、生活等的知识，无论正确与否，都会迅速进入儿童的认知模式和知识结构当中，参与建构其认知与情感发展的基底。这样，当这些知识本身存在过多错谬之处时，它对于儿童所产生的负面影响也是可想而知的。

而这正是常见于当前许多视觉消费产品的一个基本问题。例如目前大量受到儿童和青少年青睐的宫廷剧、历史剧、穿越剧等，大多充斥着对于历史内容、科学知识、社会人性等的不负责任的歪曲表现，包括对于暴力杀戮、社会争斗、男性霸权等内容的仅仅出于吸引眼球目的的过分渲染。对于缺乏足够辨识力的儿童观众来说，消费这些影像的过程成为某种带有负面影响的认知储存过程，其实质性的危害远远超过了它所能提供的愉悦人的暂时效能。此外，由于缺乏将视像媒介内容与真实生活相区分的辨识能力，在儿童群体中也存在着不少危险的视像情境模仿行为，其中包括暴力、性、自残等。

另外，对于视像作品艺术鉴赏力的缺乏，也导致了儿童在面对各类视像消费品时所表现出的艺术"低能"问题。由于儿童天生对故事有着强大的消化能力，那些由缤纷的视像技术元素装点而成的叙事类视像产品，对他们来说无疑充满了观赏性的诱惑。尤其当一些带有奇幻色彩的叙事满足了儿童天马行空的想象本能时，更容易引发他们的兴趣，尽管这些作品常常充斥着十分浅薄、做作的情节与情感内容。已故的美国传媒与文化批判学者尼尔·波兹曼认为，在这个"成人儿童化"的娱乐时代，许多视像消费品所体现的仅仅是一种低级的幼稚，而缺乏细腻、真实、深入的思想与情感表现。很多时候，我们从漫长的印刷时代积累和继承下来的精致的审美传统，在视像消费过程中被轻易地丢弃了。美国当代思想家艾伦·布鲁姆用来批判缺乏艺术责任感的美国摇滚音乐的激烈言辞，也可以用来评说今天许多艺术价值低廉的视觉消费品："它毁掉了青少年人的想象力，使他们难以同艺术和思想建立起热情洋溢的情感联系。"当儿童长期浸淫在这种艺术性低劣的视像作品欣赏活动中时，他们既难以建立起一种真正的审美鉴赏力，也难以通过这样的观赏行为，使自己变得更为丰富和成熟。由于"最初的感官体验是决定一生兴趣的关键因素"，这类在儿童闲暇时光中日益占据要位的视像消费活动，无疑也会对其个体发展造成难以挽回的负面影响。

于是，我们看到的是，在视像洪流的裹挟中，一方面，儿童迅速地进入到原本只属于成人的各种文化区域中，领略着这里的许多华彩曼妙的景致；而另一方面，由于儿童未能同时获得用于应对这些新的文化对象的辨识与鉴赏能力，上述童年文化的内容扩充并未带来更多实质性的童年精神提升，甚至在很多时候将儿童降格为了视像欺骗和愚弄的对象。

让儿童成为观看的主人

面对童年难以自控地身陷其中的视像洪流，无论是试图从媒介产品的发行源头或渠道进行堵截，还是将作为接受主体的儿童重新锁入传统禁忌的围墙之内，在今天都已经变得不切实际；事实上，这些手段从来不是解决问题的最根本的途径。显然，我们既不希望童年文化退回到早期印刷时代的某种封闭与保守状态中，但又不得不考虑目前它所面临的严峻的视像消费问题。那么，如何既让儿童得以继续享用视像媒介所带来的信息赋权，同时又令他们具备对于其副作用的精神免疫力，就成了亟须我们思考的一个问题。疏通这一问题的基本路径在于，我们如何能让儿童既自由地观看视像，又成为他自己观看行为的主人。

这是一个听上去有些过于理想化的路径，但它所许诺的诱人前景或许值得我们为之奋力一试。事实上，英国著名童年文化研究学者大卫·帕金翰在他的《童年之死：在电子媒介时代长大的孩童》一书中，已经就这一路径做出了某种理想化的，同时又是充满现实操作可能的解说。它的基本方法在于，通过以儿童赋权思想为中心的明智而又全面的教育行为，将儿童培养成为媒体文化中"见多识广的、具有批判力的参与者"，而不仅仅是被动的信息接受者。帕金翰这一论述所指向的实际上是一种基础性的儿童媒介素养教育，亦即通过教给儿童必要的新媒介识读能力，使之具备对当代媒介产品进行正确读解、辨识的能力。在视像媒介领域，这一教育活动的主要目标在于，使儿童获得关于视像消费品的生产、流通、接受过程及其产品性质（包括它所表现的虚拟现实与真实现实之间的关系）的基本认知，并逐渐学会以批判性的态度参与到针对特定视像媒介产品的评介活动中，最终能够依据自我的判断能力进行选择性的讯息吸收。

如果说上述以儿童为对象的媒介素养培育方案已经在国外一些中小学教育机构得以探索性地施行，并在近年开始受到国内一部分学者的关注，那么针对特定视像媒介作品的艺术认知启蒙，则显然还未引起足够的研究和教育关注。与针对基础性媒介识读能力的媒介素养教育相比，媒介艺术教育所指向的是儿童在视像媒介接受过程中的艺术判断与鉴赏能力，它在基本性质上近于传统的文学艺术判断力教育，但由于其对象是当代愈益发达的视像媒介而非传统的纸质作品，因此也需要应对许多新的艺术问题。它旨在帮助儿童获得关于特定视像作品艺术特征与审美品级的基本分析能力，并促使他们主动运用这一能力对作品进行批判性的艺术接受。从文学鉴赏的立场出发来观看今天的许多叙事类视像作品，将有助于儿童观众发现这些作品对于特定的文学艺术母题、题材、观念、结构、技法等的滥用与误用，以及在这样的滥用和误用中所体现出的作品想象力、创造力与思想能力的至为缺乏。这一点尤其有助于我们的孩子在面对今天泛滥成灾的叙事类视像作品时，逐渐学会辨识出其中的诸多艺术问题，从而不至于沉浸在某些重复的叙事套路或粗鄙的审美趣味中。一旦儿童开始领会上述艺术教育的精神，他们也将自然而然地从一般视像故事消费的黑洞中抽身出来，去追寻一种更高级的精神趣味。

显然，如果不能及时将当代儿童从新媒介的视像洪流中拯救出来，而任由各种纷乱、漫溢的视像符号与被动、消极的观看体验淹没和填满这些正在发育的身体与心灵，既是对这些童年生命个体的不负责任，也是对我们的历史与文化之未来的不负责任。然而上述视像媒介的基础识读与艺术素养的培育，是需要以教育实施者本人在这两个层面上具备基本素质为前提的。这里的教育者不仅仅是指教师，也包括家长以及其他一切与儿童成长直接有关的成人角色。遗憾的是，在今天，许多成人教育者自身正毫无抵抗和反思能力地充当着视像媒介的消极受众，而针对这些教育者的媒介识读与艺术鉴赏素养的培养工作，则远未引起官方、公众以及他们本人的普遍关注。在这样的情况下，要在中小学阶段推行视像媒介识读与艺术鉴赏力的教育，的确困难重重。但是，如果我们的确愿意和希望看到转机，那么关于儿童视觉媒介教育的这份责任，首先应该由儿童身边的所有成人共同努力和自觉地承担起来。

（原载 2011 年 11 月 29 日《中国社会科学报》，初次发表时有删节）

少儿期刊：历史与未来

一

在儿童图书市场还远没有像今天这样兴盛的年代，形式上更为自由的少儿期刊在儿童期的教化启蒙中扮演着格外重要的角色。在欧洲，最早的儿童杂志大概可以追溯至创立于 1782 年的法语月刊《儿童之友》（*L'ami des Enfants*），比早期儿童读物《格林童话》的出版还早了三十年。其后十年内，英国和美国也分别出版了各自国内的首份儿童刊物。欧洲的儿童期刊在 19 世纪得到大力发展。据相关研究统计，自 1789 到 1873 年间，仅在美国先后出版的少儿期刊总数就超过 370 种，其中最知名的有《少年之伴》（*The Youth's Companion*）、《圣尼古拉斯》（*St. Nicholas Magazine*）、《哈珀少年》（*Harper's Young People*）等。在其出版发行的几十或上百年时间里，这些期刊对于美国家庭和孩子的影响十分广泛，表现在儿童观、儿童教育、文化养成、意识形态等多个方面。至 19 世纪90 年代，创刊于 1827 年的著名儿童期刊《少年之伴》，其发行量已达50 万册。

相比于西方，中国少儿期刊事业的起步虽然晚了一个多世纪，但它们在推广儿童教育理念、促进儿童文化启蒙等方面同样发挥了重要的作用。创刊于 1922 年的《儿童世界》《小朋友》《儿童画报》等早期少儿期刊，在国内儿童文学、儿童艺术一片荒芜的现状之下，成了较早为中国现代儿童译介和创作少儿文艺作品的园地。20 世纪后半叶以来，随着针对不同年龄儿童读者、不同类别和不同定位的少儿期刊先后创立，国内少儿期刊迎来了发展的黄金时期。据有关机构统计，至 2006 年，国内少儿期刊总数已达 400 余种。

值得一提的是，在少儿期刊的发展历史上，指向少儿文学的诉求一直占据了较大的内容比例。上面提到的几种早期刊物都十分强调儿童要有自己的"文学"可读。而直至 20 世纪 80 年代，文学类少儿期刊依然是儿童期刊中最引人注目的一个区块。然而，随着童书产业的全面兴起，这类少儿期刊却很快盛况不再。在一个全面市场化的时代里，少儿期刊行业不得不面对一个日益繁华而又日渐浮躁的出版环境，许多刊物感到难以适应这一环境。20 世纪 90 年代，国内一些曾经知名的文学类少儿刊物先后停刊，另有一些刊物更试图通过向"教辅"和"娱乐"方向的转型在竞争激烈的出版市场博得一席之地。这一情况不仅发生在中国。在美国，风行了一个世纪的通俗少儿文艺刊物《圣尼古拉斯》于 1940 年停刊。1943 年，出版方曾试图重新开办这一刊物，但仅出了若干期便永久停刊。今天，美国出版界流行的少儿期刊更多的是非文学类期刊。在一个美国阅读网站开列的儿童期刊前十榜单中，占据前五位的分别是《美国女生杂志》《发现女生杂志》《家庭娱乐杂志》《女生生活杂志》和《儿童热点杂志》，其重点放在时尚、娱乐、旅行、心理、游戏、手工、笑话等内容上，没有一本特别顾念到文学的话题。

这是不是意味着，经历了一个时期的热闹和繁荣之后，文学类少儿期刊最好的时代已经过去了？

二

从某个角度来看，随着童书市场的不断拓展和儿童文学作品的增量出版，过去文学类少儿期刊所承担的使命似乎大可以交由今天的童书来完成。显然，现在的孩子可以很容易地从童书市场获得比过去的期刊丰富得多的文学阅读体验。与此同时，作家们也越来越不需要依赖于期刊媒介来发表或者证明自己的创作；相反，以书籍形态印制的个人作品不论是在经济还是声名的效益方面，都为写作者提供了更具诱惑力的选择。这么一来，文学类少儿期刊原本具有的许多功能似乎已经过时。

因此，思考文学类少儿期刊在当代的命运，必然会涉及这样一个问题：对于儿童的阅读来说，书籍能不能完全替代期刊？如果不能，原因又在哪里？

一本文学类的少儿期刊往往能够提供比单本少儿图书更为多样的文学生态图谱。这里的"多样"，不仅是指发表于其上的作品在类型、题材、体式、风格、语言等方面的多样性，也包括期刊往往比保守的图书出版更关注年轻的写作者和新鲜的写作手法。近年来我参与主编中国作家协会儿童文学委员会委托的儿童文学年度选本，选文来源便是当年度各类少儿期刊上发表的儿童文学作品。我的一个强烈的阅读印象是，儿童文学界有一股特别年轻的写作力量正在崛起，虽然要判断他们写作的总体水平还有待更长时间的观察，但他们的作品在题材和语体上往往更富于时代感，也十分乐于尝试儿童文学新的表现可能。这里面的不少作者很快在出版社的发掘和包装下开始出版个人的童书，但不可否认，正是少儿期刊首先为这些写作者提供了初露身手的机会。同时，我个人以为，由于这其中相当一部分写作者的创作实际上还处于练笔期，其作品在结集出版之后，读来反倒容易显出其文旨和笔意的生涩单调来，远不如与不同风格的别类作品一齐出现在期刊中来得好看和有价值。相应地，对于儿童读者来说，阅读后者也比阅读前者更能够给予他们丰富的文学营养和开阔他们的文学视野。

另一方面，对于儿童来说，文学性少儿期刊的"面孔"有时也比图书更亲切些，因为前者始终在不断琢磨儿童读者的需求（部分的原因在于儿童读者的需求会极大地影响期刊的后续订阅），也更关注和强调与他们的互动。例如，19世纪风行一时的美国通俗少儿期刊《圣尼古拉斯》自1899年发起了"圣尼古拉斯联盟"活动。该活动是期刊内容的重要部分，它倡导"在生活中学习，在学习中生活"的理念，每月举办少年文艺创作竞赛，向儿童征集他们自己的诗歌、故事、散文、绘画、摄影等作品。该杂志的少年读者中包括不少后来的杰出文化人物。例如，后来成为美国历史上首位普利兹诗歌奖获得者的埃德娜·圣文森特·米莱，成为著名作家的E.B.怀特，以及后来的兰登书屋创始人贝纳特·塞尔夫（Bennett Cerf）等，都曾参与并在"圣尼古拉斯联盟"的少年文学写作竞赛中获奖；少年威廉·福克纳和司各特·菲茨杰拉德还各以一幅画作和一帧摄影作品在该刊获得荣誉。刊登儿童习作，举办儿童写作的培训和竞赛，鼓励儿童与刊物编辑、作者的交流，也一直是国内代表性的文学类少儿期刊的一个历史传统。少儿期刊为儿童读者所提供的这种参与性，始终是普通的图书阅读所不能及的。

事实上，在当代儿童对于社会生活的参与诉求愈益高涨的现实下，少儿期刊所能够提供的这种主体感和参与感，有可能会成为这类期刊在当代实现复兴的机缘之一。比如，在文学类期刊命运普遍不济的今天，郭敬明主编的《最小说》杂志之所以在一部分青少年读者群体中风靡，其中一个重要原因便是它以青少年"自己的文学"为标榜，至少在形式上为一批特定年龄的读者开辟了一个与成人统摄下的文学传统相对抗的"自己的"写作和阅读空间，从而激发了一大批青少年读者的文学归属感和参与热情，刊物的许多读者即是作者，许多作者也是读者。虽然《最小说》并不是一份少儿期刊，其总体上的文学品位和阅读价值也一直存有很大的争议，但它在读者诉求方面的成功却能够在某种意义上启发少儿期刊的发展思路。或许，当代少儿期刊在未来寻求和实现自身独特价值的一部分契机，就在这一"参与"的观念之中，而有关参与度的话题，恰恰也呼应了今天少儿期刊所面临的媒介环境的特征。

三

谈论文学类少儿期刊在当代的发展，早已不能将目光仅仅放在文学本身的问题之上。当代少儿期刊所身处其中的首先是一个十分现实的商业环境，在这个环境里，一种少儿期刊得以顺利生存的基本前提，第一往往取决于它自身拥有多少商业赢利的筹码。也就是说，一种期刊通常应该先赢利，而后才能被允许存在。而赢利的问题又与许多文学之外的因素相关，其中包括期刊市场定位的准确性、营销手段的有效性，等等。根据相关报道，《儿童文学》杂志之所以能在 20 世纪 90 年代以来文学类少儿期刊所遭遇的营销危机中稳住脚跟，成为新世纪以来发行量逾百万册的品牌少儿期刊，除了文学层面革新的努力之外，也大大得益于营销方式拓展的成功。现在，针对图书和期刊的营销已经成为各个出版社和出版机构角逐的重要地盘。

与此相比，当代少儿期刊发展的另一个基本环境，也即电子媒介环境，其潜力则还没有引起人们足够的重视。这个潜力不仅是指电子媒介作为一种外部环境的支撑功能，更是指它介入少儿期刊内容和形式革新的潜能。

近一个世纪以来，现代人所经历的媒介环境变迁无疑是巨大的，尤其是近几十年间各种"新媒介"的出现，对于社会生活的影响是全方位的，其中自然也包括儿童的生活。今天的孩子正处在一个以电脑、手机、互联网为代表的新媒介时代，与此前的印刷文字、电视、电影等媒介相比，这类新媒介的一大特点在于，它们的使用者不仅仅是被动的讯息接收者，同时也能随时成为讯息的提供者和制造者。比如，从个人主页、博客到微博，对使用者来说，讯息的主动生产、接收、交换正在变得越来越方便迅捷。因此，很多情况下，这类媒介更倾向于成为加拿大传播学家麦克卢汉所说的积极鼓励和吸纳接受者参与的"冷媒介"。

这一媒介技术不但改变着儿童的生活方式，也重塑着他们的主体感觉。当代电子媒介或许是目前为止最不介意成人与儿童之分的一类媒介，它不但支持最大数量的成人使用者参与到各类讯息生产和交换中，同样支持儿童成为讯息的获取、掌控和生产者。我在前面已经提到少儿期刊的"参与性"特征，如果我们意识到当代电子媒介的高度参与性特征与少儿期刊的参与性诉求之间高度合拍，那么针对当代少儿期刊的未来拓展，我们便有许多文章可做。

首先，电子媒介的互动性可以为少儿期刊与读者之间的互动提供最广泛迅速的媒介支持。文学类少儿期刊可以将传统的互动模式拓展到电子媒介层面，借助有活力的电子媒介平台来激发儿童读者关注期刊动态，参与读者反馈与对话，参与刊物组织的各类活动，以此建立期刊读者的虚拟社区，强化其身份认同。比如，通过组建网上虚拟社区，借各类相关活动来巩固和扩大其读者群。近年来，国内一些少儿期刊已经开始运用这一媒介策略，但主要是将它作为一个普通的刊物宣传渠道，而没有形成对于这一媒介平台的更具创意的运用。

　　其次，强调参与性的电子媒介可以为少儿期刊的内容和形式革新提供新的素材。近年来，国内外童书出版界都开始了数字化童书的出版探索。这里的"数字化"不仅是指把印刷文字编码成为相应的电子文本，也包括寻求一种将纸质文学读物与电子媒介产品（包括电子游戏）融为一体的新的童书形式。例如，近年在美国连续出版的少年小说《39条线索》系列，随书夹带有不同的解密卡，读者获得卡片后，通过在相应的社交或游戏网站输入卡片提供的信息，便可参与到以小说故事线索为基础编码而成的网上游戏活动中。纸质小说与网上游戏之间既相对独立又构成一种互文互补的关联，儿童对其中一方理解得越多，对另外一方的意义读取也就越不一样。在一些运用纸质与电子双重媒介的儿童图书中，读者从纸质图书中读到的只是其中一部分情节，另一部分情节则藏在相应的电子媒介产品中，需要读者循着书中给出的一些线索自己去发现，甚至去创造。在这样的阅读中，儿童读者所面对的不再是一个已经确定的文学文本，而是一个需要他们去参与、去书写的故事，故事的结局也会因参与者的选择而发生变化。这类图书利用了电子媒介的交互和参与功能，将电子媒介的形式能量引入到文学的机体之内，为儿童提供一种有别于传统文学故事的阅读体验。借鉴这一探索，文学类少儿期刊可以通过在期刊中开设特定的栏目，尝试通过纸质媒介和电子媒介的结合，使儿童读者不但能够通过印刷文字读到故事，而且能够通过电子媒介体验和参与故事。在很多方面，少儿期刊比少儿图书更宜于进行这样的早期探索，因为前者始终关注刊物与儿童读者的持续对话，从而能够通过征集和分析少儿读者的即时反馈，更有效地推进这类新作品的探索。

最后，从新媒介的发展趋势来看，电子少儿期刊必定会是未来少儿期刊的一种重要形式。电子少儿期刊的特色不在于将纸质少儿期刊数字化，而是借助电子媒介的平台，赋予少儿期刊以纸质媒介所不能拥有的表现功能。电子少儿期刊可以用超文本技术对文字、声音、图像、移动画面等多维内容进行富于创造性的多样重组，可提供远远超过单本纸质刊物的讯息广度，还可方便儿童读者根据自己的需要和兴趣主动选择相应的讯息。对于文学类少儿期刊来说，这种电子化探索不但能够极大地丰富文学阅读的传统体验，甚至可能改写一代人对于文学阅读的理解。特别是，文学类少儿期刊一般拥有比其他类型期刊更强的文学优势，这一优势能够为少儿期刊的数字开发提供基础性，同时也可能是决定性的艺术支撑。我们应该看到，新媒介时代一方面对传统的文学阅读构成了前所未有的冲击，另一方面却也空前地凸显了传统文学艺术的魅力。人们对于新媒介技术的态度从早先的惊奇日益趋向反思的理性，同时也越来越意识到，很多时候，不是技术而是文学，才是电子媒介产品成败的决定性因素。可以说，新媒介时代让我们领略了文学所具有的十分强大的迁移和发散功能——如果说任何一种先进的媒介技术本身都不可能将一个低级叙事作品变成一种好的叙事作品，那么真正优秀的文学作品则有可能赋予任何一种媒介技术以引人入胜的叙事能力，从而在精神上激活这一技术。因此，文学类少儿期刊在当代的电子化探索需要从两个层面展开，一是在文学的层面上，如何发现和提出有价值的文学创意；二是在技术的层面上，如何使上述文学创意与电子媒介独特的表现力相结合，并使二者之间相得益彰。

当然，探讨少儿期刊的"电子化"未来，绝不意味着轻视其传统的纸本形态。正如在文学发展的历史上，尽管口传文学的时代早已被印刷文学时代所取代，文学的主流阅读方式也因此发生了根本性的变化，但口传叙事仍然遍布于我们每个人日常生活的细节，口头叙事的魅力也仍然保留在人们的阅读生活——尤其是童年期的阅读生活中。今天，尽管电子媒介也在不断占领印刷媒介的传统地盘，但纸质阅读的体验早已经沉淀为我们文化的一个部分，也不会轻易从我们的生活中被取消。不论当代电子媒介带来了多么新鲜和强大的表现机制，作为文化人，我们总是无法抗拒来自纸张和印刷文字的叙事的魔力，事实上也不应该轻易放弃它。因此，我从内心深处敬重在电子媒介的影响力甚嚣尘上的今天和将来，那些坚持致力于为孩子提供最优秀的纸质阅读体验的少儿期刊。说到底，我希望电子媒介时代带给文学的是阅读体验的一次新的丰富，而不是粗暴地以一种体验取代另一种。

（原载 2012 年秋季号《中国儿童文学》）

作家工作室：如何才能赢得这个时代

当童书创作者的身影迅速地被市场化发展笼罩的时候，人们看到，童书作家工作室纷纷应运而生。

据业内人士介绍，目前童书作家工作室的组织形式及功能多种多样，但主要有两种。

第一种是由出版社发起、投资，作家以版权入股，占有工作室部分股份并享受股份制分红，如曹文轩儿童文学中心、汤素兰工作室等。这是在市场化发展中，出版社为占领重要作家资源，围绕核心作家进行全版权运营而催生的经纪性出版机构。这种作家工作室以某一个出版社为依托，由出版社与作家签署协议，在出版社内部成立独立核算的作家经纪部门，工作室工作人员多由出版社内部抽调、安排，专门从事核心作家的图书品种开发及全版权（如影视、数字、海外代理、周边产品等版权）运营。

第二种是由作家发起、投资，自主运营，是独立的法人机构，专门从事作家的版权经纪、活动整合、媒体推广、跨界合作、周边拓展等业务，与多家重点出版社建立合作关系，代表作家对出版资源进行管理和整合，工作人员则由工作室独立聘用。伍美珍儿童文学工作室属于这一类型。

从作家与出版社（或文化发展公司）之间的合作关系看，既有一对一的关系，即特定作家与特定出版社之间的合作，如福建少年儿童出版社成立的商晓娜工作室，郑春华与杭州大头儿子文化发展有限公司合作成立的郑春华儿童文学工作室；也有一对多的关系，即多家出版社各自在社内成立专门为同一作家服务的编辑团队，开发该作家的特色图书产品，如杨红樱在长江少年儿童出版社和明天出版社的工作室。

很显然，作家工作室的成立，是在新的文化与商业环境中，作家与出版者联手，文学创作与市场化经营接轨的产物。从创作者的角度看，传统上，人们看到并不断强调的是文学创作活动的创造性、封闭性，作家生存方式的个体性、自足性。今天，一个优秀作家所要面对的，远远不只是键盘或稿纸，还有童书作品的延伸开发，如作品影视剧本、游戏、漫画的改编与设计；作品的版权经营，如作品影视版权、数字版权、海外版权的经营；作品的运营推广、市场营销，如与此有关的各种文学推广活动，等等。从这个意义上说，作家工作室其实承担了作家经纪代理的角色。

从出版者或相关文化企业角度来看，成立作家工作室，是从过去的侧重包装图书品牌向重点包装作家品牌的转换。在出版业市场化程度不断提高的今天，童书出版作为少有的"香饽饽"，童书作家，尤其是优质童书作家已成为一种稀缺资源。在版权意识、合作机制等尚不完善的今天，作家工作室也就成了出版社与作家之间培养感情、稳定合作、拓展深度、争取共赢的一种形式和载体。

由此可见，作家工作室使作家与出版者、文学与市场结成了一种同盟关系，成为相互依存的利益攸关方。从某种意义上说，它使文学写作同时延伸、拓展为一种经营行为，使文学创作同时成为一种生产活动。我以为，这带来了两个值得我们深思的问题。

一是文学目标与市场目标之间的相互龃龉。

一般说来，作家工作室的主要目标是促成文学产品在市场终端的成功，也就是说，它常常以作品的是否畅销作为重要工作目标，却并不一定必然负责一部优秀或经典作品的生产。当作家的创作作为工作室整体运行的一个环链时，创作者的文学目标也常常不可避免地会受到这一"工作"而非"创作"机制、目标的影响和左右。这种文学目标与市场目标之间的相互龃龉，是我们打量作家工作室发展、运作方向时必须思考的一个问题。

　　二是文学创作规律与市场化经营规律之间的相互背反。

　　众所周知，文学创作是作家的一种艺术和精神创造活动，有着自身的心灵运作规律和独特工作节奏。作家的创作灵感、构思、想象及其文学表达，作品的孕育、成熟和最终呱呱坠地，与市场化运作之间的规律、节奏之间，并不存在着一种同步、呼应关系，在大多数情况下，它们甚至是相互抵触与相互背反的。而在作家工作室的运作框架下，市场化的经营节奏和要求，常常可能对作家的创作形成一种刚性的产品要求和节奏挤压，这就很可能对创作带来艺术上的漠视和伤害，并最终导致儿童文学作品品质的丧失和艺术性门槛的降低。事实上，人们已经看到，今天的童书出版，竭泽而渔式的资源掠夺与耗用，已经对整个童书市场造成了一定的打击和侵害。

　　提出这样的思考，并非想否定作家工作室这一创作和生产机制。相反，作为今天文化时代的产物，我认为作家工作室的涌现，代表了这个时代童书创作发展的某种必然性、合理性。现在我们面临的问题，是如何建设好、运作好这样一种童书经营的机制与模式。创作者与出版者、艺术性与市场化的双赢无疑是一个诱人的目标，要达成这样的目标，需要双方具有更多的理想、耐心和智慧。只有真正驾驭好文学与市场的双翼，今天的童书创作与出版，才能更好地真正赢得读者，进而最终赢得我们这个时代。

（原载 2015 年 1 月 26 日《中国新闻出版报》）

展现儿童文学的纯真、幽默、深邃和大气

——兼谈《最佳儿童文学读本》（小学卷）的选编和评点

  肖　雨：方老师，您选编和评点的《最佳儿童文学读本》小学卷不久前由明天出版社出版了。2008 年夏天，广东省教育厅、济南市教育局等单位都将这套书列入了暑假小学生阅读和征文的推荐书目。前些天我在《中国新闻出版报》上看到，"7 月新书推荐榜"上的少儿类图书排名中，《最佳儿童文学读本》全套三册《树叶的香味》《永远的布谷鸟》《为我唱首歌吧》都上了榜，排名分列第一、第三、第九名，很是引人瞩目。京、沪等地的《中华读书报》《中国文化报》《中国新闻出版报》《中国图书商报》《文艺报》《文学报》《文汇读书周报》《中国少儿出版》等许多报刊也都陆续发表了书评、访谈等文章，对这套读本表现出了异乎寻常的重视和兴趣。另外，在"开卷"的少儿图书畅销榜上，这套读本里的第一册《树叶的香味》7、8 月份都上了榜。我也听说这套书已经多次加印。能说说您编这套书的缘起吗？

  方卫平：好的。2007 年"六一"国际儿童节前夕，《中华读书报》的编辑陈香女士来电，要我向该报的读者朋友们推荐一本优秀的儿童文学作品。放下电话，我既高兴又颇为踌躇。作为一名儿童文学研究者，有机会向读者推荐介绍自己喜爱的儿童文学作品，让自己多年的阅读积累和心得有机会成为一种公共阅读服务资源，这当然是一件令人开心的事情。可是，由于编辑意图的要求，一本书的推荐限制还是令我犹豫再

三，颇有鱼与熊掌无法兼得的焦虑和遗憾。于是，编辑朋友的要求和我的推荐愿望之间，衍生出了一场小小的数字和心理的博弈。我不顾编辑朋友的限制，一口气推荐了四五部（篇）我喜爱的各类儿童文学作品。但是，事情过后，我又想，这种配合节日气氛的仪式性的推荐，终究只能如此。这样的遗憾，只能通过另外的方式来弥补了。

事实上，自2001年我用整整一年的时间参与主编了《新语文读本》（小学卷）之后，就一直盼望着能够有机会用新的理念、眼光和趣味为读者朋友们编选一套儿童文学读本。2007年秋天，明天出版社为我提供了这样的机会。这次合作的初步成果，就是现在读者朋友们看到的这一套《最佳儿童文学读本》。

肖　雨：眼下，许多出版社都对出版各类儿童文学选本很感兴趣，图书市场上的各类选本占了很大比重。您如何看待这些大量的选本？

方卫平：各类文学选本一直有着较为广泛而稳定的社会阅读需求和读者群，儿童文学选本也是如此。好的儿童文学选本，不仅可以集中呈现特定视域或选家所格外心仪的儿童文学佳作的艺术面貌，为文学发展的历史累积某种专业眼光、提供特定的历史清单，而且也可以为读者的阅读选择提供更多的便利和可能。从目前的各类儿童文学选本来看，它们都有着各自的编选特色和优点，例如，漓江、春风文艺、长江文艺等出版社的年度儿童文学选本，对了解、把握特定年度的儿童文学创作动向和艺术面貌颇有助益；中国少年儿童出版社《儿童文学》编辑部编选的《盛世繁花》《岁月留香》《一路风景》等选本，收录的是这家著名刊物几十年来的优秀之作，推出之后获得了出人意料的反响和成功。这说明，好的选本对于专业积累、对于公众的阅读选择等等来说，都是一件好事。但是，就我个人目力所及，坦率地说，我也常常对一些儿童文学选本或多或少感到不甚满意。其一，一些选本的基本观念偏于老化，文学的鉴赏眼光存在着明显的问题。其二，这些选本的选文来源较为狭窄，对整体儿童文学的覆盖面和呈现度明显不足。其三，在编选体例上较为单一，缺乏阅读视觉和心理上的新颖感和冲击力。

肖　雨：您从事儿童文学工作已经很多年，也编选过一些课外语文和儿童文学方面的读本，跟出版界和教育界接触也比较多，那么，您认为一个优秀的儿童文学选本应该具有哪些基本的要求呢？它对编选者本身有什么要求？

方卫平：从普遍的编选立场和要求上看，我认为，好的儿童文学选本主要应该符合这样一些要求：一是独特而清晰的编选理念，这些理念可以涉及和包括人文、美学、读者等方面的观念和立场设定；二是要有广阔的视野和独特的选文呈现。从某种意义上可以说，儿童文学的选本工作就是在儿童文学的艺术海洋中去寻觅、打捞、拣选那些散落或被遮掩了的文学珠宝。因此，破除既成的文学史定论，力求发现佳作、创造未来的经典，是一个选本成败的重要标志之一。三是要有妥帖而富有创意和想象力的选本组织、呈现方式，这其中既包含有编选者的智慧，也常常渗透了出版者的心血。

很显然，好的选本也对编选者提出了相应的要求。例如，鲜明、透彻的编选眼光和工作理念，广博深厚的专业素养和阅读积累，精益求精、认真负责的专业精神和责任感，可以信赖的丰富的资料储备和编选技术保障，等等。从目前一些选本的编选实际看，我认为，眼光和态度对于编选者的工作来说，可能是更为重要的要求和质量保障条件。

肖　雨：您曾不止一次地提到《新语文读本》的编选给您带来的文学观念的变化，我在由明天出版社出版的《方卫平儿童文学理论文集》的"自序"中也读到您的这个意思："我的儿童文学的思考开始与当代中小学的语文教育现场、与少年儿童的实际阅读生活之间产生了前所未有的紧密联系，而我业已形成的儿童文学阅读趣味和评判尺度也经受了一次革命性的打击和洗礼。"能具体地谈一下您所指的这种观念变化吗？

方卫平：我在过去一些年中所秉持的儿童文学观和儿童文学艺术趣味基本上是在 20 世纪 80 年代中前期形成的。那是一个中国当代儿童文学艺术面貌发生剧烈变化的时期。除了对 50—60 年代成型、相对封闭、狭窄的传统儿童文学观的质疑外，新的儿童文学实践所带给我的对于儿童文学的理解，仍然是不很确定，也不很可靠的。在经历了十多年的专业思考、积累之后，2000 年底，我应邀参与广西教育出版社组织的《新语文读本》（小学卷）的编选工作。作为主编之一，我与整个近二十人的编选团队在 2001 年把整整一年的功夫用在了为心目中的孩子们阅读、遴选、组织小学语文读本的工作之中。记得那一年，我除了完成学校的教学任务之外，几乎连一篇学术性的文章也没有写。正如你刚才所提到的，在地毯式地阅读、搜寻、选文的过程中，我的专业理念和眼光发生了很大的变化。主要是：其一，从学院派"象牙塔"式的封闭研究心态转向了面向小读者、面向当代少年儿童语文教育现场的开放式心态。其二，将相对单纯固守的纯文学维度的儿童文学思考方式转向了文学思考与人文思考相结合的思维模式。其三，对于儿童文学的艺术性及其评判尺度，有了新的理解、认识。例如，更注重把握儿童文学美学品质的纯粹性、多样性、永恒性，更在意儿童文学对于小读者、大读者在审美上的吸引力和通约性。其四，在选文的视野和来源的广泛性上，也有了很大的拓展。

肖　雨：据我了解，您已经参与过一些有影响的读本的编选工作，包括针对中小学语文教育的读本，为什么还要编选这套《最佳儿童文学读本》呢？

方卫平：前些年，我应出版社之约，曾分别与学术界、儿童文学界的友人合作主编了《新语文读本》（小学卷，共12册，广西教育出版社出版）、《新课标语文学本》（小学卷，共8册，华东师范大学出版社出版）等。通过这些倾情、倾力投入的工作，我的儿童文学理念、眼光、视野等都得到了新的梳理，并积累了许多新的素材和想法。于是，我萌生了这样一个"野心"：希望编选一套《最佳儿童文学读本》，以向儿童读者及其父母、教师、儿童文学作者、编辑、研究者和广大儿童文学爱好者们，提供一套令人耳目一新，具有欣赏价值、借鉴价值、研究价值和收藏价值的最佳儿童文学读本。

在《最佳儿童文学读本》的选编过程中，我主要考虑了下面几个方面的因素：

第一，摆脱传统的、普遍的鉴赏眼光、文学史定论和编选迷信，以纯粹而又近乎挑剔的艺术眼光，精选中外优秀儿童文学作品，使整个选本灵动、大气、有趣、经典，同时又富有个性。特别是要让孩子读得有趣，让成人也读得入迷。

第二，出于阅读辅助和推广方面的考虑，读本在整体呈现方式上具有一定的艺术鉴赏方面的学习性、引导性。配合作品，我编写了数万字的关于文学审美和语文学习方面的导读欣赏文字；在点评的具体内容设计和文字表达上，则以文学欣赏的美学提示和熏陶为主要方向。

第三，以主题单元组合的方式为基本构架和呈现面貌，组合的基本依据或为作品的表现内容、艺术特性，或为作品的体裁样式、读者的年龄特征等，使整套读本的面貌既能表现儿童文学的审美特质和重心，又能呈现儿童文学艺术的丰富性和多样性。

肖　雨：看了这套选本，我觉得您在作品的选择和编排上和大多数选本有着明显的不同，打破了体裁、时间、国别等通常的分类方法，而是将古老的、经典的作品和当下的作品，中国作家和外国作家的作品按照主题或者题材构成一个整体，甚至有一些是"佚名"作品，您希望达到什么样的阅读效果？

方卫平：长久以来，一些读者朋友对儿童文学抱有一种也许并无恶意的误解和偏见，对儿童文学的艺术和美学缺乏相应的体验与信任。这实在是由于各种原因，他们还没有机缘亲近、认识、享受儿童文学。在《最佳儿童文学读本》中，我以古今中外的口传儿童文学（童谣、民间童话、故事等等）和作家创作的儿童文学作品为选编对象，既选入了那些经受过历史长河汰洗的经典作品，如传统的绕口令、连锁调、问答歌、伊索寓言、格林童话、安徒生童话、列夫·托尔斯泰儿童故事等，也选入了中外当代一部分优秀的儿童文学作品，如任溶溶、金波、张之路、曹文轩、桂文亚、秦文君、梅子涵、沈石溪、班马、孙云晓、杨红樱、王淑芬、邱惠瑛、林格伦、苏霍姆林斯基、恩德、涅斯玲格、勒内·戈西尼、于尔克·舒比格等作家的作品。在具体选文上，则力求摆脱通常的选择惯性和选文篇目，如从伊索寓言中选择了《老人和死神》、从安徒生童话中选择了童话《烛》、从苏霍姆林斯基教育故事中选择了《"祝贺"这个词是什么意思》《所有的墓都是人类共有的》等一些很少被人选用的佳作。总之，这套读本以我个人二十多年来从事儿童文学教学、研究工作的专业积累为基础，以我近年来的儿童文学阅读和思考为基本支撑，所选的作品触及关于童年、人生、人性、社会、命运等等最基本的人类价值和命题，因而具有相当的思想深度和情感力度；我希望借助这些作品来展现儿童文学的纯真和质朴，幻想和幽默，玄思和深邃，丰富和大气……我认为，优秀的儿童文学作品构成了人类审美历史和文化的一个独特而巨大的"文本"，这个文本以其独特的文化积淀、人生蕴涵、艺术魅力，成为人类共同拥有的精神财富。我相信，从这些作品中，小读者和大读者们既可以享受它们的天真和趣味，也可以领略其中的人生智慧和生活哲学。

肖　雨: 前面我们谈到，从七八年前参与主编《新语文读本》(小学卷) 开始，您的儿童文学研究工作与当代儿童的课外阅读及学校语文教育现场等有了前所未有的密切联系。您在这套读本的选评工作中，对此具体是怎么考虑的？

方卫平: 我在大学本科毕业后，曾经从事过两年半的中学语文教学工作。我认为，语文学习仅靠语文课是远远不够的，自由自在、广泛而又富有个性的课外阅读，对于中小学生阅读兴趣的培养，阅读能力和语感、语文素养的提升，也许有着更具决定性意义的作用。当然，在这个过程中，老师和父母的影响，同伴群体之间的良性互动等，也是十分重要的。《最佳儿童文学读本》的选评，就是希望能为小学生的课外阅读、为老师和父母的阅读推荐，提供一个优秀、可靠的儿童文学选本。因此，在选文、体例和导读方面，我都力求与语文学习的现场靠近。

肖　雨：您在书中的"牵手阅读"部分还写了大量的导读性文字。这些文字对小读者、父母和老师很有帮助。在写这些文字时，您有什么考虑呢？

方卫平：书中"牵手阅读"部分的评析文字，是想为读者的阅读和品味提供一些思考的路径。我在写作这些文字时，总是希望能够把相关的背景知识和自己阅读这些作品时的审美印象和感动，用简约、传神并富有激情的文字表达出来。例如，在"古老的童谣"单元，我写下了这样的导语："在永无止息的历史河流的底部，静静地躺着一些事物，时间的濯洗和磨砺并不能使它们黯淡消逝，反而清洗出了它们深藏在内的光华。许多从久远的民间生活中流传下来的古老的童谣，就是这样一些事物。今天，当我们记写和翻看这些童谣时，似乎还能够隐约听到那最初的民间吟唱，闻到那时质朴清新的民间生活气息。在人类文化的历史长河里，它们是一些留在时间河滩上的美丽光滑的鹅卵石，等待着我们去捡拾。"在苏联作家奥谢耶娃的三则儿童故事单元，我则写下了这样的导读："奥谢耶娃的这三则教育故事，尽管包含着明显的道德教育内容，但首先吸引我们注意力的，是那些发生在孩子们身上的自然、生动的故事，以及作家对于儿童心理、行为细节的准确把握和描摹。作者并不在故事中直接发出自己的声音，而是通过生动的故事情节，告诉我们怎样去实践一种与每个人最平凡、最琐屑的生活联系在一起的日常关怀。它们在带给我们亲切、幽默的阅读感受的同时，也在默默地告诉我们，怎样把一个'人'字写得更好。" 李成义的散文《父亲和作业本》，是我 2006 年上半年为参加这一年的九月份在意大利马切拉塔大学召开的国际学校练习本论坛准备论文材料时，在网上偶然发现的。这是我非常喜欢的一篇作品，我给出的分析和理由是："这是一篇纪实性的回忆散文。作者选择了一个十分特别的展开点——作业本——来书写自己童年时代一些特别的记忆。因为隔开了时与空的距离，文章得以用客观的笔法和冷静的叙事，将曾经的人、事和物，仿佛不动声色地复述出来；曾经浓烈的情感内容，则被冷却、冻结着沉入了时间的底部。然而正是这种主观情感的冻结和沉淀，让这篇散文具有了一种难以言传的真实和震撼的效果，尤其是文章中一些细节的呈现，比如父亲对于我'浪费'作文本空格而生的震怒，满纸尽是酸涩的幽默，令人感慨。文章只是叙事，绝少描绘父亲的体貌等，但字里行间，我们分明看到了一位真实的乡村父亲的剪影，以及一个儿子对父亲的深深怀念。"这些文字传达了我在读完作品后的真实体验和思索，同时，我也力求能够从文学鉴赏和语文学习的角度切入，希望这些文字能够对读者的欣赏和语文学习有所启发。

肖　雨：2008 年 8 月 29 号的《文汇读书周报》上有一篇关于《最佳儿童文学读本》的书评认为，您的"点评视角广阔，观点新颖"，并说您"无意当交通指挥或向导，而是站在十字路口，提着一盏五彩斑斓的小灯，为孩子们照出一片光明"。您怎样看待这个评价？

方卫平：好像有点道理。好的导读文字不应成为读者朋友们阅读时的羁绊和限制。很显然，作品本身所呈现和提供的思想和艺术容量，一定会比任何文字说明都要丰富和有趣得多。同时，我也认为，对于孩子们来说，课外的儿童文学阅读是一个可以任由自己自由设计的审美天地，只要你认真地投入了，感受了，你就一定会在课外的文学阅读中，获得无限的乐趣和意外的收获。

由于篇幅限制、使用授权等方面的原因，这套读本无法纳入那些优秀的中长篇儿童文学作品及许多我同样十分珍爱的儿童文学短篇佳作，这是编完《最佳儿童文学读本》之后，留在我心头的一个不小的遗憾。

把最好的儿童文学作品献给读者，为小读者的课外阅读和大读者的闲暇生活提供来自儿童文学领域的文学精品，是我选评这套书时的全部动机和激情所在。我盼望着，这些优秀的儿童文学作品，能够滋润、塑造我们童年的心灵和情感世界，陪伴、感动我们成年后的心情和岁月。

（原载 2009 年总第 5 辑《中国儿童文化》）

序《诸暨实验小学儿童文学诵读本》

　　2005 年 3 月的一天，诸暨市实验小学的杨均力校长、张虹副校长和几位老师一起来到浙江师范大学儿童文学研究所，向我介绍了该校建设儿童文学特色校园的规划和实践情况。这是我与他们的初次见面。我被该校宏大、周密而又十分专业的儿童文学特色校园规划所吸引，也深为该校老师们的职业素养、工作态度和执着精神所感动。自从 2001 年，我用整整一年的时间参与《新语文读本》小学卷的主编和统稿工作以后，就深感我所从事的儿童文学研究工作与基础教育的结合，是一件多么重要、多么有意义的事情，因此，我很爽快地答应了实验小学要我做该校儿童文学特色校园建设顾问的邀请。

　　近两年来，我数次往返于金华与诸暨之间，与实验小学的老师们交流儿童文学学习心得，探讨特色校园建设的种种问题。老师们说，我的心得和介绍对他们有帮助；而我则想说，实验小学建设儿童文学特色校园的思考和实践，为我的工作和研究也提供了一个丰富、生动而又富有启示力的个案，尤其是各位老师富有创造性的探索实践和思考，为我打开了真实、具体的儿童文学教育的实施现场和思想空间。因此，从与诸暨市实验小学的交流和互动开始，一年多来，我以及我所在的浙江师范大学儿童文学研究所与更多的小学和老师们建立了联系。这一切，都要感谢 2005 年 3 月那次难忘的会面。

　　编写一套自己的小学生课外诵读本，是实验小学儿童文学特色校园建设的一个有机组成部分。课外诵读对于小学生拓宽视野、增加对于母语文化的亲近感及其文化养分汲取的自觉性，具有极为重要的意义和作用。实验小学的老师们所编纂的这一套小学生课外诵读本，按年级特征分为儿歌、儿童诗、成语、对联、古诗文等分册。我曾经先后两次通读过这套诵读本的初稿，深感这是一套体现了实验小学老师们的阅读视野、语文素养和文学鉴赏力的优秀诵读本，这是他们为实验小学的孩子们精心编纂、提供的课外阅读的语文大餐。

优秀的语言文字作品，是需要不断诵读、不断品味的。在长期的诵读和融入语言的过程中，汉语言文字的美妙和人类文化的精髓会在潜移默化中美化、塑造我们的心灵和精神，同时也会在不知不觉中提高我们的语言知觉和表达能力。古话说，"熟读唐诗三百首，不会作诗也会吟"，说的就是这个道理吧。

诸暨市实验小学的探索和实践，已经取得了初步而可喜的收获，例如，该校有多位同学在浙江省少年文学之星征文大赛、冰心作文奖等比赛中获得一等奖，或许可以被看成是一个证明。在这里，我要为诸暨市实验小学的老师和同学们加油和祝福，祝他们在儿童文学特色校园的建设中不断取得进展，祝他们为儿童文学与小学教育的结合走出一条自己的路子来！

（原载《诸暨实验小学儿童文学诵读本》，2007 年印行）

作文不再是一场艰难的文字搏斗

王尚文、郑飞艺两位老师主编的《作文新感觉》，让我的阅读眼光为之一亮。

通常情况下，我对这一类试图教会或辅导小学生写作的读物是心存疑虑的。因为在这些书籍当中，写作学习往往被理解或设计成了一种单纯的文字表达或谋篇布局的技艺训练，一种枯燥而乏味的技术掌握过程。

《作文新感觉》的一个触目的特点，是该书对"作文"活动的别致而深刻的理解与诠释。在编者看来，言语活动就是人的生命活动，语文与孩子的生活和生命朝夕相随，因此，作文首先是一种生活与生命体验的积累，作文学习应该走向生活，与孩子的身心发展同行。常言道：读万卷书，行万里路。可以说，阅读和亲历是作文学习的双翼，而《作文新感觉》把写作学习的侧重点定位于让孩子在亲历中敞开感觉的大门，在活动中扬起想象的翅膀。在这样的定位中，作文学习开始变得让孩子可以亲近，可以触摸，可以与他们的日常生活息息相关，融合互动。

看得出，《作文新感觉》是以"生命活动支撑写作活动"作为编写理念和指导思想的。显然，这是一个富有前沿意识的写作观念。但是，我也以为，重要的是，如何把这一深刻的作文观念转化为一种可以实践的作文学习过程，这对编者们可能是一种更具挑战性的考验。《作文新感觉》的编者意识到，小学阶段的作文学习，首要的不是表达技巧的训练，而是表达兴趣的培养和表达欲望的激发。于是，他们在试图引导孩子们进入写作实践天地时，重点做了两个方面的努力：一是引导孩子们在日常生活的各个场景、各种活动中有所发现；二是设计相关活动，让孩子们在特定的活动和情景中寻找崭新的感觉。

如果说高屋建瓴的作文观念让人感到振奋的话，那么，生动活泼的活动设计就令人感到亲切和急不可待了。"我的发现""感觉魔方""游戏广场""亲近自然""海阔天空""和动物握手"……二十余个活泼而精致的单元活动情境的设计，组合成了一个丰富多彩的感觉的世界，或者说，构建了一个开发儿童感官、激活儿童思维的独特的感觉天地。例如，在"感觉魔方"中，编者设计了"白开水的味道""脚步声""今天我什么也看不见""我听到了你的心跳""水果名片"等具体情境和内容；在"亲近自然"中，编者设计了"看！太阳的脸""种树去""我看见了风的影子""听！蚂蚁在说话""月亮星星，你们好""贮存秋天""拥抱大地""仰望星空"等具体情境和内容。这些情境和内容与儿童的日常生活联系紧密，其鲜活的情境渲染和活泼的内容提示，颇能诱发孩子们对于生活的关注，对于世界的遐想。我相信，在这样的交流和对话中，作文对于孩子们将不再是一场艰难而枯燥的与文字的搏斗，而是一次让感觉向生活绽放、让生命向世界敞开的精神的游戏和心灵的解放。

感觉的唤醒和点拨，思维的引导和激活，构成了《作文新感觉》最基本的教育心理学向度。除此之外，感动我的还有渗透、弥漫于全书中的一缕缕美好而动人的人文情思和价值关怀。那是一种在一个个活泼的活动设计中、在一次次亲切的对话交流中流露出来的对于自然、对于生命、对于天地万物间一切美好事物的谛听、关爱和出神的状态。我曾有幸与这本书的编者们一起共同参与《新语文读本》小学卷的编写工作，深知这是一群对于语文教育和儿童成长怀有激情和理想的文化使徒。而《作文新感觉》是他们传播理想和从事建设的又一次实践。在我看来，这是一次有趣而令人满意的实践。

在这本书的开头，编者们给小朋友写了一段话。他们这样写道：睁开你的眼睛，唤醒你的耳朵，伸出你的双手，敞开你的心扉，作文之花就会开放。

是的，让自己的生命向世界敞开，作文之花就会开放！

（原载 2004 年 3 月 17 日《中华读书报》）

《妈妈回来了》一文的意义

　　《妈妈回来了》这篇一年级同学的作文引起了媒体和公众广泛的兴趣和关注，这一事件的背后，其实隐含着人们对当代中小学作文教学乃至整个教育现状的某种关切和思考。从表面上看，这一事件的有趣之处在于，一篇百余字、行文也颇为平实的小学生作文居然获得了一项全国性作文比赛的一等奖，这基本上不符合人们对于此类"获奖作文"的正常想象和期待。从深层次看，我认为，首届"冰心作文奖"评委会对《妈妈回来了》一文所作出的评判和选择，至少对当前的中小学作文及其判断尺度提出了某种批评和挑战。

　　近些年来，许多中小学生的作文，充斥着模式化、成人化的公共话语；而孩子们纯真鲜活的天性和言语创造力则不见了。孩子作文中流行的"成人腔"以及所谓的"高考作文模式"等等说明，当前中小学作文教学中仍然存在着不少令人不安的教育隐患。

　　《妈妈回来了》一文的可贵之处首先在于，它是一个小学一年级的孩子对于"妈妈",对于"母爱"的一次真挚而又质朴的情感表达。文字虽然简短,但真切地表达了"妈妈回来了"这一生活片段带给小作者的温暖和喜悦,以及曾经有过的伤感和思念。

《妈妈回来了》一文所引起的关切和议论提醒我们,让孩子学会说自己的话,表达自己的观点和情感,对于我们的中小学作文教学来说,是一件多么紧要的事情。

我认为,《妈妈回来了》一文的出现及其获奖,其意义就在这里。

（原载 2007 年第 3 期《作文大世界》）

教学科研良性互动，构筑儿童文学人才培养基地

儿童是国家的未来和希望，儿童教育与研究是面向未来、充满希望的阳光事业。目前，全国儿童数量已近三亿，对于这一庞大群体开展系统的教育和深度的研究，促进他们的茁壮成长，是时代的迫切需要，也是教育界的重大使命。与我国庞大的儿童群体和迫切的时代需要形成强烈反差的是，目前我国对儿童群体的教育与研究还没有予以足够重视。今年"六一"国际儿童节前，有关专家呼吁师范大学应普遍开设儿童文学课，引进儿童文学师资，关注儿童文学人才培养。浙江师范大学儿童文学学科是改革开放以来我国高等院校同类学科中成立最早、师资力量最雄厚、研究成果最突出、人才培养最具成效的一个学科。二十多年来，该学科敢为人先，开拓创新，积极构建教学科研良性互动的运行机制，培养了一大批在我国儿童文学界颇有影响的人才，已成为国内高校同类学科中处于领先地位、颇具影响力的特色学科。从 20 世纪 80 年代中期以来，该学科就一直被国内外同行公认为"儿童文学人才培养的重要基地""中国儿童文学研究的学术重镇"。

一、开创历史先河，走在高校前列

1977 年，全国高校恢复招生考试，高等教育开始步入一个

新的发展时期。当时，儿童文学在高等院校的教学体系中还是空白。1978 年秋，浙江师范大学就开始在国内高校中最早酝酿恢复儿童文学选修课程。1979 年，浙江师范大学在国内高校中第一个开始招收儿童文学研究生（北京师范大学、上海师范大学分别于 1984 年、1992 年开始招收同类研究生），同时也写下了浙江师范大学研究生教育的第一页。1982 年秋开始，浙江师范大学陆续举办了三期全国中幼师儿童文学教师进修班。近年来，为了适应新形势下社会发展和人才培养的需要，学校创办了全国第一个培养本科层次专业人才的儿童文学系。在 2003 年和 2004 年，已招收两批学生共八十人（汉语言文学专业儿童文学方向班）。京、浙等地的报纸曾以《中国大学有了儿童文学系》《打造儿童文学学术航母》等为标题作了长篇报道。可以说，浙江师范大学儿童文学学科的教学和人才培养工作，二十多年来一直走在全国高校同类学科的最前列。在儿童文学教学的发展过程中，学科在全国高校中最早建立了系统的儿童文学课程体系。早在 20 世纪 80 年代初、中期，就已形成了"儿童文学概论""幼儿文学""中国儿童文学史""外国儿童文学史""儿童文学创作论""儿童文学名著欣赏""儿童心理学"等儿童文学课程群。进入 90 年代以后，随着儿童文学教学的拓展和深化，该学科又陆续开设了"儿童文学美学""青少年文学研究""童话美学""儿童文学艺术研究"等课程。近年来，随着儿童文学系的创办，通过实施儿童文学专业本科教学计划，在原有课程基础上，新开设了"儿童文化哲学""儿童影视概论""儿童读物编辑理论与实践""儿童动漫制作与欣赏"等密切联系实际、更具时代性的课程，教学内容则在儿童文学理论及应用的各个层面有了新拓展。从总体上看，该学科的课程建设无论是教材体系的构建、师资队伍建设，还是教学方法的运用、教学效果、教学影响等方面都取得了十分突出的成绩。

此外，儿童文学学科从创办初期就十分重视图书资料建设，建立了目前国内高校中唯一具有一定规模的专业儿童文学资料室。目前资料室拥有各类专业书刊两万余册，其中儿童文学专业报刊一百二十余种。自 1999 年秋台湾"好书大家读"童书推广委员会、联合报系文化基金会和民生报向该学科捐赠台湾儿童文学资料后，已陆续收到台湾儿童文学图书五千余册，并在此基础上成立了我校儿童文学研究所台湾儿童文学资料中心。完备的资料建设为教学工作提供了坚实的保障，同时也为学术研究的开展奠定了深厚的基础。2005 年 6 月，学校进一步突破儿童文学研究的框架，融合全校儿童教育、心理、艺术等学术资源，建立了国内第一个儿童研究院。我校儿童文学学科的发展又迎来了一个新的历史机遇。

二、教学推动科研，科研反哺教学

浙江师范大学儿童文学学科发展最重要的经验是：以教学的需求来推动科研工作深入而系统地展开，以扎实的科研成果来支撑和促进教学工作全面而有效地提升。

（一）教育教学：开拓创新，填补空白

该学科自建立以来，就一直把教学和人才培养工作作为学

科建设的重要目标。学科成员从老一辈学者到后起之秀，都积极认真地投身儿童文学的教学工作，形成了重教学、勤钻研的良好教风。由于历史原因，儿童文学学科建设自 20 世纪 50 年代末以后，就在全国高校中完全停止了。所以，浙江师范大学儿童文学的教学几乎是在无所依傍的空白状态下启动和进行的。学科成员每开设一门新课，都是在开拓一片全新的教学领域。在资料缺乏、受人轻视的背景下，学科成员怀着对儿童文学及其教育事业的热爱，以坚定的信心、坚韧的毅力和不懈的努力，在儿童文学教学这片领域不断开拓创新，逐渐形成了较为完善的高等学校儿童文学教学体系。从开设课程门类之多、自编教材之完善、师资力量之雄厚等方面来看，浙江师范大学的儿童文学教学系统在全国高校中是首屈一指的。

儿童文学教学上的一项重大空白，就是教材的缺乏，而教材是开展教学活动、保证教学质量的一个重要因素。从 20 世纪 80 年代以来，学科成员们就积极投身教材建设，先后出版了《儿童文学概论》(蒋风著)、《儿童文学原理》(蒋风主编)、《儿童文学教程》(方卫平等主编)、《少年儿童文学》(黄云生主编)、《幼儿文学原理》(黄云生著)、《世界儿童文学史概述》(韦苇编著)、《当代儿童文学与素质教育》(周晓波主编)等系列教材和教学参考书。其中《儿童文学教程》(获全国优秀教材资源奖)、《少年儿童文学》等是由教育部师范教育司组织专家审定的高等院校专业教材，2004 年由高等教育出版社出版。

这些教材不仅满足了我校各个层次儿童文学教学的需要，而且也被全国许多大中专院校所采用，或被列为研究生培养的教学参考书，或被翻译成少数民族文字出版，或被台湾的出版社购买版权并出版发行。

儿童文学的教学和教材编写需要，促使学科成员不断开拓新的研究领域，并且十分重视儿童文学科研的系统性和创新性。儿童文学的教材建设，不仅为教学提供了重要保证，而且也促进了儿童文学科研工作的系统推进和整体提升。

（二）科学研究：引领前沿，反哺教学

理论研究是高层次人才培养的学术基础和支撑。该学科的儿童文学理论研究有着近五十年的历史和深厚的学术积淀，在国内首屈一指。早在 20 世纪 50 年代后期，蒋风就出版了《中国儿童文学讲话》等具有开创性意义的儿童文学研究著作。二十多年来，该学科汇聚了蒋风、韦苇、黄云生、方卫平、楼飞甫、周晓波、吴其南、陈华文、张嘉骅等众多国内儿童文学界重要的或活跃的学者、作家、翻译家，形成了一个在国内乃至日本、韩国、东南亚等国儿童文学界都有广泛影响的学术群体。长期以来，浙江师范大学儿童文学学科在儿童文学研究的许多分支领域都取得了十分突出的科研成果。这些成果不仅为中国儿童文学学科的当代建设提供了极为重要的支持，而且为上述儿童文学教材的编写提供了有力的学术保障，也是师生教学中的重要专业参考文献；同时，众多引领学科前沿的研究成果大大提升了该学科的师资水平，并将这些成果充分运用于课堂教学，传授给学生，从而有力地推进了儿童文学学科的教学，保证了我校儿童文学人才培养质量。从总体上看，该学科的研究特色主要表现在：

1．学术研究的开创性

该学科把建设具有本土和本学科自身特色的儿童文学理论体系作为基本任务，出版了一大批具有填补空白性质的著作，如蒋风主编的《中国现代儿童文学史》(1987年)、《中国当代儿童文学史》(1991年)、《世界儿童文学事典》(1992年)、《玩具论》(1997年)，韦苇编著的《世界儿童文学史概述》(1986年)、《西方儿童文学史》(1992年)，方卫平著《中国儿童文学理论批评史》(1993年)、《法国儿童文学导论》(1999年)，黄云生著《幼儿文学原理》(1994年)等，都是我国当代儿童文学学科相关领域的第一部著作，在海内外产生了广泛的学术影响。

2．理论建设的系统性

该学科在史、论、评等方面都做了系统的研究工作。除了上述系统的中外儿童文学史和概论性理论著作外，该学科成员还出版了一系列自成体系的学术专著，如《儿童文学接受之维》(方卫平著，1995年)是一部从接受美学角度系统论述儿童文学的专著，《人之初文学解析》(黄云生著，1997年)是一部独具学术个性的幼儿文学理论专著，《现代童话美学》(周晓波著，2001年)则是一部系统论述童话美学问题的专著。这些著作都具有较强的体系性，同时又对我国儿童文学基础理论研究体系的构筑和整体研究格局的形成产生了直接作用。

3．研究成果的前沿性

该学科十分注重强化儿童文学研究的前沿意识，尤其是在当代儿童文学创作思潮、儿童读者接受问题、儿童文学与素质教育等课题的研究方面，推出了一批引人瞩目的成果。如方卫平的《儿童文学的当代思考》（1995年）、《逃逸与守望——论九十年代儿童文学及其他》（1999年），周晓波的《当代儿童文学面面观》（1999年）、《当代儿童文学与素质教育》（2004年）等，都是贴近当代儿童文学发展现实的研究成果。多年来，该学科的教师和研究生一直是《儿童文学研究》《儿童文学选刊》《中国儿童文学》《文艺报》儿童文学评论版等我国儿童文学研究基本阵地的主要撰稿者，活跃于我国儿童文学研究的最前沿。

（三）教学科研：成果丰硕，影响深远

在儿童文学交流方面，该学科以雄厚的研究实力、富有特色的研究成果和完备的资料建设，吸引了众多的同行和学子前来交流访学。该学科先后接待了东北师范大学、南京师范大学、复旦大学、香港教育学院、台东大学等十余所高校的研究人员、研究生以及国内外其他各类研究人员和作家前来查阅相关资料。同时，该学科成员也频繁参与儿童文学界的学术会议、评奖，应邀参与各种评审、鉴定、讲学工作；该学科还主办过"海峡两岸儿童文学研讨会"，以及林焕彰、桂文亚、张之路等著名儿童文学作家的创作座谈会。蒋风以其广泛的影响，曾先后赴美国、日本、新加坡、韩国、马来西亚等国家和中国香港、澳门、台湾地区讲学和交流。随着该学科影响的不断扩大，近年来国内外儿童文学界人士来访与交流的频率越来越高，人数越来越多。

在长期的建设与发展过程中，浙江师范大学儿童文学学科有了在本领域具有较大影响力的学术带头人。学科创始人蒋风

系"国际格林奖"（奖励在国际上具有影响力的儿童文学学者的国际性奖项）唯一的中国评委，亚洲儿童文学学会北京分会副会长，中国儿童文学研究会创始人之一、顾问，全国师范院校儿童文学研究会名誉会长，中国作家协会会员。蒋风从事儿童文学创作、研究五十余年，出版各种教材、著作三十余种。蒋风是我国当代儿童文学研究领域老一辈的开拓者，为我国儿童文学高级研究人才的培养作出了突出贡献，也是至今仍在奋斗不息的学术带头人。

近十年来，儿童文学学科先后承担国家社会科学基金课题两项，省哲学社会科学规划重点课题一项、年度课题两项，省高校重点建设教材一项，参与国家教委专项课题一项，获省高校学科带头人重点资助一人。研究成果多次获国家图书奖提名奖，中国图书奖，全国优秀少儿文艺作品评奖一等奖、二等奖、三等奖等，两次获省政府颁发的浙江省优秀社会科学成果三等奖。1993年，儿童文学学科的教学成果《儿童文学人才培养和系列教材建设》获省高校优秀教学成果一等奖；1999年，《儿童文学教学的拓展与深化》获省高师院校优秀教学成果一等奖。除科研和教学成果奖外，该学科成员还先后获得不少荣誉称号。2003年，蒋风荣获"宋庆龄儿童文学奖"首次设立的特殊贡献奖（全国仅四人），他还先后获得"台湾杨唤儿童文学奖"、浙江省"鲁迅文艺奖"特殊贡献奖；韦苇荣获"台湾杨唤儿童文学奖"；方卫平荣获"浙江省劳动模范"称号、浙江省"青少年英才奖"等。

三、育人结硕果，桃李满天下

二十多年来，浙江师范大学儿童文学学科不断探索前行，与时俱进，建构了在全国高校中最完善的课程体系，从而为本科教学、儿童文学人才培养奠定了厚实的基础。与此同时，学科成员不断编写出版的教材，已形成了完整的体系，为儿童文学的本科教学提供了重要保证，有力地推进了人才培养。儿童文学作为一门相对处于边缘地位的学科，通常情况下不易引起学生的注意和兴趣。在教学过程中，儿童文学学科成员注重发掘儿童文学自身的艺术魅力，并与学生的学习兴趣结合起来。如通过课堂教学中精选和分析儿童文学作品实例、运用多媒体教学手段、开展全校性儿童文学征文，邀请海内外著名儿童文学作家、学者陈伯吹、叶君健、任溶溶、曹文轩、霍玉英、桂文亚、鸟越信（日本）、爱薇（马来西亚）等举办学术讲座，在校内营造了浓厚的儿童文学学术氛围。近年来，选修儿童文学课程，选做儿童文学研究作为学年论文、毕业论文，报考儿童文学研究生的学生越来越多。在这种氛围影响下，我校学生的人文素养也得到了拓展，知识结构和综合素质都得到了提高。

与此同时，在人才培养过程中，儿童文学学科十分注重学生能力的培养，如利用所学知识分析作品能力、创作能力、学术研究能力等。近年来，仅本科生就有赵霞、梁健虹、浦晖、潘建伟、夏晓昕等多位同学在《儿童文学研究》《中国儿童文化》《中国少儿出版》《浙江师范大学学报》等专业刊物发表了许多具有一定学术水平的研究论文；还有谢华、周晓波、张琪等在《中国儿童文学》《儿童文学》《少年文艺》《幼儿故事大王》等儿童文学报刊上发表了一批童话、少年小说、儿童故事、儿童诗作品。1999 年，北京师范大学五名在读儿童文学硕士生，除该校保送一人外，其余四人都是浙江师范大学本科毕业生。2004 年，本科和研究生均毕业于浙江师范大学的郑欢欢、钱淑英在报考北京师范大学、上海师范大学儿童文学博士研究生时，都以笔试、面试第一名的优异成绩被录取。近十年来，浙江师范大学本科毕业生每年都有考取北京师范大学、上海师范大学和本校的儿童文学硕士研究生。

二十多年来，该学科培养了以王泉根（北京师范大学中国儿童文学研究中心主任、博士生导师）、汤锐（连环画出版社总编辑、编审）、吴其南（曾任温州师范学院人文学院院长、教授）、方卫平（浙江师范大学儿童研究院教授）、周晓波（浙江师范大学人文学院教授）、王荣生（宁波大学语文教育研究中心主任、教授）等为代表的一批在儿童文学界、语文教育界广有影响的学者，以及著名儿童文学作家汤素兰（一级作家）、谢华等为代表的创作人才。浙江师范大学培养的儿童文学人才，在我国儿童文学界占据着重要地位。如 1994 年甘肃少年儿童出版社推出的《中国当代中青年学者儿童文学论丛》共六种，其中四种的作者为浙江师范大学儿童文学毕业生；1991 年至 1995 年，江苏少年儿童出版社推出的《中华当代儿童文学理论丛书》共五种，其中三种的作者出自（或毕业于）浙江师范大学；1991 年至 1998 年，湖南少年儿童出版社推出的《世界儿童文学研究丛书》共九种，其中五种的作者出自（或毕业于）浙江师范大学。著名儿童文学学者王泉根（1984 年毕业于浙江师范大学）是我国高校第一位儿童文学方向的博士生导师；著名儿童文学作家汤素兰（1991 年毕业于浙江师范大学）已出版《笨狼的故事》《阁楼精灵》等作品三十种，其作品获得过中宣部"五个一工程"奖、中国图书奖、宋庆龄儿童文学奖、中国作家协会全国优秀儿童文学作家奖等几乎所有国内儿童文学的重要奖项，成为中生代儿童文学作家的优秀代表之一。此外，浙江师范大学儿童文学专业的毕业生分布于全国各地的高校、出版社等，成为我国儿童文学教育、出版等领域的重要力量，其中已有十人被评为教授、编审、一级作家等。浙江师范大学儿童文学学科将以成立儿童研究院为新契机，保持自身优势和传统，走跨学科、多学科交叉融合之路。这个曾被日本学者称为"中国儿童文学研究中心"的学科，一定会把握机遇，乘势而上，为进一步促进我国儿童文学的人才培养和学术研究事业作出更大的贡献。

（原载 2005 年第 5 期《浙江师范大学学报》）

儿童文学本科专业建设的实践与思考

　　作为一个相对独立的文学门类，儿童文学在当代儿童成长和社会发展进程中的独特地位和功能，正受到愈来愈广泛的重视，并发挥着愈来愈重要的作用。与此相呼应的是，儿童文学的学科建设及其专业人才培养，已经成为目前国内一些高校尤其是师范类高校学科发展和专业建设的重要内容之一。

　　2003 年，我国高校第一个儿童文学系在浙江师范大学人文学院成立；2003 年秋天，该系招收并组建了第一个本科生儿童文学方向班。这是我国高校办学史上第一个带有试验性质的儿童文学方向的本科班级。儿童文学本科层次方向的建设，既是我国高校文科（文学）专业建设中的一项新的探索和实践，也将为儿童文学的人才培养提供一种新的层次和模式。很显然，对于儿童文学本科方向建设的研究，与其建设实践本身一样，都是当代高校儿童文学专业建设和人才培养史上的新课题。本文拟以已经毕业的浙江师范大学人文学院儿童文学系 2003 级、2004 级本科班为个案，通过对该方向建设实践的回顾和梳理，总结和探讨儿童文学本科专业建设的初步经验。

一

从世界范围看，"儿童文学"作为一门发展相对滞后的学科，由于种种原因，往往难以进入各国高等教育人才培养的主流体制；另一方面，由于其身份上的多重属性，在各国高校的学科制度和教学体系安排中，又往往因不同需要而把它挂靠在不同的学科名目之下。实际上，在不少国外高校，儿童文学的本科专业设置和课程安排就挂靠在诸如文学系、教育系、语言系、图书馆学系等不同的相关学科背景之下。例如，以儿童文学教学和研究作为特色学科之一的英国纽卡西州大学在英语文学、语言和语言学系下开设了"儿童文学的边界"等本科儿童文学课程；硕士研究生阶段的儿童文学课程如"当代儿童文学发展"等则挂靠在提供研究生课程和学位的"文学研究：写作、记忆与文化"和"现当代研究"两个专业点下。该校也培养儿童文学方向的硕士学位研究生，其所修的专业课程由学生本人与导师依据学习的需要共同制定。美国佛罗里达大学文理学院英语系下设有"儿童文学""幼儿文学""青少年文学"等系统的儿童文学专业本科、硕士和博士研究生课程，并在该方向下授予相应的学士、硕士和博士学位。美国伊利诺伊大学在图书馆与信息科学研究生院下开设有多门儿童文学课程，其中包括"儿童文学及其他资源"（只对三、四年级本科生和该院研究生开放，主要研究公共图书馆和学校媒介中心对于0–14岁年龄段的儿童书籍及其他资源的评估、选择和使用等）、"青少年文学及其他资源"（只对三、四年级本科生和校内研究生开放，主要研究公共图书馆和学校媒介中心对于12–18岁的青少年书籍及其他资源的评估、选择和使用等）、"儿童文学史"（主要以早期儿童文学书籍、儿童读物和儿童杂志等为研究对象，包括社会和文化形态的变迁给童书带

198 | 199

童年与童年的文化

教　学
儿童文学本科专业建设
的实践与思考

来的影响等）、"儿童文学批评研究"（专为博士生及部分硕士研究生开设，主要通过具体文本的阅读和探讨，进行儿童文学批评方法史、思潮史，以及具体儿童文学学术批评的研习）等。此外，英国剑桥大学也将"儿童文学批评方法"设为教育学专业硕士的兼修课程之一，英国兰开斯特大学在英语与创作系下也设有儿童文学的本科课程和硕士研究生课程，美国缅因州大学则在教育与个体发展学院的相关专业中开设了儿童文学课程。

学科本身的领域、级别限制及其发展的相对滞后，使得各国拥有儿童文学师资的高校大多数仅从事儿童文学硕士生、博士生的培养工作，至于本科生的培养，各国有关高校的儿童文学课程则大多依据课程需要与授课教师的有无等具体情况，零散地出现在相关专业的课程体系中，系统的儿童文学本科专业建设十分少见。在亚洲地区，较具代表性的儿童文学本科专业教学体系是日本梅花女子大学的儿童文学系。该系为梅花女子大学文化与表述研究学科（Faculty of Cultural and Expression Studies）所属的四大学部之一，有着较为系统的专业课程设置和专业教学安排；该校同时在文学研究生系下设有儿童文学硕士、博士学位点，并拥有日本高校唯一的具有系统性和国际性的儿童文学研究生课程。但从世界范围来看，高校的儿童文学本科专业建设仍然处于起步状态。这也意味着我国高校儿童文学本科专业的设立及其建设是一项同时具有领先性和挑战性的事业。

高校儿童文学本科专业建设主要具有以下几方面的重要意义：

首先，高校儿童文学本科专业建设及其课程设置，能够带动儿童文学作为一门独立学科的发展和壮大。其所提供的平台，一方面在高校的主流学术体制安排和制度建设中为儿童文学学科开辟了相对独立的生存和发展空间，对高校儿童文学专业授课教师和研究人员具有积极的影响与带动作用；另一方面，它也十分有利于尽早发现和培养一批具有潜质的各类儿童文学人才，并为更高层次的硕士、博士儿童文学专业修习输送人才。

其次，本科专业建设对于专业课程的系统性、科学性和相对完善性的要求，使儿童文学本科课程体系必然要向更为广阔的创作实践和社会现实打开。由于研究对象本身的特殊性，儿童文学学科在其自身的发展过程中，必然与儿童教育、儿童阅读、儿童成长等社会话题产生不可分割的关联性，而高校儿童文学本科专业建设，也必然需要逐步将这些内容纳入学科科研和课程建设的范围之内。这一方面加强了高校儿童文学学科与社会现实的联系；另一方面，也能够借此为与儿童文学相关的儿童文化领域的学术研究和学科建设，提供更为丰富和扎实的大学学科资源和主流学术体制的支持。

最后，高校儿童文学本科课程和专业建设，也有助于为当前的基础教育培养和输送具有比较坚实的儿童文学专业知识和实践能力的应用型人才。应该说，当前基础教育界对于儿童文学的整体热情十分高涨，相比之下，来自儿童文学专业训练背景的师资则显得十分欠缺。基础教育正迫切地需要接受过系统的学院训练的专业儿童文学教学人才，而高校儿童文学本科专业的人才培养，正可以在一定程度上满足这一需求。

迄今为止，在中国高校的学科体制中，儿童文学一直是作为三级学科挂靠于中国现当代文学这一二级学科名下。而新时期以来，国内设有或者曾经设有儿童文学硕士生、博士生培养方向的高校屈指可数。[1]
一部分师范类高校在本科教学体系中设置了必修或选修的儿童文

学课程，但同时具备专业性和系统性的则只是其中的一小部分。随着儿童文学的发展及其对于儿童教育、儿童发展的重要性不断得到重视，高校尤其是师范类院校儿童文学学科的建设与发展也得到了一定的重视。然而，由于师资力量、教学资源等方面的原因，中国高校的儿童文学本科专业建设很难获得较大规模的尝试机会，更谈不上专业教学体系的建设与完善了。

在中国新时期高校儿童文学学科的发展史上，浙江师范大学的儿童文学学科一直扮演着重要的角色。1978 年，我校在国内高校中最早酝酿恢复了儿童文学选修课程，并于 1979 年率先开始在全国范围内招收儿童文学研究生，同时成立了新时期国内高校第一个儿童文学研究机构。此后，我校儿童文学学科成员先后在儿童文学基础理论、中外儿童文学史等领域出版了多部具有填补空白性质的重要著作[2]，并积极投身高校儿童文学教材建设，出版了一系列重要的教材和教学参考书，从而为高校儿童文学本科教学活动的展开提供了重要的基础和保障。在高校儿童文学教学的发展过程中，浙江师范大学儿童文学学科较早建立了系统的儿童文学课程体系，并于 20 世纪 80 年代形成了较为完善的儿童文学课程群。进入 90 年代以后，该学科又陆续开设了与当下儿童文学创作、发展现状紧密相关的儿童文学选修课程。在长期的儿童文学教学和人才培养过程中，该学科积累起了丰富的科研成果与教学经验，这就为儿童文学系的成立与建设，奠定了十分重要的专业基础。

二

2003 年秋天，随着中国高校首个儿童文学系在浙江师范大学人文学院的创立和招生，高校儿童文学本科专业的系统建设也迈出了其富于开创意义的历史步伐。从儿童文学系的创办至今，在学校、学院的大力支持和该校儿童文学学科成员的共同努力下，该系在课程设置、硬件完善、人才培养以及学术交流等方面，取得了不少重要的成果与经验。

1．专业教学体系的探索与新教材的推出

新时期以来，浙江师范大学率先在全国范围内建立了较为系统的儿童文学课程体系，早在 20 世纪 80 年代初、中期，就已形成了包括"儿童文学概论""幼儿文学""中国儿童文学史""外国儿童文学史""儿童文学创作论""儿童心理学"等课程在内的儿童文学课程群。进入90 年代以后，随着儿童文学教学的拓展和深化，该学科又陆续增设了"青少年文学研究""童话美学""儿童文学艺术研究"等选修课程。儿童文学系创办后，在调查研究的基础上，学科制定并实施了系统的儿童文学专业四年制本科教学计划，在原有课程建设的基础上，新开设了"中外儿童文学名著先读""儿童文学写作""儿童影视文学"等必修与选修课程，并正在酝酿开设"童年史研究""儿童动漫制作与欣赏""儿童读物编辑理论与实践"等具有当代社会和时代意义的新课程。从目前儿童文学系的课程设置内容来看，在儿童文学基础理论、儿童文学史、儿童文学作家作品与思潮研究以及儿童文学创作等领

域，形成了一个较为专业和完整的教学体系。该体系目前正处于进一步的深化和拓展阶段中。

20世纪后期，浙江师范大学儿童文学学科在高校儿童文学教材的建设方面取得了不少具有填补空白性质的成果，成为当时国内高校儿童文学教学的重要资源。新世纪以来，结合国内外儿童文学研究的新成果、新动向以及新的教学需求，该学科成员又修订或编撰了新的儿童文学教材。2004年，高等教育出版社出版了方卫平主编的《儿童文学教程》，截至2008年底，该教材已印刷17次，累计发行量达到了110140册；2007年，少年儿童出版社出版了由该学科四位教授主编或撰写的四种史论著作：《中国儿童文学发展史》（蒋风主编）、《中国儿童文学理论发展史》（方卫平著）、《中国童话发展史》（兼职教授吴其南著）、《外国儿童文学发展史》（韦苇著）。这四种著作是在学科已有的儿童文学史建构成果的基础上，结合新时期儿童文学发展的新内容，进一步修订完善而成的史论著作，为儿童文学系的专业教学提供了重要、及时的教学资源。

2．师资队伍建设与专业人才培养

浙江师范大学的儿童文学学科向来以其具有代表性的实力雄厚的学术群体，在新时期以来中国高校的儿童文学教学与科研中占有重要位置。然而由于各种原因，在持续十几年的时间里，该学科的师资队伍存在着一定程度上的萎缩。人文学院儿童文学系成立后，该学科先后引进两名在当代儿童文学创作与研究界具有相当代表性的国内学者，与此同时，原有队伍中两名青年教师也先后考取了相关专业的博士研究生。

这就在很大程度上加强了该学科的师资力量，也进一步丰富了专业课堂的教学内容与教授风格。

近五年来，在相对全面、系统的专业授课与学术指导、训练下，人文学院儿童文学系本科生在儿童文学研究、创作等方面，显示出了整体上的提升与进步。一方面，选择儿童文学研究作为学年论文、毕业论文方向的学生数大大增加；另一方面，其研究成果在广度与深度上，与此前的学生研究成果相比，也有了较大进步。近年来，该系学生的研究以现当代国内外儿童文学作家、作品、文类和思潮研究为主，同时包括儿童文学基础理论、美学范畴以及儿童影视、儿童动漫、儿童博客、少儿主持等儿童文化研究课题的探讨，部分研究成果分别在《中国儿童文化》等学术刊物上公开发表，从而在校园内创造了良好的儿童文学学术氛围。在校首届"思想猫"儿童文学研究优秀成果奖评奖中，儿童文学系同学的科研成果占据了全部获奖成果的 2/5 强。

与此同时，该系学生也积极尝试儿童文学创作实践，在《幼儿故事大王》《儿童诗》《娃娃画报》等刊物上发表了多组儿童文学作品，受到了儿童文学界的关注。

3．教学设施的进一步完善与教学资源的不断充实

浙江师范大学拥有国内建立的第一个国际儿童文学馆，收藏专业书刊近 60000 册，订阅了 190 余种中外文专业期刊，是目前国内规模最大的儿童文学专业图书馆。近几年来，该馆引进了专职资料员，大幅增加国内外新书的购置与报刊订购，并不断完善借阅制度，

增加开放时间。至 2007 年，该馆已实现工作日全天开放，为儿童文学系学生的专业借阅、阅览等，提供了目前大陆高校最好的资料条件。

2007 年，出于相应的学科建设需要与考虑，原儿童文学研究所网页不再继续使用，取而代之的是新成立的国内首个中国儿童文化研究网。该网页在"儿童文学研究所"机构下，专门设有"儿童文学系"栏目，介绍历届儿童文学系的基本讯息、动态与建设情况以及系内学生的儿童文学创作与科研习作等，为儿童文学系的自我展示，也为该系学生了解校内外相关专业信息、发表个人的观点及作品，提供了一个宽阔的平台。

4．专业特色的拓展与"第二课堂"的开辟

浙江师范大学人文学院儿童文学学科以其自身的学术实力和影响力，为该校儿童文学系学生开辟了广阔的第二课堂。除了参与由校内儿童文学学者开设的专题讲座外，该系同学也多次参加了与来自北京、上海、香港、台湾等地区以及马来西亚、日本、加拿大等国的著名作家、学者的交流，并在班主任及专业导师的带领下，先后参与了安徒生 200 周年诞辰学术研讨会，儿童文学学科发展的历史、现状与未来学术研讨会，第八、第九届中国国际儿童电影节，红楼国际儿童电影展映活动，中加儿童文学论坛，中日儿童文学论坛等学术活动，以及由学科联系安排的与当代儿童教育实践紧密相关的专业实习。一系列针对性明确、专业性强的活动的开展，为该系学生学习能力、专业修养的提高，提供了一个很好的契机。在此过程中，儿童文学系学生表现出了积极的学术参与意识和一定的学术参与能力。与此同时，该系也定期开展内部的交流、

调研、总结与研讨，进一步加强了儿童文学系全体师生的集体归属感与认同感。

三

2007 年 6 月和 2008 年 6 月，浙江师范大学人文学院儿童文学系 2007 届 39 名、2008 届 38 名同学先后顺利完成本科专业修习，获得学士学位，分赴各自的工作岗位就职（其中多名毕业生分别考取浙江师范大学、华南师范大学、广西师范大学、南昌大学硕士研究生）。毕业仪式上，各位毕业生坦言了自己在四年的专业修习道路上的所得，表达了对于专业导师以及人文学院儿童文学系这一特殊的本科班集体的深切感激与留恋。应该说，对于中国高校本科儿童文学系的建设来说，自 2003 年秋天建系以来，我们既体验了创业的激动与开拓的喜悦，也意识到这一建设还面临着许多新的问题与挑战。从五年的建设过程来看，我认为，我们还需要从以下四个方面进一步加强儿童文学系的探索与建设工作：

第一，在专业课程的开拓方面，应更多地借鉴世界范围内的儿童文学研究、教学经验，在加强基础理论传授的同时，增加细部与深度的教学内容，并将跨文化、跨学科的研究视野切实引入儿童文学系的课堂教学中。

目前人文学院儿童文学系所设立的儿童文学专业课程体系，在内容和结构上均具有较强的专业系统性与覆盖面。应该说，与世界范围内的高校儿童文学专业课程相比，该专业课程体系在专业知识传授的体系化设计和专业师资支撑方面，已经具有了一定的特色。

不过与国外具有儿童文学学科优势的高校相比，我们的专业课程设计在重视专业基础理论传授的同时，也存在着细部研究方面的薄弱甚至缺失。首先是缺乏针对儿童文学特定研究范畴（包括特定的母题、主题、文类、美学范畴等）的研究课程。以美国佛罗里达大学的儿童文学本科课程为参照，该系在 2000 年至 2008 年的近 9 年间，除开设有"儿童文学""幼儿文学""青少年文学"等基础理论课程外，同时设有"图画书研究""青少年诗歌研究""维多利亚时代儿童文学研究""纽伯瑞奖获奖作品研究""童年与战争研究"（系文学叙事中的战时童年研究）等一系列以特定儿童文学文类、儿童文学史及主题范畴为研究对象的课程群。其次是缺乏针对跨学科的儿童文学与文化研究的课程设置。仍以佛罗里达大学为例，该校所开设的如"儿童、文化与暴力研究"（系儿童文学、影视、电子游戏中的暴力呈现研究）、"神话、原型与童年文化研究"、"动画与漫画研究"等课程，具有鲜明的跨学科研究特色，也符合当前儿童文学、文化的发展现实。而对于中国目前的儿童文学研究来说，这方面研究对象与研究内容的开拓显得尤其重要。

第二，在儿童文学系的内部管理方面，一方面，应进一步加强具有针对性、科学性和相对灵活性的管理制度的制定，有效地促进系内师生、生生之间的沟通与交流；另一方面，也要从态度、思维、能力以及知识结构的养成目的出发，进一步修订和完善更加科学、具体、可行的培养方案。

儿童文学系作为相关学院下开设的一个专业方向，其管理制度首先应以所属学院的基本管理制度内容为前提。在此基础上，系内管理制度的制定应尽量避免空泛和宏大，而是应当从如何加强系内联络、团结和群体认同的角度，结合儿童文学系自身的特殊性，进行切实的规定。作为管理制度的必要补充，也应增加投入，设立相应的学习奖励制度，以激励系内学生的学习与研究。儿童文学系的培养计划，除考虑系统全面的专业知识传授外，更应突显其在自学能力、发现问题的能力、独立研究的能力以及自我规划的能力等方面的培养和指导内容。实践因此应成为培养计划中十分重要的一个组成部分，其内容包括研究实践、社会实践等。应当有计划地鼓励学生从事独立或集体性的儿童文学研究课题，并通过各种社会实践活动，保持与当代儿童教育、阅读现实等的紧密联系。从近五年的建设经验来看，儿童文学系学生对于专业学术话题和与专业相关的社会实践普遍怀有较高的热情，如果能够加以正确的激发和引导，既有助于提升其专业信心和研究、行动能力，也有利于加强系内成员的身份认同。

第三，在校内外儿童文学学术资源的利用方面，应加强预期计划和要求的制定，使学生在获取资源的同时，也逐渐学会将这些资源进行最大化的利用，将其吸收和同化为个体内在的素质与能力。

得益于浙江师范大学儿童文学学科的学术优势，我校儿童文学系学生拥有一个十分开阔的国内、国际专业交流平台。每个学年，学生们都有机会听取和参与多个国内、国际儿童文学学术交流、座谈、研讨以及大型儿童文学、儿童文化活动。然而，从历年学生的总体参与情况来看，由于缺乏有针对性的活动安排计划以及针对系内学生的前期辅导和后期指点，面对珍贵的学术交流机会，学生多以被动接受为主，而缺乏活动现场和活动后的学术对话、反思和质疑能力。针对这一点，应在系内倡导和形成学术交流以及其他学术实践活动前后的准备、总结和学术练笔等风气，以达到对于校内外专业资源最为充分的利用。

第四，在个体关怀方面，应加强对于学生个体成长的关注；加强系内班主任、辅导员的责任感，在群体中创设以尊重个人发展独特性为前提的团结、积极的舆论氛围。

尽管与其他阶段的教育相比，大学教育的一个重要特征是学习与发展的自由，然而对于初入学的新生而言，引导他们在入学之初思考或确定相应的专业发展目标，并在其发展过程中给予适时和必要的指引，是至关重要的。从实际的招生和培养情况来看，儿童文学系的班级规模以中小型（30—40人）为宜，以保证每位成员的专业研修和生活情况都能得到班主任和专业导师的关注与指导。由于初创期在所难免的缺漏，儿童文学系一些同学在一个很长的时间段里，在专业学习方面处于零散和不自觉的状态。这固然与个体本身的基础、能力等密切相关，但及时、恰当、合理的个人专业发展规划指导与建议，却能够在一定程度上弥补这种缺憾。由于儿童文学学科本身的特殊性，不少学生在入学初对该学科的认识和理解存在着一定的偏误。及时纠正这一理解偏误，进而在专业修习的方法、途径等方面，给予他们一定的指导性意见，对于系内学生个体素质的发展，将具有十分重要的意义。

结　语

从某种意义上看，儿童文学学科的边缘身份注定了儿童文学本科专业的建设也将是一项边缘性的事业，它既被要求在一个相对狭小的自主空间里尽可能完成自由和美妙的舞蹈动作，又时时准备着突破专业身份的圃限，以尽可能开阔的视野和大气的面貌进入学科建设的整体领域；而在当前，其建设并没有系统、完整的经验和章法可资借鉴与依凭。然而，正是在这个意义上，它也会是一项在国内和国际范围内具有开拓意义和价值的事业。摸索的过程会很艰辛，但与此同时，前方的每一处空白也在向我们展示着书写历史和新的篇章的诱惑。我们相信，儿童文学本科专业建设的种子一旦撒下，必将在长远的时空意义上，对中国乃至世界的儿童文学教学、研究事业产生深刻的影响。而我们今天的责任，是为这个专业的进一步发展寻求更为开阔的空间和更为宽广的途径。

注 释

[1] 国内高校中先后陆续招收过儿童文学研究生的大学有：浙江师范大学（1979 年）、北京师范大学（1984 年）、华中师范大学（1985 年）、东北师范大学（1991 年）、上海师范大学（1992 年）、重庆师范大学（1996 年）、沈阳师范大学（1999 年）。

[2] 1982 年，出版 1949 年以后国内第一部个人撰著的《儿童文学概论》；1986 年，出版中国当代第一部系统论述外国儿童文学历史的《世界儿童文学史概述》；1987 年，出版中国儿童文学学术界第一部《中国现代儿童文学史》；1992 年，出版中国儿童文学界第一部大型《世界儿童文学事典》；1993 年，出版中国儿童文学学术界第一部《中国儿童文学理论批评史》；1999 年，建立大陆第一家台湾儿童读物资料中心。

（原载 2010 年第 10 期《湖南科技学院学报》）

儿童文学课程教学体系的创新与实践

一、本项成果的主要内容

儿童文学作为一个相对独立的文学门类，在当代儿童成长和社会文明发展进程中正受到愈来愈广泛的重视，并发挥着愈来愈重要的作用。儿童文学的学科建设以及专业人才培养，已经成为目前国内一些高校，尤其是师范类高校学科发展和专业建设的重要内容之一。

由于 20 世纪 50 年代后期受我国高等院校课程精简的影响，高校儿童文学课程全部被取消，因此，改革开放之初，我国高校（包括师范院校）儿童文学的师资和科研基本处于空白的状态，而儿童文学教学则处于完全空白的状态。

浙江师范大学儿童文学学科自 1979 年以来，在全国高校中第一个恢复开设了本科儿童文学课程（1979 年）；率先成立了儿童文学研究机构并开始招收儿童文学方向的硕士研究生（1979 年）。近年来，在此基础上又进一步发展，逐步把它做强做大，形成我校独具特色的优势学科。2003 年，在我校人文学院成立了全国高校中首个儿童文学系并开始招收儿童文学方向班的本科生；2004 年，第一个创办了专业儿童文学研究网（2007 年改为"中国儿童文化研究网"）；第一个创办了专业儿童文化研究的刊物《中国儿童文化》（2005 年）；第一个建立了专业学术研究机构浙江师范大学儿童文化研究院（2005 年）；设立了我国第一个国际儿童文学馆（2007 年）……在我国高等教育实现稳步、跨越式发展的大背景下，经过近 10 年的努力，儿童文学学科以浙江师范大学良好的教学环境和浓郁的儿童文学校园文化氛围为依托，在儿童文学课程教学新体系的创建与应用方面，做出了在全国高校中具有领先和示范意义的突出成绩。

（一）构建了一整套高等师范学校特色鲜明的、适合儿童文学人才培养需要的课程体系

我校率先在全国范围内建立了较为系统的儿童文学课程体系，早在 20 世纪 80 年代初、中期，浙江师范大学中文系就已形成了包括"儿童文学概论""幼儿文学""中国儿童文学史""外国儿童文学史""儿童心理学"等课程在内的儿童文学课程群。在高校儿童文学教学普遍不被重视的背景下，近年来又进一步构建了一整套特色鲜明、适合儿童文学人才培养需要的课程体系。2003 年 9 月，我校在已有教学积累的基础上，成立了全国高校中第一个儿童文学系（儿童文学方向班），使儿童文学方向本科生的培养有了更好的实施平台。儿童文学系创办后，在调查研究的基础上，学科制定并实施了系统的儿童文学专业四年制本科教学计划，在原有课程建设的基础上，新开设了"中外儿童文学名著选读""儿童文学写作"" 中外儿童文学理论名著选读""儿童影视艺术""童话美学"等必修与选修课体系。经过多年努力，我校本科生儿童文学教学已逐渐形成了以儿童文学概论、中外儿童文学史为主干，包括中外儿童文学名著选读、中外儿童文学理论名著选读、儿童文学写作、少年儿童文学、童话美学、儿童影视艺术、儿童心理学、民间

文学等选修课程为辅的比较完善的儿童文学课程体系。该课程教学体系所包含的课程门类和专业覆盖面，在全国高校中都居于前列。这些课程经儿童文学方向班的实践检验很受学生的欢迎，后来大都列入了中文专业选修课的常规课程，每学年开设的儿童文学选修课课程基本上都爆满，大大超出限定的人数。每学年选择儿童文学方向做学年论文和毕业论文的学生数在各学科中也排列前茅。

（二）编写出版了一系列应用广泛、社会影响力很大的课程教材

教材是课程建设的重要内容，也是实现人才培养目标的重要载体。浙江师范大学儿童文学学科一直十分重视高校儿童文学教材资源的开发和建设，多年来，儿童文学学科的教师以长期、扎实的科研工作为基础，陆续编写出版了以满足本科教学为主的、辐射不同层次需要的系列儿童文学教材，这是教材成为 20 多年来我国高等院校儿童文学教学的重要资源。早在 1982 年，我们就出版了 1949 年以后中国当代第一本由个人编著的系统的儿童文学教材《儿童文学概论》（蒋风）。80 年代至 90年代，我们又出版了《中国儿童文学史》《外国儿童文学史》《儿童文学教程》《儿童文学理论批评史》等教材。进入新世纪以来，结合国内外儿童文学研究的新成果、新动向以及新的教学需求，本学科成员又陆续出版了《儿童文学教程》（2004 年）、《少年儿童文学》（2004 年）、《现代童话美学》（2002 年）等系列教材。这些教材在国内高校教材建设领域，均具有不同程度的开拓性和填补空白的意义，而且应用广泛，发行量大，社会影响力和知名度都很高。而之前出版的部分教材由于广受关注、应

用广泛，2007 年少年儿童出版社要求重新修订再版，并列为"浙江师范大学儿童文化研究院红楼书系"，其中包括《中国儿童文学发展史》《外国儿童文学发展史》《中国儿童文学理论发展史》等。此外，教材的编写还逐步向基层小学文学教育辐射，如组织编选了适合小学语文课外阅读的《新语文读本》（小学卷），此选本选文精湛，一经出版便广受好评，一版再版，目前总发行量已达 3586500 册。

（三）摸索和形成了一套行之有效的、多样化的课程教学方式

我校的儿童文学教学在实践中逐步摸索形成了一整套具有鲜明特色的多样化的教学方式，包括：1. 课堂学习与课外实践活动的结合。如大学生利用所学知识去出版社、报社、青少年宫、学校等从事少儿读物编辑、采访、教学、组织主题活动等方面的社会实践，取得了良好的学习效果。借助校学生儿童文学社系列学术研讨、影视展映、征文评奖等活动，培养学生自我组织和自主学习的能力，在实践中进一步巩固和深化了课堂教学的知识，也有利于创新能力的培养。2. 课堂学习与创作、学术研究相结合。多年来，许多学生在儿童文学创作、研究方面都取得了突出的成果，在《儿童文学》《故事大王》《幼儿故事大王》《娃娃乐园》《儿童诗》等杂志上发表了数十篇儿童文学作品，并在《中国儿童文学》《中国儿童文化》《中国少儿出版》《儿童文学研究》《浙江师范大学学报》《昆明学院学报》等省级以上刊物上发表学术论文多篇；在校级学生课外学术科技活动中立项课题 10 余项；一些毕业生还成了知名的儿童文学作家。3. 课堂学习与学术前沿交流

相结合。借助我校儿童文学研究所延续多年的系列国际、国内儿童文学学术交流、研讨会的平台，为大学生了解国内外儿童文学领域的相关前沿知识和参与学术对话，提供了充分的学习和锻炼的舞台，如 2003 年至 2008 年陆续主办的中日儿童文学论坛、中加儿童文学论坛、儿童媒介文化国际高峰论坛、全国儿童文学创新论坛等等，都有儿童文学系的同学或相关的大学生参与学术交流活动。

（四）建立了比较完善的儿童文学教学支撑平台

为使儿童文学教学和人才培养有一个可持续性的、良好的教学研究资源环境，多年来我们十分重视儿童文学资源的支撑平台建设，这个建设既包括软件环境的建设，也包括硬件环境的逐步完善。其中，软件环境建设包括：切实加强儿童文学本科学年论文与毕业论文的专业指导；开设每学期一次的儿童文学教师与学生的对话答疑教学，及时了解学生专业学习中的问题；加强和指导学生儿童文学社团的发展和建设；策划邀请高水平的儿童文学作家、理论家为学生开设儿童文学创作与学术研究系列讲座；坚持每年一度的"浙江师范大学儿童文学征文大赛"；组织"思想猫"儿童文学研究成果奖的颁发（台湾著名儿童文学作家桂文亚女士捐资设立）；组织策划红楼优秀儿童电影展播（每周一次）与征文比赛（每年一次）等。硬件环境建设包括：浙江师范大学儿童文化研究院的建设和完善；浙江师范大学国际儿童文学馆的建设和完善，台湾儿童读物资料中心的建设和完善；大型学术丛刊《中国儿童文化》的创办；中国儿童文化研究网的建设和完善；等等。其中国际儿童文学馆现有专业书刊 6 万余册，是国内高校中最大的儿童文学专业资料馆；台湾儿童读物资料中心目前藏书8千多册（均为台湾同行无偿赠送的），是大陆高校中台湾儿童文学资料收藏最为丰富的资料馆。这些硬件环境的建设为儿童文学的教学和学生学习、研究提供了十分便利的资源平台。

二、本项成果的主要创新点

第一，在国内高校中，率先建立了比较系统的儿童文学课程体系。该课程体系特色鲜明，课程容量的广大性、教材的完备性、教学实施的广泛性、教学效果的优异等，均处于国内的领先地位。

第二，在儿童文学的教材建设、教学内容等方面，不断根据时代的发展和高等教育的新形势，进行教改和创新。如《儿童文学教程》（高教版）的编写过程中，在教材体系和结构安排上，既考虑了对已有儿童文学教材体系的借鉴和继承，又根据新的儿童文学学术发展的特点，对当代儿童文学发展进程中的新现象、新问题作出新的理论概括和介绍，以体现教材所应具有的前沿性和时代感。还比如根据当代儿童阅读媒体多样化的特点和日益重视图像阅读的发展趋势，及时开设了广受关注的"儿童影视艺术"课程并设立每周一次的儿童电影展映与研讨，利用多媒体教学，让学生及时掌握相关的知识内容，跟上儿童文学教育发展的新趋势，同时也带动了学生对儿童电影研究的兴趣和热情。

第三，形成了一套行之有效的儿童文学教学方式。根据"以生为本、注重素质教育"的教学理念和培养学生具有一定儿童文学创造（创作和研究）能力的教学目标，逐步创建了一系列适合教学和学生创造力发展的教学资源平台，探索出了一套独具特色的教学方式，并将其有效地融入学生的专业学习和能力建构过程之中。主要有：（1）课堂学习与课外实践活动相结合。（2）课堂学习与创作、学术研究相结合。（3）课堂学习与学术前沿交流相结合。

第四，开发建设了一系列全国领先、具有示范意义的儿童文学课程资源。如创办中国儿童文化研究网，创办专业学术丛刊《中国儿童文化》，建设国际儿童文学馆、台湾儿童文学资料中心等。这些课程资源的建设为儿童文学课程教学与学习提供了充分的保障。

三、本项成果的实施效果及推广和应用情况

第一，以本科儿童文学教学课程新体系建设为核心，不断加强对校内外儿童文学课程的教学延展和辐射。除了系统开设人文学院儿童文学系的方向班课程外，我们还陆续开设了面向人文学院的多门儿童文学选修课，面向全校本科生的儿童文学通识课程，面向人文学院本科函授生的"儿童文学与美育""少年儿童文学"等课程，面向浙江省中文自考和幼儿教育自考的"儿童文学概论""儿童文学名著选读"等课程，共计12门。仅2003年至2008年间，校内外系统学习过儿童文学课程的本专科生、函授生、研究生就达到了6500余人；举办了3届全国性的儿童文学师资培训班，接受来自全国各地（包括香港、台湾地区）和日本、马来西亚的进修生、访问学者达300余人次。

第二，所编撰的教材中，由浙江大学出版社出版的《儿童文学教程》截至 2008 年 3 月共印刷 31 次，印数达 148000 册；2004 年 5 月由高等教育出版社出版的《儿童文学教程》，已印刷 17 次，印数已超过 110140 册，该教材被评为"全国优秀教材资源"，被国内数十所大学所采用，成为目前国内高师院校中本科生儿童文学课程教学的首选教材，目前该教材已进行重新修订，即将出第二版。2004 年 1 月由高等教育出版社出版的《少年儿童文学》印数也达近 4 万册。该书 2008 年又进行了重新修订，目前已出第二版，在高师院校和函授的教学中运用也比较多。

第三，在相对全面、系统的专业课程学习与学术指导、训练下，浙江师范大学人文学院、初阳学院、行知学院中文本科生在儿童文学创作、研究等方面，显示出了整体上的提升与进步。一方面，选择儿童文学研究作为学年论文、毕业论文方向的学生数大大增加（受指导老师名额限制每年学年论文、毕业论文均在 30 篇以上）；另一方面，其研究论文在广度与深度上，与此前的学生研究成果相比，也有了较大进步。在校级学生课外学术科技活动中每年都有儿童文学方向的立项，几年来立项课题达 10 余项。大学生的儿童文学研究主要以现当代国内外儿童文学作家、作品、文类和思潮研究为主，同时包括儿童文学基础理论、美学范畴以及儿童影视、儿童动漫、儿童博客、少儿主持等儿童文化研究课题的探讨，部分研究成果分别在一些学术刊物上得到公开发表，从而在校园内创设了良好的儿童文学学术氛围。在校首届和第二届"思想猫"儿童文学研究优秀成果奖评奖中，本科生的科研成果占据了全部获奖成果的 50% 左右。我校儿童文学系儿童文学方向班已毕业的两届本科毕业生（2007 届、2008 届），从反馈来看，他们的专业知识对所从事的中小学教育作用显著，带动了中小学的儿童文学阅读的开展。其中还有多名学生考取了浙江师范大学、华南师范大学、广西师范大学、南昌大学等高校的硕士研究生；此外，其他专业本科毕业生中有 30 余人分别考取了北京师范大学、上海师范大学、浙江师范大学等高校的儿童文学硕士研究生；又有 10 余位同学分别考取了复旦大学、北京师范大学、华东师范大学、厦门大学、四川大学、上海师范大学等高校的博士研究生。

（本文系作者 2009 年 1 月应学校要求撰写的国家级教学成果奖申报材料的部分内容，该项目由作者领衔，2009 年 9 月获"第六届高等教育国家级教学成果奖"二等奖、"浙江省第六届高等教育教学成果奖"一等奖）

阅 读

不安分的少年读者

在儿童文学界，少年文学若干年以来一直被认为是最为活跃，也是最有成绩的一块文学园地。不是说儿童文学肤浅、轻飘、没有艺术分量吗？那么请看少年文学是怎么一回事吧：这里同样有孤独悲伤、人生哲理，同样有历史思考、文化寻根，而且还有若显若隐挠得人心里直痒痒的朦胧爱情！儿童文学评论界对少年文学的艺术进展倾注了很大的热情：宏观研究，微观分析，热情肯定，积极扶植。这种热情使人们相信：少年文学的崛起已是毋庸置疑的事实，少年读者从此将在这块园地度过人生的一个阅读阶段。

可是不知从什么时候起，儿童文学界人士逐渐失去了当初的那份自信，那些被儿童文学界一致看好的少年文学作品似乎并不如人们所期待和想象的那样对少年读者有一种绝对的征服力：我们希望以自己的文学设计和努力来拥有少年读者，而少年朋友却并不领情和买账！

笔者最近在参加一项调查时发现，被调查的中学生们的课外读物很少是儿童文学界人士心目中的少儿文学作品。例如问卷中设计了这样一个题目："请写出您最近一个月中所读过的课外书名称。"通过调查，我们获得了一批书目。为了便于了解当前中学生文学阅读实际，现举出一份书目罗列于此：

杭州市学军中学初二年级一个班近期课外阅读的书刊有：《古文观止》《唐宋词鉴赏》《镜花缘》《水浒传》《西游记》《封神演义》《红楼梦》《徐志摩诗选》《子夜》《围城》《红岩》《汪国真诗选》《西王妃洪宣娇》《姜子牙外传》《窗外》《一帘幽梦》《庭院深深》《爱在深秋》《烟雨蒙蒙》《燃烧吧，火鸟》《碧云天》《问别黄昏》《无怨》《侠骨丹心》《侠客行》《伊索寓言》《世界童话精选》《外国童话寓言选》《圣经故事》《少年维特之烦恼》《红与黑》《悲惨世界》《简·爱》《傲慢与偏见》《母亲》《钢铁是怎样炼成的》《丧钟为谁而鸣》《我与拿破仑》《巴顿将军》《宇宙奇观》《上下五千年》《十万个为什么》《世界军事博览》《半月谈》《故事会》《故事大王》《幽默大师》《海外星云》《读者文摘》《海外文摘》《天南地北》《气功与体育》《数学奇观》《中学物理》《物理精编》《中学生数理化》《中学生作文指导》。

在这份书目中，中外文学名著及言情类通俗小说占据了显赫地位，而近年来新出的少儿文学作品则几近于无。这种阅读情况或许还有些特殊，但至少可以用来证实上述儿童文学界人士的那种忧虑并非杞人忧天。

是我们的文学设计出了什么差错？

不是的。我以为，是我们对少年读者阅读心理特征的认识还存在着问题。我们总是一厢情愿地认为，少年读者仍然会在我们的文学攻势面前俯首帖耳，而事实绝非如此。如果说低幼期和童年期的儿童读者还总是表现出对儿童文学的虔诚和喜爱的话，那么少年期读者对少年文学的疏离和背叛，就几乎是一种必然发生的阅读事实了。这种疏离和背叛起因于少年期读者生理、心理的发展特征及随之而来的独特社会处境和人格特点。欧文·萨尔诺夫说，在我们的社会中，青少年"一般说来不得不连续过多年的'边缘人'的生活……这就是说，他们的社会状态是模糊不清的，因而他们既非成人，亦非儿童；他们既不能分享成人的权利，又不能停留在青春期以前即童年的不负责任状态；他们既不能受到成人的真正严肃对待，又为成人所忽视……"这种社会地位和人格上的"边缘性"特征表现在文学阅读方面，则是少年们已经开始不满于总是扮演一个被动的文学受惠者的角色，而是要做出自己的主动的阅读选择和判断了，尽管这种选择和判断还带有很大的随意性和盲目性。因此，少年期本身必然是一个阅读视野不断开阔的阶段，向成人文学索取也就成为少年读者文学阅读的一个天经地义、无法抑制的接受取向，任何试图阻止这种阅读迁移的企图都是不明智的，也不可能是真正有效的。

　　面对不安分的少年读者，我们有必要调整我们对少年文学的接受期望：一方面，我们不应抱有幻想，以为少年文学能够满足当代少年日益变化和膨胀的文学阅读需求；另一方面，我们应该更多地研究一下当代文化背景中少年读者审美趣味和阅读重心的迁移和变化，以增强少年文学自身对少年读者的艺术吸引力。毫无疑问，少年读者是由儿童向成人过渡的"成长"中的读者，是处于文学接受的边缘区域的特殊读者，我们应该让他们接受双重的文学滋养，让他们在这种滋养中走向更广阔的审美天地。

（原载 1992 年第 1 期《文学自由谈》）

让阅读照亮人生

当代儿童的阅读正面临着这样一种困境：对于今天的孩子们来说，这或许是一个阅读资源空前丰富、阅读自由最为张扬的时代；但与此同时，对于当代儿童阅读现状的考察却又常常与"危机""忧虑"一类的字眼联系在一起。要理解并尝试解除这一困境，我们需要理解，儿童阅读不只是儿童与书本的一次简单组合，而是包含了从内容到方法、从内在动机到外部环境的复杂构成。

兴趣阅读与功利阅读

从为儿童创作的专门读物的诞生到现在，少儿阅读空间的拓展是显而易见的。尤其是在当代教育普及与文化消费高涨的大背景下，少儿图书的出版规模更是随着其市场地位的提升而相应扩大。据少儿出版机构的相关研究者介绍，从 1999 年至 2009 年，整个国内少儿图书零售市场码洋占有率上升了 3.76 个百分点。目前，国内已有约 91% 以上的出版社涉足少儿出版，激烈的竞争进一步推动了少儿图书的出版繁荣。且不论其中所包含的重复出版与图书质量等方面的问题，无论如何，今天的孩子所能够获取的阅读资源与过去相比，无疑要丰富得多。

从少儿图书市场的拓展以及不少学校、教育机构定期开列的学生阅读清单来看，当代儿童的阅读所面临的最大问题，或许不是数量上的，而是质的方面的。随着图书日益成为当代社会一种承载着特殊的经济、地位、身份与投资价值的符号，儿童阅读这一行为被赋予了教育投资、社会投资、未来投资等多重意义。今天，许多成人对于儿童的阅读期待以及儿童自我的阅读动机，都与备考、升学等短期或长期的功利性目的联系在一起。2008 年世界读书日的一份小调查显示，家长对于孩子阅读的支持率达到100%，但是 98% 以上的家长都会对阅读提出附加条件，即和学习相关的书籍。这样，阅读被当成了一种手段，而不是一种精神的自我愉悦和满足的过程。长此以往，阅读量的增加反而有损于阅读兴趣的培养。此外，随着高年级课业负担的加重，也出现了"年级越高阅读时间越少"的现象。

源自兴趣的自觉阅读并不是一件可以强力以求的事情。但反过来看，既然功利阅读心态的转换并非短时间内做到的事情，那么更值得我们思考的现实问题，或许是如何在功利阅读的现实下，发现趣味阅读的另一些可能的途径。事实上，从另一个角度来看，适当的功利目的也有助于催生阅读的内在需求，而这种被激发起来的内心需求同样有可能转化为一种自觉的兴趣。例如，通过良好的阅读交流环境（不论是成人与儿童之间或者儿童相互的交流）的创设，使儿童在阅读知识的展示、阅读能力的表现中获得自我肯定，进而促进其内在阅读兴趣的发生，就不失为一种功利阅读氛围下培养兴趣阅读的方法。应该说，成人为儿童阅读所提供的种种功利性支持，一方面妨碍了其单纯阅读行为的展开，另一方面，却也为儿童阅读的当代推广提供了某种契机。如何利用这种契机，将儿童阅读导向到一个健康、可持续性的发展方向上，是一个应当予以深思的话题。

童年与童年的文化

阅 读
让阅读照亮人生

深阅读与浅阅读

近年来，深阅读与浅阅读的话题颇引起了儿童阅读界的关注。2010年夏，这一话题更因其进入高考全国卷的作文题而引起热议。但大多数时候，人们对于深阅读与浅阅读的定义仍然处在一个基于各自论述的便利而进行一般性词语解释的层面上。究竟深阅读"深"在何处，浅阅读又如何"浅"法，两种阅读方式之间是什么关系，认识这些问题，对于当代儿童的阅读展开来说，并不是可有可无的。

深浅阅读范畴的提出，与数字信息时代的文化背景有着十分密切的关联。一些论者将浅阅读与网络阅读相等同，并站在较为保守的立场上，将浅阅读视为一种"肤浅""零碎""快餐式"的病态阅读方式。也有一些论者指出，深阅读与浅阅读其实是早已存在的两种阅读方式，各有其所用与价值。但许多关于深浅阅读的论点中都透出二元对立的思维模式，即将深阅读与浅阅读对立起来，认为二者此消则彼长，此盛则彼衰。在儿童阅读领域，并不符合汉语精读传统的浅阅读尤其容易为人诟病。

然而，在当代儿童的阅读生活中，一种与浅阅读相连的阅读广度与速度以及阅读选择的能力，却正随着阅读时间的缩减而日益显出衰退的迹象。符合应考需要的各类精读模式的流行，在当代儿童身上培养起了某种不无缺陷的深度阅读的能力，却也使他们在狭窄的阅读空间中，失去了对于广阔的外在世界的阅读兴趣。从目前对于浅阅读的批判来看，浅阅读的"浅度"似乎得到了过多的强调，而其广度却尚未得到应有的认识，但后者恰恰是构成一种健康的浅阅读方式所不可缺少的内涵。良性的浅阅读除了追求一种与深阅读相近的精神满足外，在拓展个体知识面、养成个体的综合素质方面，有着深阅读所不可替代的作用。从这个意义上说，真正的浅阅读是一种能力，也是一种素质。

需要指出的是，深浅阅读模式与特定的阅读材料之间并不具有固定的关联。浅阅读的内容本身并不必须浅，深阅读的对象内容也不必一定深。以浅阅读的方式浏览有深度的阅读材料，既是一种阅读视野的拓宽与自我知识的丰富，同时也能够为针对特定对象的深阅读的展开，提供选择与比较的平台。反过来，出于特定的探究目的，以深阅读的方式进入"浅薄"易解的阅读材料中，恰有助于对材料、现象提出特殊的见解。与此同时，深阅读与浅阅读之间也可以建立起良性的相互导向和促进关系。"浅阅读可以激发兴趣，让阅读者发现什么才值得深阅读，而深阅读培养的思考习惯，能使浅阅读的选择更为精细和准确。"（《深圳商报》，2006 年 11 月 20 日）因此，对于今天的孩子来说，养成良好的深阅读与浅阅读的习惯，不但有助于他们在精神的深度与广度上丰富自我，而且能够帮助他们更好地应对高速信息时代对于信息选择与信息处理的挑战。

阅读榜样与阅读指导

2009 年 4 月，国家新闻出版总署中国出版科学研究所公布了第六次"全国国民阅读调查"结果。该调查首次同步对 18 周岁以下未成年人的阅读状况进行了调查。调查包含了一项"对家长和孩子是否喜欢读书这一行为的对比研究"，结果显示，家长"喜欢且经常看书"会直接影响孩子对阅读的喜爱程度，其中95.1%的儿童因家长喜欢且经常看书而喜欢读书。

我相信，在影响儿童阅读的各种积极因素中，这种言传身教、潜移默化的方式是最直接也最有效的。这样一种阅读榜样的作用，远胜过作为任务布置给孩子的阅读作业。

因此，在孩子的阅读生活中，成人并不只是扮演着外在的陪伴者与监督者的角色。要真正指引孩子的阅读，他们的另一个任务，就是让自己也成为一个阅读者。对于出生在一个钟表匠家庭的法国学者卢梭来说，正是童年时代与父亲一起度过的那些晚餐之后"没完没了"的经典阅读时光，使他在未来的艰难岁月中不曾沉沦，最终走入了启蒙运动时期伟大的思想者行列。

成人的阅读爱好与阅读行为是对儿童的一种天然的指导。但要真正胜任儿童阅读指导者的角色，很多时候，仅仅自己阅读还不够，我们还需要与孩子一起分享阅读的经验和体验。

当代俄罗斯电影大师塔托夫斯基曾谈及，母亲第一次建议他读《战争与和平》是在他孩提时代，往后数年中，又常常援引书中的章节片段，向他指出托尔斯泰文章的精巧和细致。"《战争与和平》于是成为我的一种艺术学派、一种品位和艺术深度的标准；从此以后，我再也没有办法阅读垃圾，它们给我一种强烈的嫌恶感。"

塔托夫斯基的母亲所做的，是一种有意识的阅读指导。通过这样一种方式，她将孩子渐渐带入到经典的"精巧和细致"中，从而培养起他对于这种"精巧和细致"的分辨能力。而这样一种特殊的阅读指导，只有在成人与孩子共同参与到阅读活动中，在成人自己真切、深入的阅读体味的基础上，才能够得到有效的实现。

塔托夫斯基的童年经历再生动不过地表明，要阅读照亮童年，它也要照亮童年周围的世界——要让书本吸引我们的孩子，它首先得吸引我们自己；要让读书成为孩子的习惯，它首先得成为我们自己的习惯。这是一种最原始、最简单的行为导引方法，却也可以说是最具难度的。

（原载 2010 年 7 月 20 日《人民日报》，初次发表时有删节）

送给孩子的阅读时光

常常有年轻的爸爸妈妈来问: 宝宝×岁了,可以开始给他看书了吗? 看些什么书才好?

家里有一个2—6岁的宝宝,应该怎么为他挑选阅读材料呢?

2—6岁是人一生中发展和吸收速度最快的生命阶段之一,对这一年龄段的孩子来说,如何选择阅读材料是与阅读本身同样重要的问题,不论在材料内容还是形式的选择上,都要充分考虑孩子的特点与需求。

首先当然是安全的因素。对于幼儿来说,书籍不仅仅是书,同时也是他们的玩具。面对一本书,宝宝调动的不仅仅是视觉和听觉,还有触觉、嗅觉甚至味觉。这么一来,阅读材料本身的安全性就特别需要加以重视。父母在为2—6岁的孩子选择图书的过程中,应充分考虑安全的因素,比如书籍边角的锐利度、制作材料(包括塑胶材料、布料、填充物、油墨、颜料等)的安全性、书籍上的小附件是否对孩子具有潜在的健康威胁等。存在书角容易伤到孩子、书页间有异味、色彩会脱落、附件易被儿童吞咽等问题的图书,无论其外观多么诱人,都应该毫不犹豫地加以舍弃。如果出版者和经销商没有能够把好安全这道关,那么,父母就成为宝宝最重要的防护墙了。

其次是阅读材料的内容。我们可以把2—6岁宝宝的阅读发展人为地分成两个阶段,即2—4岁和5—6岁。由于2—4岁的宝宝对语音和秩序有着天然的敏感,为他们挑选的阅读材料内容,尤其应注重语音效果和内容的节奏感。可以选择简单而富于节奏感的阅读材料，比如简短的儿歌、民谣，有着回环结构的简短而有趣的故事等。当然也可以使用字母和文字启蒙书，不过，千万要避免强迫性的阅读。5—6岁的幼儿开始能够接受具有一定情节性的故事，对他们来说，线索单纯明朗、篇幅短小、情节完整并具有一定张弛度的故事是比较适合的阅读材料，比如有故事情节的图画书以及传统的童话故事等。在内容上，一方面可以选择图文配合得当的知识性读物；另一方面，处于该年龄段的孩子对于篇幅合适的动物和幻想故事，以及贴近他们日常生活和情感的内容，也有着十分浓厚的兴趣。这一阶段的阅读，最大的目的是让宝宝体会到语言和故事的乐趣，因此，不要企图用糖果来诱使孩子记诵阅读的内容，有朝一日他能够通过别的方式得到糖果了，就会把阅读的事情忘得一干二净。

在阅读材料的色彩和图像内容方面，也有需要特别注意的地方。今天，我们能够在书店的儿童图书书架上发现无数制作精良、插图精美的幼儿图书。面对这些厚薄不一、式样各异的阅读材料，年轻的父母在选购时难免会产生犹豫和疑惑。很多缺乏经验的父母在为小宝宝选购图书时，常常会倾向于选择图片色彩鲜艳、对比度高、逼真性强的图书，殊不知鲜艳、醒目的色彩尽管特别容易引起幼儿的注意，但对于幼儿正在形成中的视觉感应器官却具有不良的刺激作用，它与过分强烈的声音刺激一样，容易导致孩子对于色彩敏感性的降低，进而影响其整体感知能力的健康发展。英国华德福教育体系的经验表明，由于每一种色彩都会深入影响到孩子的整体感受，因此，安排在孩子周围环境中的色彩以纯正、素净和温暖的颜色为宜。对于孩子的阅读来说也是如此，应当尽量选择风格雅致、色彩搭配得当，且具有一定艺术性的插图。此外，过于精确真实的图像也会造成对于孩子想象力发展的抑制。很多时候，一个简笔画出的飞机形状，远比一架精细到连机舱内部都能看个一清二楚的飞机更能够激发孩子想象与创造的潜力。与此同时，2—6岁也是孩子对细微事物特别感兴趣的阶段，那些在图像中设计有小细节等待孩子去寻找和发现的书籍，也特别能够引起他们的兴趣。

第三是材料的制作形式。如果你希望你2岁或者3岁的孩子亲近书籍，就要允许他用属于自己的方式与书本建立起认识和情感上的关联，比如抓撕、敲打、啃咬、舔舐。因此，书籍制作材料的耐用性也是父母在为宝宝选购图书的过程中需要特别考虑的因素，它包括纸张或制作材料的耐磨损度、书籍装订的牢固度、书页的耐湿度等。大声地批评责备可能会在阻止孩子撕书行为的同时，也打消了他们对于书籍的兴趣，与其这样，远不如为孩子选择几本撕不烂的图书，让他们尽情体味与书交流的乐趣。由于幼儿动作的精细度尚未发育完全，如果家庭经济条件允许，应当尽量选择一些大开本的图书。一本展开后可以供孩子坐在上面阅读、玩耍甚至躺下来睡觉的撕不烂图书，对于他们来说，会成为一种与书本紧紧相连在一起的持久而美好的童年记忆。此外如立体书、玩具书和不怕湿的洗澡书，都会受到宝宝的欢迎。

许多年轻的爸爸妈妈为了不知道该如何在书店里满当当的幼儿故事书架上挑选出孩子喜欢的好故事来而发愁，其实不必，很多专家也一样不知道。这是一个永远等待解答的问题。父母们需要知道的是，在很多情况下，一则好的幼儿故事也是能够引起你们的阅读兴趣或者令你们感动的故事。与此同时，如果身为父母的你希望自己年幼的孩子乐于以书为伴，那么你首先得愿意在每一天的忙碌里抽出哪怕一点点时间，来与你的孩子一道分享书里的乐趣。要知道，很多时候，幼儿时期的阅读留给孩子最深刻的印象和最珍贵的回忆，并不仅仅是某一则故事或者某一本书，而是与这则故事和这本书相连的那一份不可复制的共享时光。

（原载 2009 年第 4 期《幼儿园》）

一本书的光芒

——谈谈儿童小说的阅读

阅读优秀的儿童小说，我们常常能够感受到一种特殊的召唤气场，它让我们心甘情愿地沉入到小说虚构的叙事世界里，用真诚的情感去点燃那些静默的文字，用真实的自己去体验那段虚拟的旅程。从这里面向我们展露容颜的各种童年尽管年岁不一、形态各异，却无不充满青翠饱满的生命力量。林格伦的《淘气包埃米尔》、凯斯特纳的《两个小洛特》、露西·蒙哥玛利的《绿山墙的安妮》，包括艾登·钱伯斯的显得有些另类的《在我坟上起舞》，等等。当这样一些带着经典气息的儿童小说摊开在我们面前时，仿佛有一种淡淡的光亮从书页中散发出来，把我们笼在其中。

这就是世界上最优秀的那部分儿童小说的魅力和光芒。

对于那些已经熟悉阅读的孩子和成人来说，打开一本儿童小说，也就意味着打开了一种尚未定型的期待，它将在小说的阅读过程中被印证、被描画，并最终被塑造完成。

那么，这是一种什么样的期待呢？

首先当然是对于一个"故事"的期待。我在这里所指的是那种整一的、有序的，同时还保留着那么一点儿神圣意味的"故事"和"说故事的方式"，尽管这是一些在当代文学叙事技法中早已显得过时的传统术语。事实是，当一些人带着怀旧的伤感为文学经典叙事传统的日趋没落而哀婉之时，这一传统却在当代儿童叙事文学中蓬蓬勃勃地生长着。长久以来，尽管叙事类文学创作的技法一再获得新的丰富和演变，但大多数当代儿童小说的叙事规则仍然显示出对于经典和传统叙事方式的尊重，即尽可能讲述一个连贯的、完整的、统一的（但却不必是封闭的）故事。

这是一种能够保证意义的叙事方式，而意义对童年来说至关重要。在遥远的过去，一个意义充沛的故事曾经是一个部落理解世界、理解自我存在的一种方式；而今天，一个完整的故事除了能够提供一种特殊的想象与体验的快感外，还能够把阅读中的孩子带到一种与世界、与他人、与自己的交谈中。这样的交谈是他们理解和把握身边急促流动着的时空的一种重要方式。故事通过语言组织起一个事件，它在完成一次语言行为的同时，也为阅读中的孩子提供了一个把繁复纷乱的世界图像纳入井然有序、前后一致的认识框架中的模式。按照美国传播学家尼尔·波兹曼（Neil Postman）的说法，这样的阅读传统能够在我们的孩子身上培养出逻辑、理性、秩序和成熟的思维品格。这一说法并非没有道理。比如，阅读美国当代作家克比·莱森（Kirby Larson）的《海蒂的天空》这部对当代的孩子们来说其时空背景显得格外遥远的小说，在进入故事陌生的场景之初就需要一种阅读和理解的耐性，随着故事情节的展开，读者不可避免地要调动起针对阅读内容的记忆、联想、结构化等思维能力，才能理解个中人物之间并未被简单化的关系，理解故事主角海蒂的过去、现在与未来命运之间的发展关联，理解那些常常隐藏在动作和表情的细节之下的丰富的情感。

与此同时，儿童小说中的童年故事也为我们提供了英国学者彼得·霍林代尔（Peter Hollindale）所说的一个"相遇"的场域，它是现实与虚构的童年、一个孩子与许多孩子的童年、童年的现实与可能性以及成人关于童年是什么和应当是什么的想象与信仰的相遇。对于一个中国孩子来说，莱森笔下的美国女孩海蒂在 1917 年至 1918 年间的生活体验为他们提供了一次充满异域风情的想象旅行；巴西作家保罗·柯艾略的《牧羊少年奇幻之旅》呈现了另一种夹带着古老而又神奇、魔魅而又现实的奇异气息的成长故事；俄罗斯作家阿列克辛的《请来电话吧，请来吧》则将一个普通少年生活中常常不为人所察觉的烦恼、感动与细腻的情思，真实而又富于喜剧感地表现了出来。这些虚构的童年旅行使现实的童年有如长出翅膀一般，能够暂时摆脱实际生活的限制，在小说阅读中获得认识与情感的极大丰富。

对故事的重视向儿童小说的创作提出了很高的关于故事性的要求。在今天，仅仅讲述一则故事远不足以成全一部儿童小说的声名。不可否认，由于读者对象阅读能力的实际限制，儿童小说所能够运用和展示的叙述技巧范围与和它所对应的成人文学门类相比要狭窄和有限得多，然而一直以来，儿童小说作家们从未因此放弃对于技巧的探索。在我国台湾作家王淑芬的《我是白痴》中，智障男孩彭铁男的观看视角和叙述声音提供了另一种观察、理解世界的角度。在这里，叙述者态度的退隐所带来的并非价值判断的模糊，而是一种更具力量的情感指引。这样的小说技法带给我们一种十分新鲜的阅读体验。英国作家休·汤森的《少年阿莫的秘密日记》完全以私人日记的形式讲述阿莫的成长烦恼，与叙述中穿插日记的《海蒂的天空》相比，这种手法要求作家对于故事情节本身的完整性有一个超越零碎的日记形式的有力把握，同时也要求读者能够将日记中零散的事件拼缀成关于少年阿莫生活的完整理解。

经典的、有意义的故事叙述格外重视细节，而细节的成败在某种程度上决定着一部儿童小说的成败。《我是白痴》《请来电话吧，请来吧》这样的儿童小说，写的都是普通少年的日常生活，书中的故事之所以具有一种能够特别打动我们的力量，正是与作品中看似如生活般随意却又饱含深意、引人回味的细节表现密不可分的。比如为了上课不睡觉，彭铁男努力从满黑板的板书里找出唯一认识的"中""大""一"，认真地抄下来，在这一符合一个懂事的智障男孩行为特征的细节里，同时包含了特殊童年生活的笑与泪、乐观与无奈、坚强与柔弱，以及与命运抗争的韧性与无力感。这些细节在小说的叙述中自然而然地出现，真实、细碎到有如生活本身；一个刚刚开始阅读的孩子或许还不懂得注意它们的价值，但长久的阅读练习将培养起我们对于文学细节的敏感和挑剔，也会在我们心里慢慢培育出一份日益细腻的情感。

在当代，谈论小说的叙述永远无法与语言分离开来，儿童小说也一样。对它来说，语言不是一种近于登岸而可舍的"筏"、得鱼而可忘的"筌"一样的器具，而是与小说的全部叙事细密地渗透、胶合在一起。由于儿童小说的语言运用同样受到来自读者对象方面的限制，它的突破与创新的难度也由此显出。然而对于翻译作品，我们似乎很难从这样一个角度来恰当地评介它们。语言的转换总是不可避免地会丢失很多东西，特别是当这种转换进行得急促而又草率时。实事求是地讲，尽管今天儿童小说翻译的数量大为增加，但绝大多数译文是不能令人满意的。它们之所以吸引我们，更多的是与它们特别的文化背景、题材内容、思想内涵和叙述方式有关。但我仍然提倡今天的孩子们在可能的情况下多读一些优秀的外国儿童小说，多理解一些"他们"的故事、"他们"的想法，以及"他们"的文化。充分而又有点拨的阅读会在我们的孩子身上同时发展出一种宽容心与辨识力——懂得接纳不同的观点，同时也持有自己的判断力与识见力。

我相信，这也是所有文学阅读指向的终点之一。

（原载 2010 年 6 月 2 日《中华读书报》，发表时题目为《为什么读？怎么读儿童小说？》）

选本类型与选编策略

——关于儿童文学选本出版的思考

一、大众化阅读时代儿童文学选本的出路在哪里

2010 年 4 月 10 日下午，在南昌召开的"'彩乌鸦'和新文化时代"研讨会上，资深少儿出版家海飞激情洋溢地向与会者介绍了全国 500 余家出版社 2010 年在少儿图书方面所提出的出版选题和庞大计划，其中诸多被冠以"经典""金牌""名家""获奖"等名头的雄心勃勃的儿童文学选本出版计划使在场的人们感受到了强烈的震撼。尽管对这一出版现象的思考和质疑的声音旋即出现，但 2010 年少儿图书市场上各类儿童文学选本的涌现和活跃，已经是一种可以预期和触摸得到的出版现实。

在我看来，我们已经进入了一个前所未有的儿童文学的大众化阅读时代。这个时代的独特之处在于两方面。一方面，由于视像媒介尤其是手机、网络等新媒介的冲击和影响，图书阅读在大众文化生活分布中所占据的份额一度呈现了令人忧心的递减状况。另一方面，近年来，在人们的本能抵抗和自觉努力之下，书香社会的建设也日益成为我们时代文化发展的重要方向和目标之一 ——尤其是，在小学语文界，课堂儿童文学教学和课外儿童文学阅读得到了广泛的重视；在出版界，一批畅销儿童文学图书的出现预示了一个令人心动的文化产业前景；在人们的日常文化生活中，阅读所具有的不可替代的文化功能

和价值日益凸显……一个大众化的儿童文学消费时代，一个承载着更多文化理想的儿童文学审美时代，正在有力地参与着我们时代整个儿童精神和文化生活的建构过程。

这样一个阅读时代的降临，无疑对儿童文学创作、出版、发行等领域提出了一个迫切的吁请和要求：如何向公众特别是儿童读者提供优质、充足的儿童文学阅读资源？正是在这样一个背景下，我们发现，在优质儿童文学作品出版方面，除了原创、译介作品之外，为读者选编和提供丰富多彩、品质上乘的儿童文学选本，将是一个重要的资源选择和出版策略。

事实上，各种儿童文学选本的出版一直就没有停止过，一些富有创意的优秀选本还曾经深深地进入了我们的阅读记忆。例如出版于1980年，由鲁兵主编的《365夜》（上、下册），就是当代儿童文学史上的一个经典选本。2007年11月29日，儿童文学网站"小书房社区"就曾有一位网友留言问道："有人记得老版的《365夜》吗？上下两册，很厚，封面封底都是全黑的，小时候睡觉都要我爸爸讲（其中的）两三个（故事）。搬家把书搬没了，我就记得《新年的故事》和《雪狮子》，谁有这书？"这一发问引起了许多网友的共鸣。一位网友留言说："一直都很想把这本书再看一遍，可是我这里已经没有了，网上也搜不到，唉。里面是不是有一个故事叫《杜鹃》的？说一个妈妈生病了，孩子们也不管她，还要她做饭洗衣服，她就变成杜鹃飞走了。"另一位网友则留言说："我手上这一套《365夜》也是黑皮的。1980年10月第一版，鲁兵主编，朱延龄插图。这是我爸爸当年送给我妹妹的"六一"儿童节礼物，妹妹看完后就一直放在家里了。女儿出生后，我找出来给她讲了里面不少的故事。现在七岁的女儿都可以自己看了，她很骄傲地和同学说这是妈妈小时候就看的书。"可见，一部好的甚至是经典的儿童文学选本，可以在一代又一代的读者心底，留下多么难忘的印象，刻下何等深刻的记忆。

今天，儿童文学选本并非稀缺出版品，我曾经在一篇文章中说过，从近年来的部分儿童文学选本来看，它们都有着各自的编选特色和优点。例如，漓江、春风文艺、长江文艺等出版社的年度儿童文学选本，对了解、把握特定年度的儿童文学创作动向和艺术面貌颇有助益；中国少年儿童出版社《儿童文学》编辑部编选的《盛世繁花》《岁月留香》《一路风景》等选本，收录的是这家著名刊物几十年来的优秀之作，推出之后获得了出人意料的反响和成功。这说明，好的选本对于专业积累、对于公众的阅读选择等等来说，都是一件好事。但是，就我个人目力所及，坦率地说，我也常常对一些儿童文学选本或多或少感到不甚满意。[1]近年来，笔者陆续参与了《新语文读本·小学卷》《中国儿童文学大系》等选本的主编工作，并选评出版了《最佳儿童文学读本》《最佳少年文学读本》等选本，对此也积累了一些思考。在这里，我关注并希望探讨的是，为什么在选本出版频繁甚至有些泛滥的今天，像《365 夜》那样的经典选本却并不多见？面对这样一个儿童文学的大众化阅读时代，儿童文学选本的选编策略和出路在哪里？

二、儿童文学的选本类型

儿童文学选本的类型可谓纷繁复杂——按作者区分有作家

个人作品选、多人作品合集等；按体裁分类有儿歌选、童话选、小说选、散文选等；按地域分类，如"北京儿童文学选""上海儿童文学选""浙江儿童文学选""东北儿童文学选"等；按时代和年度分，则可以有"20世纪中国儿童文学佳作选""中国当代儿童文学精选""新世纪儿童文学选""2009中国儿童文学"等等。此外，按题材、风格、读者年龄、国别等等的不同，我们还可以将选本分为更多的类型。

但是，在我看来，如果综合考虑选本的选家立场、选本定位、读者预设、市场指向等因素，儿童文学选本大致可以分为两种类型。一类主要是基于学术立场，适应专业学习和阅读需要，具有文化积累性质的专业型选本，如欧美学者杰克·齐普斯、丽莎·保尔、琳恩·瓦伦、彼得·亨特、吉莲·艾弗瑞联袂主编的《诺顿儿童文学选》（*The Norton Anthology of Children's Literature*）。该选本的选文覆盖各种儿童文学题材，所涉及的素材时间跨度达350年，囊括了170位作家和画家的作品，并由编者以介绍、批注等方式添加了相应的解释材料，力图追溯儿童文学的发展历史，并揭示宗教、教育、文化和社会哲学等方面的变迁对于儿童文学的影响。编者明确声明，这是一套主要针对高校学生儿童文学学习而编写的入门选本。美国《学校图书馆杂志》称该选本有助于推动儿童文学成为一项严谨而富有价值之事业的学术研究对象。

在我国儿童文学选本出版方面，多卷本的《中国新文学大系》第5辑之"儿童文学卷"（上海文艺出版社）、《中国幼儿文学集成》（重庆出版社）、《中国新时期幼儿文学大系》（未来出版社）等，也大体属于专业型的儿童文学选本。

另一类主要是基于大众阅读需要的立场，针对公众尤其是儿童读者的阅读需求所编撰的普及型读本。例如，19世纪美国教育家威廉.H.麦加菲用20年的时间从西方经典和民间故事中选编的《麦加菲读本》(McGuffey Readers)，就具有明确的读者意识——编者根据儿童语言学习的规律，按照循序渐进的方式安排作品和语词的呈现，并借助生动的文学语境来慢慢帮助儿童接触、掌握新的词汇。该读本以其选文的经典性、道德性与文学性的自然融合等特点，成为影响美国一代又一代儿童的著名读本，曾被美国《出版周刊》评介为"人类出版史上第三大畅销书"。而30年前我国出版的《365夜》，以亲子阅读、睡前阅读、精品阅读等在当时颇为超前的编选理念，为那个时代的中国大众和家庭阅读，提供了一个令人难以忘怀的儿童文学选本，一份温暖的儿童文学阅读记忆。

相对于从作者、题材、体裁、风格、读者年龄等不同角度所进行的选本分类，专业型选本、普及型选本的"二分法"，无论对于选本内在特质把握还是对于选本的选编、出版、推广等方面的具体操作，都具有更大的概括性和可操作性。例如，专业型选本要求选家秉持专业立场，厘清选本的专业定位，以落实相应的文化和专业理想、满足相应的专业读者阅读需求、实现良好的社会效益为基本目标，而市场则通常不是这类选本所需要考虑的"硬指标"。普及型选本以满足社会大众的阅读口味和需求为目标，因而在社会效益和经济效益上会有更加全面、综合的考虑，即不仅希望为读者提供优秀的精品佳作，而且希望能够赢得市场。

三、提升选本品质的选编策略

今天，在儿童文学选本大量出现的同时，平庸、重复、粗糙的选本也不时可见。为了适应当下教育界和公众文学生活对于儿童文学阅读和运用的普遍需求，我们无疑需要思考如何改善儿童文学选本的编选品质和面貌。

首先是选本的目标和定位。

我认为，选本的目标和定位对于一套选本的成败至关重要。例如，专业型选本和普及型选本的不同定位，就对选本的具体编选理念、编选标准、编选策略等提出了不同的要求。例如，笔者参与主编的《中国儿童文学大系》（希望出版社），包括诗歌、童话、散文、小说、儿童剧、科学文艺、理论共 7 卷 25 册，凡逾 1550 万字；所选收的儿童文学作品，上起 1919 年"五四"新文化运动时期，下迄 2008 年，几乎涵盖了中国儿童文学进入现代自觉期以来的全部历史。显然，这是一部大型的专业型儿童文学选本。根据此类专业型选本侧重于"历史存档""文化积累"的选编目的，这套"大系"对于入选的文章和作品，一律保持原作的本来面貌，不因人、因时而"废文""废言"，以力求保持中国儿童文学发展的历史原貌。很显然，对于选编者而言，在这一类选本的选编过程中，作品的历史代表性和文学史价值，是比该作品对今天读者的现实吸引力和文学阅读价值更需要考虑的因素。

又如明天出版社 2008 年 6 月出版的《最佳儿童文学读本》（小学卷），共 3 册，是希望做成普及型选本中的精品选本。选评者以向儿童读者及其父母、教师、儿童文学作者、编辑和整个社会提供一套令人耳目一新，具有欣赏价值、借鉴价值、研究价值和收藏价值的最佳儿童文学读本为目标，并设定了如下工作要求：一、摆脱传统的与普遍的鉴赏眼光、文学史定论和编选迷信，以纯正而又独特的艺术眼光，精选中外优秀儿童文学作品，使整个选本灵动、大气、有趣、经典，同时又富有个性，特别是要让孩子读得有趣，让成人也读得入迷；二、出于阅读和市场方面的考虑，并使该读本在体例和整体呈现方式上具有一定的语文学习的现场感、梯度感、操作性，选评者配合作品编写了大量浅显有趣、配合文学审美和语文学习的导读欣赏文字；三、以主题单元组合的方式为基本构架，组合的基本依据为艺术特性、体裁、年龄特征。[2] 由于定位准确、恰当，选文新颖、精美，体例实用、别致，这套选本一经推出，其中第一册《树叶的香味》就连续登上 2008 年 7 月、8 月"开卷少儿图书畅销榜"，目前单本发行量均已超过十万册，成为近年来影响较大的一套儿童文学选本。

眼下的部分选本，由于目标和定位模糊，往往片面追求规模、标榜经典，结果既未在专业素养上达到专业型选本的内在要求，又因为部头过大、缺乏读者年龄的针对性和阅读亲和力，而成为徒怀壮志，哪一头都沾不上，因而没有生命力的选本。

其次是不同类型选本的整体结构和布局。

目前，盲目贪大求全的各类选本及其出版计划显然已经趋于过剩，而能够切合读者不同需求的选本则仍然嫌少。事实上，动辄"20 世纪""当代"等等宏大的名头和规模，而缺乏对于市场空间和读者需求的准确判断，常常会造成出版资源的极大浪费。从文化积累和读者需求的角度看，专业型选本的编选和出版要力求少而精，而普及型选本由于读者口味的多样化、图书市场的不断扩大等原因，则可以拥有更为多样的面貌和可能性。换句话说，在当今儿童文学选本类型的整体结构和布局上，应适当调整和压缩各种宏大而又缺乏个性和专业素养的选本出版计划，增加各类细分化的、更有文学个性和读者针对性的选本的编选和出版，以更好地适应当下公众日趋多样化并不断升级的阅读需求。

最后，要努力研究不同类型选本的选编规律及其特色要求，努力把各种类型的选本都做精做好。

无论是专业型选本还是普及型选本，都有自己的特定的选编规律和要求。只有找准定位，把握特色，我们才能赢得相应的选本生存和出版空间。例如，从专业型选本的角度看，我们就还缺乏一套适应高等院校的汉语言文学、外国语言文学、教育学、图书馆学等专业的大学生、研究生学习需要，具有一定权威性的儿童文学选本。我认为，这样的选本既要能够勾勒和概括中外儿童文学的历史线索和当代发展，涵盖和呈现儿童文学经典作家作品的基本面貌，又要能够配合大学生、研究生较全面地学习、思考儿童文学基本理论问题的需要，因而要求选编者在儿童文学、高等教育等方面都具有可靠的专业积累和素养。从普及型选本的角度看，坦率地说，我也常常对一些儿童文学选本或多或少感到不甚满意。例如一些选本的基本观念偏于老化，文学的鉴赏眼光存在着明显的问题；一些选本的选文来源较为狭窄，对整体儿童文学的覆盖面和呈现度明显不足；一些选本在编选体例上较为单一，缺乏阅读视觉和心理上的新颖感和冲击力。因此，我认为，要做好一套优秀的普及型选本，选编者应对选文的视野和眼光、选本的体例和特色等等做认真深入的思考和实践，将选本真正做成富有品位和个性，实用性、文学性、可读性俱佳的高品质儿童文学读物。

儿童文学大众化阅读时代的方兴未艾，为选本的精彩和活跃呈现提供了新的机会和挑战，而好的选本对于专业积累、对于公众的阅读选择等等来说，都是一件好事。很显然，只有以恭敬的态度和心境，专业的素养和眼光来从事这项工作，我们的儿童文学选本才会在这个时代变得更有光彩，更有出息。

注 释

[1][2] 方卫平、肖雨：《展现儿童文学的纯真、幽默、深邃和大气》，转引自《中国儿童文化》第 5 辑，杭州：浙江少年儿童出版社 2009 年版，第 316 页。

（原载《中国儿童文化》第 6 辑，浙江少年儿童出版社 2010 年 5 月出版）

教孩子感受文学语言的光芒

——谈谈少儿文学的阅读

尽管少年儿童文学被认为是一种有别于一般文学门类的文本类型，但以少儿文学为对象的阅读，首先仍然是一种文学阅读行为。它遵循文学阅读的一般心理机制，与其联系在一起的文学判断活动，也主要是一种文学性层面上的评价。因此，不论少儿文学的创作多么强调对于其读者对象心理特征的理解、把握与表现，在少儿文学的阅读中，一种紧贴文学性质的体验与评判，在我看来是至关重要的。如果说每一部（篇）优秀的少儿文学作品都带着它独特的光芒，那么唯有进入到文学性的层面上，我们才能够清晰地看见这一光芒。

先说说语言。因为少儿文学并不那么自由的语言运用既在很大程度上构成了它的特色，也构成了它的局限性。很显然，没有人会把T.S.艾略特的深奥艰涩的《荒原》错会成一部少儿文学作品——它们指向的是两个全然不同的文学语言体系。但是把少儿文学作品的语言等同于一般的少儿生活语言，也是一种片面的理解。如果一部少儿文学读物的语言仅仅表现为对于少年儿童的"学语"，那么它就配不上一种真正的文学阅读。当一部作品在保持适宜于少儿读者的语言平易性的同时，也实践着对于一种富于张力与滋味的文学语言的操练时，关于它的阅读才会向我们展露出少儿文学独特的语言光芒。因为这个缘故，我尤其反感那部分在商业化的出版环境下被快速翻译和敲出来的少儿文学作品，那里面因为粗糙的翻译、写作而变得索然寡味或矫揉造作的语言表达，实在是对少儿文学的一种"侮辱"。

但反过来说，这样的阅读对于少年儿童读者而言，也是一种学习——从好的作品中学习文学语言与文学阅读的方法，从劣的作品中学习分辨文学作品的层次。这是一些难以言传，需要长期的阅读练习才能获得并加以内化的技能。之所以要教给孩子这样一种技能，是为了使他们现在和未来的生命和精神体验在有限的时空里，有机会变得更为丰盈与富足。

当然，要实现这样的目的，一部少儿文学作品必须有足够的魅力把孩子吸引到它的语言世界里去。而这一点，除了与作品的语言运用有关外，也与作品所提供的"叙事"的质量有关。"叙事"一词在这里指的是一种广义上的"故事叙说"，它通过任何一种语言形式把关于某一情节或动作的叙述展示给少儿读者，并在文本内为他们准备好一个或多个主体认同的位置。通过某种认同，少儿读者得以进入故事中，体验作品中某一行为主体的种种虚构而又真实的经历与情绪。文学的作用正是在这样的认同与沉浸中发生的。

但另一方面，目前尚未引起我们注意的是，在教给孩子如何进入作品的同时，我们也应当让他们懂得如何从作品中走出来，懂得在体验一个逼真的叙事文本的同时，仍然理解它作为一种"虚构的真实"的文学身份。这一阅读理解的获得可以使孩子们不至于陷入对于文学文本内人与事的简单模仿之中，也能够帮助他们在文本之外寻找到一个客观的立场，来参与对于文学文本的判断与评价。这样的能力一旦养成，将不会仅仅局限在文学作品的阅读中，而是会迁移到包括视像在内的各种文化文本中，进而惠及孩子对全部生活的理解。

（原载 2010 年 4 月 15 日《出版人·2010 好书大赏》）

儿童文学不应"与童年为敌"

与成人阅读相比，儿童阅读总是受到更多外在因素的影响和约束。在世界儿童文学发展的历史进程中，一个常见的现象是，儿童文学的精神价值被不断具体化为某种思想意识或道德诫令，继而极大地影响到儿童文学文本的艺术面貌及其探索精神。在狭义道德生成的同时，儿童文学精神的高度被矮化乃至消泯了，而其艺术的施展空间也因此变得十分有限。

儿童文学精神的启蒙仍然没有完成

中国文学教化传统曾对儿童文学产生过不良影响。中国儿童文学的启蒙精神至今仍有待于人们重新去发现。在目前情况下，亟须向读者呈现一批优秀的儿童文学文本。

回顾 20 世纪初至今的中国儿童文学发展过程，其中的许多历史片断或许都可以为上述现象提供一种历史注脚。我个人认为，直到今天，这种关于儿童文学精神的启蒙，仍然远没有完成。在目前中国的儿童文学阅读现状下，向读者集中呈现一批真正称得上优秀的儿童文学文本，或许可以更有力地推进这样一种文学启蒙观念的普及。

近几年来，我把相当一部分精力集中在儿童文学选本的选评工作中。这种选评或许带有我个人审美趣味的痕迹，即强调一种开阔的人文情怀和精神高度。其中《中国儿童文学分级读本》包含了一个我个人多年来一直想从理论和实践上予以落实的思考，我把它称为"重新发现中国儿童文学"。通过这一重新发现的过程，我希望能摆脱长期以来在中国儿童文学史的书写与儿童文学选本的编写中延续下来的艺术判断标准，从一种更具世界性的儿童文学审美评判的视角出发，来尝试重新描画中国儿童文学的另一种面貌，重新清理出另一条中国儿童文学的审美发展脉络。

要为儿童心灵成长选取优质精神食粮

童年时期的精神滋养，对儿童成长特别重要。当前一些儿童文学作品中存在暴力、杀戮等情节，还有不少作品只把儿童设定为一个被否定的、需要教育的对象，由此带来了大量问题。

在漫长、大量的搜寻和品读过程中，那些传统的、深入一些作家艺术骨髓的儿童文学创作理念和文化习性对中国儿童文学发展的历史影响甚至伤害，仍然让我深感震惊。例如，许多作品，包括名家笔下的儿童文学作品中不时出现的暴力、杀戮、侵害等情节和元素，成了一些作品的基本叙事构成。又如，不少作品怀着教育儿童的动机和"自信"，总是把儿童设定为一个被质疑、被否定的对象，作品中所潜藏、体现的童年观，也总是表现出一种否定性的、而非建设性的价值判断和情感取向——"与童年为敌"，这甚至成为历史上许多原创儿童文学作品所呈现给我们的一种基本的文化姿态。我认为，在今天大量提供给儿童的公共阅读资源中，一种延续自传统儿童文学史观的对于儿童读物的价值判断取向，仍然占据着主导性的位置。今天我们的儿童阅读仍然明显受到一种功利而又狭隘的教育观的影响，它包括缺乏真诚的情感教育、缺乏温度的知识教育、缺乏反思的纪律教育、缺乏普世价值关怀的民族主义教育，等等。

直到今天，这些问题依然严重地存在于我们提供给孩子的大量阅读材料中，其中包括小学语文教材。就目前小学语文教材的儿童文学选文部分来看，从作品的选择到出于识字量、篇幅、内容等原因的文本改写，为了知识教育牺牲文学教育、为了道德教育牺牲精神培育的现象普遍存在。这些年来，小学语文教材几经修订，我们可以看到其中明显的进步，但上述问题依然十分突出。所以，在选评《中国儿童文学分级读本》的过程中，我有意将一部分被选入人教版小学语文读本，且符合我的选文标准的儿童文学作品原文放在读本对应分册的相近单元里，以便有助于读者比照和思考。

不要对孩子过早进行道德说教

儿童文学作品应当通过真切的心理情绪与生活体验，为儿童展现朴实而又珍贵的生命世界与视野足够高远的精神世界。这种生动鲜活的文学作品远比单纯的道德说教更具生命力。

最近，随着人们对于儿童道德关注的升温，关于《子弟规》《孝经》等道德经典的儿童诵读倡导再度引发讨论。我个人十分乐于承认经典诵读的语言与文化传承意义，但我也始终认为，儿童精神的教化是一个只有在最普通、最日常的儿童生活语境里，才能真正得以有效实施的过程。它通过诉诸童年真切的心理情绪与生活体验，向儿童打开一个足够贴近他们，同时视野上也足够高远的精神的世界。在这方面，儿童文学有着众所周知的天然优势。但是，儿童文学对于儿童精神的教化与陶冶的真正实现，仍有赖于这一文类本身所达到的精神的高度，继而有赖于我们对"精神"的理解。

绝大多数人都知道，童年时期的营养对于我们的生命多么重要，但并不是所有人都知道，童年时期获得的养料，将决定一个生命成长的朝向，而这一点，或许比成长本身更为重要。我在自己长期以来的儿童文学阅读、品味、评点、判断的过程中，不断地体认到这一点：优秀的儿童文学作品给予我们的并无其他，只是一种素朴的精神情怀；它并不向我们的孩子过早地提出道德律令的要求，但它的确为孩子展开了这样一个朴实而又珍贵的人的生存命题，即每一个人都有可能和有责任让自己变得更好一些。

我也希望通过《中国儿童文学分级读本》，表达对中国儿童文学"变得更好一些"的期待和祝福。站在世界优秀儿童文学的视点上来观看中国儿童文学的历史风景，难免会有诸多马后炮式的不如意。也许可以说，这套选本所归拢的作品，让我们看到了中国儿童文学在其难以克服的时代局限下，一点一点努力和推进的节奏与面貌。

（原载 2011 年 3 月 31 日《中国教育报》）

为孩子保存热爱阅读的火种

人在童年时代，对阅读有一种发自天性的乐趣。许多作家都曾忆起自己少时沉迷于读书的情景。这种沉迷，似乎与童年时代天然的幻想精神有关。鲁迅先生以不无幽默的笔调这样回忆小时候对绘图的《山海经》的向往："玩的时候倒是没有什么的，但一坐下，我就记得绘图的《山海经》。"尽管他后来得到的是"一部刻印都十分粗拙的本子"，但这个本子仍成了他"最为心爱的宝书"。意大利作家卡尔维诺清楚地记得自己在尚未识字之前对图画故事书的本能热爱："我就看这些连环画，一期一期地看，一看就是几个小时，脑子里想着这些故事，并以各种方式解释那些场面，编出新故事，把零星的情节糅在一起编成一个个长故事。"

我相信，类似的早期阅读体验在许多人的童年经验中都曾留下或深或浅的印迹。然而，随着年龄的增长，这种阅读的热情却开始普遍下降。美国阅读推广和研究者吉姆·崔利斯这样描述本国儿童阅读的某种可悲现实："幼儿园儿童百分之百对阅读感兴趣，但随着年级升高，我们失去了75%可能成为终身阅读者的人。"

为什么我们孩提时代对于阅读的这样一种天性的热情，会随着年龄的增长逐渐下降以至于消失？这或许是我们在为孩子下降的阅读兴趣而感到担忧，以及为如何培养他们的阅读热情而感到烦恼的时候，首先应该仔细思量的问题。在孩子的成长过程中，一定有些什么样的原因，在不知不觉中减损了他们阅读的乐趣，甚而浇灭了他们亲近阅读的天性。

我们就此可以想到许多可能的因素：功利教育的压力、电子媒介的侵蚀、成人环境的影响，等等。不过，如果从儿童阅读的小环境本身出发，阅读素材的选择和阅读习惯的养成，大概是影响儿童阅读兴趣的两个首要因素。

要保持孩子对阅读的兴趣，阅读素材本身首先应该能够为孩子提供相应的乐趣，也就是说，这些材料是孩子喜欢读的，而不只是他奉命读的。"愉快就像胶水，能粘住我们的注意力，但只朝喜欢的方向吸引。"唯有内在的喜爱和兴趣，才是保持孩子阅读兴趣的永动力量。值得注意的是，优秀的阅读素材所提供的乐趣，不只是一些迎合孩子的故事趣味，随着儿童的长大，它还应该给孩子提供能够丰富自我的知识、情感和精神的养分。卡尔维诺谈到小时候学会识字后，为什么对书本中的文字一时却提不起兴趣："因为那些押韵的诗句不含有发人深思的信息，不过是些目光短浅的解释，与我的解释差不多。"这给了我们一个重要的提醒，即在为孩子挑选阅读的材料时，不要把阅读的乐趣狭隘地理解为好玩的快感，而应该看到孩子对更广大的生活、思想所怀有的内在兴趣，通过优质的阅读，把孩子带领到更为开阔、高远的文学和生活趣味中。这样的阅读具有持续提升我们的力量，因而也才具有持续吸引和带动我们的力量。

阅读材料之外，要使孩子保持对阅读的兴趣，归根结底还有赖于一种持续、良好的阅读习惯的养成。而这一习惯在其最初的养成期，又与儿童身边成人的影响密切相关。法国思想家卢梭回忆起小时候与做钟表匠的父亲一起在晚饭后朗读书籍，有时直至天亮。这一家庭阅读氛围极大地滋养了少年卢梭对书籍的热爱，这份热爱随着他年龄的增长持续膨胀。可以说，家庭阅读习惯对孩子阅读兴趣的影响是怎么形容都不为过的。然而，在今天，许多成人恰恰早已放弃对阅读的兴趣和热情。在这样的环境下成长的孩子，其天性中的阅读爱好往往也难以得到很好的发展和延续。因此，想让孩子对阅读保持浓厚的兴趣，成人也要好好反过来想一想自己对待阅读这件事情的态度。

我们应该看到，培养孩子的阅读兴趣和阅读能力，不是把阅读像一个任务、一件工作那样加诸孩子，而是呵护和保存他们心中那支热爱阅读的火种。在孩子成长的旅途上，让阅读成为他们乐于亲近的一种生活乐趣、乐于保持的一种生活习惯；在不远的未来，这份乐趣和习惯将馈赠给他们无尽的甜蜜回报。

（原载 2014 年 5 月 30 日《中国新闻出版报》）

教师指导儿童阅读遭遇难题

近年来，儿童文学阅读在基础教育领域的普及速度之快和规模之大，或许是若干年前许多人所不曾预料到的。与此同时，我们的中小学语文教师也越来越多地面临着课内、课外儿童文学的教学和阅读指导任务。这些年来，这个群体也一直是国内儿童文学阅读教学和推广事业的主力军之一。我常常想，要使中国的孩子们能够真正受惠于儿童文学的艺术世界，中小学语文教师或许是其中最为关键的一个角色，因为他们在儿童与儿童文学的联结过程中，承担着不可替代的接引和指导作用。事实上，我在与许多小学语文老师的接触和交流中，也常常可以感受到他们对于儿童文学阅读和教学的热情，并深感近年来他们自身儿童文学素养的迅速提升。不过，作为一名儿童文学的研究者，我也特别想从儿童文学的艺术层面来谈一谈当前儿童文学教学和阅读指导中存在的一些问题。

给孩子们读什么

中小学阶段儿童文学的阅读方式主要是课外阅读，它从根本上来说应该是一种自由的阅读，也就是说，作为阅读主体的少年儿童自己握有阅读的主动权，这其中也包括对于阅读材料的自由选择。但由于少年儿童的阅读能力尚在初步育成阶段，自由阅读时间又受到学习任务的较大限制，因此，这一时期，教师在阅读材料方面给予的准确指导就能起到重要的阅读启蒙和推助作用。

我在参与一些儿童阅读推广活动时，经常会接到来自中小学教师或儿童图书馆工作者的问询，其中一部分咨询是希望我能够推荐一些适宜的儿童文学书目。有一次，我向一位老师提及中国台湾作家王淑芬的儿童小说《我是白痴》。这几年来，我对于这部智障题材的儿童小说一直十分偏爱。我的对话者听到这个书名时顿了一顿，道："'我是白痴'这样的书名，推荐给孩子读恐怕不合适，父母也不大会喜欢。"我听了一时有点惊讶。之前和读者提起这部小说，我倒从未想到过这一点。在我个人看来，作为书名的"我是白痴"既可看作一句正话，也可读作一种反讽；既像是"白痴"者混沌的自语，又可解作同一人辛酸的自嘲。这样一个既直白又隐晦的书名，恰恰体现了小说取题的艺术性，同时又暗合了作品中丰富的情感层次，这正是我十分欣赏的地方。这位老师提出的疑惑，一定是一个很现实的问题，但这个现实问题本身恰恰是有问题的，它所反映的阅读的功利性和判断力的偏颇，或许并不是儿童文学阅读指导中的个别现象。

我由这一点想到，儿童文学阅读和教学指导者自身的阅读广度和艺术判断力，对于儿童阅读的质量的确有着很要紧的影响。儿童文学阅读指导，一方面要求指导者对于大量儿童文学作品的亲身阅读、了解和熟悉，另一方面又要求他们对作品具有较为敏锐的艺术判断能力。这其中，第一点可以保证阅读推荐和指导时，教师能够克服狭隘的功利阅读的限制，从尽可能丰富的阅读趣味培养目的出发，为儿童读者开列出一个艺术覆盖面较为宽阔的阅读可选书目。同时，指导者对于同一主题或题材下的关联阅读书目，最好也有充分的了解。比如，目前国内能读到的智障题材的儿童小说，除了《我是白痴》外，还有澳大利亚作家帕特里夏·赖特森的《我是跑马场老板》、黄蓓佳的《你是我的宝贝》、杨红樱的《笨女孩安琪儿》等作品。在了解这些作品讯息的前提下，指导者便能够顺利地引导儿童就某一感兴趣或有意义的话题进行延伸阅读。因此，欧美儿童图书馆分目和童书推荐工作的一项基本要求，就是对儿童小说进行较为清晰的主题分类，以方便相关阅读者检索。在国内，由于缺乏完善的童书编目体系，这一工作主要还得依赖指导者本人的儿童文学阅读视野和阅读经验。

与第一点相比，第二点是为了帮助教师在庞大的儿童文学作品名单中选取出艺术性较高的那部分作品，尤其是在比较和挑选同类题材或风格的作品时，能够就作品提出较为精准的文学判断和推荐意见。比如，美国作家E.B.怀特的《夏洛的网》和德国作家乌韦·狄姆的《跑猪噜噜》，同样讲述一头宠物猪的命运，在故事语法上甚至也有不少相似的地方。但《跑猪噜噜》的故事叙述主要集中和停留在单纯而又夸张的喜剧性情节上，而《夏洛的网》则在讲述一头猪扣人心弦的命运起伏的同时，自然地涉及了友情、生命、死亡等话题，后者在思想性和艺术性上显然更胜一筹。

当然，我并非主张儿童阅读只关注在现有的文学评判谱系上处于最上端的那些作品，相反，在条件允许的情况下，我赞同儿童尽可能多地阅读各种口味的童书，在这样的"杂读"中培养起阅读的速度和对作品的判断力。不过，从目前儿童的学业现实来看，他们并不见得有太多自由的阅读时间，因此，在有限的阅读时间里，这种来自指导者的文学选择和推荐就显得很有必要了。

教孩子们怎么读

去年春夏之交，我曾听了一堂儿童诗教学观摩课，上课的年轻老师对儿童文学教学和阅读推广的热情、想法及其身上所洋溢的活力，给我留下了十分深刻的印象。这堂观摩课的教学内容之一是一首名为《萤火虫》的儿童诗："长长的夏天 / 萤火虫 / 都找不到 / 自己的家 / 提着小小的灯笼 / 朝东朝西走 / 我的心 / 也跟着 / 朝东朝西"。应该说，这是一首从语言到意境都十分清新、可爱的童诗，能够从数量众多的童诗中挑选出这样一个并不知名却颇有特色的作品来作为教学的内容，这反映了教学设计者本人的儿童文学素养。

不过，在观摩的过程中，我对该诗的教学设计也有一些看法。教学者为本诗的教学设计了两个基本问题：第一是"想想这是一只怎样的萤火虫？"，针对这个问题的预设答案是"迷路、糊涂、调皮……"；第二是"你有什么想提醒它的呢？"，相应的预设答案则是"不要贪玩，让妈妈担心；要多个心眼，记住回家的路……"

在我看来，对于这首童诗的这样一种解读，一方面并不十分切合文本的题旨，另一方面也的确有失儿童文学阅读的意义。这首诗形在状物，实是抒情，是借儿童对于夏天里萤火虫飞来飞去的景象的诗意描绘，来表现童年独有的天真、淳善的情趣。"我的心"随着萤火虫"朝东朝西",既生动地写出了一个年幼的孩子面对世界时的那份新奇感和关切感,也巧妙地呼应了前面"找不到家"的忐忑和不安;它的显在层面是"我"对萤火虫的同情和关切,底下则还隐含着"我"对"家"这个意象所包含的安全感的认同。因此,以"迷路""糊涂""调皮"等训诫性的话语来解读诗中萤火虫的意象,未免显得牵强,而以"不要贪玩""记住回家的路"等寡淡的教育意图来诠释其中蕴藉的美学内涵,则同样是不够合适的。教学过程中,曾有孩子举手提出在预设答案之外,却更接近诗歌文学旨趣的回答,但并未得到老师的肯定。

我从这里想到了当前儿童文学教学和阅读指导的三个问题。

第一,如何指导学生"诗意"地阅读?

儿童文学作品首先是文学,对于它的阅读首先也应当是一种诗意的欣赏和品味,是从中获得关于语言和现象的诗性体察与领悟,而不仅仅是从中获取实用的讯息。但在今天,一些儿童文学的阅读指导恰恰绕开了文学的"诗意",将儿童文学作品读作了儿童教育的脚注。

第二,如何指导学生"语文"地阅读?

我在这里把"语文"一词当作副词来使用,是为了强调儿童文学的阅读教学应立足于语言文字的基点,专注于作品的语言形式与其语言效果之间的内在关联,引导儿童发现和体验语言特殊的表情达意功能。比如,老师可以引导学生体味上面这首诗歌中,作者是如何使用长短句的参差节奏来传达一种"找不到家"的忐忑心情的。这种"语文"的分析不是为了机械地拆解和分析作品,而是为了引导学生从语言的具体对象入手来发现表达的秘密,它恰恰反映了儿童文学阅读与真正的语文教学精神之间的内在契合。

第三，如何指导儿童"开放"地阅读？

"开放"阅读的主旨是鼓励学生从自由发散的视点和真实的内心体验出发来发表自己对于特定作品的各种阅读感受。如果说以教材为内容的语文课教学由于考虑到特殊的应试原因，常常不得不以围绕着一些"标准答案"展开，那么通常游离于考试圈之外的儿童文学阅读则为儿童提供了一个更为自由、自主的阅读空间。我很看重这样一个空间对于童年的意义，也特别期待看到儿童文学的阅读指导能够真正起到打开而不是限制这一空间的作用。

多年以来，儿童文学的阅读和教学并未正式进入小学语文教师的培养课程，这使得对于许多老师来说，针对儿童文学的阅读指导更多地成了繁重的教学和管理任务之外的一种出于责任心的业务选择，其指导能力和素质的提升也更多地有赖于教师本人的自我修习。功利地来看，这种修习常常并不能得到业务上的直接回报，它的当下意义需要在未来的时间里才能得到完全的显现。这些年来，我从许多小学语文老师身上看到了这样一份长远而又珍贵的责任意识，但我也特别盼望，这样一份责任心能够越来越多地与我们对儿童文学阅读指导的深度理解和把握结合在一起。

（原载 2012 年 4 月 30 日《中国教育报》）

诗意的，开放的，语文的

——关于儿童阅读指导与教学的思考

在当前我国童书出版业逆势上扬、蔚为壮观的发展现实推动下，针对少年儿童的阅读教学与指导日益引起人们关注。一方面，近年来众多出版社陆续出版了为数不少的儿童阅读指导类读物，其中既有经典或热销的引进著作，也包括本土阅读理论和实践的探索指导类图书。另一方面，许多出版社在童书出版环节就将儿童阅读指导的需求考虑在内，渐渐形成了童书出版业态的一个普遍现象。尤其是在面向低幼儿童的幼儿读物领域（如图画书），随书附赠导读手册几乎已成默认的行规，它也由此成为颇具特色的童书出版现象。大量随童书附属出版的阅读指导文章，或邀请相关专业工作者做文本的艺术解读，或约请父母、教师等一线阅读陪伴者设计阅读指导的实践，从中也可看出广大读者急于获得童书阅读理论及实践指导的热情与期待。此外，童书类课外读物日渐成为学校课内外阅读与教学的另一重要资源，也在很大程度上助推了这一阅读指导的需求。对于大量相对缺乏童书阅读教学及课外指导经验的一线教学工作者而言，面对作为新型教学资源的童书，自然迫切需要专业有效的经验指点。

然而，科学理解童书阅读的规律，科学打开童书阅读的世界，殊非易事。即便是今天附在童书中出版的大量阅读建议，也仅是一类探索性的尝试，也还存在各样的疑惑和问题。童书不同于一般图书，它的读者对象的特殊性使它需要面临比一般图书严格得多的文化质询与要求。当我们打开和使用一本童书时，这些质询和要求也同时被打开。它的装帧形式和文本内容上的安全性、它的表现题材与表现形式的适切性，带来了童书评价的多维标准；它的面向儿童的认知、思维、情感、道德、伦理等各方面的养成意图等等，带来了童书阅读的多维角度；它的读者对象的心理发展特点，则带来了童书阅读的多样方式，如最基础的共读、默读、表演等等。因此，面对一本童书，采取什么样的阅读视角，采用什么样的阅读方法，并无定论可循。但与此同时，面对一本童书，什么样的阅读观念更为进步合宜，什么样的阅读路径更能充分发挥其意义和功效，却有一定的讲究。

在承认童书阅读行为本身的复杂性、多层性、多样性的前提下，本文拟就当前童书阅读指导与教学中的偏误现象，提出关于童书阅读指导与教学的三点思考。

一、诗意阅读

所谓"诗意阅读"，是相对于当前童书阅读指导和教学中仍然十分普遍的教训主义阅读而言的阅读观念，是建议儿童阅读的指导者、教学者关注童书的"文学"维度和"诗性"维度，并且懂得经由文学的路径，带引学生领略书中独特的诗意，品味其中艺术的滋味。

童书的范围当然不局限于文学作品，甚至有些童书，其创作和出版的目的即是传播教训，而非演绎文学。但我们也须承认，今天大量受到孩子和成人们喜爱和欢迎的童书，恰恰多是儿童文学作品，是以其文学的魅力吸引读者的兴趣。事实上，这部分作品的存在才能充分解释童书在当代社会受到空前高涨的阅读关注的基本原因。正因如此，对待这类童书的教训主义态度，以及这种态度主导下的教训主义阅读，亟待反思。

我曾应邀听过两堂儿童诗的教学观摩课，上课的年轻教师对儿童文学教学和阅读推广的热情、想法及其身上所洋溢的活力，给我留下了十分深刻的印象。那两节观摩课上，被教师选来用作教学内容的两首儿童诗，分别题为《萤火虫》和《知了》，形式简短，内容富有韵味。应该说，老师们的教学选材相当成功。"长长的夏天／萤火虫／都找不到／自己的家／提着小小的灯笼／朝东朝西走／我的心／也跟着／朝东朝西"（《萤火虫》）。"夏天的太阳，／火辣辣地烤。／知了热得受不了，／脱了外衣，／还在吵。／大家都在睡午觉，／不睡觉的请别闹。／瞧，它回答得多好：／'知了，知了……'"（《知了》）《萤火虫》一诗的教学者为此诗教学设计了两个基本问题。第一，"想想这是一只怎样的萤火虫？"，针对这个问题的预设答案是"迷路、糊涂、调皮……"。第二，"你有什么想提醒它的呢？"，相应的预设答案则是"不要贪玩，让妈妈担心；要多个心眼，记住回家的路……"《知了》一诗的教学则这样设计问题："轻声读读，想想都读懂了什么？"教师预设的答案是："夏天太热；知了知错就改、文明礼貌……"

可以看到，就诗歌艺术本身而言，《萤火虫》和《知了》二诗均从童年视角出发，结合虫子的物性展开拟人的想象，尤以天真、可爱的童趣取胜。一个孩子置身萤火虫的生活想象中，为小小的虫子"找不到自己的家"而忐忑着，忧心着。我们从中既看到了童年日常生活的生动状态，也从幼年时代特有的稚气的误会和同情里，体味到一种动人的情感波澜。《知了》的风格则是活泼的，生机勃勃的，童稚的想象与巧妙的谐音互为配合，渲染出可爱的诗的意象与情致。相比之下，教师给出的预设答案，却将诗歌活泼有趣的文学表现，完全变成了严肃板正的生活教训。用这样的方式教学儿童诗，由于忽视了这一体式本身的文学美感，不但未能带孩子领略诗歌真正的妙处，也不能把阅读的乐趣充分传递给他们。而归根结底，对于童书阅读活动来说，借此培养孩子对书本、对阅读的兴趣，比教给他们一个当下的教训，意义要长远得多，也要重大得多。

诗意阅读的观念首先对阅读教学者、指导者的文学素养和审美能力提出了一定的要求。既要有能力为孩子们遴选具有文学性的阅读素材，也要有能力就这些素材展开文学性的赏析。如果选择的阅读材料本身了无诗意，自然谈不上诗意阅读。如果材料选得不错，赏析过程却了无诗意，点金成铁，诗意阅读同样无从谈起。文学的素养和审美的能力，均需在长年的学习熏陶中加以培养。

同时，我们也应看到，诗意阅读与包含其他意图的阅读活动并不冲突。童书阅读不能用于实现特定的儿童教育意图。"诗意阅读"作为一种观念，是指在儿童阅读指导和教学活动中，应把童书以及阅读行为本身的趣味放在首位。对待童书阅读的教育主义态度和对待儿童的教育主义态度一样，都需要慎思。对于儿童期的阅读，一切教育目的的施行都应建立在充分享受童书阅读自身趣味的基础上。

二、开放阅读

所谓"开放阅读"，是相对于给定标准答案的封闭阅读活动而言的阅读观念，是指儿童阅读的指导者、教学者给予儿童读者的阅读活动以充分的开放性，而不以有限的、确定的答案限定儿童的解读力、想象力。

现代接受美学强调读者在文本接受过程中的创造性，强调读者的视野在参与文本意义生成的过程中所承担的重要角色。这种接受的创造性在儿童的阅读活动中体现得尤为鲜明。我多次参与过小学生童书阅读的课堂、课外教学现场。面对一个作品，孩子们的感觉和思维一旦打开，其解读往往五花八门，别具神采。有一次，二年级课堂上讲授金波的儿童诗《春的消息》，几十个孩子在老师的启迪下，学着诗中的修辞手法接龙创作："风唤醒了树"，"树唤醒了泥土"，"泥土唤醒了小草"，"小草唤醒了花"……这个过程中，儿童已经由接受学习进入了某种意义上的文学再创造。此时，如果教学者或指导者因各种原因拘泥于标准答案思维，限制了儿童的阅读发挥，便会带来童书阅读效力的大打折扣。

对于学龄期儿童，童书阅读可以提供课堂学习的重要补充，当然也可以在一定程度上承担课堂知识、技能的温习与巩固功能。但童书阅读相对于教科书阅读的独特价值，首先在于它是一种更为自由、开放的阅读。在阅读指导或教学中，成人应当放下标准答案思维，有意识地为孩子提供开放阅读的条件，营造开放阅读的气氛，引导他们从书籍的阅读中进一步获得创造的发挥和启迪。不久前我曾听一位优秀的年轻教师为小学四年级的一个班级讲授希尔弗斯坦的童诗《冰冻的梦》。在老师的启发引导下，孩子们纷纷举手述说自己心里"梦"的滋味："梦是甜甜的糖果的味道"，"梦是冰激凌的味道"，"梦是巧克力的味道"……其中有一个男孩举手道："梦是苦瓜的味道。"在孩子们的想象力正在逐渐打开的情形下，这个"苦瓜"的比喻简直是神来之笔，它既丰富了作为本节阅读课堂核心话题的"梦"的滋味，又不经意地揭示出我们的日常生活乃至生命本身的某种复杂况味。不论对"梦"、对"生活"、对"人生"，"苦"同样是一种合理的状态和滋味，或许还是它们不可或缺的一个成分。但因这个答案的方向与教学者的预设显然有所不同，教师在一顿之后，本能而委婉地否定道："梦怎么是苦瓜的味道呢？"男孩的答案未被立即认可，显得有点蔫。这个阅读教学的场景在我看来，即是因为缺乏充分的开放阅读观念而导致阅读活动的创造性未能充分展开。

开放阅读要求阅读活动的教学者、指导者在控制、主导阅读现场的同时，也具备足够的应变力、舒张力，既要给予孩子的开放阅读以充分的尊重、鼓励，又要有能力将开放阅读带来的课堂变数迅速转化为当前进行中的阅读活动的有机部分。

开放阅读的观念对于当前童书出版中阅读指导附页的设计，同样具有启发与参考的意义。这类指导设计也应充分考虑儿童阅读活动的开放特性及其独特价值，不只是为读者提供实践应用的某种便利或参照，同时还应将开放阅读的思想融入阅读活动的设计，以使阅读指导和教学活动不是束缚儿童的阅读理解，而是将他们推向更宽广的意义世界。

三、语文阅读

所谓"语文阅读",是指儿童阅读指导和教学活动在关注童书的题材、主题、观念和情感表达等方面特点的同时,还应注重语言文字（包括图像语言）层面的具体赏析。应该看到,对于一部优秀的童书,一切表达的内容、效果都与其表达的方式融为一体,理解这些内容及其表达的意图,也因此与理解它们的表达方式密不可分地联系在一起。

仍以本文第一部分提到的那个儿童诗教学课堂为例。从语文阅读的层面看,我们不妨先搁置提炼、总结《萤火虫》《知了》二诗的主题意思,而是先从语言文字的层面感知诗歌的意境、氛围。《萤火虫》中,作者如何使用长短句的参差节奏来传达一种"找不到家"的忐忑心情;《知了》中,作者又如何通过相对整齐的诗行组合、朗朗上口的押韵安排和幽默巧妙的谐音游戏造成一种活泼的童年趣味。同样是写虫子的短诗,为什么二诗带来的阅读感觉和情感反应不大一样?是什么原因造成了这种不一样?在加拿大儿童文学研究者佩里·诺德曼和梅维丝·雷默关于儿童诗歌教学的建议中,首先提醒读者关注的便是语言文字的可见形式:"注意文字本身","注意文字构成的样式","注意文字引发的画面和声音","注意文字营造的画面样式","注意文字创造的声音";接着是对叙事形式和内容的提炼:"注意文字讲述的故事";最后才演进到对意义的关注:"注意文字传达的意义","注意文字构造出的意义样式"。[1] 这样的分析会把我们带进对于语言文字独特的表达力、表现力的感悟中,也会把我们带向一个作品更真实的表现冲动和表达意图。

一些成人教学者、指导者带领孩子阅读童书中的长篇作品，往往遵循一个基本的模式：先理顺故事，再总结题旨。此时如能更多结合叙事语言层面的赏析，则能帮助孩子获得更大的阅读领悟和启迪。作者用了什么样的方式来讲述这个故事？这种讲述的方式为什么会引起我们的兴趣？它与一般的叙述有什么不同？书中哪些部分特别让我们感到趣味盎然或深受感动？从语言层面看，为什么会有这样的效果？通过这样的赏析，不但可以带孩子们更完整深入地理解、把握特定的作品，还将使他们真正领略到语言表达和文字运用的独特魅力。

在童书阅读中实践语文阅读的观念，阅读指导者、教学者应善于挑选高质量的阅读素材，也需要较为准确地把握阅读素材的语文特性。我们应当明白，语文知识和语文能力的培养是从准确使用字词开始的，但语文知识的丰富和语文能力的成熟，还进一步体现在对字词的审美运用上。这种审美不只是语言修辞的表象之美，更是表情达意的深层美感。正是在这个意义上，优质的童书阅读为语文课的延伸阅读提供了最好的支撑。

正是在语文阅读观念的检视下，当前童书出版中十分突出的语言文字问题也应引起人们充分警惕。快速生产的畅销童书、匆忙急就的翻译童书、偏重信息的科普童书等，其语言文字运用的准确性和文学性，应该成为这类童书质量的一个重要考察维度。就此，也提醒童书出版界，一切童书应在语言文字的运用方面予以格外的关注和重视，包括为儿童出版的科普类、信息类书籍，同样需要在语言文字层面狠下功夫，使之经得起语文阅读的遴选和推敲。

结 语

在童书阅读的教学和指导实践中，"诗意阅读"强调对童书作品及其阅读活动的审美特性的关注，"开放阅读"强调对童书阅读及其儿童读者的创造特性的关注，"语文阅读"则强调对童书文本及其语言形态的表达特性的关注。"诗意阅读"不是脱离语言赏析的空泛审美解读，而恰恰应该落实在最具体可感的"语文阅读"的基础上。同样，"语文阅读"也非机械的字句剖析或抽象语言知识的概括，而总是朝向语言所蕴含、表达的生命感觉和诗情打开的"诗意阅读"。这两种阅读观念的相互融合，最后必然会把阅读者带向一种审美自由和解放体验的"开放阅读"中。

可以看出，倡导童书的"诗意阅读""开放阅读"和"语文阅读"，其根本的宗旨是一致的，即通过张扬童书阅读活动的审美本位、读者本位和语文本位，更好地实现童书阅读在儿童学习、发展、成长中的独特作用。在童书阅读活动中，诗意的、开放的和语文的阅读观念，能够帮助我们更好地领略童书阅读的独特乐趣，走进童书阅读的宽广世界，进而发挥童书阅读的强大效用。当然，不论"诗意""开放"还是"语文"的阅读，在儿童阅读活动中都不是强制性的阅读标准或原则，毋宁说，它们更多地代表了一种理念，一种智慧，一种情怀。这些阅读观念的实践和普及，背后离不开阅读教学者、指导者的坚持、不懈探索和巨大付出。但我相信，当我们以这样的方式不断深入童年阅读的丰广世界，不论对孩子还是成人而言，这样的探索和付出都将回报给他们独一无二的价值。

注 释

[1] 佩里·诺德曼、梅维丝·雷默：《儿童文学的乐趣》，陈中美译，上海：少年儿童出版社 2008 年版，第 418—437 页。

（原载 2018 年第 11 期《中国出版》）

从读什么到怎么读

——关于儿童阅读的思考

近年来，儿童阅读的普及速度之快和规模之大，或许是若干年前许多人所不曾预料到的。与此同时，我们的成人读者也越来越多地面临着课内、课外的童书阅读指导任务。我常常想，要使我们的孩子们能够真正受惠于优质的童书世界，成年人应该扮演着关键的角色，因为他们在儿童与童书的联结过程中，承担着不可替代的接引和指导作用。事实上，我在与许多成人读者的接触和交流中，也常常可以感受到他们对于童书阅读和指导的热情，并深感近年来他们自身童书素养的迅速提升。不过，作为一名研究者，我也特别想谈一谈当前儿童阅读指导和推广中存在的一些问题。

给孩子们读什么

当代少年儿童的阅读途径主要是课外阅读，它从根本上来说应该是一种自由的阅读，也就是说，作为阅读主体的少年儿童自己握有阅读的主动权，这其中也包括对于阅读材料的自由选择。但由于少年儿童的阅读能力尚在初步育成阶段，自由阅读时间又受到学习任务的较大限制，因此，这一时期，教师、儿童图书馆工作者和父母在阅读材料方面给予的准确指导就能起到重要的阅读启蒙和推助作用。

我在参与一些儿童阅读推广活动时，经常会接到来自中小学教师或儿童图书馆工作者的问询，其中一部分咨询是希望我能够推荐一些适宜的儿童阅读书目。有一次，我向一位老师提及中国台湾作家王淑芬的儿童小说《我是白痴》。这几年来，我对于这部智障题材的作品一直十分偏爱。我的对话者听到这个书名时顿了一顿，道："'我是白痴'这样的书名，推荐给孩子读恐怕不合适，父母也不大会喜欢。"我听了一时有点惊讶。之前和读者提起这部小说，我倒从未想到过这一点。在我个人看来，作为书名的"我是白痴"既可看作一句正话，也可读作一种反讽；既像是"白痴"者混沌的自语，又可解作同一人辛酸的自嘲。这样一个既直白又隐晦的书名，恰恰体现了小说取题的艺术性，同时又暗合了作品中丰富的情感层次，这正是我十分欣赏的地方。这位成人读者提出的疑惑，一定是一个很现实的问题，但这个现实问题本身恰恰是有问题的，它所反映的阅读的功利性和判断力的偏颇，或许并不是童书阅读指导中的个别现象。

我由这一点想到，童书阅读指导者自身的阅读广度和艺术判断力，对于儿童阅读的质量的确有着很要紧的影响。童书阅读指导，一方面要求指导者对于大量童书的亲身阅读、了解和熟悉，另一方面又要求他们对作品具有较为敏锐的品质判断能力。这其中，第一点可以保证阅读推荐和指导时，成人能够克服狭隘的功利阅读的限制，从尽可能丰富的阅读趣味培养目的出发，为儿童读者开列出一个覆盖面较为宽阔的阅读可选书目。同时，指导者对于同一主题或题材下的关联阅读书目，最好也有充分的了解。比如，目前国内能读到的智障题材的儿

童小说，除了《我是白痴》外，还有澳大利亚作家帕特里夏·赖特森的《我是跑马场老板》、黄蓓佳的《你是我的宝贝》、杨红樱的《笨女孩安琪儿》等作品。在了解这些作品讯息的前提下，指导者便能够顺利地引导儿童就某一感兴趣或有意义的话题进行延伸阅读。因此，欧美儿童图书馆分目和童书推荐工作的一项基本要求，就是对童书进行较为清晰的主题分类，以方便相关阅读者检索。在国内，由于缺乏完善的童书编目体系，这一工作主要还得依赖指导者本人的童书阅读视野和阅读经验。

与第一点相比，第二点是为了帮助成人在庞大的童书出版品中选取品质较高的那些作品，尤其是在比较和挑选同类题材或风格的作品时，能够就作品提出较为精准的文学判断和推荐意见。比如，美国作家E.B.怀特的《夏洛的网》和德国作家乌韦·狄姆的《跑猪噜噜》，同样讲述一头宠物猪的命运，但《跑猪噜噜》的故事叙述主要集中和停留在单纯而又夸张的喜剧性情节上，而《夏洛的网》则在讲述一头猪扣人心弦的命运起伏的同时，自然地涉及了友情、生命、死亡等话题，后者在思想性和艺术性上显然更胜一筹。

当然，我并非主张儿童阅读只关注那些优秀的作品，相反，在条件允许的情况下，我赞同让小读者尽可能多地阅读各种口味的童书，在这样的"杂读"中培养起阅读的速度和对作品的判断力。不过，从目前儿童的学业现实来看，他们并不见得有太多自由的阅读时间，因此，在有限的阅读时间里，这种来自指导者的文学选择和推荐就显得很有必要了。

怎么读，也许是一个更重要的问题

我曾听过一堂儿童诗教学观摩课，上课的年轻老师对教学的热情、想法及其身上所洋溢的活力，给我留下了十分深刻的印象。这堂观摩课的教学内容之一是一首名为《萤火虫》的儿童诗："长长的夏天／萤火虫／都找不到／自己的家／提着小小的灯笼／朝东朝西走／我的心／也跟着／朝东朝西"。应该说，这是一首从语言到意境都十分清新、可爱的童诗，能够从数量众多的童诗中挑选出这样一首颇有特色的作品来作为教学的内容，这反映了教学设计者本人的阅读素养。

不过，在观摩的过程中，我对该诗的教学设计也有一些看法。教学者为本诗的教学设计了两个基本问题：第一是"想想这是一只怎样的萤火虫？"，针对这个问题的预设答案是"迷路、糊涂、调皮……"；第二是"你有什么想提醒它的呢？"，相应的预设答案则是"不要贪玩，让妈妈担心；要多个心眼，记住回家的路……"

在我看来，对于这首童诗的这样一种解读，一方面并不十分切合文本的题旨，另一方面也的确有失儿童阅读的意义。这首诗形在状物，实是抒情，是借儿童对于夏天里萤火虫飞来飞去的景象的诗意描绘，来表现童年独有的天真、淳善的情趣。"我的心"随着萤火虫"朝东朝西"，既生动地写出了一个年幼的孩子面对世界时的那份新奇感和关切感，也巧妙地呼应了前面"找不到家"的忐忑和不安；它的显在层面是"我"对萤火虫的同情和关切，底下则还隐含着"我"对"家"这个意象所包含的安全感的认同。因此，以"迷路""糊涂""调皮"等训诫性的话语来解读诗中萤火虫的意象，未免显得牵强，而以"不要贪玩""记住回家的路"等寡淡的教育意图来诠释其中蕴藉的美学内涵，则同样是不够合适的。教学过程中，曾有孩子举手提出在预设答案之外，却更接近诗歌文学旨趣的回答，但并未得到老师的肯定。

当代童书门类多种多样，小说、童话、图画书、科普作品等等，不同门类的作品，有着不同的特质和阅读门径。例如，就儿童文学类作品而言，它首先是文学，阅读儿童文学作品，首先也应当是一种诗意的欣赏和品味，是从中获得关于语言和现象的诗性体察与领悟，而不仅仅是从中获取实用的信息。但在今天，一些童书阅读指导者恰恰绕开了文学的"诗意"，将儿童文学作品仅仅读作了儿童教育的脚注。这不仅仅是对文本的误读，也在某种程度上丧失了文学阅读最重要的意义和价值。

因此，对于儿童阅读指导来说，怎么读，也许是一个更重要的问题。

让自己成为一个优秀的阅读者和引领者

不久前，由中国新闻出版研究院公布的第十二次全国国民阅读调查结果显示，2014 年我国 0—8 周岁有阅读行为的儿童家庭中，平时有陪孩子读书习惯的家庭占到 88.8%，较 2013 年的 86.5% 提高了 2.3 个百分点。事实上，在儿童的阅读生活中，成人并不只是扮演着外在的陪伴者与监督者的角色。要真正指引孩子的阅读，他们的另一个任务，就是让自己也成为一个优秀的阅读者和引领者。对于出生在一个钟表匠家庭的法国学者卢梭来说，正是童年时代与父亲一起度过的那些晚餐之后"没完没了"的经典阅读时光，使他在未来的艰难岁月中不曾沉沦，最终走入了启蒙运动时期伟大的思想者行列。

成人的阅读爱好与阅读行为是对于儿童的一种天然的指导。但要真正胜任儿童阅读指导者的角色，很多时候，仅仅自己阅读还不够，我们还需要与孩子一起分享阅读的经验和体验。当代俄罗斯电影大师塔托夫斯基曾谈及，母亲第一次建议他读《战争与和平》是在他孩提时代，往后数年中，又常常援引书中的章节片段，向他指出托尔斯泰文章的精巧和细致。"《战争与和平》于是成为我的一种艺术学派、一种品位和艺术深度的标准；从此以后，我再也没有办法阅读垃圾，它们给我一种强烈的嫌恶感。"

塔托夫斯基的母亲所做的，是一种有意识的阅读指导。通过这样一种方式，她将孩子渐渐带入到经典的"精巧和细致"中，从而培养起他对于这种"精巧和细致"的分辨能力。而这样一种特殊的阅读指导，只有在成人与孩子共同参与到阅读活动中，在成人自己真切、深入的阅读体味的基础上，才能够得到有效的实现。

塔托夫斯基的童年经历再生动不过地表明，要阅读照亮童年，它也要照亮童年周围的世界——要让书本吸引我们的孩子，它首先得吸引我们自己；要让读书成为孩子的习惯，它首先得成为我们自己的习惯。这是一种最原始、最简单的行为导引方法，却也可以说是一种最有效的方法。

（原载 2015 年 5 月 29 日《中国新闻出版报》，发表时题目为《大手拉小手 快乐书海游》，初次发表时略有删改）

展示、传递当代语文的面貌和气息

——关于"二十一世纪新语文"的编写

　　为中小学生选编、出版各种课外语文读本，是近年来教育界、文学界、出版界都十分重视的一件事情。有心的人们甚至从已经逐渐被淡忘的历史记忆中，打捞出了《开明国语课本》等现代语文读物，制造了近年来语文阅读和语文教育领域里的一大热点现象。

　　在此背景下，这套读本被定名为"二十一世纪新语文"，它包含了这样一种编选理想，即希望读本在实践当代语文读本编选的普遍理念的同时，还能够充分地展示、传递当代语言实践和语文学习的独特言语面貌及其时代气息。此外，"二十一世纪"恰好也是这套读本的出版社名称。

　　我们希望这套读本的选文具有某种经典性，同时也具有鲜活的当代性。因此，编者注重从中外经典作家、作品中寻找和发现合适的选文，力求为小读者铺设一个具有经典性的语文阅读起点。这是整个读本编选过程中被不断地拿来作为提示和参照的一个基本方向。我们努力以一种真诚、负责的态度进入到读本的编选工作中，从我们面对的庞大文字世界里遴选出在我们看来最值得今天的孩子们去接触、去了解、去体味的那部分。客观地看，这种遴选肯定是有局限性的，然而从我们的主观努力上说，我们希望这套读本构筑的是一个辽阔而又统一、多样而又有机的语文世界，一个继承了过去同时也属于当下的语文知识与精神的开阔领地。

其次，如果说关于经典的个性化的选择与呈现是一次尚需时间证明其意义的实践，那么我们希望，编者对于"二十一世纪"语文现象，语文学习特征的理解、思考和相应的期盼，在这套书中实现了一次看得见的努力。读本在选编过程中对新世纪以来出现的各种新鲜、生动、独特的语文现象给予了充分关注。同时，我们期待今天的孩子们除了从各类文字中获取语言能力与精神的陶冶之外，对于发生在二十一世纪的科学技术与人们日常生活的迅速变迁，对于二十一世纪人类所应承担起的精神责任与道义，对于二十一世纪的重大历史、社会与生存命题，也能够给予一个当代人应有的关注与思考。我们把这样的期待部分地安放在"二十一世纪的科技""二十一世纪的能源""e 时代的文字和语词""e 时代的故事"等一些贯穿读本始终的系列单元中，并通过导读文字引领孩子在阅读中了解、学习和思考这些最新的科技知识，或呈现电子信息时代带给汉语语言和文学的某些独特、有趣的现象。这样的学习与思索不一定是成熟的，但它将把今天的孩子们慢慢带上一条通往精神成熟的道路。

我们也通过所有单元的选文，实践着对于一种开阔的当代人文情怀的追寻。这些文字传达的是一种从善出发的理解与对话的精神，一种从公正出发的批判与反思的意识，一种对于自然与人心之美的自觉的向往与追随。我相信这是每一个二十一世纪公民应当去获取的能力———学习的能力、理解的能力、参与当下的能力、反思现实的能力，及积极迎向人生的态度。

为使读本更易于实现对小学语文课堂教学的配合与补充，我们有意使读本与人教版小学语文教材的各册在单元编排与阅

童年与童年的文化

阅 读
展示、传递当代语文
的面貌和气息

读内容上形成一定的衔接与呼应关系。编写团队在仔细阅读、研究有关小学语文教材的基础上展开读本整体构架的设计，一方面借鉴教材内容广泛而又循序渐进的编排体系，使读本各册的总体单元编排与对应的各册教材形成呼应、丰富与深化，使之易于为语文课堂教育过程提供直接的阅读辅助；另一方面，在配合人教版小学语文教材编排体系的同时，力求通过新选文的呈现与新单元的设立，拓展语文阅读的题材与思想视野，力求为小学语文课堂阅读提供一种重要的补充。

我希望，对当代小学生的语文课外阅读，我们的努力和尝试是有意义的，也是有价值的。

（原载 2011 年 12 月 16 日《文汇读书周报》）

珍惜与孩子的共读时光

——关于"最佳幼儿文学读本"的选评

2008 年和 2009 年，我选评的"最佳儿童文学读本"和"最佳少年文学读本"丛书先后在明天出版社出版。不久，其中《树叶的香味》《成长的滋味》就先后进入了"开卷"图书排行榜前十名的榜单，京沪等地的十余家报刊也陆续发表对这套选本的报道、评论和相关专访。

让我私下里感到高兴和安慰的是，我从不同渠道获知，许多小读者和他们的父母、老师们，都表达了对于这样一套选本的由衷欢喜和肯定。我得承认，自己的用心和工作，能够在读者那里获得一些温暖的回应，对于我这样一个常年以相对寂寞的学院为精神栖居地的儿童文学研究者来说，不能不说是一份贴心的回馈和鼓励。

事实上，为幼儿读者选评一套"最佳幼儿文学读本"的想法在我启动"最佳少年文学读本"的编选工作时，就已开始在我的脑海里酝酿，但真正开始着手整理这个想法并将它付诸实践，则耗去了比我想象中更多的精力和时日。编选"最佳"系列的"儿童"和"少年"读本虽也有艰辛，但对我来说，个中文本的选择和评点所依赖的主要是个人自由的儿童文学思考和品鉴发挥，而面对"最佳幼儿文学读本"，有关读者对象特殊性的考虑则必须放到与文学选择同样重要的位置。我一直坚持好的儿童文学作品必然也能够吸引成人的阅读，但推及年幼的孩子，对于他们文学胃口的考虑则需要变得十分小心。这并不是低估幼儿的审美感受能力，相反，我主张给予这份感受能力以充分的信任和信心———不过是在充分了解和考虑幼儿特殊的文学接受心理构成的基础上。因此，在编选这套选本的过程中，我所力图寻求的是儿童文学的艺术考量与幼儿读者的阅读理解之间的最优对接。

但我相信，从"儿童""少年"到"幼儿"的文学精神是同一的。这也是我在整个"最佳"系列的编选过程中始终坚持的理念。

面向儿童的文学呈现并不意味着美学标准的下移，幼儿文学也是如此。

"最佳幼儿文学读本"共分为《有太阳的地方》《会跳舞的歌》《悄悄长大起来》三册。

我的初衷是把那些最优秀的适合幼儿阅读的文字作品，奉献给那些初入人生之门的孩子以及他们的父母。在可选的文本范围内，我期待召集起来的是这样一些文本：一方面，它们对于幼儿生活、情感的表现充分体现了幼儿文学特有的轻灵、单纯、愉悦、飞扬的美学特征；另一方面，它们对于世间万物和人的心灵的呈现也呼应了一切人类艺术所共有的人性的尺度以及对于生命的普遍关怀。我相信，收入这套读本里的任溶溶的《小长颈鹿的祝愿》、冰波的《香香的被子》、金波的《阳光》、周锐的《门铃和梯子》、张秋生的《风儿讲些什么》、梅子涵的《大小大》、薛卫民的《一天和一年》、顾乡的《往事》、米那尔克的《给小熊的吻》、斯·万格利的《爸爸的表什么时候老》等等作品，可以很好地呈现我的选评意图和追求。

这一思考贯穿了读本作品的选择和组合过程，也是我在为这些作品撰写点评的时候心中所时常牵挂着的。与"儿童"和"少年"读本不同，"最佳幼儿文学读本"的"牵手阅读"部分主要是写给父母们看的。例如，我为冰波的《香香的被子》 写下了这样的导读文字：

> 这则短小的童话所使用的故事结构，是年幼的孩子最为喜欢
> 和容易熟悉的。在讲述故事的时候，作者有意把一些"面貌"相
> 近的句子或段落排列在一起，又有意使它们之间有所区别（有时
> 是一个名词的变化，有时是一个形容词的变化，也有时是句型上
> 的完全改变）。同一句型的重复可以使语言理解能力还不十分强
> 的孩子很方便地进入到故事的讲述中，而句与句之间的变化则制
> 造了小小的意外和惊喜。这样，对孩子来说，这个故事就既是熟
> 悉的，又是陌生的；既是亲切的，又是新鲜的。在这样的重复和
> 变化中，故事的情节自然而然地展开了。从平平常常的"晒被子"
> 到富于想象力的"晒尾巴"，普通的生活情节变成了有趣的故事。
> 如果孩子要求你再讲一遍这个可爱的故事，请不要推托，要知道，
> 对这些幼小的心灵来说，每一遍聆听都意味着一次充满快乐的旅
> 行，他们的记忆、想象和表达的能力，正是在这样的精神旅行里，
> 一遍遍丰富起来的。

很显然，我的着力点在于，如何引导父母、老师等成人，与孩子
一起进入到幼儿文学的欣赏情景之中，因为在我看来，幼儿期的阅读在
最理想的状态下，乃是父母与孩子的共读。毫无疑问，这样的共读时光，
会在年幼的心灵中留下一段充满光华的记忆，并滋养小读者未来的生命
和岁月。

我期待着"最佳幼儿文学读本"能够成全许多这样的时光。对于
父母们而言，珍惜和创造这样的时光并不仅仅是为了孩子的缘
故，也是为了许多年后，当你们开始思念远方那个长大的孩子

的时候，会因这一段温馨的回忆而感到生命的充实和幸福。

最后，我想引用我在"最佳少年文学读本"前言中说过的一段话：

　　把最好的儿童文学作品献给读者，为小读者的课外阅读和大读者的闲暇生活提供来自儿童文学领域的文学精品，是我选评这些读本时的全部动机和激情所在。我盼望着，这些优秀的儿童文学作品，能够滋润、塑造我们童年的心灵和情感世界，陪伴、感动我们成年后的心情和岁月。

（原载 2013 年 1 月 25 日《文汇读书周报》）

系统性、应用性与当代性

——谈高教版《幼儿文学教程》的编写

随着早期文学阅读和教学越来越受到人们的关注，幼儿文学的理论和应用探究也越来越受到重视。幼儿文学是儿童文学的一个分支，又有鲜明的文类独立性。目前看来，将幼儿文学视为一个相对独立的文学门类，从其自身的概念和特点出发撰写的优秀幼儿文学教材在国内还不多见。

这本书的编写，正是期望能够站在当代幼儿文学与幼儿教育的先进理念基础之上，以当代幼儿文学研究的专业视野为依托，对幼儿文学的发生、概念、性质、特征、文化语境、主要文体、功能意义及其阅读和教学应用、研究等话题、内容展开基础性、系统性的阐述和介绍。教材的编写突出了以下三个方面：

对于幼儿文学专业理论知识的系统梳理和阐释———在编写过程中，我们强调幼儿文学概念区别于狭义儿童文学、少年文学概念的独立性和特殊性，坚持幼儿文学教材须体现幼儿文学理论知识的专业性。我们从人类历史和艺术史的大背景出发，逐渐进入到对于幼儿文学的文类概念、文类特性、文化性质和本土语境的阐说，其中既包括对幼儿文学外在的历史和社会文化语境的充分关注，也包括对其内在的文学元素的细致探讨。

该书参考了当前世界范围内幼儿文学、儿童文学及相关学科的最新研究成果，力求为读者提供一个扎实、可靠的幼儿文学知识体系。同时，考虑到教程的性质，在介绍相关理论时，也尽量避开过于专业性的学术表达，力求通俗平实。

对于幼儿文学阅读和教学应用的关注和阐述———编著者将重点放在幼儿生活与幼儿教育的现场，在明确幼儿文学对于幼儿成长的特殊功能和意义的基础上，就幼儿文学的幼儿园教学运用、亲子教育运用和社区教育运用提出了策略性的建议和教学设计的实例，并提供了实施阅读指导的步骤和方法建议。

书中强调，幼儿文学阅读作为幼儿生活的一项特殊内容以及幼儿生活的一种特殊方式，是与幼儿生活水乳交融、一体化的活动。幼儿文学的阅读和教学活动所指向的，不是任何功利性的早期识字教育、技能教育或礼仪教育，而就是幼儿自然、自由的生命展开和成长过程。因此，本教程对于幼儿文学实践运用的阐说，特别倡导一种充分理解和尊重幼儿及其文学活动的理论姿态。

针对目前幼儿园教学研究的发展趋势，教程专辟一章，探讨幼儿文学的教学研究问题。该章结合《幼儿园教育指导纲要（试行）》精神和具体的幼儿文学教学研究案例，介绍了幼儿文学教学研究的主要研究内容、研究方法，以期为相关教学研究提供参考。

凸显幼儿文学理论与实践的当代性———该书关于幼儿文学理论和实践的介绍，一方面体现了对于最前沿的幼儿文学理论和实践探究成果的关注，另一方面也体现了对当下幼儿生活、教育、文化现实的观察。其中包括有关童年观的历史变迁、童年生存语境的当代变迁、本土儿童生存现实及幼儿文学的文化建构性质等方面的阐说。例如，教程中关于幼儿文学当代文化语境的分析，便涉及独生子女与家庭结构变迁、新媒介的开发、文化产业的兴起等新话题。由于其中一些知识点还很新，因此，有些话题以问题方式提出来，还有待更为广泛、深入的探讨。编著者希望通过这样的方式，激发读者的问题意识，培养读者对于幼儿文学理论和应用问题的敏感，并启发其自觉的思考探究。我们相信，这也是一部合格的幼儿文学教程应承担起的职责。

作为高等院校学前教育专业规划教材，我们希望这部全新的教程能以其对于幼儿文学基础理论和实践的富于系统性、应用性、当代性的介绍，为当代幼儿文学的理论普及、阅读推广和教学应用奉献一份力量。

（原载 2013 年 5 月 31 日《文汇读书周报》）

随 笔

读书的回忆

我的少儿时代正好是在"文化大革命"中度过的。刚上小学，就遇上"武斗"，学校停课，我们随着大人到处避难。后来复课了，却又不能专心学习。从小学到中学，我们这些小娃娃们也不知被卷入到多少次运动中。所以，谈起童年时代的读书经历，一种深深的遗憾和怅惘，便会涌上我的心头。

当然，在每一个人的情感深处，再贫寒再孤独的童年，也会给你留下哪怕是些微的却又令你怀恋、令你动情的记忆。是的，我相信，回忆童年永远是一种幸福，就像我现在回忆童年时代的读书经历一样，我有一种实实在在的感动。不过，这是一种令我鼻子发酸的感动——为自己，为了那已经逝去了的童年时代对于书籍无法满足的天真和痴情的热爱。

在我的记忆中，最早接受的文学熏陶，可能是在幼儿园时学唱的那些儿歌：找呀找呀找呀找 / 找到一个好朋友 / 敬个礼，握握手 / 你是我的好朋友。

到我上小学的时候，"浩劫"已经开始。我们这个文化传统深厚的文明古国，一时间众多优秀文化成果遭到了极大破坏。当时，我并不明白究竟发生了什么，只是有一件事，给我留下了极深的印象。上学后不久的一天，一位高年级同学指着老师办公室一个黑乎乎的角落对我说，那里面有一些很有趣的书。我顺着他指的方向望去，只见一个"蓬头垢面"的大书柜立在那里，上面贴着一张封条。从此，每一次上办公室，我总要朝那只神秘的大柜瞥上几眼，渴望着打开柜子一探究竟。

然而，大柜子却一直被锁着。

这似乎是我童年时代文化环境的一种隐喻：一切优秀的文化成果被毁灭、被封存，我们面对的几乎是一片文化沙漠。

后来，终于有些书可以看了。当时出版的连环画成了我的主要阅读材料。整个小学时代，我一共购买了大约300余本连环画。而随着国家政治气氛的某些松动，"文化大革命"前出版的一些图书又开始以种种方式在民间悄悄传递、流动起来。借着这种机会，我读到了一些"文化大革命"前出版的用繁体字印刷的少儿读物，像《我的弟弟小萝卜头》《刘胡兰》《我们的田庄》《中国古代十大名医》《共产主义旅行记》《人体旅行记》等等。我曾经为小萝卜头的故事流下了感动的泪水；我从这些书中知道了华佗、李时珍、张仲景等古代神医的名字和他们高超的医术，也从这些书中领略了1950年代人们遐想中的共产主义社会的美好景致。我还清楚地记得，每当看到书中"编者的话"开头的称呼"亲爱的少年朋友"的时候，我在惊讶之余心头总会油然产生一种特别亲切的感觉。

大约从1972年开始，一些新的文学作品陆续出版。我读过当时能够找到的那些公开出版的文学读物，例如《海岛女民兵》《艳阳天》《金光大道》《沸腾的群山》等等，当然还有《虹南作战史》《游击健儿》《战地黄花分外香》《西沙儿女》（正气篇、奇志篇）等等。而《闪闪的红星》《向阳院的故事》《渔岛怒潮》《幼苗集》《新来的小石柱》等少儿文学读物，也曾让我久久地迷恋。我得承认，伴随我度过少年时代的，主要就是这些书籍。在那个特定的年代，他们填补和满足了我少年时代强烈的阅读欲望。

可是那个时候，我不知道莎士比亚、巴尔扎克、安徒生，也不知道冰心、巴金和张天翼。听说这些名字，阅读他们的作品，那是后来的事情了。

1977 年，恢复高考的第一年，我考入了大学，一个新的阅读世界在我的面前缓缓展开。我拼命地阅读了大量古今中外的文学作品和理论书籍，借以丰富自己，也借以弥补我少儿时代读书求知上的缺憾。

如今，我的读书范围逐渐扩展到人文社会科学的许多领域。在与那些伟大而睿智的思想家、文学家的精神对话和交流中，我常常会有一种至高无上的幸福感、充实感和圣洁感。

读书，再加上思考，将永远是我生命的一种最愉快、最有意义的活动形式。

我深深地祝福我的少年朋友们。

（原载 1991 年第 11 期《故事作文》月刊）

买书的故事

　　小时候很爱书。那时候日子过得拮据，常常是一家人围着一碗萝卜汤吃一顿饭。买书对我来说是一种奢望。

　　有一年过"六一"儿童节，爸爸对我和弟弟说："给你们买点礼物。你们喜欢什么？"

　　"要小人书！"我大喊起来，心里充满惊喜和渴望。

　　爸爸答应了："今天去城里书店看看，自己挑。"停了停，爸爸说："不要超过五毛钱。"

　　这是我第一次获得如此"巨额"资金的支配权。那种蹲在新华书店书柜前盯着一排排小人书，心里盘算猜测着哪本更好看时的快乐，至今仍能从我情感记忆的深处漾起。

　　"六一"一年一次，这样豪华的买书机会并不常有，我还得自己再想一些买书的办法。

　　大概是上小学四年级的时候，有一次，我和弟弟一起去市里参加小学生运动会。妈妈给了我们六角钱。其中两角钱是中午买两碗面的饭钱，四角是来回路上坐公交车的车钱。那天下午，运动会刚结束，我们就往书店跑。看见玻璃书柜里那一本本崭新的小人书，我心里痒痒的。可手里捏着的是两角回家的车钱，买了书，就得走着回家了。我问弟弟："想不想看讲打仗的小人书？"

　　"想！"弟弟仰着头，很干脆地说。

我又问："走回家，天黑了，怕不怕？"

"嗯……"弟弟犹豫了。

我赶紧说："没关系，我们一边走，一边看小人书，一下子就走到了。"

黄昏时分，我们终于看到家了。未进家门，我和弟弟就一屁股坐在一棵高大的桉树下。暮色中，我们继续翻看着手中的新书，享受着还没有消退的喜悦。

我的小书箱里，又多了一本书。

为了买书，过年时大人给的一角、两角的压岁钱，平时自己卖废纸、牙膏皮之类的所得，还有死皮赖脸用种种借口向爸爸妈妈讨来的一分、两分的硬币，都被我攒了起来。上学路旁那一家乡村供销社里的图书柜台，成了我每天放学路上常常要光顾的地方。

书箱里的小人书，渐渐多了起来：《红山岛》《三条石》《二十响的驳壳枪》《红色娘子军》《小燕齐飞》……

一天，爸爸突然注意起我的书箱。他把我的小人书统统倒在桌上，抓过我的小算盘拨了起来。

望着爸爸的背影，我紧张得不敢出大气。要知道，这些书大多是我自己买的。

不知过了多久，爸爸站起来，自言自语说："买了这么多。"他看看我，叹了口气："以后不要随便买，知道吗？"

我如遇大赦，可心里怎么也轻松不起来。我知道，家里的日子并不宽裕。

上了初中，我开始向往那些"大书"。那时候，我们把小人书以外，主要是大人们看的书称为"大书"。一天，我在供销社的书柜上发现一本大书。封面左上角的图案吸引了我：一名战士，手持钢枪，立在一棵青松旁，记得书名叫《雨涤青松》。那个"涤"字我并不认识。看封面，我猜测内容是关于军人生活的。回到家，我就缠着爸爸要买那本书。

爸爸问我，那本书是讲什么的，多少钱。我回答说，讲打仗的，七毛二。

忘了为什么，这本书最后也没有买成，但是这个我连字也没能认全的书名，却一直留在我的记忆里。

不几天，爸爸去上海出差。我知道，每次出差，爸爸总要带一点好吃的回来，给我们兄弟，也分给左邻右舍。

这一次，爸爸回来，从包里掏出的却是三本书！

一本厚厚的，像砖头，是一部长篇小说《渔岛怒潮》。我记得那本书的作者是姜树茂，书价是九角钱。

两本薄薄的书是《中学生作文讲评》和《中学生记叙文讲评》，一本定价一角二分，另一本是一角九分。

那时候，这三本书，我不知读了多少遍。

（原载 1991 年第 11 期《故事作文》月刊）

神秘的召唤

父亲是个平平常常的人，但他对"书"的朴素的感情，却影响、滋润了我的整个童年时代。

小时候，家里的日子过得拮据，我和弟弟都还算懂事，逢年过节，别的孩子穿上了新衣裳，我们不羡慕；别人家有什么好吃好玩的，我们也不眼红。

可是，我是个"书迷"，爱书爱得要命。

那时候，书价很便宜。但是，与我的阅读和购买欲望相比，家里的购买力显然十分有限。幸运的是，父亲一直理解和支持我。

每年过"六一"儿童节，父亲就在休息日对我和弟弟说："今天上书店。"

在我的印象中，父亲是个俭省的人，不吸烟，也极少沾酒，日子总是过得简简单单。但是他知道，读书是件好事情。父亲自己读书不算多，他童年时代曾经在老家湖南湘潭的乡村私塾里念过几年，有些古文底子。他喜欢给我和弟弟讲《草船借箭》《空城计》《武松打虎》一类故事；有时高兴起来，就在我们面前摇头晃脑吟诵起《归去来兮辞》《岳阳楼记》《正气歌》等古文名篇。我那时虽然还听不懂他究竟念的是什么，但从父亲那副怡然自得的陶醉神态里，我隐约感受到了某种神秘的召唤。

为了让我们好好读书，父亲为我们买书时总是特别慷慨大方。到我上初中时，我已拥有各类图书三百多册。在那个时候，这可不是一个小数目。

有一次，父亲进城办事。临走时，我央求他说："爸爸，去新华书店看看有没有新书好吗？"

父亲摸摸我的头，点头走了。

下午，当父亲从城里为我带回两本新书时，我欣喜若狂。两本书名我至今还记得，一本是《游击健儿》，一本是《战地黄花分外香》。

父亲也笑了，但笑容掩饰不住他疲乏的神色。

后来我才知道，那天办完事，已是中午。父亲来到街边一家饮食店，准备先垫垫肚子。未料一摸口袋，发现放有几元钱的钱包不见了。摸摸另一只口袋，还剩几角钱。

父亲记着我的请求，他扭头走出了饮食店。

为了给我买书，父亲宁愿自己饿了一顿。

我的整个少儿时代有书为伴，这得感谢父亲。

买书、读书，对书的热爱就这样悄悄地成了我生活中的重要内容。

后来我上了大学，对书的热爱之情有增无减。整个大学时代，我省吃俭用，成了班里购书、藏书方面的"首富"。

如今，我自己也学着写起了书。记得当我把自己的第一部著作送到父亲手中时，他那刻满了岁月沧桑痕迹的脸上，满是灿烂幸福的笑容。

不久前，父亲给我寄来了一张他的照片，照片上的父亲已经完完全全是一位老人了。我突然想起，再过个把月，父亲就该过七十岁生日了，许多儿时的往事，一齐涌现在我的脑海。我知道，正是这些琐碎而又普通的小事，影响了我的精神成长，使我在今天这个日趋商业化的

社会里，还能固守着一片精神的绿洲。此时此刻，我真想拥抱着父亲，

轻轻说一声："谢谢你，爸爸！"

（原载 1999 年第 9 期《小学生时代》）

语录、连环画、小说的童年阅读史

童年时留给我印象最深的书首先就是《毛主席语录》。其次，我小时候特别喜欢读连环画，虽然那是"文革"时期，但连环画的创作和出版都很活跃，整个童年时代，我购买了三四百本的连环画，至今还记得《无限忠于毛主席革命路线的好干部——门合》《珍宝岛英雄赞》《红山岛》《小雁齐飞》《二十响的驳壳枪》等书。除了语录和连环画，小时候我还读了不少儿童文学作品，如《闪闪的红星》《渔岛怒潮》《向阳院的故事》等等。

由于在"文革"时期长大，我童年时期的阅读有着浓浓的时代色彩。我很难说哪本书对我影响最大，语录、连环画、儿童文学和小说构成了我的童年阅读史。

今年我给小朋友们推荐两本图画书，一本是接力出版社的《眼》，另一本是北京联合出版公司的《红色棒棒糖》。在文字作品方面，过去，我推荐国外的名著较多，这次我想推荐本土原创、作家李东华的长篇新作《少年的荣耀》，一本抗战题材的作品，在原创儿童文学中很有新意，也很好看。

给孩子挑选图书，有三个品质尤为重要。第一是趣味，童书一定要对孩子形成吸引力，当然，有趣不代表着"唯趣味至上"。第二是感动，儿童文学应该对孩子的心灵有所触动。第三是回味，应该让孩子有所思考，从中受益。这三个标准说来简单，其实是很高的要求，如果能真正做到，作品就一定能留在孩子的心灵深处。近年来，我按照这三个标准选编的一些儿童文学读本，也确实受到了小读者的欢迎。

（本文系记者陈香女士根据电话访谈整理。原载 2014 年 6 月 4 日《中华读书报》）

大学生活琐记

1977 年，恢复高考第一年，我考入宁波师范学院（当时为浙江师范学院宁波分校）中文系读书。记得第一个学期为我们开设"文选课"的系主任、已故的白砥民先生，常常在上课前用三两分钟时间告诫我们，不要因条件差而受到影响，要珍惜宝贵的读书年华。许多年来，白先生这些看似平平常常的话，时常提醒我要善待岁月。

一年读下来，我最喜欢的课，要数徐季子先生、李燃青先生讲授的文艺理论课。印象中徐先生授课视野开阔，极富气势和感染力；李先生讲课理论扎实，思路严谨、绵密。两位先生的课都让我如痴如醉。到了二年级，我认定要在这个领域里投入进去。刚开始很是懵懂，渐渐地才摸出了一点门道，知道哪些书该精读，哪些书宜泛读或浏览一下目录即可，也渐渐地领悟到，文艺理论与美学相关，美学又联系着哲学、心理学等学科，联系着文学艺术的各个门类。于是，一些名家名作都逐渐进入了我的阅读视野。

我读正儿八经的理论书，也读报刊上的学术消息和论文。读了一个多学期，便蠢蠢欲动，也想学写"论文"了。进入三年级后，我悄悄写成了第一篇"论文"《创作方法的质的规定性不能取消》。然后悄悄修改、誊清，硬着头皮，鼓足勇气先后拿给陈象成、李燃青、徐季子诸师看。

那时候的老师待学生真的好。几位老师看后，都给予了详细的指导意见。陈象成老师不仅写了满满一页的意见，还找我去宿舍谈了两次。

李燃青老师约我到家里详谈，除了对我的习作详细评点，还特地抄录了王充、曹雪芹、莎士比亚、巴尔扎克、托尔斯泰等中外作家的有关言论供我参考。徐老师当时是学校的副校长兼校学术委员会主任，是个大忙人。他收到我呈上习作时的那几天正在开会，但是三天后，他就到宿舍来找我，并带我到他的住处详谈指导。徐老师对我的习作提出了四点珍贵的批评意见，指出我的习作"思维逻辑性不强，文字组织欠清晰，条理、层次安排欠严明"。为了鼓励在学术上稚嫩而又满怀激情的学子，徐老师还特地在我习作结尾的空白处写下了这样一段话："肯钻研，读过不少书，敢于大胆发表自己的见解，能独立思考。"在老师们的指导下，这篇练习文字先后写了六稿。每改一遍，我就用方格稿纸认真地再誊抄一遍。

大学三、四年级时，我沉浸在自己营造的学术梦境之中，几乎每个月都会写一篇"论文"。读了朱光潜先生翻译的《柏拉图文艺对话集》，就写了一篇《柏拉图文艺观点刍议》；读了刘丕坤先生翻译的马克思的《1844年经济学哲学手稿》，就写了一篇《自然的人化与自然的客观性》。有一回不知天高地厚，还写了一篇《论美的本质》，妄想一举解决数千年来人们苦苦索解的美学难题。

爱读书，也爱买书。我的助学金是每月16.5元，除了伙食费，每月还能结余两三元。每当手里有了几元钱，我就要把宁波市里的三四家书店转个遍。那时候书价便宜，怀里揣有几元钱，便可以底气十足地从这家书店到那家书店，一路逛过去。整个大学时代，我和许多同学一样粗茶淡饭，等到大学毕业时，我已拥有了数百本理论书籍。

毕业时，我就是带着这七八箱书籍告别学校，继续去编织自己的学术之梦。

　　我在学术道路上能够一直走下来，得感谢甬江之畔的那座校园，还有那座校园里的老师们。

（原载 1995 年 5 月 15 日《浙江师范大学报》，1995 年 6 月 20 日《宁波师范学院报》转载。收入本书时有改动）

恐惧袭来

恐惧并不是从一开始就有的。

上小学三年级时，我的作文被语文老师看中并抄在小黑板上，挂在课堂里讲解分析。到了四年级，我的作文又被六年级的老师拿去念给那些高年级的同学们听。虽然我并未因此而产生太大的骄傲，但是在懵懵懂懂、稀里糊涂之中，自我感觉十分良好。

这种感觉一直持续到中学毕业。

1978 年初，我上了大学。记得班上仅有四名应届中学毕业生，我是其中的四分之一。同学中有的当过十几年中学教师，是"老师级"的学友；有的捏过锄头扛过枪，阅历丰富。当然也不乏有一个儿子或两个女儿，已经当上了爸爸妈妈的同学。

第一次作文，就把我给镇住了。几十篇文章，文采各异，都可以说是像模像样的。在这些知识、阅历、能力等等都远胜于我的同学面前，我感到惭愧。我不敢说中小学时代我曾有过"鹤立鸡群"的感觉，但进入大学之后，我确确实实整个就是一种"鸡立鹤群"的感觉。

幸亏我的心理还算健康，没有因此而闷闷不乐或神经衰弱，一蹶不振，相反，我认真听课，拼命做笔记，玩命复习。到了期末考完试，分数居然也名列前茅。

恐惧与我擦肩而过。

大学二年级时，我朦朦胧胧地意识到，大学生活的意义不在考试和分数，不能跟着分数跑，该尝试着摆脱课程和考试的束缚，学一点像样的"招式"了。我选择了一年级时最感兴趣的课程"文艺理论"，作为自己在学术殿堂摸索前行的入门学科。

决心既定，从此除了上课，就天天泡在了图书馆、阅览室和阶梯大教室里。中外古今文学理论著作的阅读自不待言，顺藤摸瓜，中外哲学、美学、心理学等临近学科的著作也进入了我的阅读视野。在阅读1950年代美学大讨论时出现的四个流派美学家的著作时，我发现有些美学家的著作机械、冰冷，缺乏真正的对于艺术、自然、生活之美的体悟和热爱，理论思考在某种程度上变成了冷冰冰的思辨游戏、概念推演，而有些美学家的著作则充满了对于艺术、对于美的激情和热爱。我意识到，学习美学、文艺学，不仅是理论的修习，也是文学艺术的沉浸和感悟，于是，文学及艺术的各个门类，如音乐、美术、书法、影视、戏曲、建筑等等，都成了我关注并极为投入的学习对象。

那是一些多么灿烂的日子啊，虽然几乎每天吃的不外乎青菜、冬瓜，穿的常常是一套洗得发白了的工作服和解放鞋，但精神在接受书籍和艺术的滋养和调养中所得到的充实、快乐和感动，让我觉得每天的生活都像是一首诗，每个日子都是那么单纯和美好，没有任何功利目的和身外的烦恼，从早到晚朝夕相伴的是那么摄人魂魄的艺术，是那些启人灵智的学术。老天有眼，在恐惧袭来之前，他让我像一个饕餮之徒，毫无顾忌、毫不客气地放纵自己贪婪的精神食欲。

一切似乎都很顺利。随着岁月的流逝，自己的心境，也从最初走近学术时的激情沛然，渐渐转成宁静平和。但是，就在这宁静平和之中，我的心渐渐被一缕恐惧感深深攫住，是的，恐惧袭来。

在学术面前，最初的迷恋和沉醉，同时也伴随着气盛如牛的轻狂。每天都可能遇上新的视野，每天都以为可能"悟透"新的玄机，每天都在心里对自己说，我为什么不行。

然而今天，当学术的神秘面纱被撩去之后，展示在面前的是学术真正的深邃、厚重和庄严。

于是，一种惭愧和不安，从我的心底深处弥散开来。这是偏狭对阔大的惭愧，是肤浅对深邃的不安。学术是一座人类智慧搭建的迷宫，初窥门径，远不能说已深入堂奥；学术又是一片人类灵智汇聚的海洋，海边弄潮，只能是拾捡贝壳一二。面对雄浑的学术迷宫，浩瀚的思想海洋，我只能为自己过去和现在的无知和肤浅，而感到深深的恐惧。

可是我别无选择。我只愿在恐惧的笼罩下，揣上罗盘针，拿上导航图，战战兢兢，小心翼翼，继续学做一名迷宫的探宝者，或者，一个大海的弄潮儿。

1995 年 3 月 10 日

（原载 1995 年 3 月 25 日《浙江师大学生报》，收入本书时略有改动）

与快乐为伴

一转眼，我在儿童文学研究领域里学习、摸索已有十多个年头了。回想起来，对学术研究萌发热爱与向往之情，应该追溯到我的大学求学时代。

1977 年，高中毕业，恰逢高考恢复，我考入宁波师范学院中文系。入学第一年，我最喜欢的课要属徐季子先生、李燃青先生等讲授的文艺理论课。整个大学时代，我沉醉于文艺理论等学科的学习和思索，与两位先生的影响和指导是分不开的。

大学毕业后我被分配到中学工作。其间在同窗周耀明君的建议、帮助下，我开始关注儿童文学研究。1984 年，我考入浙江师范大学攻读儿童文学专业硕士学位，从此便一头扎进了这个领域。

在学习中，我发现几十年来的传统儿童文学研究，走的是一条相对封闭的学术路子。我想，我们这一代人应该努力以当代的学术文化积累为背景和依托，力争有所作为，改变这种局面。这个时候，大学时代在文艺理论和哲学等方面的浓厚兴趣及打下的一点理论基础，对我的儿童文学研究产生了不小的帮助。我在研究生学习期间发表的十多篇论文开始在儿童文学界产生了一点影响。一些前辈和同行也给予了鼓励性评价，认为我的这些研究工作显示了比较独特的学术气质。

研究生毕业后留校任教，这使我有可能把自己的研究工作由零散型向着系统化的方向推进。我选择了中国儿童文学理论批评史这一尚待垦拓的领域，作为自己的主攻方向。投入这一领域，才知道其中的艰辛。

从原始资料的收集，二手资料的辨误，到各个时期、各种理论现象的梳理、分析，再到整个儿童文学批评史理论体系的建构，许多步骤和环节都是白手起家。以基础性的史料收集工作为例，原始材料的收集犹如大海捞针，有些材料又只能用手工抄录（图书馆为保护部分书刊，规定不能复印）。二手材料中的错讹更是防不胜防，一个人名、书名或年代，常常会出现多种不同记载和说法，对此得一一考证厘定。几年间，我出入于京、沪、杭等地的各大图书馆，也曾造访一些保存着珍贵儿童文学理论史料的老牌出版社和大学的图书资料室。我知道，学术研究工作不能抱有丝毫侥幸心理，是否具有认真严谨的工作态度，将直接影响学术成果的质量和信誉。

品尝学术研究的艰辛，总是与体验学术创造的快乐紧密联系在一起的。每当研究工作取得一点进展，心中的喜悦也是无法言说的。终于，在数易寒暑之后，30 余万字的《中国儿童文学理论批评史》一书出版了。《中国图书评论》《儿童文学研究》《浙江社会科学》《文艺报》《解放日报》等十多家报刊发表了书评文章，另有海内外十余家报刊发表了书讯或专题报道。一些研究者评价此书为"一部厚重独到的批评史"，是"意味深远的拓荒之作"，"中国儿童文学批评史学科的奠基之作"。

我深知自己的研究工作还只是刚刚起步，在学养方面还存在着很多不足。如今，我又承担了一项国家社科基金研究项目。我想，这将是一轮新的挑战和考验。但是，我也相信，与学术为伴，就是与思想和创造的快乐为伴。

（原载 1996 年 10 月 9 日《宁波日报》）

相伴四十年

—— 我和《文艺报》

　　1977 年初夏，高中毕业前夕，我与几位要好同学鬼鬼祟祟讨论的一个话题是，去哪里插队落户。不久以后传来消息，高考恢复了。我们 10 月份开始准备考试，11 月份稀里糊涂参加初试，12 月份杀进复试考场。转过年来，我收到了一份入学通知书。

　　作为应届高中毕业生，我的中小学时代在"文革"时期度过。成为中文系本科生的时候，我从未听说过巴金的名字，也不知道时任全国政协副主席的沈雁冰就是作家茅盾。除了看过几期"文革"时期出版的《工农兵画报》之外，几乎从未接触过任何文学期刊。幸运的是，我们很快赶上了新时期文学最初的那些令人亢奋的日子。入学不久，从春天到夏天，《哥德巴赫猜想》《于无声处》《伤痕》等作品所引起的一阵又一阵文学骚动，让我们进入大学后的每一个日子都满溢激情和幸福。思想解放的进程和文学生活的恢复与重建，轻而易举地把我们初入大学的生活变得闪闪发光。记得 1978 年第一届全国优秀短篇小说奖评奖，采取群众、文艺团体、文学出版机构推荐和专家评定相结合的评奖方式。我们小组的几位同学群情激昂，唇枪舌剑，集体推荐了 30 篇作品。待到评奖结果揭晓，大家对照 25 篇获奖小说名单，发现竟有 17 篇作品在我们的推荐篇目中。虽然我们知道自己只是无名的普通投票"群众"，但大家恍若都中了"参与奖"一般欣喜无比。

我那时候年纪小，入学时 16 岁半，在一群老大哥老大姐面前最显无知和幼稚。不过，生性比较内向，也容易给人造成错觉，用给我们上英语课的张先昂老师的说法，"方卫平少年老成"。除了与同学们一起阅读、讨论文学新作这类"公共生活"之外，我还懵懵懂懂地私下"研读"马克思的《1844 年经济学哲学手稿》、恩格斯的《路德维希·费尔巴哈和德国古典哲学的终结》、康德的《判断力批判》、黑格尔的《小逻辑》等等哲学美学著作，悄悄而激动地关注、搜索文学期刊复刊、创刊的消息。从 1978 年开始，《文学评论》《文艺报》《文艺研究》《读书》《文艺理论研究》等刊物的复刊、创刊等，是我非常关注的文学动向。1978 年夏天复刊的《文艺报》，就是我在图书馆报刊阅览室看到的。除了每周至少两次去图书馆的阅览室翻阅各种报刊外，我也试图从牙缝里挤出微薄的生活费订阅刊物。1979 年 11 月 1 日我在日记中写道："八〇年度报纸杂志开始收订。想订《文学评论》，但是不扩大订户，只能眼巴巴被关在门外。《文艺报》可订。还有《文艺研究》（双月刊），惜不能直接订阅，而要向北京编辑部联系。下午写了封信准备寄去。《文学评论》准备托施群在上海零买。"日记里提到的施群是与我同年考上大学的一位高中同学。

那一年最终并没有订上《文艺报》，是订阅技术原因或终因囊中羞涩而放弃，已经记不起来了。只记得那封寄给《文艺研究》编辑部的信，因为地址不详被退了回来。

就在我写上述日记的两天前，在 10 月 30 日的日记里，我记下了这样一句："文艺工作者四次代表大会在京开幕。"熟悉当代文学发展史的人都知道，那是一次在新时期文学发展进程中具有重要意义的会议。12 月 23 日的日记里写道："在市区买到《文艺报》第 11、12 期合订本和朱德生、李真主编的《简明欧洲哲学史》。"

所谓的"合订本"其实应该是合刊。这一期《文艺报》是中国文学艺术工作者第四次代表大会的专刊，内容丰富、有趣、厚重，混杂着沧桑、喜气和庄严感。隐约记得封面右上方"文艺报"几个字是深绿色的，内文图文并茂。与会作家的大量照片，与文字信息形成了宝贵的补充。印象最深的两幅照片，一幅是中青年女作家茹志鹃、张洁、叶文玲、刘真簇拥着老作家冰心先生的合影，发自内心的喜悦极有感染力；另一幅是一位香港诗人何达与翻译家、学者戈宝权等的合影。时值初冬，戈先生等穿着厚厚的大衣，来自南国的香港诗人却身着短衫短裤，令人过目难忘。

1982 年初，我大学毕业被分配去了一所小镇中学做语文老师。两个月后，我的专业兴趣从文艺学、美学转向了儿童文学，但是我阅读各种文学报刊的热情依然不减。1987 年 1 月 19 日，我正为硕士毕业论文写作茶饭不思，突然收到了汤锐女士的来信，是一封诚恳殷切的手写约稿信。当天的日记里有这样的记载："收到汤锐从中少社发来的信，说'《文艺报》今年新辟儿童文学理论版，你如有佳作望及时寄给我'。"对于正在暗暗思虑如何在儿童文学研究领域小试身手的年轻人来说，《文艺报》上这个版面的开辟，该是多么大的一件事情啊。而我与《文艺报》的缘分，也就这样拉近了。

几天后，我从已经改为报纸出版的《文艺报》上看到了"儿童文学评论"版的第 1 期。这一期上有束沛德先生撰写的一篇发刊词性质的文章《窗口·桥梁·苗圃——对"儿童文学评论"专版的期望》，还有作家班马新意迭出的长文《当代儿童文学观念几题》。压题的则是一幅青年作家围坐一起的合影。寒假里，我在家中以缝纫机当桌，写了一篇两千字的短文，并于 1 月 29 日寄给汤锐学长，这就是 1987 年 5 月 16 日"儿童文学评论"版以头题刊出的《儿童文学：在创作者与接受者之间》一文。

　　《文艺报》创办 70 周年了，我作为《文艺报》的读者，与她相伴了 40 年；作为作者，已经超过 30 年。30 多年来，我在这份重要的专业报纸上发表了近 60 篇长长短短的文字。今天，托网络时代的便利，我常常等不及几天后才能送达的报纸，在每周一、三、五的早晨打开《文艺报》电子版，浏览当天的各版内容。我想，对于我来说，对于中国儿童文学的发展来说，《文艺报》存在的意义和价值，都是难以替代的。

　　（原载 2019 年 9 月 18 日《文艺报》）

与《儿童文学选刊》一同走过

1981 年初，《儿童文学选刊》（以下简称《选刊》）横空出世。那时候，我还是一个沉浸于哲学、美学、文艺学学习，整日游荡、陶醉于中外古今文学艺术世界的中文系学生。对于发生在邻近的大都市上海的这一事件浑然不知。

与《选刊》相遇、结缘是在几年后的 1984 年秋天，那时候我开始了专业的儿童文学学习。细细阅读《选刊》，暗暗等待着每一期刊物的到来，成为我今天能够想起的那段学生时光最重要的心情记忆之一。

打开每一期《选刊》，只觉得入选的每一篇作品都是那么令人玩味，每一个作者的名字都是那么闪闪发光。我能感受到，这些作品的遴选、亮相，都是经过了《选刊》编者的用心审视，精心掂量才完成的。对我来说，阅读《选刊》，就是在打量、感受那个时代儿童文学的发展身影与激情，捕捉、思考那些岁月里儿童文学的艺术交锋与脉动。

"笔谈会"和"年度述评"等自然是特别让我期待和着迷的栏目。宏论短章，分析点评，成为我了解儿童文学艺术前沿和思想腾挪的最便利迅捷的平台和路径。真的，那些文章里的几乎每一个字，每一句话，都曾经在我的阅读视线和心里细细揣摩，反复玩味。也许可以说，这些阅读和体味，无形中为我最初的儿童文学思考和专业起步，提供了丰富的理论细节，甚至是一条紧贴现实的理论河床。

《选刊》每一期封二、封三上的"本期部分作者近影""本期插页部分画家近影"，也是令读者兴趣盎然、赏心悦目的内容。这些作家、画家影像所保留、传递的关于作家、画家生活和文学生命的信息，与阅读作品和想象作家、画家时的体验，构成了一种微妙有趣的呼应和补充。《选刊》创刊一周年时，"笔谈会"曾邀请十余位作家撰写纪念文字。记得王安忆女士在题为《祝愿》的短文中写道，《选刊》还能让读者在封二认识各位作者的面貌，再不至于将"叔叔"误认为"阿姨"，"奶奶"误以为"爷爷"。

早期的《选刊》，每一期还曾附有近期"报刊儿童文学作品选目"。这也是我常常用心浏览的内容。想了解那些熟悉的作家近期又有哪些作品，哪些陌生的作家开始登台亮相，不同报刊发表作品的数量、特色、联系团结的作家群体及其特色，等等。用心阅读、揣摩每一期《选刊》，成了我初入儿童文学领域的重要功课之一。因为我知道，这是一份贴近时代、令人激动，也是一份富有智性、令人放心的刊物。

1986年11月8日，我辗转得知了《选刊》编辑部约稿的信息。当时"笔谈会"正开设"现代童话创作漫谈"专栏。我因此也写了一篇题为《童话的立体结构与创新》的短文，并于11月14日寄给了《选刊》编辑郑开慧老师。此文后来发表在1987年第1期《选刊》"笔谈会"的专栏里。

那时候我正迷恋于西方现代哲学、美学和所谓的新潮文学理论的阅读和吸收。这篇小文章中多多少少也融入了我在这种学习状态下的阅读心得和理论上的稚拙尝试。一位年长的学友读了拙文，见到我时笑眯眯地说："是有点不太一样。"

在当时的语境下，这句话的潜台词是，年轻一代学人的知识结构、思考路径、理论话语等，与传统的理论面貌已经有一点不一样了。

对于我来说，这无疑是《选刊》的一次珍贵的接纳。在我的心里，这也是《选刊》气度、格局的一次自然的展现。

1987年5月，具体主持《选刊》事务的评论家周晓先生应邀来学校为第3期全国中幼师儿童文学教师进修班讲课。我正处在准备毕业答辩的紧张时刻，但仍在周晓先生住处与他有过一次难忘的长谈，并奉上了自己1986年在《文艺评论》《浙江师范大学学报》发表的拙文《我国儿童文学研究现状的初步考察》《论当代儿童文学形象塑造的演变过程》。

那是我与周晓先生的第一次见面。几天以后，我收到了周老师回到上海后给我写来的一封信，信中说，"在回上海的火车上，很有兴味地读了你的大作"，并不吝给予了我许多宝贵的鼓励。

此后，周老师对我的信任和鼓励就一发而不可收了。这年秋天，周老师应一家出版社之约，编选了一部少年小说的"探索与争鸣集"。他约我为这部荟萃、保存了1980年代儿童文学探索潮流中的许多重要作品和争鸣文章的集子写一篇长序，这就是当年11月我写作的那篇近万字的《少年小说：对新的艺术可能的探寻》一文。1988年底、1989年初，周老师的第二部评论集《少年小说论评》即将出版，他又邀我为该书写一篇序文。1989年2、3月间，我完成了题为《批评的品格》的序文。那时候我二十六七岁，算是儿童文学理论评论领域初出茅庐的新手，而周老师是1980年代儿童文学界叱咤风云的评论家、编辑家。周老师给我如此信任和提携，对于我个人的早期专业起步来说，无疑是一份宝贵的温暖和力量。

作为一名评论界的新手，渴望更多地写作和发表，应是情理中的事情。以我留校后次年的 1988 年为例，这一年我在《儿童文学研究》《百家》《文艺评论》《当代作家评论》《当代创作艺术》《光明日报》《文艺报》《浙江师范大学学报》《宁波师范学院学报》《衡阳师专学报》等报刊上发表了多篇理论、评论文字。但是说实话，在我心里，还有一个重要的刊物，是我十分向往、渴望亮相的发表园地，这就是 1980 年代深度参与了中国儿童文学的历史进程，在很大程度上塑造了当时中国儿童文学的历史身影和艺术面貌，在整个儿童文学界影响巨大的《儿童文学选刊》。这几乎是那个时代聚焦儿童文学艺术、呈现儿童文学风貌最集中、最权威、最令人神往的园地和舞台。在这个平台上，一篇作品一经选载，就可能成为一个时期甚至一个时代的文学代表或文学经典；一个论题一经推出，就可能成为整个儿童文学界的前沿话题；一位新作者一经亮相，就可能成为儿童文学界瞩目的文学新人。

但是，我克制了自己心里常常涌起的给《选刊》投稿的念头和冲动。一方面，我不愿意自己心底哪怕有一点点利用周老师和《选刊》编辑部的信任从而获取发表机会的想法；另一方面，在我印象中，《选刊》是一份在理论评论方面特别领先、特别有规划的刊物。因此，从 1987 年第一次在《选刊》发表文章，到 1999 年底《选刊》改版之前，十余年间我在《选刊》上只发表了 8 篇长短文章。记忆里，这些文章都是《选刊》的约稿，开始是周晓先生，后来是接任《选刊》主编的秦文君女士。

每一次的约稿我都十分重视，认真写作，暗暗希望不辜负《选刊》的重托。1995 年，《选刊》创刊 15 个年头，我在刊物上发表了《一份刊物和一个文学时代——论〈儿童文学选刊〉》《寻求新的艺术话语——再论〈儿童文学选刊〉》两篇文章。关于《选刊》，我当时做了这样的评价："《选刊》事实上已成为十多年来儿童文学发展面貌的一份珍贵的历史记录和档案，具有一种文学发展的历史索引价值"；"《选刊》在自己生存发展的过程中，逐渐形成了一种稳重而绝不僵化迟钝、新锐而绝不走火入魔的艺术分寸感，表现出一种严肃认真深思的理性品格与灵敏迅捷开放的编辑策略融合为一体的办刊品质"；"《选刊》以其不同凡俗的文学趣味和格调在八十年代以来的中国儿童文学界展示了她独特的魅力。在我看来，《儿童文学选刊》在一个相当长的时期里始终维护、保持了作为一份文学意味纯正的儿童文学刊物的矜持、高雅和尊贵。"今天，我仍然想说，《选刊》的文学史地位和艺术品质，还需要我们继续做出更深入、更准确的研究和评说。

从 1981 年创刊，经过不同时期的发展，到 2011 年恢复以"儿童文学选刊"的刊名出刊，《选刊》已经伴随中国儿童文学走过了近四十年峥嵘难忘的岁月。此时此刻，我们怀念当年富有眼光、提议创办《儿童文学选刊》的著名儿童文学作家任大霖先生，感激《选刊》近四十年风雨中携手走过、弦歌不辍的历任主编和各位编辑，感谢为中国儿童文学发展默默坚守的少年儿童出版社。我个人有幸与《儿童文学选刊》一同走过近四十年，成为《选刊》忠实的读者、作者，见证《选刊》的辉煌与沧桑，这是我个人儿童文学生涯里一份无比幸运珍贵的记忆和财富。

（原载 2020 年第 1 期《儿童文学选刊》）

"中国儿童文学名家论集"主编小记

2014 年 11 月 19 日下午，在上海宝山国际民间艺术博物馆举行的"2014 陈伯吹国际儿童文学奖颁奖典礼"现场，我与青岛出版集团少儿出版中心总编辑谢蔚女士相遇。几句寒暄之后，谢蔚女士提到，希望我为他们主编一套儿童文学理论丛书。我略加思考，提出了编辑、出版一套"中国当代儿童文学学者文丛"的建议（后由出版社改为"中国儿童文学名家论集"）。文丛拟由 20 世纪 70 年代末、80 年代初陆续进入中国儿童文学研究（创作）领域的一代具有代表性学者的学术自选集构成。说完，我写下了一份包括 12 位学者的作者名单交给了谢女士。

我向谢蔚女士说明了提出这一建议的三个主要原因。其一是基于这一代学者和批评家在当代儿童文学思想和学术发展进程中的独特理论贡献和学术代表性；其二是因为迄今还未有出版社组织推出过这一代学者的有整体性规划的儿童文学学术自选集；其三，这样的选题在操作上具有较大可行性。

这一选题建议得到了青岛出版集团的重视和积极回应。出版选题确定后，我陆续与 11 位儿童文学同行学者通了电话，并于 2014 年 12 月 21 日发出正式的电子邀约函件。除了说明文丛选题的缘起、依据、作者阵容等，我也提供了九项具体建议：

如您能俯允所请，加入"中国当代儿童文学学者文丛"，

我建议文丛的初步编选安排如下：

1. 每集约20—25万字，敬请各位学者朋友选择自己具有代表性的儿童文学文论（论文、评论为主，酌收适量有代表性的序、跋等其他各类文字，也可以从自己的重要专著中选择具有代表性的章节）。

2. 敬请各位学者朋友所选大作，能够覆盖自己30来年的儿童文学思想历程（而不宜集中在某个时期）。字数也请尽量控制好。

3. 烦请各位将大作文字按内容分为若干小辑（一般以4—6个小辑为宜），每一小辑各取一个小标题。

4. 书后附学术年表（建议内容包括重要学术论文、著作发表、出版的时间、报刊、出版社，重要的学术获奖、学术荣誉、学术任职，参加过的重要学术活动，其他重要的个人学术信息等），烦请编撰、提供。

5. 烦请提供书稿的完整复印件，请统一在每篇文章末尾右下角用端正的手书注明出处，并加上括号，如：

出处为刊物：（原载xxxx年第几期《刊物名称》）；

出处为报纸：（原载xxxx年x月x日《报纸名称》）；

出处为专著：（原载《专著名称》，xxxx出版社xxxx年x月出版）。

文稿烦请初步处理，如，去掉最初发表时篇名下方的作者署名、摘要、关键词等。

书稿后请附后记一篇。

书稿整体的内容和结构确定后，请打印一份完整的目录，置于书稿卷首。

6. 我建议出版社在书前加上适量插页，选登各位学者的学术成长影像（黑白、彩色照片）。烦请准备十余幅您的珍贵照片。

7. 书名采用《××××××——×××自选集》的格式，请您自拟一个漂亮的书名。

8. 交稿方式（略）。

9. 出版社计划在2015年10月出版丛书。如您同意加入文丛，为能保证出版时间，敬盼能在2015年3月中旬前收到您的大著书稿。

您是30余年来中国儿童文学学术进程的重要参与者和见证者，您的学术贡献更是当代儿童文学理论批评史上重要的一笔。我恭请并十分盼望您加入这套文丛，为我们共同走过的学术历程留下一份珍贵的记忆和财富！

我们争取与青岛出版社一起，把文丛出版得大气、厚重、美观。

收到此信后，盼您能在百忙之中给一答复。如您对文丛的编撰有任何意见或建议，敬盼方便时有以教我，谢谢！

的确，信中的"为我们共同走过的学术历程留下一份珍贵的记忆和财富"这一句话，是我做这项工作时内心不时涌动的一种心情。对于我们这一代儿童文学研究者、思考者来说，用这样一套书面对读者，不仅有一种学术小结的意义，更会滋生出一种回顾相伴而行之来路、回味相互砥砺之历程的感喟。在来来往往的电话、短信、邮件等交流过程中，我也从各位同行学者那里感受到了这种心情。例如，2015年3月9日，已有十多年未谋面的金燕玉老师在寄出书稿后发来短信："卫平教授，书稿已寄出版社，题为《文学独奏》，分为'文学独奏''先声夺人''精彩华章''余音缭绕'。非常感谢您做的一切……高兴我们之间不必多说的默契以及多少年来的相识。美妮走后，倍感寂寞，此次以书会友，重温旧路，实属幸事盛事。"我在给她的回复短信中说："燕玉老师，许多年来心里一直惦念着您。……您在儿童文学领域的宝贵贡献，我希望现在的年轻人仍能了解并珍视。感谢您的重视和支持，让我感到无比温暖。我也常常跟我们的同学们谈起美妮老师，谈起受她关爱的许多美好的往事，十分怀念她。盼望我们还有相会的机会，祝您健康快乐！"此时此刻，新年的钟声快要敲响。我在这里，在心中，感谢各位学者朋友的响应和支持，感念我们共同走过的时代和岁月。

因为一些可以理解的原因，这套文丛最终共收入了十位儿童文学学者、作家的学术自选集。我们要感谢青岛出版集团，谢谢你们的信任和召集；感谢各位责任编辑，谢谢你们的用心和努力。

（原载方卫平主编"中国儿童文学名家论集"10 册，青岛出版社 2017 年 5 月出版，收入本书时略有改动）

祝福 60 岁的少年儿童出版社

我的中小学时代是在"文革"时期度过的。记得上小学二年级时的一天，邻居一位姓胡的同学不知怎的从学校被贴了封条的藏书柜里，弄出了一批"文革"前的儿童图书。对于一个几乎没有接触过真正的童书的孩子来说，那些书名无疑是充满诱惑力的：《共产主义旅行记》《中国古代十大名医》……我隐约记得，任大星的《吕小刚和他的妹妹》、宋振苏的《我的弟弟"小萝卜头"》、崔前光的《浙东的孩子》等书籍，封面上印着"少年儿童出版社"，翻开封面和扉页，可能会看到一篇致读者的文字。"亲爱的少年朋友"，这样的称呼让我的心里产生了一种心惊肉跳的悸动和莫名其妙的温暖。

后来，"儿童文学"教学和研究成了我的职业，那个坐落在延安西路 1538 号的少年儿童出版社也成了我职业生涯中一个重要的专业地标。那里有曾经给我和我的文学同侪们的成长以重要扶持和呵护的刊物——《儿童文学研究》《儿童文学选刊》《中国儿童文学》，有几代素养精深、友情绵长的编辑老师和朋友；那里也留下了我近三十年来编织的许多宝贵的故事和记忆。

祝福 60 岁的少年儿童出版社，谢谢你对一个儿童文学时代的贡献和托举！

（原载《1952—2012 岁月留痕 童心永驻——少年儿童出版社 60 周年纪念画册》，2012 年 12 月出版）

白乌鸦：从慕尼黑飞到博洛尼亚

今年二月间，收到德国慕尼黑国际青少年图书馆中文语种负责人欧雅碧女士来信，告知年前寄往馆里的一箱童书，业已收到，同时发来了今年该馆"白乌鸦节"的预告和邀请。信文是一向地温文尔雅，周到体贴。信末，她说："三月的博洛尼亚书展，不知会否有幸相见呢？"

正巧，应安徽少年儿童出版社张克文社长的邀请，我和赵霞今年准备再赴博洛尼亚的童书盛会。说起来，这些年因为白乌鸦中国书目的工作，与欧雅碧女士通信多年，却还从未会面。我们于是高兴地给她回信："博洛尼亚见！"

很快又收到她的回信说，太好了，克里斯蒂娜·拉伯馆长得知我们赴展的消息，有意在书展期间安排一场对谈，希望我们能结合十年来白乌鸦中国书目的工作情况，向听众介绍中国儿童文学的发展状况，也是借此向本届书展的主宾国中国致敬，不知我们是否有时间和兴趣。

此后，就对谈的话题，双方又有一番信件的往来。我们一边讨论，一边感叹，时间过得真快啊，从我们开始参与白乌鸦中国书目的工作，每年选书、搜书、评书、寄书，转眼已有十年了吗？

想起最早接到慕尼黑国际青少年图书馆的约请，是在 2008 年秋天。那时赵霞正在该馆做为期三个月的研修。某日她从研究室的书架上发现了一排《白乌鸦世界儿童与青少年文学选目》。该书目每年用英文遴选、介绍全世界几十个语种的年度优秀原创儿童文学作品，是获得国际认可、代表了当代儿童与青少年文学发展面貌和趋势的年度童书目录。可是 2008 年的白乌鸦书目中，中国童书竟然只有中少总社出版的吴承恩《西游记》插图版一本书被选为当年中国儿童文学的代表之作，而那一年列入书目的日本作品有 17 种，韩国作品有 5 种。

借一起午餐的时间，赵霞与语言部负责人约亨·韦伯谈起了白乌鸦书目的工作。作为馆内非常重要的一项常规工作，白乌鸦书目每年正式出版一册，它既是世界儿童文学出版和文学发展的一种反映，也逐渐成为各地出版机构考虑童书引进的重要参考。当年入选的童书会在博洛尼亚童书展、法兰克福书展等场合展出。由于馆内当时尚无中文专家，中文书目的挑选主要依靠相关出版社或在馆人员的随机荐书，这也解释了为什么在中国童书出版已经开始步入"黄金时代"的 2008 年，中文书目部分却只有一本《西游记》入选的尴尬情况。讨论中，约亨提出了约请我们遴选并用英语点评次年的中文白乌鸦童书的想法，由此便开始了我们之间迄今长达十年的合作。2013 年起，欧雅碧女士从巴伐利亚州立图书馆来到慕尼黑国际青少年图书馆，开始接手这里的中文书目工作。记得也是在那一年的二月里，彼此通过电子邮件交流中文白乌鸦书目的工作情况，我们随信附上了偶然读到的一篇中文报道，询问："这篇文章里的欧雅碧女士，是你吗？"她笑回："确是本人。世界真小啊！"

十年来，我们为该书目推荐了四十多种当代中国儿童文学的新作。其中最近的 2017 年书目，我们推选、点评的作品为于虹呈的《盘中餐》、杨思帆的《奇妙的书》、张之路的《吉祥时光》、黄蓓佳的《童眸》、郭姜燕的《布罗镇的邮递员》，涵盖了图画书、童话、儿童小说等重要儿童文学门类。

这些年，每到年末，都会收到从慕尼黑寄来的新年贺卡，是图书馆自印的精美卡片，别致的插图，手写的祝词，一齐签着馆长克里斯蒂娜、语言部主任约亨和欧雅碧的名字。不记得从哪一年起，同时也会收到图书馆自制的新年大挂历，韵文配插画，文图皆美，叫人都舍不得用。

反复的邮件商谈后，博洛尼亚对谈的题目定为"中国儿童文学：推荐与趋势"（Chinese Children's and Youth Literature: Recommendations & Trends），使用中英双语，由欧雅碧主持，我们担任主要发言。很快，她传来了活动的邀请函。

我们于博洛尼亚当地时间 3 月 25 日晚上十一点多入住离展馆不远的建国饭店。对谈安排在 3 月 27 日上午。第二天，主要活动的余暇里，我们与欧雅碧碰了两面，商定对谈最后的细节。上午我们如约到慕尼黑国际青少年图书馆的展台寻到正在前后忙碌的她，下午，她又来 26 号馆中国展区找到了我们。欧雅碧的中文说得十分流利，更兼热情风趣优雅，我们相谈甚欢。谈及多年来白乌鸦中国书目的工作，她代表图书馆一再向我们表达谢忱。

3 月 27 日上午 10 点多，我们如约来到展馆的作家咖啡角。这里是对谈预定的地点。近年的每届博洛尼亚书展都设有四个知名的咖啡角，分别为作家咖啡角、插画家咖啡角、翻译家咖啡角和电子咖啡角。今年的作家咖啡角设在二楼一处开阔的厅台。国际儿童读物联盟中国分会（CBBY）前主席海飞先生、前常务副主席刘海栖先生一起来到会场，受到欧雅碧的热情迎接，她与同事已将各项准备事宜悉数安排妥当。慕尼黑国际青少年图书馆馆长克里斯蒂娜·拉博女士（Christiane Raabe）女士，慕尼黑国际青少年图书馆语言部主任约亨·韦伯先生（Jochen Weber）先生，现任国际安徒生奖评委会委员、候任主席横田淳子女士，英国翻译家、《青铜葵花》英译者、2017 陈伯吹国际儿童文学奖特殊贡献奖获得者汪海岚（Helen Wang）女士，英国利兹大学中国文学学者蔚芳淑（Frances Weightman）女士等专家也来到对谈现场。来自各国的 70 余位儿童文学作家、学者、翻译家、图书馆员、出版人等到场参与了对话和互动交流活动。

要在十分有限的一小时时间里介绍中国当代儿童文学的主要发展状况，既要有充分的可听性，又要有相当的讯息量，多少有些难度。赴博洛尼亚前，我们反复比较考虑，最后选择了四个具有代表性的主要话题：一是中国原创图画书的兴起与发展；二是近年历史与战争题材的新书写；三是当代童年状况的观察与表现；四是成人文学作家的儿童文学写作。透过这四个话题，大概可以窥见当前中国儿童文学发展的某种丰富、多维、生动的面貌。谈话中，我们以一些具体的作家作品、文学事件为例，介绍了中国儿童文学近年的发展和变化，同时也提出了中国儿童文学界对于一些当下文学现象的谨慎观察与深入反思。

对谈结束前，欧雅碧女士强调，世界对中国儿童文学的了解还远远不够，希望借此次活动提供的契机，呼吁全世界更多出版机构关注并积极译介中国儿童文学的优秀之作。事实上，在前一天的碰面中，她便谈到世界对中国儿童文学的关注还远不够充分，比如曹文轩，是在获得国际安徒生奖后，他的作品才开始在德国引进出版。这位女士本人可能是当今西方童书界最了解中国儿童文学近况的专业工作者之一，这些年来，她不但细读了每一年我们搜集、寄赠的白乌鸦中国入选作品，也购买、收藏了一批中国儿童文学作家、插画家的作品，对于中国当代活跃的许多儿童作家、插画家都如数家珍。在她看来，出现在中国这样一片广袤土地上的丰富的儿童文学作品和现象，目前所受到的关注显然远远不够。

对谈现场气氛热烈，座无虚席。国外同行对中国儿童文学所表现出的兴趣和热情，令我印象深刻。活动结束后，拉博馆长、约亨·韦伯先生、横田淳子女士、蔚芳淑女士等纷纷向我们表示感谢和祝贺。汪海岚女士对我说："虽然今天的交流内容对你们来说只是一个简单的介绍，但是对我们很重要。我很喜欢你的观点，我们太想了解真正的中国儿童文学是什么样子的。" 国际儿童读物联盟（IBBY）中国籍副主席张明舟先生在朋友圈转发相关报道时感慨地说："希望能再多些这样的交流……"

（原载 2018 年 4 月 16 日《文艺报》）

"有理可以打太公"

——陈伯吹先生二三事

　　1985 年 7 月，在背靠螺峰山麓、侧倚翠湖的昆明连云宾馆召开的全国儿童文学理论规划会议上，我第一次见到陈伯吹先生。那一年伯吹先生已是 79 岁高龄的老人。昆明的夏日，气候凉爽宜人，伯吹老人着一件白色长袖衬衣，领口、袖口总是扣得严严实实。老人家身材不高，慈眉善目，儒雅谦和，一派大家风范。会上会下，我的眼神常常会情不自禁地追随着他的身影，并且也跟着大家一起，称呼伯吹先生"陈伯老"。此后十来年间，几乎每一年，我都会有机会在各种会议上见到他，并曾数次到位于延安西路上的少年儿童出版社，到位于瑞金路上的陈伯吹先生家中去拜访他。当然，在我的记忆中，最令我个人感到难忘的一件事，是 1988 年前后与陈伯吹先生之间的那场"笔战"。

　　20 世纪 80 年代中期前后，儿童文学界经历了一个至今仍然十分令人难忘的发展时期：一批中青年作家陆续登场，创作思想日趋活跃；一些艺术"禁区"渐次被冲破，《弓》《勇敢理发店》《今夜月儿明》《我要我的雕刻刀》《独船》《鱼幻》《走在路上》《那神奇的颜色》等不少带着新的审美气息和追求的作品纷纷涌现。在这样的变化面前，儿童文学界人们的反应是复杂的，或激动赞赏，或困惑反对……现在回想起来，结合那时候的文学语境，这些现象的出现应该说都是十分自然的。

我那时 20 多岁，属于"新潮"儿童文学探索的赞成者、鼓掌派。1987 年 6 月初，我在上海的《解放日报》上读到了陈伯吹先生言辞犀利的《卫护儿童文学的纯洁性》一文。伯吹先生在那篇文章中首先带过这样一句话："近年来，儿童文学领域里涌现了不少好作品，其主流应该说是好的。"随后笔锋一转，转入正题说："但也无可讳言，儿童文学中的某些作品，特别是某些年轻作者的作品，也出现了一些错误倾向。如居然面对情窦未开的少年儿童拔苗助长式地描写爱情的萌芽，宣扬所谓少男少女的朦胧爱情。性态文学虽未敢大胆进门，而荒诞的武侠小说则早已沾上了边。"对此，伯吹先生都视之为"如此不正经低调"的创作。他还愤愤不平地写道："令人最是难以容忍的，还将'五爱品德''五讲四美三热爱'和德、智、体、美、群等等的题材，逼入冷宫，蒙上了'过时货''老古董'的恶名。一些人公然宣称由于作品重视教育性，就束缚破坏了文学的艺术性。其然乎？其不然乎？"

　　这一年的岁末，我在阅读了伯吹先生晚近的其他一些文章后，写下了《近年来儿童文学发展态势之我见——兼与陈伯吹先生商榷》一文。我在文章中说，"陈先生是我所尊敬的老作家，但陈先生在这篇文章中所发表的对于近年来儿童文学创作的某些见解，却是我不能同意的"，并认为，当代"不少儿童文学作家确实开始不满于把儿童文学作品简单地当作某种伦理道德规范或优秀品质的笨拙的文学图解和灌输工具，也不满足于仅仅提供某些榜样和偶像供读者效仿，而是希望建立起自觉自由的审美意识，通过创作具有较高艺术品位的作品来发挥文学应有的审美教育功能，一句话，就是希望把儿童文学从天真而呆板的劝善文学、说教文学还原为真正的审美的文学"。该文不久以后发表在了 1988 年第

3 期的《百家》杂志上。几乎与此同时，《儿童文学研究》也在 1988 年第 4 期上发表了刘绪源先生的《对一种传统儿童文学观的批评》一文。两篇文章分别从当代儿童文学思潮发展、儿童文学观的建构等角度，对伯吹先生的观点进行了讨论。拙文发表后，发行量颇大的《报刊文摘》以《方卫平与陈伯吹针锋相对》这样一个颇有些夸张的标题摘登了其中的一些观点。影响很大的《新华文摘》则转载了刘绪源的文章。这场"笔战"，一度成了八十年代末儿童文学界一个不大不小的"事件"。

留在我记忆中并让我今天仍然感到震撼的并不是那场"笔战"中的观点及其碰撞，而是伯吹先生面对青年人的质询和商榷时所表现出的学术宽容和前辈风范。当时，《新民晚报》曾对这一"事件"有过关注，发表了记者林伟平撰写的一则综述性的报道。报道中特别提到，陈伯吹先生对年轻人的批评抱持一种欢迎的态度。不久，该报又发表了杂文家林放（赵超构）老先生的文章《向伯吹老人致意》。林放先生除了赞赏伯吹老人的长者气度和品格之外，还特别写道：我也要对两位青年人表示敬意。俗话说，"有理可以打太公"，真理面前大家都是平等的。以林放先生的经历和阅历，我知道他的"致意"举动背后，一定是携带着许多鲜活的历史内容和内心感慨的。

对我来说，那场争鸣事件也已经成为我个人在 80 年代后期一次难忘的学术经历，成为我个人在今天缅怀伯吹先生时，心底深处必然要泛起的一种特殊的经验和记忆。当在历史的长河与背景中去回顾这一事件时，我真的会有一种记忆的震撼。因为，在漫长的儿童文学生涯中，陈伯吹先生曾经不止一次地成为不幸社会生活的蒙难者，或者成为学术暴力事件的被冤屈者。然而，在 20 世纪 80 年代后期，当他以八旬高龄，宽容地回应和对待年轻人的挑战和商榷时，他已经以自己的仁爱和大度，为一段漫长的儿童文学历史，为改善我们偏狭的学术意识形态，为一个可能的学术清明时代的到来，给出了一个别致的注脚，提供了一个诱人的方向。

1994 年秋天，我带着出版不久的拙著《中国儿童文学理论批评史》，去伯吹老人府上拜访。老人除了还赠自己的著作之外，还很爽快地答应了为我拟写作的一部新书题写书名的请求。

回到金华不多日，我就收到了伯吹先生题写的书名。老人还附信说，书名题写了两幅，一为竖式，一为横式，以方便你挑选……

我想，陈伯吹先生留下的，不仅有他一生儿童文学活动所创造的文论和作品，还有他的长者风范和道德文章。

（原载 2010 年 7 月 6 日《中国社会科学报》）

任溶溶：一个天生的儿童文学作家

我第一次见任溶溶先生，是 1984 年 10 月 29 日，在金华的一个幼儿文学研讨会上。后来的三十多年间，我有幸在金华、昆明、上海、北京等地多次见到任先生。每次见面，都给我留下了十分特别、十分难忘的记忆。

记得 2003 年 10 月，宋庆龄儿童文学奖颁奖典礼在北京举行。其时，任先生已届八十高龄，是那一届"特殊贡献奖"的获得者。一天晚上，一群中青年作家和学者在我的房间里聊天。从走廊经过的任先生听着这屋里热闹，便走了进来。大家热情相迎，纷纷让座。任先生也回应说，我最喜欢跟年轻人聊天了，从年轻人这里我可以得到很多新的知识和启发。聊着聊着，他忽然问："你们猜我最喜欢看哪一档电视节目？"大家都猜不着。最后，任先生自己揭晓了谜底："我最喜欢看天气预报。"看着众人纳闷的模样，他笑眯眯地接着说道："你们想，同一个时间，这里很冷，那里却是很热；这里下着雨，那里却是大太阳，这多有趣、多好玩啊。"

那一刻，我忽然意识到，无怪乎任先生会一辈子与儿童文学结缘如此之深。在天性上，他无疑是最接近童年，最接近儿童文学的——他是一个天生的儿童文学家。

任先生属于法国哲学家加斯东·巴什拉所说的那类少数之人，他们一生都幸运地葆有一个孩子气的灵魂。这份孩子气里不只有一颗单纯的童心，还因历经成熟的生活经验和体悟的淬炼，而成为一种生活的境界。任先生有一首儿童诗，题目是《下雨天》，说的是下雨天坐着飞机，"顶着滂沱大雨"飞到空中，看见云层之上，原来晴空万里："……大雨倾盆时候／你也不妨想想／就在你头顶上面的上面／依然有个太阳"。那样平实而达观，朴厚而阔大，可不就是他本人的写照。

有的时候，他自己就是那个太阳。读他的童诗，我常常会有这样的感觉：跟随着他的目光、感觉，生活中那些有趣、可爱的角落，忽然也给我们瞧见了。他的许多儿童诗，往往光听题目就让人感到幽默别致、趣味盎然：《告诉大家一个可以大喊大叫的地方》《请你用我请你猜的东西猜一样东西》《一支乱七八糟的歌》《我是一个可大可小的人》《毛毛＋狗＋石头－石头》。这些看上去稀奇古怪的标题，写的却是最普通寻常的生活。《告诉大家一个可以大喊大叫的地方》，写一个孩子，感到没有一个地方"可以痛快地叫"，最后，意外发现了"可以大喊大叫的地方"："请大家在别的地方，／千万不要吵闹，／万一实在憋不住了，／请上这儿来叫。"诗歌写得一波三折，引人入胜，其实就发生在孩子最熟悉的学校、家庭和常见的公共场所。这个"可以大喊大叫的地方"，就是运动场。

《请你用我请你猜的东西猜一样东西》，开篇就吊足我们的胃口："世界上有一样最好的东西，／而且神奇"，这个"最好"而且"神奇"的东西，"我有，／你有，／大家有"。那么，"请你猜猜我说的这个东西，／到底是个什么东西，／可你猜我说的这个东西，／正好要用／我请你猜的这个东西"。语言游戏的幽默里，作者到底也没有揭示谜底，但小读者最后一定会明白，因为它就在我们每个人最日常、最熟悉的生活经验里。

任先生的儿童诗就是这样，明明是平平淡淡的寻常事体，给他一写，就变得那么好玩，那么"神奇"。他有一首童诗，题目就叫《没有不好玩的时候》。读他的诗，再回看自己的生活，我们也会变得更加敏感和快活起来：啊，这个平平常常的世界，原来是这么奇妙，这么有趣。

当然，它们不仅是奇妙和有趣而已。比如，《我是一个可大可小的人》，让一个孩子自述生活中的小小烦恼，用的是喜剧的口吻："我不是个童话里的人物，／可连我都莫名其妙：／我这个人忽然可以很大，／忽然又会变得很小。"这种"可大可小"的感觉，大概是每个孩子都经历过的日常体验，说开来好像也没什么。但仔细琢磨，在它的喜剧和自嘲背后，我们是不是也会发觉，有一个孩子渴望理解的声音？比如，《我听着他长大》，别出机杼地从"听声"的角度呈现一个孩子的成长。从大声嚷嚷的"哇哇哇"，到开口学话的"叽里呱啦"，到伶牙俐齿地"讲故事"，再到气派沉着的"声没啦"，虽只闻其声，却如亲见其人。在作家对童年各个生长阶段特点的准确把握和生动呈现背后，令我们在微笑里还怦然心动的，是那种伴随时间流逝、生命成长而来的奇妙慨叹。在这些诗歌的游戏感和幽默感背后，总还有些什么，让我们不只是把它们当作简单的游戏和娱乐。那种敞亮的欢乐和明快的幽默，是由结结实实的生命体验和关怀里孕生出来的内容。

如果你去读任溶溶先生的翻译作品，特别是他翻译的儿童诗，一定也能从中读出这种滋味。我一直认为，任先生的儿童文学翻译，很大程度上也是再创作。那些经他翻译的儿童诗、童话、儿童小说等，语言的风采和个性，一望即知是任氏手笔。读马雅可夫斯基、马尔夏克、米哈尔科夫、林格伦、罗大里、科洛迪等，他的译文，往往也是我最乐于推荐的版本。

近些年来，烦琐生活中的乐事之一，是收到任先生手书的信笺。虽然知道他平时已戴氧气面罩活动，可是每每看到信笺上思力敏捷，笔力遒劲，知道他身体照样康健，精神照样矍铄，实在由衷地高兴。2016年10月的一天，他写信来，专门询问一组词的金华话发音。我知道任先生在语言一事上向来兴致勃勃。为了不负他的托付，我当即找了一位本地长大的研究生帮忙，并嘱请"动作要快"。因年轻人对方言里的某些发音也没有把握，她又辗转去请发音更纯正的本地同学录音并标注了发音。次日任先生收到音频文件，又复一信："你一定很好奇我为什么对这些词的金华话发音有兴趣？"原来他虽祖籍广东，生在上海，却对金华有一份特殊的感情。我想起前些年读到过的任先生《我是什么地方人》一文，其中有云："我在上海图书馆看到了一本广东鹤山县志，那上面说，广东鹤山的任姓，其始祖都来自浙江金华，是南宋时逃难到广东落户的。也就是说，我童年在家乡拜祭的老祖宗，正是这些南宋从金华逃难到那里的人。那么我的祖宗是浙江金华人，我的祖籍也就是浙江金华了。从此我碰到金华人就说自己的祖籍是金华。"2016年其时，任先生已届九十三岁高龄，他对生活的蓬勃兴致和探究热情，实在令我敬佩不已。

2017年4月8号，我去上海泰兴路任先生府上探望老人家。那是一个阳光晴好的下午，任先生的孩子迎我们进屋。素朴清简的小屋里，任先生坐在桌边，戴着氧气面罩跟我们打招呼，美滋滋谈起他近来正在看的电视剧及剧中人的语言。他的面前放了一个小本子，里面记着每天的日记。我看到的任溶溶先生，还是那个天真而睿智的长者，他的身上仿佛住着一个永不老去的大孩子。那种天性里的单纯与爽朗，天真与豁达，以及对生活永远怀着的新奇感和热情，总叫人惊喜而又羡慕。他的作品，不管是童诗、童话、故事、散文随笔，还是绝妙的译作，我都喜欢，而且是满怀敬意地喜欢。我从任先生的文字里，读到了汉语白话文艺术的一种最生动的简约和最活泼的智慧，也读到了这些文字的背后，一个率真可亲、丰富可爱的灵魂。

（原载 2019 年 5 月 29 日《中华读书报》）

青丝华发一灯红

——我认识的王尚文教授

日前，"王尚文语文教育思想研讨会"在浙江师范大学校园举行，我国语文教育界群贤毕至，少长咸集。王门弟子为此盛会献上的一副对联"砚海耕耘积八百万字，乐在攀登，高度基于广度深度；杏坛弦诵历四十九年，甘做奉献，立言总为立人立心"，引起了大家的共鸣。我曾受尚文先生之邀，共同参与编写《新语文读本》小学版；后来，他又应邀出任浙江师范大学儿童文化研究院顾问。此时此刻，对他的为人治学，我确有不能已于言者。

在我国语文教育界，王尚文教授是一位德高望重、卓有建树的大家。他的《语文教改的第三浪潮》《语文教育学导论》《语感论》等一系列著作，已经成为我国当代语文教育界的重要思想财富。

尚文先生认为，人的发展应该是向"人"的生成过程，教育是促进这一过程的一种重要途径，而语言和文学的教育对于青少年的成长发展不可或缺、不可替代，可以说是一切教育的基础。这是他关于语文教育的基本理念，也是他从事语文教育理论研究和教材建设的根本动力。早在20世纪80年代末，他就在深刻反思1949年以来我国语文教改的历程后认为，当代语文教育发展历程中曾有以片面强调政治性为基本特征的第一浪潮和以片面强调工具性为基本特征的第二浪潮；但他坚持认为，语文学科必须努力书写一个堂堂正正的"人"字，它绝非工具学科，而属人文学科，因此，他提出应当掀起以突出人文性为基本特征的第三浪潮。为此，他著书撰文，奔走呼号，不遗余力。直至1990年代末期，他的观点才逐渐得到广泛认同。《北京青年报》发表文章称之为"语文教改第三浪潮的引领者"。

值得注意的是，他的人文性理论，是关于学科性质的规定，强调在语文教育中要以人文激活语文，在语文中渗透人文，必须以语文为本体，以人文为灵魂，而不是抛开语文来讲人文，把语文课上成不见"语文"的所谓"人文课"。但出乎意料的是后来却出现了所谓非语文、泛语文的现象，于是他又在《中国教育报》《课程·教材·教法》《语文建设》《中学语文教学》《语文学习》《语文教学通讯》等报刊发表文章，多角度、全方位地论述了语文与人文的关系，指出人文原在语文之中，而不在语文之外。尚文先生的努力，为语文教改的健康发展起到了巨大的推动作用。

关于语文课程与教学论的一系列根本问题，尚文先生都做过系统深入的研究，具有精辟独到的见解，并形成了自己独特的理论体系，产生了广泛、深远的影响。例如，他在夏丏尊、叶圣陶等前辈有关研究的基础上，富有创见地提出了"语感中心说"。上海师范大学王荣生教授认为，它彻底地扭转了研究语文教学问题的思考方向，因而"成为我国语文课程与教学改革的奠基石"。他那数十万言的《语感论》在上海教育出版社前后共出三版，足见他在学术上不断自我超越的坚定追求，也可见该书影响之大。又例如，他首先将对话理论引入语文教学，由此提出关于语文教学的"对话性"理论。它既非对话理论的克隆，也不是为语文教育穿上一件新的外衣，而是哲学解释学与语文教育对话的结晶，有很高的理论价值和很强的实践指导意义。

　　这里，我想特别提一提尚文先生关于文学教育的观点。他始终认为语文教育是语言（汉语）教育与文学教育的复合，复合不是混合，两者各自具有相对的独立性，就好比是田园和花园，不能相互取代。关于文学教育，他有一个流传很广的著名比喻：文学是青少年身上的"通灵宝玉"，不可须臾或离。他甚至认为，文学在一个国家中的地位，在一个国家教育中的地位，其实就是"人"在一个国家中、在一个国家教育中的地位的折射。马克思指出："不仅是五官感觉，而且所谓的精神感觉、实践感觉（意志、爱，等等）——总之，人的感觉，感觉的人类性——都只是由于相应的对象的存在，由于存在着人化了的自然界，才产生出来的。"这里首先需要"对象"，需要具有"人的本质客观地展开的丰富性"的对象。尚文先生认为，由于文学是人学，文学就是使青少年成长为人的最佳对象。文学教育的任务就是让青少年和文学终生结缘。他给文学素养所下的定义是：以"文学情趣"和"文学感觉"为核心，同时也包括一定的作家作品、文学史、文学理论等方面的知识积淀，最终表现为对人之为人的人性、人情、人道的感受与感悟。我以为，特别值得引起我们重视的是，他区分了"文学的教育功能"和"文学教育的功能"这两个既有交集而又有不同的概念，认为不能把两者简单地等同起来或混为一谈。他说，我们不能把文学教育单纯地当作发挥文学的教育功能的舞台，或者以实现文学的教育功能为文学教育的主要目的。由于中小学语文课程所占的时间本已不多，用于文学教育的课时更加有限，要让文学在这局促的时间里面全面实现它的教育功能，势必捉襟见肘。古今中外优秀的文学作品浩如烟海，一周几个课时所能学的只是沧海一粟而已。

着眼于这个角度，文学的教育功效实在小之又小。但文学教育的宗旨主要并不在于教学生读多少文学作品，而在于唤醒学生对于文学的渴望，点燃学生对于文学的热情，培养学生鉴赏文学的能力，这就是文学教育的功能。我是从事儿童文学研究和教学工作的，近年来也非常关注儿童的文学教育问题，他的上述观点引起了我的深思，使我颇受教益。

在我们共事的过程中，尚文先生的事业心、使命感给我留下了至为深刻的印象。编写和修订《新语文读本》小学卷的那几年，从冬到夏，从早到晚，可以说，他的兴奋点一直在读本的编写上。集中开会时，甚至在饭桌上、散步时谈的也主要是读本的编写问题；有时半夜醒来想起什么，就立刻起来奋笔疾书。他那一丝不苟甚至显得苛刻的态度，成为大家的楷模。他对编写组的年轻人既亲切又严厉，晚辈们爱他敬他，多少也有点"怕"他。编写组同仁都觉得无论是为人还是治学，都深受他的教益；而尚文先生却总是一再对我说："我们这支编写队伍非常理想，尽管有的人年纪很轻，我还是从他们身上学到了不少东西"；"这些年来，我们跟新语文读本一起成长"。

尚文先生早年在杭州大学中文系读书时，就曾在《光明日报·文学遗产》上发表过关于李白的长篇论文。该文于 1962 年又由中华书局收入《李白研究论文集》一书，其中论文的作者都是如闻一多、俞平伯、朱光潜这样的知名大学者，只有他一个人是二十来岁的毛头小伙、无名小卒。我原来早就知道他于古典文学很有造诣，写得一手好诗词。在编写《新语文读本》小学卷时，我才发现原来他的外国文学功底也很深厚扎实，谈起有关话题，他总是旁征博引，如数家珍，让人佩服不已。

尚文先生常说做学问就是做人。在编写《新语文读本》小学卷的过程中，他既是我们编写团队的灵魂人物，又从善如流，乐于汲取他人有价值的意见，唯独稿费分配，他大权独揽。从绝对数看，他当然属最高等级，但与其他同仁的比例看，显然他是拿得太低了。我当然向他提出了我的方案，提高他的比例，但他一直固执己见，任我怎么说，他都不听。他说万事唯求心安而已。诗言志，我喜欢他的诗词，"沧海桑田明月在，青丝华发一灯红"是我最喜爱的句子之一，因为这是他的赤子之心的真实写照。

"云山苍苍，江水泱泱，先生之风，山高水长"，谨以此先贤名句表达我对他的敬意，并结束这篇短文。

（原载 2009 年 5 月 15 日《文汇读书周报》）

读书，以及背后的一点故事

这些年来，因为教学、评奖、荐书、选本等工作的需要，我的日常阅读更多地围绕着儿童文学进行，经典的、新出版的、未出版的……

好处当然是对工作有利，目力、心力比较集中，可以专心思考儿童文学创作的一些现象和理论问题。坏处肯定也不会少，例如长此以往，读书的乐趣和视野必然受限，最终一定是连那一点所谓的专业阅读，也会崩陷退化的。

虽然心理还算明白，但 2019 年我的阅读主要还是"专业"阅读。近些年来，我最关注的问题之一是，在童书出版火热、儿童文学备受重视的今天，原创儿童文学，应该怎样才能做得更好。

私下里看到的，听到的某些情况，并不令人乐观。例如，出版比较容易，有些作家的写作变成了一种习惯性的"高产"，而且拒绝修改；创作、出版深处的艺术逻辑，往往被市场逻辑所替代甚至是"驱逐"；个别忙于应付稿约的作家不愿适时停下来为自己安置一点思考、阅读、沉淀的时间。

2019 年，童书界一个小小的创作"现象"引起了人们的注意：作家刘海栖出版了两部儿童小说新作《有鸽子的夏天》（山东教育出版社 2019 年 1 月出版）、《小兵雄赳赳》（青岛出版社 2019 年 5 月出版）。《有鸽子的夏天》描述的是大约半个世纪前孩子们的日常生活，但作家用他清澈而极富韵味的文字让我们看到，历史的一切变迁和差异，都不

342 343

童年与童年的文化

随笔
读书，以及背后的一点
故事

曾阻碍读者如此自然地走进那段生活的时光,感同身受地体味那时孩子们的烦恼和欢乐、游戏与成长。读到酣畅处,你会产生一种错觉,仿佛生活从来如此,仿佛时间从不曾真正流逝。这部作品一出版,就引起了很多的关注和阅读热情。

《小兵雄赳赳》打开的则是与"英雄"有关的少年叙事。那是一个时代少年们的"英雄梦"。我在一篇评论文章中认为,作家所写虽是那个年代的少年"英雄"情结,他看向这段生活的思想和精神的立足点,却在当代童年和文学理解的高处。用儿童文学的体式写军旅生活,极难做文章。儿童文学要致力于维护孩子们的"童年",而军旅生活则必然要催促少年们尽快"成人",前者须重视、尊重每个孩子的独特性,后者则必然要求少年服从纪律和融入集体,两者之间似乎存在天然的精神阻隔。《小兵雄赳赳》从作家本人的真切经验出发,不但让我们看到了儿童文学艺术冲破这一阻隔的可能,而且以其极为生动、鲜活的童年口语体叙述,写出了少年军旅生活的别样风采和滋味。它既是军旅的,但毫无疑问,也是童年的。少年的稚气、青涩、无止歇的闹腾和创造的能量,一经与军旅生活的边角相碰撞、交融,我们忽然从一个新的视角,重新认识了"少年"和"军旅"的文学可能。小说最后一章"五里路不算路",粗粝简朴而意味深长。"五里路不算路",这一句军旅生活和精神的朴素表达,又何尝不是对一种少年生活和精神的生动隐喻?《小兵雄赳赳》代表了原创儿童文学在这一特殊题材的艺术表现之路上迈进的一大步。

我与海栖相识有年。早在 1980、1990 年代,他就出版了不少长篇儿童文学作品。2009 年他调离出版社后,重拾创作,笔耕不辍,新作频出。这些作品与他早期作品相比,在童年性、艺术性上有了很多的提升，但是，我得承认，我一直不算是海栖新作的热情的推广者，十年"白乌鸦书目"就没有推荐过海栖的作品。

让我感动的是，我们友情依然，交流频密。

直到读了《有鸽子的夏天》，我激动得给海栖打了一个电话。海栖后来告诉我，这个电话让他在济南的街头，足足站了一个多小时。我在电话这一头想，这一回，我可以推荐他的作品进"白乌鸦书目"了。

对于一位 65 岁的老作家来说，这种创作上的突破和飞跃是如何发生的？

除了生活和记忆的丰厚积淀、馈赠之外，我知道这些年来，海栖一直在认真地读书、思考。有时候朋友们一起聊天，聊到某些好作品，话音还未落，海栖已经在手机上下单了。他对好书的阅读渴望，他对于儿童文学艺术之道的用心揣摩，我都看在眼里。他接下来想写一部战争题材的儿童小说，又在悉心阅读《战争与和平》《静静的顿河》《西线无战事》。还有修改。他的作品，从标题、人物、情节、语言等，总是不断修改，不厌其烦。有一部小长篇，他甚至大改了十次……

2019 年，图画书《外婆家的马》（谢华／文，黄丽／图，海燕出版社 2018 年 12 月出版）接连获得了"第六届丰子恺儿童图画书奖"大奖和"第三届小凉帽国际绘本奖"大奖。这部作品以其令人信服的童年立场和图像叙事能力，使想象和现实在图文间巧妙交织。我们读到童年的天马行空，同时也读到成人的温柔包容；读到孩子的古灵精怪，同时也读到外婆的幽默智慧。日常生活中，面对童年的白日梦游，成人该如何做出恰当的应答？这本图画书显然不只关乎儿童和成人之间的一场精神角逐，因为当外婆忙忙碌碌地承受完各种各样的"考验"时，屋子里终于安静下来，我们忽然与她一道发现，"没有了马的屋子怎么变得这么空荡荡啊？"这一刻，我们知道了，这个马儿们何去何从的白日梦，最终不是关于怎么看待和解决童年的问题的，而是关于爱，关于陪伴，关于生命之间的温暖守护。正是因为有了这些做梦的孩子，我们的生活才变得如此热闹、生动、滋味十足。

这部作品最终征服评委，屡摘大奖，原因也是相似的。故事出自作家谢华的生活体验和用心写作。插画家黄丽十年前以《安的种子》的创作获得过"第一届丰子恺儿童图画书奖"佳作奖，十年间她再无其他作品。我知道，黄丽并没有停歇，她不急不躁，一直在大量阅读、深研儿童哲学、心理学、美学等著作，悉心分析研究世界优秀图画书的艺术规律和奥秘，最终十年磨剑、三年发力，才终有如此不俗的收获。

创作一旦有了这样的恭敬之心，与真正的儿童文学艺术就可能贴得更近一些。

这一年也十分关注童年史方面的研究成果。印象最深的是中华书局出版、王子今教授的《秦汉儿童的世界》。从儿童生活和文化的整体角度，专谈古代中国儿童史的著作，目前实在稀有。透过此书，看见微小的儿童在社会时代的角落里生动、丰富的存在，极有意思。探讨中国文化语境下儿童的观念史、生活史和文化史，是一项大课题。读《哈佛中国史》，亦可见到儿童问题的专节（如"早期帝国生活中的儿童"），以一般性的史料概括和描述为主，虽不能具体，但在如此简缩的历史叙说中，仍然把儿童生活作为历史生活的必要片段之一，单独拈出来谈，可见儿童问题的当代地位。想起法国学者阿利埃斯·菲利浦的《儿童的世纪》，虽是由儿童日常生活的小史料入手，却由此触及现代欧洲社会、文化、生活根本性的变迁，史料的运用不一定最严谨，观点却振聋发聩，影响深远。这又是另一学术路子了。

（原载 2019 年 12 月 25 日《中华读书报》）

几位师弟妹

浙江师范大学自 1979 年开始招收第一名中国现当代文学专业儿童文学研究方向的硕士研究生，至 1993 年已经毕业 7 届共 14 名研究生。其中较早毕业的第一届的吴其南，第二届的王泉根、汤锐，现在都是人们熟悉的十分活跃的儿童文学理论家。其后毕业的研究生，也都分配到各地高校、出版社、报社及机关工作。

"邹大侠"

1989 年毕业的文学硕士邹亮，四年来一直供职于浙江文艺出版社。这位聪明能干、思维活跃的苏州小伙子一度从事文学读物的编辑工作。先编武侠小说，为社里赚钱，自称"邹大侠"，随后又与苏童、梁晓声等当代文坛的"腕级"角色打得火热，为他们出版了《妇女乐园》《黑纽扣》等小说集。最近，邹亮奉命主持社里的一份高级通俗刊物《社会·家庭》的编务，据说也干得红火。

邹亮曾编过一本《中外儿童诗精品选》，发行量不小。在各种平庸的文学选本充斥市场的时候，邹亮编的这本儿童诗集却表达出一种独特的儿童诗学观念。他摒弃了一切诗学以外的杂念，使选本变得精彩而纯粹。

邹亮兄今年 30 岁，而立之年，尚未成婚，这可能是一件令他爹妈和朋友操心的事。又据可靠消息称，邹亮下一步最关心的不是婚娶，而是下海。一旦找准跳台，他会一个猛子扎下去，姿势一定漂亮。

大个子阎春来

1990 年毕业的河南小伙子阎春来，回到了他大学时代生活了四年的华中重镇武汉。

这个有着一副运动员式好身板的大个子，工作后不久就从武汉市文联调到了《长江日报》编副刊。如果你注意的话，还会不时在一些报刊上读到他的评论文字和儿童文学作品。

看起来，这个大个子并没有忘记儿童文学。

湘妹子阿汤

湘妹子阿汤 1991 年毕业后有了份十分理想的工作：湖南少年儿童出版社编辑。

熟悉阿汤（这是她在浙江师范大学读书时女研究生们给她的昵称）的人都知道，这是一个极具文学才情的女孩。她写过忧郁而美丽的散文诗，浙江大学中文系骆寒超教授曾为她写过专评。她也写成人小说，1991 年在湖南的大型文学刊物《芙蓉》上发表了中篇小说《黑色山峦》。

小说时间跨度从清末写到解放，似可归入当今时髦的"新历史小说"一脉。也不知这个鬼丫头从哪里就弄来了这么一些让人吃惊的故事。阿汤当然也钟情于儿童文学创作。她的作品已引起享有盛誉并乐于发现"新人"的《儿童文学选刊》的注意，正陆续被选入这块"圣地"。

汤素兰读完研究生次年喜得一子。如果你有机会上她家做客，她会捧出一本厚厚的影集，跟你读读她的宝贝儿子，而她的孩子也该会喊"爷爷""叔叔""阿姨"了吧。

1993 年 8 月 28 日

（原载 1993 年 8 月 30 日《儿童文学导报》第 1 期）

访台散记

初抵台北

经过许多个日子的准备和期盼之后，我们乘坐的国泰航空公司的班机，终于降落在台北桃园机场。

时间是公元 1996 年 12 月 6 日下午两点。

那一瞬间的感觉，是奇特而美妙的，令人难以忘怀。

要知道，如果时光倒流，比方说，十年前吧，台湾在我心里，还是一个遥远神秘、不可思议的地方。

而现在，我就这样踏上了这块坚实的、令人感到亲近的土地……

此次赴台，是应邀参加由中国海峡两岸儿童文学研究会和民生报主办、联合报系文化基金会赞助的"1996 年海峡两岸少年小说研讨会"。与我一起赴会的是北京作家张之路先生。之路是近十年来大陆具有代表性的少年小说作家，近年来他的作品陆续在台湾出版，赢得了许多台湾读者的喜爱。

顺利办完各项入境手续，我们在机场出口处见到了手捧鲜花、满面春风的台湾儿童文学界的新朋老友：桂文亚小姐、谢武彰先生、管家琪小姐、王淑芬小姐，还有可爱的张齐郡小朋友。

步出机场大厅，我们分别坐上王淑芬、管家琪驾驶的小车，沿高速公路进入台北市区。

到达下榻的国联大酒店，桂小姐一面嘱咐我们先休息一下，一面递给我们早已分装好的会议文件和介绍台湾及台北市概况的各种资料，细心的主人们还不忘简要交代一下注意事项。

这时，我和之路仿佛成了少不更事的小孩儿。我笑着说，到了台北，我们就交给"保姆"管啦。

温柔的"压榨"

第二天上午，在联合报系大楼九楼第二会议厅，热情的主人为我们举行了一个气氛温馨、热烈的欢迎会。会场门口用稚拙灵动的字体写的欢迎标语；会场正中悬挂的会标上写着：大陆少年小说家张之路先生、大陆少年小说评论家方卫平教授访台欢迎会。会场一角设有一个展台，陈列着之路和我的部分著作，还有两个精美的纪念牌，那是主人为了让这次聚会给我们留下一份永久的纪念，特意制作的……

在欢迎会上，我又见到了我所敬重的台湾儿童文学界的前辈作家林良先生、马景贤先生——一年前我们曾在上海举行的第三届亚洲儿童文学大会上见过面；第一次见到了前辈作家潘人木女士，还见到了台湾儿童文学创作、研究、教学、出版等领域的许多或早已熟悉，或神交已久，或一见如故的朋友们。我在致辞时由衷地说，到达台北，置身于台湾同行中间，我的全部感觉是：温暖。这句话被记者朋友注意到了，后来出现在次日《联合报》刊发的有关报道中。

下午，首场研讨会由林良先生主持，张子樟教授做引言人，由我发表论文《艺术探索与读者接受》。

自 1989 年夏天林焕彰先生率团赴大陆交流，首开两岸儿童文学对话、交往之先河以来，两岸同行之间的交流日益频繁，对话层次渐次拓展。此次学术研讨会锁定少年小说作为研讨对象和话题，是颇有意味的。据我所知，台湾作家林钟隆 1964 年 12 月开始在《小学生》杂志上连载的长篇小说《阿辉的心》被认为是台湾少年小说的首创之作，其后陆续有许多作家投身于少年小说创作。近十几年来，以李潼等为代表的新一代少年小说作家，把台湾少年小说创作，推进到了一个新的艺术起点上，显示了相当的创作实绩。关于大陆少年小说创作，我曾经在一篇文章中认为，严格的当代意义上的少年小说（读者年龄层次较高），是最近 20 年才以自己独特的艺术身份，从整个儿童小说（读者年龄层次较低）创作中分离出来的。这就是说，两岸少年小说创作的活跃和真正发展都是晚近发生的事情，从这样的背景来看，两岸同行共同深度研讨少年小说的创作和理论话题，可谓适逢其时。

访台日程，连头加尾，一共十天。除了非正式的各种交流外，正式的欢迎会、研讨会、座谈会等等，一共是八场。此外，"保姆"桂文亚小姐还为我们安排了内容丰富的参观和游览活动。文亚开玩笑说，好不容易把你们请来了，我们就要拼命"压榨"嘛。

其实，我和之路每天只是轻松快乐地根据安排妥帖的日程去活动。而陪同我们的主人们——焕彰先生、武彰先生、管家琪、王淑芬、周惠玲小姐、张嘉骅先生等，哪一位不比我们操心、辛苦得多！

而文亚小姐从机场迎送到每天的日程安排和陪伴，我看她披星戴月，忙里忙外，心里想，这到底是谁"压榨谁呀"。

当然，这"压榨"温暖而又动人。

书、书、书

一群读书、写书、爱书的人聚在一块儿，书自然是跑不了的话题，参观书店成了我们的重要活动。真是不看不知道，一看吓一跳。在我的观念中，书店只是一个购书的场所，但是在台北逛书店，特别是在诚品书店的所见所闻，令我对书店产生了一种全新的认识。

走进诚品书店，它精致、艺术化的空间布置和匠心独具的陈列方式，令人感受到一种富于创意的精神性表达和个性化气息。同时，它还注重对书店这一文化场所的多重文化功能的开发。例如，仅在12月份，诚品敦南店便在店内视听室开展了八场"网际网络与当代台湾社会文化座谈会"，在艺文空间举办王侠军玻璃作品展，在视听室举办"世界风情画影展"电影欣赏活动；特别令我感兴趣的是，该月每个周六、周日下午，书店邀请了七位知名童话作家在店内大厅面对读者现声讲故事……走进这样的书店，我发现，传统意义上的书店概念，在这里似乎已经荡然无存。

在台湾观书的另一次震惊，发生在参观台东师院林文宝教授家的书库的时候——对，不是书房，是真正的书库。

去台东之前，张子樟教授说，林教授的藏书很"恐怖"。

去了一看，才知道是真的恐怖。林先生家几乎每间屋子里都是书，此外，他还在附近购置了一套大房子，上下共四层，全部用来存书。

整齐的书架上排列着密密麻麻的图书，穿梭其间，恍若进入了图书馆，令人叹为观止。

离台前一天，我们在香港中文大学博士刘玉国先生的陪同下，参观了台湾大学。主人特意为我们开放了图书馆的特藏室。据介绍，那些处于恒温恒湿状态，已有数百年历史的中文、日文、西文书籍，平时是很少露面的。曾就读于台湾大学的玉国先生告诉我，许多在台大读书的学子，一般也没有机会看到这些宝贝图书。

观书观书，这事情不知道怎么的就"走漏"了风声。一天，报上登了一条消息，讲的是桂文亚安排张之路、方卫平在台北观书的故事。

只有清香似旧时

台湾经济在过去几十年中的成长，对台湾社会和民众生活的影响是显而易见的。不过，访台期间我也隐约感到，至少在知识阶层（或许不只是知识阶层），恬静自然的人生追求，复古怀旧的生活情调，似乎已成为一种颇有品味的都市时尚。

到达台北的当晚，文亚和武彰、家琪就带我们去两家各有情调的茶屋品茗小叙。位于敦化南路的"小熊森林"，创办于1991年，据说在台北挺有名气。该茶室的宗旨，是期望在人自身、人和人、人和自然的省思中，创造一种良性沟通、互动的人际关系，生生不息的环境和生活；以人性为出发，以温馨为诉求，创造森林中的小屋，水泥都市的桃花源。

小熊森林的花草清茶，用的是全天然的野生花草。茶室气氛悠闲、宁静、温馨、典雅。我要了一"池""春天的湖水"，几位友人围坐一桌，轻呷慢语，伴着柔美的背景音乐。此时此刻，人世间的所有烦恼和烟火气似乎都消散了。

走出小熊森林，我们又走进它对面的清香斋。这是一家中式茶屋。女主人正准备打烊，见有客人便立即以礼相迎。我们小心入座，继续呵护、延长着这一晚上寻找到的那种宁静优雅的感觉。我接过女主人递过来的清香斋特制的明信片，只见上面有两句诗："人间万事消磨尽，只有清香似旧时。"

这种感觉，久违了……

早就知道九份是一个依山面海的美丽小镇，也知道焕彰先生在那里有一座著名的半半楼。那天晚上，工作了一天的焕彰先生驾车和武彰一起陪我们从台北去九份看夜景。焕彰先生说，他常在周末去九份的半半楼住上一两晚，收拾收拾屋子，作作画。在赶了一周的都市生活节奏后，那是很轻松的时刻。我们到达半半楼，只见小楼倚坡而建，其势甚奇。因是夜间，我们极目远眺，但见渔火闪烁，洒向远方。焕彰还告诉我们，常来这个小镇小住的画家有 20 多位。他带我们去参观了两位画友的画室和作品。看得出，这些画家的创作，从题材的选择，到绘画材料的运用，都恪守着个性化的艺术创意和审美理念。

在一位画家朋友的家中，我看到墙上挂着用于装饰的"花片"。这是我儿时常在大陆乡间民居里看到的用于装饰门窗的木质雕花。过去，我只觉得这玩意儿土得掉渣，不料，它在台湾却已成为现代家庭或公共场所装潢中最时髦而又见品味的装饰品。这些花片许多是从大陆民间收集来的。武彰笑着跟我们说，你们回去赶快收集一些，如果暂时没用，就堆在床底下。

不知我们何时能够培养起这种雅趣？

为了一次次的重聚

告别台北的日子到了。15 日一大早，家琪、淑芬就驾车和文亚一起来到了国联。我知道，为了这次美好、充实、圆满的交流和聚会，文亚、焕彰、武彰和台湾儿童文学界的朋友们付出了持久、艰苦的巨大的努力。此时此刻，道一声谢谢，已经显得生分和苍白。

告别的时刻，我想起了泰戈尔的诗句：我们一次次的分离，正是为了一次次的重聚。

（原载 1997 年 6 月总第 21 期台湾《儿童文学家》、1997 年 7 月号《台声》）

帅气李潼

2002 年七八月间，应林文宝教授邀请，我去台东师院为儿童文学研究所暑期部两个班级的研究生开一门叫作"儿童文学史理论"的课程。刚到台东，我就听说李潼先生病了，而且，是一种比较麻烦的病。

我的心情顿时就沉重起来。

1995 年 11 月，在上海的第三届亚洲儿童文学大会上，我与李潼先生初次见面。李潼高大帅气，骤见之下，我以为是哪位影视巨星走下了银幕。但给我印象更深的，是他的坦诚、率真和"自恋"。一天，几位朋友略带嫉妒地夸奖他的帅气，李潼就"得寸进尺"地说："在台湾，像我这样帅的男生还真是不多见呢。"那次会上会下，李潼都热情而活跃，成为会议上由男士制造的不多的"亮点"之一。

1996 年 12 月，我和北京作家张之路先生去台北参加海峡两岸少年小说研讨会。行前收到李潼一信。信中说，希望我们能安排时间到他家所在的罗东镇走一走，他要开车陪我们看一看兰阳平原。这个主意令我颇为心动，我知道，那是一个在很大程度上孕育了李潼和他的少年小说艺术世界的地方。

可是因为行程紧张，我们终于没有坐上李潼开的车。离开台北的前一天，在桂文亚女士张罗下，我们在台北一家英式茶坊与几位青年作家喝茶聊天。突然一名服务生过来，要我到柜台接一个电话。原来是李潼费了许多周折，找到我们的行踪打来的。他询问我们的行程——我知道，他还没有放下邀我们游览台东的念头。

那一刻，握着话筒，我的心头，掠过一阵感动。

李潼的心里，珍藏着比"自恋"要丰富得多的情感和关爱。

1999 年 6 月，我与班马夫妇一起终于坐上了李潼驾驶的汽车。那两天李潼带着我们，快乐地游走在兰阳平原和台湾东海岸宽阔的公路或纤巧的乡间小路上，而我们也尽情地享受了李潼先生的热情、渊博和深邃……

1999 年，"9·21"大地震的当天，因为知道灾情严重，我给一些台湾的老朋友打电话，有些拨通了，有些则没有。给李潼的电话是打通的。面对灾难，平时讲话还算自如的我，竟不知该如何表达一份牵挂的心情，倒是李潼，以他一如既往的镇定而温暖的话语，安慰着一颗远方的不安的心。

这样一位朋友，如今被病魔折磨着。

我与友人王洛夫夫妇商量，要去罗东看望病中的李潼。8 月 20 日，在苏丽春小姐的帮助下，我又来到了李潼先生的家中。

仍然是那个熟悉的客厅，仍然是那位熟悉的主人，我的心情却有些凝重。令我有些意料不到的是，出现在面前的李潼先生，却看不出多少被疾病折磨的样子，他依然以他惯有的快乐和阳光的笑容，面对远道而来的友人。

他正定期前往台北和信医院做化疗。说起治疗情况，他告诉我，医生说，从医多年，没有见过像他这样的病人，病魔似乎也对他束手无策。

面对疾病，李潼依然帅气十足，从身体到精神。

回大陆后不久，我就收到了李潼的来信，还有那一天，他夫人祝老师为我们拍的照片。他在信中说："多谢来罗东看望，行李繁多，赶车劳顿，真过意不去。"病重的他，考虑的还是别人。

许多朋友都关心、惦记着李潼。我向他们通报在罗东的见闻。远在吉隆坡的爱薇女士也打来电话告诉我，李潼听说朋友们传递着"李潼病倒了"的消息时，郑重地更正道："是病了，但没有倒下。"

是的，李潼不会"倒下"。他永远是那个热力十足、帅气十足的李潼。

李潼，我们都惦记着你；我们为你祈祷，为你祝福。

2003 年 2 月 23 日

（原载桂文亚主编《呼唤：李潼少年小说的声音》，民生报 2003 年 5 月出版）

《流浪与梦寻》跋

一

还记得 12 年前那个清冷的冬日，我踏着南方少见的厚厚的积雪，带着铺盖和几箱曾被一遍遍翻阅过的理论书籍，到了浙东某地一座小镇的一所中学里任教。

是那种在江南常常可以见到的小镇：一条浑浊的小河从镇中间穿过，两岸排列着参差不齐的木板屋；河面上偶尔有机动船队突突地驶过，吐出缕缕黑烟。两岸的人们常常就在这河里淘米、洗衣裳、刷马桶，水面上不时掠过一阵阵女人们男人们的寒暄笑骂声。

小镇和小镇东头的那所中学，都是我所熟悉的。再往前推七年，我曾在这所学校寄读过三个月。然而，此一时彼一时也。大学四年的寒窗苦读，已经养成了我对于理论著作和理论思维的难以摆脱的沉醉和迷恋感。虽然小镇古朴而宁静，但我却无法学会小镇人的自得其乐，无法忘怀那些曾几乎让我忘记一切、忍受一切的精神探寻——那是跟随着刘勰、钟嵘、王国维、鲁迅、朱光潜、钱钟书们，跟随着柏拉图、亚里士多德、莱辛、黑格尔、别林斯基、卢卡契们所进行的关于文学、关于艺术的美学跋涉——我的某个纸箱里还压着在这些跋涉中留下的显然是十分幼稚的"学术论文"，总共有将近二十万字吧。

我有一种突然被抛弃的感觉。

也就是在小镇这个孤独的驿站上，我开始调整自己精神的生存和发展策略，在自觉与不自觉之间进入了关于儿童文学的理论遐思之中。

一年以后，1983 年春天，我的《教师笔下的少年形象》一文经大学时代的老师徐季子教授的推荐，发表在母校的学报上。

这是我在母校学报发表的第二篇论文，也是我发表的第一篇儿童文学评论文章。

那年秋天，我从小镇中学投寄出去的儿童文学评论文字，继续发表在外面的文学刊物上……

一晃十年过去了。

小镇上那个多少有些无奈的开头，规定了我从那以后的思想轨迹和学术道路。选收在这本集子中的文字，便是证明。

十年了，小镇依旧是那样古朴而宁静吗？

我怀念小镇，因为从那里起步，我走向了儿童文学。

二

我选择"流浪"和"梦寻"这两个词来给这本集子命名，是因为我觉得它们表达了若干年以来我在儿童文学理论原野上跋涉过程中的心绪和愿望。

是的，人类文化的疆域是如此博大，我只不过是一个匆匆的过客和流浪儿。然而，我有一个梦想：通过儿童文学的理论探寻，从一个方面承担起这一代人最终的文化使命。我相信，儿童文学研究就其内在的文化生命意蕴而言，是指向人类精神的深处的——那里是我们精神的起点和归宿。

甘肃少年儿童出版社给了这本集子以面世的机会，对于我来说，这意味着一次回顾，意味着一种激励，更意味着下一轮流浪和探寻的开始。

此时此刻，我想对甘肃少年儿童出版社，对诸位编辑轻声说一句："谢谢。"

（原载《流浪与梦寻——方卫平儿童文学文论》，甘肃少年儿童出版社 1994 年 10 月出版）

《儿童文学的当代思考》后记

　　我最初发表的一些儿童文学评论文章，如《教师笔下的少年形象》《我读〈惠惠和黄黄〉》等，都是大学毕业后在中学工作期间写成的。虽然这些文字记录了我初涉儿童文学理论园地时的一些思索，但今天看来，它们已经显得很"古老"了。我想在这本集子中保留一些自己近十年来关于儿童文学的较具有"当代意味"的思考（恕我冒昧地这样说），因此就舍弃了早先那些"古老"的文字。

　　收在本书中的最早的文字，是写于 1984 年 9 月至 10 月初的《从发生认识论看儿童文学的特殊性》一文。那时候我刚刚从中学回到大学校园读研究生，蛰伏了数年的强烈的理论阅读欲又被图书馆里那些骤然增加的理论书刊撩拨起来。记得大学时代，我沉醉于哲学、心理学、美学、文艺理论，终日相伴的是从柏拉图、亚里士多德、刘勰到莱辛、别林斯基、王国维们的著作。重新坐在大学图书馆的阅览室里，我发现了许多新的学说和创立这些学说的人们的名字。我强烈地意识到，我必须尽快地了解他们，熟悉他们。

　　我首先选择了那个刚刚去世几年的瑞士老头儿让·皮亚杰。啃皮亚杰，借发生认识论学说来尝试思考儿童文学的特殊性问题，成了我返回大学校园后所做的第一件事情。不到 20 天，我磕磕绊绊地写出了这第一篇文字。

　　幼稚是显然的。不过，这篇较早试着把发生认识论学说与儿童文学理论联系起来进行思考的习作在次年发表后，也引起了一些同行师友的注意。直到五六年后，它的观点和论述还被某些儿童文学理论书籍所借用。这不免使我从中获得了一点激励。

而对我来说更重要的是，从这篇文章开始，我主观上便尝试以一种比较开阔的理论视野来考察、思索、分析当代儿童文学创作和理论研究中的一些问题。尽管我有时也会感到力不从心，对自己所做的一切也并不满意，但对业已抱定的学术信念，则从不想放弃。

本书收入了我自 1985 年以来在儿童文学方面发表的部分理论和评论文章。全书根据具体论述内容分成若干小辑，其中每个小辑的文章大体上都按发表时间的先后排列。

重新整理、翻阅这些年陆续写下的理论批评文字，我心头漾起一股暖意——多年来从许多师友那里得到的友爱和帮助温暖着我。也许，字里行间读不出这种温暖，但它会永驻我的心头。

我要衷心感谢明天出版社，没有明天出版社的友情和支持，本书是无法面世的。我无以报答许多人的厚爱，唯有今后更加勤奋地思考，更加努力地写作。

（原载《儿童文学的当代思考》，明天出版社 1995 年 7 月出版）

《无边的魅力》后记

在我已经出版的几本集子中，《儿童文学的当代思考》（明天出版社 1995年版）收入的是我1985年至1992年间发表的学术论文和评论文字。那本集子记录了我青年时代学习、思考儿童文学历史、现实及一些理论问题时的思想痕迹，对我个人的思想成长和学术记忆来说，它们因此有了一些特别的情感含义。同时，对于当代中国儿童文学的文学史记忆而言，20世纪80年代至90年代初也是一段汇聚了丰沛文学激情和独特历史内容的时期，那本集子也因此保留了某些该时期儿童文学发展的历史身影，或许，它也可以让读者感受到一点那个时期儿童文学发展的历史体温。

1992年，中共十四大承认和确立了市场经济在社会主义制度建设中的地位和作用，世纪之交的中国社会生活，包括文化生活都发生了新的巨大变化；儿童文学在当代中国的生存背景和命运也发生了一系列重要的变迁。《逃逸与守望——论九十年代儿童文学及其他》（作家出版社1999年版）收入了我1993年至1998年间发表的一些文字。这些文字的具体内容虽然没有特别的限定，但正如我在那本集子的后记中所说的，该书"比较集中地表达了我对90年代儿童文学发展的基本观感"。

这本《无边的魅力——方卫平儿童文学论集》里面的文字，是上述两本集子的延续，收入的是1998年至2008年间的各类文字。从目录上看，它们的内容比较驳杂。我把它们分为五个小辑。第一辑"理论批评：历史和空间"，是侧重于儿童文学基本理论问题探讨方面的文章；第二辑"文学进程：观察和评说"，则是围绕儿童文学历史与现状的分析文字；第三辑"图画书：原创与引进"，辑录了近年来我关于图画书方面的长短文字；第四辑"文学舞台：众多的舞蹈者"，是一组有关作家作品的短论；第五辑"外国儿童文学小论"，收入了几篇关于外国儿童文学创作和理论的评介文字。每一小辑的顺序是按照内容之间不甚严密的逻辑关系来排列的。

2007 年 12 月，我在为《中国儿童文学理论发展史》（修订版）撰写"后记"时，曾情不自禁地流露了某些人到中年以后的学术心情和状态。在表达了一点"无奈"的心绪之后，我这样写道："我知道，在我的心底深处，青年时代的学术梦想仍然没有消散，许多时候，这种梦想甚至还会把我带入更加渴望、痴迷和走神的精神状态中。学术以外的目的，在我的价值观和人生理想中，本来就不占有太重要的位置，今天，对我来说，它们就更不是能够左右我生活目标和精神趋向的力量了。享受学术工作所带来的快乐，就是我为人生填注意义的方式。我盼望着，在我的生命途程上，还会有一些纯粹的时刻，让我享受更加有趣、更加充实的思想与表达过程。"现在我相信，这样的时刻应该就在自己对"生命"的理解和把握方式之中。

接力出版社是一家对中国儿童文学创作、研究、译介事业作出过许多重要贡献的优秀出版社。这本集子能够在接力出版社出版，我首先要感谢白冰先生的慷慨帮助。记得 1992 年秋天，我在准备《法国儿童文学导论》一书的写作时，就曾经得到过白冰先生的热情帮助。我还要感谢本书责任编辑陈苗苗博士的辛勤劳动，她的专业素养和编辑效率，给我留下了深刻的印象。

2008 年 8 月 3 日

（原载《无边的魅力：方卫平儿童文学论集》，接力出版社 2008 年 12 月出版）

《童年写作的重量》后记

　　这本《童年写作的重量》，收入的是我 2011 年至 2014 年间发表的有关儿童文学、儿童文化、儿童阅读等方面的论文、评论、序文、对话文字。根据内容，大略分为"写作的重量""童年更深处""文本赏读""洞悉儿童文化""对话与思考"五个小辑。

　　"写作的重量"所收文字，大体是对儿童文学历史、现状的整体描述与思考，因而偏重于基本理论和思潮研究。"童年更深处"由一组序文组成，其中如《我们所不知道的童年更深处》等文，也努力想写成不只是一般的推荐性文字。"文本赏读"是对一些作家作品的赏析，希望能从字里行间闪现出一点文学把玩的滋味和灵动。"洞悉儿童文化"一辑的文字涉及儿童文化、儿童阅读等方面，与我近年来的工作都有关系。最后是一组与记者朋友的对话、答问文字，它们全部或局部以不同形式发表过。毫无疑问，这些文字中也融入了这些朋友的心血和智慧。

　　感谢安徽少年儿童出版社接纳、出版这本小书。由于专业和友情方面的缘分，近些年我与安少社之间建立了许多工作联系，并与安少社的许多编辑、领导成为志趣相投的朋友。本书是继《儿童文学的当代思考》（收录 1985–1992 年间的文章，明天出版社 1995 年版）、《逃逸与守望》（收录 1993–1998 年间的文章，作家出版社 1999 年版）、《无边的魅力》（收录 1998–2008 年间的文章，接力出版社 2008 年版）、《寻回心灵的诗意》（收录 2008–2011

年间的文章，明天出版社 2012 年版）之后的又一本个人论文集。

谢谢这些出版社，谢谢这些小书的责任编辑，谢谢读者！

2014 年 12 月 31 日晚 21 点于浙江师范大学红楼 205 室

（原载《童年写作的重量》，安徽少年儿童出版社 2015 年 12 月出版）

《重新发现儿童文学：2000—2014 儿童文学论文选》序

2015 年 4 月中旬，长江少年儿童出版社李兵社长率社里的中层骨干一行十余位朋友，来到典雅古朴、绿意环绕的红楼做交流。其间李兵先生与我谈起了一些合作意向。这本《重新发现儿童文学：2000—2014 儿童文学论文选》，就是这些意向付诸实践的第一项成果。

如何在有限的篇幅里，尽可能地凸显新世纪以来儿童文学理论拓展与思想发展的特征、轨迹与面貌，是这个选本必须考虑的一个问题。本书将所选文章归拢为七个单元，就是希望从看似纷繁凌乱、实则理路可循的当代儿童文学思想现场，初步清理出一些"学术纷战"的头绪来。

"童年、文学与文化"单元，如小标题所提示的那样，是对于儿童文学与童年、文学、文化诸种关系、维度的延伸与思考。话题本身不管新旧，思绪本身无论深浅，它们的思想背景，显然都是贴近当下的。这些问题可能关乎当代童年的历史命运，可能关乎儿童文学的艺术哲学或艺术伦理，也可能关乎儿童文学的文化担当与现实出路。

"重新发现中国儿童文学"，是我个人近年来从文学史的阅读和梳理中发出的一项学术吁请。虽未获得太多同道的呼应，但是，从本单元所收入的文章看，人们对中国儿童文学的历史打量和重新认知，的确已经构成了儿童文学研究的一道重要的学术风景。

"'本质论''建构论'与文学史研究""杨红樱现象探讨""图

画书面面观"三个单元的文字，无疑构成了新世纪以来儿童文学理论界最富时代性、论辩性的话题和论域。它们既是一些年份里儿童文学理论领域的热门话题，也在很大程度上勾勒出了当下儿童文学创作与理论发展的一些重要的历史与现实轮廓。

"儿童文学现状""文类研究"两个单元，标题乍看起来不怎么提气——我还得承认，个别文章的入选与面上的某种照顾不无关系，但是，我更想说的是，这两个单元里"潜伏"着一些曾经颇有影响，或者细细读来十分提气的文字。这是需要有心者认真阅读、仔细掂量品味的。

尽管如此，相对于本书试图提示、勾勒的那些刚刚消逝的理论岁月而言，我知道，我的任何企图或雄心都只不过是一场困兽犹斗式的学术拼争。

而且，这样的拼争应该还会继续。

感谢本书目录中展示的这些作者的名字——你们不仅是这样一段历史的参与者、见证者，你们贡献的思想和智慧，也照亮了本书的字里行间。

感谢长江少年儿童出版社，感谢你们的信任和召唤。

2015 年 10 月 28 日零点于夜幕旁

（原载方卫平选编《重新发现儿童文学：2000—2014 儿童文学论文选》，长江少年儿童出版社 2015 年 12 月出版）

《儿童文学的艺术高地：2015 儿童文学论文选》序

2015 年对于中国当代儿童文学理论批评和学术思想的历史发展进程而言，是一个特别的年份。有两件事情可以提示这一年度的非同寻常。

一是"全国儿童文学创作出版座谈会"在京西宾馆的召开。《文艺报》的官方正式报道是这样表述的："为了学习贯彻习近平总书记系列重要讲话精神，着眼满足少年儿童阅读需要，繁荣儿童文学创作，研究如何更好地推动多出精品、多出人才，为少年儿童提供最好的精神食粮，7月9日至10日，由中央宣传部和中国作家协会联合举办的'全国儿童文学创作出版座谈会'在京召开"；"共青团中央、教育部、国家新闻出版广电总局等有关部门负责同志，百余位儿童文学作家、评论家和29家专业少儿出版单位主要负责人参加会议"；"这次会议是第一次由中宣部和中国作协共同召开的关于儿童文学创作出版的全国性会议"（参见 2015 年 7 月 15 日《文艺报》）。

二是"繁荣儿童文学大家谈"专栏的开设。《人民日报》文艺部与中国作家协会创研部合作，从 5 月 15 日到 7 月 17 日，共同推出了这个专栏，"约请专家学者一同关注当下儿童文学生态，建言献策，助推儿童文学的繁荣发展"（"开栏的话"）。"来自创作、出版和理论评论界的知名作家、专家和学者，热情参与讨论，发表真知灼见，让我们看到了儿童文学在这个时代受到的关注。"（栏目结束时编者的话）该专栏在两个月的时间里，共发表了 13 位专业人士的 14 篇文章。由《人民日报》开设专栏讨论儿童文学问题，这也是该报历史上的第一次。

这两个第一次，凸显了儿童文学在 2015 年所受到的特别关注和重视。这本《儿童文学的艺术高地：2015 儿童文学论文选》，也因此以相当篇幅，保留了京西宾馆会议与"繁荣儿童文学大家谈"栏目的相关文献资料和理论文字。

对于儿童文学的思想进程和学术生长来说，官方和业界的重视显然是一件好事。不过，对于这个时代的童年处境、生态和儿童文学发展而言，除了这样的节气性的重视之外，我们还需要儿童文学批评界内外保持一种常态性的理论生长、进取姿态。2016 年农历猴年前夕，应《文艺报》编者之约，我写了一段"写给猴年的话"，其中引用了 20 多年前，我在拙著《流浪与梦寻》的 "跋"中写过的这样一段话："我有一个梦想：通过儿童文学的理论探寻，从一个方面承担起这一代人最终的文化使命。我相信，儿童文学研究就其内在的文化生命意蕴而言，是指向人类精神的深处的——那里是我们精神的起点和归宿。" 事实上，今天孩子们所面对的社会与文化环境，已经对儿童文学、儿童文化、儿童教育等领域提出了极为丰富、复杂、尖锐、深刻的思想与实践课题。我想，京西宾馆会议和《人民日报》专栏的意义，也许主要不在于它们本身触及或提出了怎样的专业话题和理论识见，而在于它们以一次醒目、郑重的召集，发出了一个关于儿童文学、关于童年文化发展的重大信号。我们应该意识到，对于儿童文学以及整个童年与童年文化的思考者来说，这是一个沉重的年代，无疑也应该是一个激越、创造的年代。

最后要说明的是，"繁荣儿童文学大家谈"专栏中的部分文章，根据内容，我把它们归入了本书相关的专题单元里。由于每篇文章的末尾均标有原始发表处，有心的读者朋友不难发现它们之间的相互关系。

2016 年 12 月 5 日于丽泽湖畔

（原载方卫平选编《儿童文学的艺术高地：2015 儿童文学论文选》，长江少年儿童出版社

2017 年 4 月出版）

《奔向旷远的世界：2016 儿童文学论文选》序

对于 2016 年的中国儿童文学研究来说，"曹文轩"无疑是一个具有学术指标意义的名字。

4 月 4 日北京时间晚上 9 点 50 分许，第 53 届意大利博洛尼亚书展新闻发布会现场，国际安徒生奖评委会主席帕齐·亚当娜宣布，中国作家曹文轩获得 2016 年国际安徒生奖作家奖。几分钟后，这一消息通过各种媒体，传向四方。包括新华社、《人民日报》、中央电视台在内的许多重要媒体，相继报道了曹文轩获奖的消息。相关的学术性报刊，尤其是以中国当代文学为主要关注、研究对象的报刊，也几乎在第一时间启动了"紧急约稿机制"。于是，在很短的一个时间周期里，从《文艺报》《光明日报》到《当代作家评论》《中国现代文学研究丛刊》等报刊，都以"系列"或"专栏"的形式，密集地发表了多篇关于曹文轩及其创作的理论和评论文章。

事实上，在当代中国儿童文学研究领域，曹文轩本来就是一位被关注、探讨、评说得最频密、最广泛，甚至可能也是最深入的一位作家。这当然与曹文轩儿童文学创作的独特性、丰富性、重要性有关。但是我以为，2016 年的获奖，仍然把曹文轩研究推进到了一个新的视野和平台上——关于曹文轩文本世界与儿童文学这个文类的艺术与哲学、与这个世界的纠缠与关系的重新打量与解读，无疑不仅仅炒高了一条新闻的热度，更是从字里行间显露了儿童文学研究者在"冷""热"之间努力穿行的姿态。

"理论探讨""儿童文学现场""图画书研究""文学史探新"等栏目收录的文章，为我们提供了了解 2016 年儿童文学研究一些重要话题走向和研究趣味的机会。

关于当前的儿童文学理论批评是否还存在什么短板，我在不久前接受《文艺报》记者王杨女士的采访时做过这样的回答：从原创儿童文学理论的更高发展来看，它面临的主要瓶颈可能有这么两个：

一是理论的创造力还不够强大。这倒不是说儿童文学研究缺乏新的理论成果，而是指缺乏体现重大创造性的理论成果，比如一些既富前瞻性又切中当下儿童文学发展现实的、足以引发整个儿童文学界关注讨论的重大理论命题。实际上，在今天这个充满变革的时代，儿童文学的发展特别需要理论的前沿目光和有力洞见，换句话说，这其实是一个呼唤重大理论命题的时代，但我们的理论似乎暂时还没能跟上这一现实的吁求。

二是缺乏一个较为系统的原创理论体系。一种文学理论成熟的标志之一，是能够形成一套相对完善的概念、命题和话语体系。其实，反观 20 世纪 80 年代，一批充满激情的中青年学者针对一系列儿童文学基础和前沿理论话题的探索，已经呈现出某种体系化的趋向，但在今天，这一理论体系的可能反倒淹没在了大量一般话题的分散研究中。在我看来，推进本土儿童文学理论的建设，这一体系化的考虑可能要放在一个比较突出的位置。

我相信，关于这个话题的答案，一定也是见仁见智，众说纷纭的。那么，就让我们一起，在一点一滴的努力之中，继续推进我们共同眷恋着的这份事业。

2017 年 11 月 3 日于丽泽湖畔

（原载方卫平选编《奔向旷远的世界：2016 儿童文学论文选》，长江少年儿童出版社 2018 年 5 月出版）

《童年如此丰饶：2017 儿童文学论文选》序

大约 30 年前，我陆续写作发表了《童年：儿童文学理论的逻辑起点》等文章，认为"无论从生理、心理、行为还是从文化背景的意义上去考察，童年现象都远远不像许多人所想象的那么简单"；"正如儿童心理看似幼稚、单纯，却蕴含传递着某些最深刻而隐秘的人类生命的、文化的内容和消息一样，儿童文学也保留和反映了人类审美的最原始、最简单同时又是最基本、最内在，或许也是最深邃的艺术规范和审美内容"（《儿童文学研究的理论意义》）。近年来，我继续发表了《当代儿童文学中的童年精神》等文字，认为"今天孩子们所面对的社会与文化环境，已经对儿童文学、儿童文化、儿童教育等领域提出了更丰富、复杂、尖锐、深刻的思想与实践课题"。

事实上，"童年"无论是作为儿童文学研究的逻辑起点和学术关键词，还是作为一种思想资源或理论方法，从来都不曾在现代儿童学、儿童文学的学术论域里缺席。从"五四"时期鲁迅、周作人、凌冰一代学者，到 1980 年代初出场的我的学术同侪，直到今天年轻的一代学者，"童年"之现实意义与理论价值，一直是学界努力逼近、思索、阐释、讨论的重要术语和核心观念。所不同的也许只是，人们对于"童年""童年性"等观念的内涵、意义、重要性等等的理解、把握各有不同或偏差。

2017 年，我们读到了刘晓东教授的《童年何以如此丰饶：思想史视角》一文。论文开篇指出："有怎样的儿童观，便有相应的教育观。如果认为童年是贫乏的，那么，成人就会自然而然地认为，应当将知识从外向内传递给儿童，让儿童脱离贫乏走向丰富。如果认为童年是丰饶的，甚至认为'儿童是成人之父'（即成人是儿童丰富天性的继承人），那么，相应的教育观便会全然不同于前者。两种不同的儿童观决定了两种全然不同的教育学体系，前者是传统教育学，后者是现代教育学。"对于儿童文学的理论和创作实践来说，情况何尝不是如此。我在 1988 年写作，1990 年发表的《童年：儿童文学理论的逻辑起点》一文的开头也认为："每一理论体系的构筑都必须首先寻找和确立自己的理论出发点；这一出发点不仅提供了理论自身逻辑衍发的起始，而且也预示着理论展开过程中的运思方向和整体面貌。"因此，对于儿童文学的创作实践和理论建构来说，重要的不是是否有"童年"，而是如何理解、认识、把握"童年"，更进一步，如何具体实践、推进儿童文学的整个事业。

正如刘晓东在论文中尖锐指出的那样："总起来看，前者的儿童观是当下中国的教育学所秉持的儿童观……由于这种儿童观认定童年是贫乏的，所以，成人、教师便有权利将外部的知识、技能、伦理等信息传输给儿童、学生，而不用太多地考虑知识等是否能在儿童的天性、儿童的世界、儿童的生活中落地生根；这种教育往往会以牺牲儿童的天性、儿童的世界、儿童的生活为代价。总之，这种教育会以戕害童年为代价。"

我以为，从"童年""儿童观""童年性"等角度切入儿童文学、儿童教育、儿童文化事业的理论与实践，无论如何都是重要的、富有核心价值和重要意义的。

有心的读者会发现，收入本书的文章，论及了儿童文学的许多方面，但几乎都在不同程度上触及了"童年""儿童观"这样的话题。我想说，对于儿童文学的思考，往往既是美学的，同时也必然是心理学的、教育学的、哲学的……

30多年前，当以电视为代表的现代媒介开始在北美地区大行其道的时候，尼尔·波兹曼写出了振聋发聩的《童年的消逝》一书，思考、剖析电子媒介时代对童年的重塑乃至扼杀。今天，中国童年面临的时代挑战和课题更多。面对这一切，很显然，我们的学术界、儿童文学界应该发出更多思想的声音。

2019年11月16日，午后

（原载方卫平选编《童年如此丰饶：2017儿童文学论文选》，长江少年儿童出版社2019年5月出版）

研 讨

探索儿童文学的艺术之道

——红楼儿童文学新作系列研讨会发言

长篇小说《腰门》研讨会发言

大概四五年前，有感于我们这个时代的学术研讨氛围的走样，我曾经跟几个朋友交流，想利用浙江师范大学这个偏僻、相对远离话语中心、相对超脱的环境与平台，尝试探索、建立一种学院的学术研讨体制。所谓学院研讨体制，从表面看，是由大学的学术机构组织或主导的研讨活动；从内在的批评立场与批评态度来说，则是一种保持了与学院身份相符的、相对超脱的学术身份和心态，发挥学院所应该具有的独立、严谨、坦诚、纯粹批评精神的学术探讨制度。因为种种原因，这个设想一直没有启动。

今天的研讨会其实是一个意外的开始，上个月我去二十一世纪出版社时，这个火花突然又冒出来，而且很快就在这里实施了。我希望这次研讨会不要成为当前某些研讨会的复制。当然，要把这个会开好，对我们的学术储备和思想力也是一种挑战。

如果说会前朋友们的相见是温暖的寒暄，那么我希望接下来的时间将是朋友之间坦诚，同时也是"面目狰狞"的探讨（笑声）。当然，我们的探讨是温暖的，是出于对作家、出版社劳动的一种尊重与关注。我希望通过各位思想上的碰撞，提供关于长篇小说、关于彭学军创作、关于中国当下儿童文学创作生态的一次有价值的思考。

五年半前，我把刚获大奖的《你是我的妹》推荐给民生报社的桂文亚女士，这本书很快就在台湾出版。其间，桂文亚女士约我写了一篇序言《童年记忆与精神自传》，也谈到童年经验问题："对于一位作家来说，童年的经历常常会成为他创作的一个精神上的出发点，规定和控制着他的创作取向和姿态，从题材的选择到对社会、历史、人生的思考，直到文学趣味的整体形成和实现。"这几天重读《腰门》，也有很多感触。"腰门"是一个很乡土、很童年，也很民族的意象。我感觉，就彭学军的作品中所体现出来的情致而言，她更属于少女作家。"沙吉"在这本书中刚出现的时候是六岁，但是作者并没有很好地、准确地把握沙吉的年龄。所以，这是作品一个挺大的遗憾。谈到作品中的幻想问题，我不知道淑英是不是对作家有些苛求，我同意你的观点"让想象去支撑现实"，但是或许我们不能要求一部写实的作品很幻想。

我觉得彭学军在创作时是有意识地防止自己不要落入记忆的窠臼当中。可是，《你是我的妹》明显是写作者在20世纪六七十年代的经历，那是作者的经验，所以写起来是自然的。《腰门》中的沙吉从六岁到十三岁，作者把背景挪到了改革开放的年代，这实际上已经不是她的童年经历了，所以我觉得她这部分的把握不是很准确。

我认为彭学军的文学天性、气质、笔调、文学的心理状态可能更适合写散文。她的小说有散文化倾向。当她写小说时，尤其写长篇小说时，小说的结构和要求就与散文有所不同。我对她作品文学品质的可靠性一点都不怀疑，也不担心，自然的湘西气息在她的文字中总会散发出来。但是我担心她在用散文笔调写长篇小说时，怎样将童年的状态抒写得有层次感，有深度。散文化的小说怎么写呢？这是需要认真考虑的问题。

我认为，童年经验、湘西的生活仍然是彭学军可以继续开发的矿藏。彭学军是当代优秀的儿童文学作家之一。江南儿童文学作家的作品有一种独特韵味，就像曾小春、庞敏、金曾豪、彭学军等等都是文笔优美的作家。但我觉得她需要沉淀一段时间。你能不能在你的新作中，写出一些让人震撼的、彭学军特有的湘西特色，提供一些令人难忘的、独到的湘西生活细节？我最近在《最佳儿童文学读本》中选了一篇纪实散文《父亲和笔记本》，作者是李成义。开头写"我"童年时生活在甘肃天水农村，家里非常贫苦。上小学时，家里只能买得起两本作业本，父亲给"我"规定，作业本每一面要写30行，每一行要写满30个字。父亲不识字，但会数数，他隔三岔五就拿作业本来数。每次检查完作业，父亲都会表扬道："我的娃，没费，没费。"当"我"升到三年级，父亲在检查作业时发现作业本上有一行只写了两个字，有一行空了两格。这对于我们来说是常识问题，因为孩子已经开始写作文了，可没有读过书的父亲勃然大怒，还没有等"我"解释，大巴掌就挥了过来，打"我"的同时打翻了煤油灯。那天晚上，"我"在煤油味儿中，在父亲的骂声中流着泪和衣睡着了。我喜欢这样的作品，其中的细节有生活，有历史感，让人觉得刻骨铭心。

还有一个问题，长篇的结构怎么组织呢？1991 年，班马的中篇小说《六年级大逃亡》被《儿童文学选刊》选载，这是一篇非常棒的小说。后来他将其改为长篇《没劲》，由民生报出版，我曾经跟他探讨过这部书的结构问题。我认为他的这部作品写到后来，情节上相对散漫了些。张之路的短篇作品《暗号》改写为长篇小说《你有老鼠牌铅笔吗》，也存在这样一个问题，前后之间结构不够紧密。《腰门》试图提供一种典型的长篇结构，彭学军如果在细节的创造、结构的紧密程度上能够更上层楼，再结合她的文章弥漫的固有的诗意的话，她将会有更好的作品出现，会给我们带来全新的阅读体验。

在书的后记《水灵灵的凤凰》中，作者提到了湘西作家沈从文的故居。在《腰门》中也有"我"（沙吉）在恍惚之中走进一位作家故居的描写，但此外作品中就没有进行其他铺垫或描写了。我认为这是作者在叙事上的一个"硬块"或"疙瘩"。有位短篇小说名家曾说过：如果在小说中描写到墙上挂着一把猎枪，那么在之后的故事中，这把猎枪就一定要用上。缜密的情节链才能成就一部好小说。

当然，评论者就像食客一样，总会对菜色有很多挑剔。厨师最有力的反驳就是："你做一个给我看看？"我们就哑口无言了。（笑声）

我对《腰门》的长篇结构不很满意。当然，在当代的中国儿童文学创作中，长篇小说的结构需要多样化。散文化的、自传性的小说，更需要用比较缜密的情节链来组织整部作品。这本书中彭学军有意使用"腰门"来组织结构，但"腰门"这个意象在书中的使用还不够丰富，还没有成为作品叙事结构的重要手段。最好的构思应该是那种用尽心机，但读起来了无痕迹。

今天的作品研讨会，虽然直面作家和责编，各位都相当地坦诚，没有粉饰，能以最纯粹的喜爱和率真说出阅读作品的真实感受，对于阅读者和思考者来说，这是一种专业的伦理要求，也是一个专业所能带给我们的幸福。今天，作家和责编不仅在场，而且他们的真诚、坦然以及与各位的深度互动，都令我有些感动。

只要大家联想到当今文学批评的现实氛围和人际习俗，我们就可能对参与了今天这样一场研讨会而感到幸运。我觉得，我们举办本次研讨会的目的初步达到了。不过，如何在一个更广阔的文学视野中分析和判断一部作品，在一个更大的背景上思考问题，这还需要我们继续学习、积累和努力。也许，当代儿童文学学院研讨体制的建立将不仅仅只是我们的一个愿望，同时更是我们必须共同努力探索、实践的一个过程。谢谢大家。

2008 年 10 月 30 日

长篇小说《1937·少年夏之秋》研讨会发言

　　最近王杨、王觅在《文艺报》发表文章《学院批评应重视学理、把握当下》，该文从两个方面编发了学者对于学院批评体制建设的思考，即重视学理、把握当下。我们这系列研讨会也是依托学院相对独立的身份，试图对当下儿童文学领域最新的作品，做一种纯粹学理性的分析与批评。

　　最近这段时间，我集中地阅读了一些作品，其中就包括殷健灵女士的两部长篇小说新作：《1937·少年夏之秋》和《千万个明天》。选择《1937·少年夏之秋》作为研讨对象，是因为《1937·少年夏之秋》的题材及其表现在我国当代儿童文学的艺术生态中可能更具有可探讨性。这是一部历史题材的作品。我们知道在儿童文学的当代书写中，历史题材的作品一直是一个重要的门类，而且产生过很多很有影响的作品。从 1959 年出版的徐光耀的《小兵张嘎》，到 1972 年出版的李心田的《闪闪的红星》，一直到 90 年代以后出版的张品成的《赤色小子》，这一类带有战争背景的历史题材作品，构成了当代书写的一个侧面。

　　20 世纪 50 年代出版的《小兵张嘎》和 70 年代初出版的《闪闪的红星》基本上是主流意识形态话语建构下的历史书写，而在儿童文学刚刚开始进行变革的 20 世纪 80 年代初，类似张映文的《扶我上战马的人》这一类作品，也仍然是传统书写的延续。我认为历史题材，包括战争题材、革命历史题材的作品，到张品成这里才有了比较大的颠覆，他的作品与红军时代的战争生活书写传统已经有了比较大的区别。新世纪以来，儿童文学界出现了殷健灵的这本《1937·少年夏之秋》，我认为这部作品既有战争背景，而又与以往直接表现革命战争、抗日背景和普遍以乡村为时空背景的作品不同——小说将故事背景移到了都市。从这个意义上来说，这部新作是历史题材、都市背景和少年命运所构成的新的文学组合。

我认为作品故事的结尾营造是不够的。作品试图设置一个开放式的结尾，但是文章中又处处把细节透露出来，并没有提供更多的想象空间与可能空间。

作品中的硬伤对于艺术性也许没有太大的伤害，但是对于历史题材的小说，这些硬伤是不应该出现的。

对于作品的探讨应上升为历史小说创作的理论问题来进行，我们如果简单地挑硬伤，当然也是很好的，对于作品的修订十分有益。但今天我们主要还是探讨叙事、结构、人物形象等问题。

2009 年 12 月 12 日

历史题材小说《福官》研讨会发言

　　各位早上好，"红楼儿童文学新作系列研讨会"第五场研讨现在开始。今天的研讨围绕《福官》进行，同时诸位也可以结合毛芦芦的战争题材小说三部曲"不一样的花季"——《绝响》《柳哑子》《小城花开》展开探讨。

　　历史题材小说在儿童小说创作中并不少见，红楼系列研讨会也于2009 年讨论过殷健灵的作品《1937·少年夏之秋》。这一次我们之所以选择毛芦芦的作品进行讨论，一是感佩于她在儿童小说、儿童散文等领域多年来执着创作的成就；二是因为她是从浙江师范大学毕业的优秀儿童文学作家，我们为之骄傲；第三，她这几部作品也为我们提供了历史题材儿童小说创作可以探讨的很多话题。

　　我曾经说过，对作家的创作劳动，我们满怀激赏之情；对作家创作的文本，我们要进行认真深入的阅读和思考。参与研讨，我们不妨保持对文学、对艺术的最高恭敬。希望今天的研讨会现场有更多思想的交锋。

　　昨晚我和毛芦芦谈及作品中的语言特色的时候，她说现在的小学生们喜欢这样的语言。毛芦芦的女儿小红枣在旁附和说："老师说那是好词好句。"我对中小学阶段有关好词好句的教学方法是深恶痛绝的。我不赞同毛芦芦为了配合语文教育，以"为学生创作好词好句"的意图进行文学创作的实践。

　　在现代史上，衢州是一个有着特殊历史记忆的小城。它曾经被日军数次轰炸，也是细菌战的一个受害地区。毛芦芦作为一个在衢州成长起来的儿童文学作家，她愿意把自己的文学关怀、创作的目光投向那段历史，这是一个很了不起的选择和实践。

战争题材作品在当代儿童文学的实践当中，有很多成功或不成功的例子。从《小兵张嘎》到《闪闪的红星》，再到新时期的战争小说，积累了很多案例和实践的话题。我们欣赏毛芦芦，不仅因为她选择了自己生长的那片土地的一段历史记忆作为创作的素材，而且因为她的创作为我们提供了关于儿童历史小说创作的一些可以探讨和思考的话题。我们评价她，不仅评价她"写"这个动作，更应关注她如何进行创作这样一个实践过程。

对于《福官》这本小说对历史的呈现，我有几点疑问。

第一，少年儿童小说怎样从战争的历史或故事中提取叙事细节来构筑故事框架？

毛芦芦对战争题材儿童文学创作或许有个情结——战争是残酷的，战争是对生命的涂炭。这种认知导致她在这个作品中写到了太多的死亡。小说从三分之一以后就不断写到死亡，我不太欣赏这种密度。比如在飞机场这段描写，"福官一只手正好抓在飞行员伤腿的腿弯里。一股股的热血，漫过她的手掌，一路滴答。他们每走一步，焦黑的土地上就绽开一朵殷红的血花"。很少有儿童战争题材的历史小说是这样来描绘血肉横飞的场景。一定不是毛芦芦对这种情景有特别的偏爱，而是因为作者在写作的时候，对事件的提取、场景的描绘等等考虑不是很成熟。这样的写作，缺乏有力的艺术思考。

第二，儿童小说应该怎样去描写战争题材？

任何题材的创作，都是有其自由度的，包括战争题材的作品，关键是怎么去写。对于血腥场面的描写，仅仅是为了反映战争本身的残酷吗？答案是否定的。这种描写，如果要成为对战争有力量的表现，一定有更深刻的思考在背后。

波兰导演瓦依达拍摄的电影《卡廷惨案》在这方面有非常成功的表现。这是一部充满历史真实性、艺术性和感染力的作品。

这部电影的成功，当然在于表现了那个不堪回首的，让波兰人心痛了几十年的历史惨案的惨烈场景。它也有表现很惨烈的画面。比如在影片的结尾，当苏联人将波兰军官一个接一个杀害的时候，瓦依达费心营造的这部电影也到达了其黑暗的高潮。

但是这部电影的重点在哪里？重点在于，在那个特殊的历史环境下，波兰最普通的民众依然保存着对历史真相的一种追问，对于谎言的巨大警惕和排斥，其中表现出了人心的力量、真实的力量或面对历史真相时人类的道德力量等等。

《福官》在展示战争给童年，给小城居民带来不幸、伤痛、离别时，毛芦芦在思考什么问题呢？是试图在提醒我们对历史的记忆吗？我认为作家仅仅把她的思考停留在对仇恨的提醒上，停留在对于侵略者、施暴者的仇恨上，是不够的。

如果说我们传统的少年儿童题材的战争小说创作，停留在一个浅薄的、盲目的、英雄主义和乐观主义的战争认知上，少了一些对战争的残忍和战争背景下的历史真相、人性深度的发掘和表现，这是一种误区的话；那么，当毛芦芦以这种方式把历史的真相、战争的血腥揭示出来的时候，作者可能进入了另一个新的误区。

《福官》在文学上还有一些可以讨论的地方。

第一，关于作品中人物和事件的密度问题。在这部小说中，写到的人物关系、事件很多。在处理这些人物的命运时，我觉得作者没有用好文学的构思。作品中写到的两姐妹薛杨薛柳、大姐和大姐的男朋友、东北来的幸运爷爷、奇迹鸡等，如果这些人物只构成了战争大背景下匆匆过场的一批群像，那么他们每个人的命运就不能引起我们太多的共鸣。

第二，小说里面有很多人物关系、故事转折不自然。刚才彭懿老师谈及小姜饼的变化，的确，他的两次转折我都觉得不自然。一是他从一个普通人变成一个汉奸。这个转折的过程不自然。第二个转折，他突然良心发现，不再做汉奸了，而且说了那么多"气壮山河"的话，这个转折也不自然。

作品中细节上的处理有些也不自然。比如在一些非常惨烈的情景下福官突然笑了。面对受伤的飞行员，她笑了；面对失去十指的祝贺，她笑了。在这样的情境下她怎么会笑了？小说中描写的每一次微笑和哭泣都应该能打动人心。

如何让自己的叙事、情节的转换、人物关系的转换等合情合理？这很考验作者的功力。

第三，在语言叙述方面也存在问题。如，"福官话音未落，只听'轰'的一声，最后一架日机投下的最后一颗炸弹，在离他们半丈远的地方爆炸了"。作为一个历史的叙事者，如何得知这就是最后一架飞机的最后一颗炸弹？还有"离他们半丈远的地方爆炸了"，半丈远是一米多远。这样的爆炸都没有伤及福官，是不真实的。作者可以尝试这样叙述："又一架飞机过去，这次轰炸结束了。"

还有像"好温暖""好恶心"……这样的表达在当时南方

语言中是很少的。还有日语"呦西""八嘎"这些用语，在使用时一定要注意。此外，小说里面还用了"拜拜"，我推想当时中国是没有这种说法的。

一个作家必须考虑作品中的每一句话、每一个细节、每一个人物。我之前提到的准备包括历史感的准备。五六十年代的电视中，人物说话的腔调尚带有一种历史的质朴感，可是现在很多历史类的电影，人物说话的腔调都是当代人的腔调。既然是历史，就要有历史的感觉，对人的装扮、头发、动作都有要求。举个例子，不久前上映的电影《山楂树之恋》中老三和静秋两人在岸边分别，隔岸相抱的那个动作，感觉就不像是那个年代的动作，那个时候应该是抹眼泪三步一回头才像。

儿童历史小说创作如何更艺术？我觉得今天的研讨会有些很好的建议，比如如何结合历史真实和历史想象，怎样保持历史细节的丰润感等。

其实，这本书中让我心里怦然一动的是这样一句话："姆妈说着啪嗒啪嗒地走了出去，咔嚓一声将柴门锁啦！能让姆妈把软缎鞋踩出声音来，可见姆妈是真的生气啦！""能让姆妈把软缎鞋踩出声音来"，这句话一下子触动了我。这才是文学的感觉呀！因为我们平时很少去发现生活中的这种细节。

我希望芦芦能够继续历史题材小说的创作，因为这是当代少儿小说创作领域比较缺乏的题材，一般人很少去涉足，他们或畏惧，或不敏锐，或不愿去做功课等，所以我觉得这块领域还有很大拓展的空间。

另外你已经写了四本此类题材的书了，有了前面的实践作为铺垫，而这两年你又有新的作品、新的积累、新的想法，我建议你在这方面继续为中国当代少儿小说的发展进行实践和探索。

当然，我也有这样几个建议：

一是该如何去构思同类小说？我认为儿童小说的创作还是要在"简单"二字上下功夫。在"简单"的基础上再做艺术的展开。儿童小说美学，"简单"是一个很重要的概念。那些优秀的让人难忘的儿童电影都是从很小的角度切入的。比如伊朗的《小鞋子》，意大利的《美丽人生》，把战争的残忍虚构成一个游戏，还有胡丽娜刚才提到的《红衣女孩》。对儿童文学的构思，包括战争题材的作品，不要太重，太重反而冲淡和弱化了作品的表现力。可以从一个器物、一个事件或者从人物关系方面去构思，写好其中一种关系，然后从这种关系中生发出故事来。

二是儿童文学复杂在哪里？"简单"不是一切，儿童文学仍然需要繁复。这种繁复体现在表现主题、人物关系、故事进程、人物心灵轨迹的丰富的细节。我觉得一个作品的成功与否是由细节决定的。细节跟着构思走，为整个构思服务。所以说细节要有表现力，要让人心动。其实，作家不需要在作品中过多交代或声嘶力竭地呼喊。只要能够表现人物性格、心灵、情感的细节在了，那么东西就都在了。比如《小鞋子》中妹妹穿着哥哥的鞋子到学校，在体育课上悄悄把脚往鞋子后面缩这种细节，就有对女孩子爱美天性的表现。

其实，无论小说还是电影，细节是非常重要的。我有时候觉得一个作家真正的才华就是用什么细节来表现作品。好的作家，好的作品总是会给人留下一些让人印象很深刻的细节。

三是若要继续创作此类题材的作品，一定要在观念上再做准备。

我认为这个作品在观念的准备、战争的反思、主题的表现上是欠缺的。我在书中画出了大量关于仇恨的语言。其中写到鬼子队长被杀时，福官既兴高采烈吹出口哨，但又被"震得一呆"，"因为毕竟她欢呼的是一个人生命的终结"，这种羞羞答答的表现，其实是不到位的。究竟怎样去表现，芦芦还要有更深刻的想法。那么，这个深刻怎么来？还要做更多的功课：理论的功课、历史的功课、作品的功课。不仅仅是儿童文学，还包括整个当代战争文学，国内外的战争文学这样的大功课。大量的准备工作之后，作家站在更高的精神的、文学的、时代的、文化的观念上再来进行处理，可能就不会那么犹疑和局促。

2010 年 11 月 13 日

儿童小说《今天明天》《后天大后天》研讨会发言

我建议，从《丘奥德》到《今天明天》《后天大后天》，作者不管是宣传、评论，还是自我介绍，都不要把它们作为长篇小说来定位。

实际上，像这种系列的、冰糖葫芦式的叙事结构在 20 世纪 80 年代以来的当代少儿小说和故事类作品创作中运用非常多，其中比较有影响力的有：80 年代董宏猷的《一百个中国孩子的梦》，90 年代曹文轩的《草房子》，秦文君的《男生贾里》《女生贾梅》及近年来杨红樱、伍美珍等的系列作品。比如《草房子》，它由八章构成，每章都是一个小中篇，每一章之间有关系，但在结构上又相对独立。我们国内儿童文学界在 20 世纪 90 年代初就讨论过这个问题，如 1992 年我在北京参加中国作协的评奖，大家就讨论过《一百个中国孩子的梦》到底是长篇还是系列短篇。我认为是系列短篇，不是长篇作品，不是一般传统意义上的长篇小说，我们可以说是长篇规模的系列短篇作品集。

因此，我个人还是倾向于把《今天明天》《后天大后天》看成是幼儿生活故事集。不要觉得说它们是故事，级别就会降低，或者文学性就会降低，其实在幼儿文学领域，故事的审美独特性和重要性是毫无疑义的。故事有童话故事，也有生活故事。生活故事就不存在拟人化形象，而是以生活化的平常人作为主人公或者人物的故事。所以，我更同意将这两本书归类为幼儿生活故事集这种说法。

看了李姗姗的作品之后，我有几点印象比较深刻。

一是她的作品中有不时闪烁的，让我们兴致盎然阅读下去的，来自幼儿生活的丰富的故事灵感。一般来说，一个系列作品集，我看到的可能只是有几个好故事。但是这两本作品中，这样的灵感成批地连续地出现。很多故事我看了后都会想，生活中还有什么好玩的故事吗？继续读下去又是一个好玩的点子蹦出来。我觉得作家一定是用了很多心力不断琢磨，寻找题材，寻找话题，寻找叙事的可能，才会有这样有趣的故事灵感。

二是这部作品体现出一种哲学气质。意大利哲学家皮耶罗·费鲁齐有本书《孩子是个哲学家》，"孩子是个哲学家"的观点已经成为大家的口头禅。李姗姗作品中对幼儿心灵世界的把握，对幼儿生活的展示是和幼年或童年的精神深度结合在一起的。什么是哲学？"哲学"在拉丁语中原来的意思是"爱智慧"，英语里也是。儿童对世界充满好奇，充满探究的兴趣，这其实就是儿童的哲学生活。比如丘奥德因为太小看不到栏杆外面的世界，却充满好奇和渴望：为什么妈妈经常向栏杆外眺望？猫儿、小鸟和爸爸为什么也经常向外眺望？又如丘奥德想到世界上有各种各样不同的人，但为什么他们的牙齿都是白的？这些问题的提出来自幼儿生活，非常童年化，这就是灵感。当这些问题一个一个提出并密集出现的时候，我就觉得作者真的把幼儿成长的独特精神特性呈现出来了。

我认为，儿童文学的基本艺术情怀和品质，就是对童年价值和童年世界的一种根本性的关爱和肯定——不仅仅是把儿童看成需要成人引领、陪护、指引、批评、教育的对象，而是把儿童看成真正独立的对象，用童年的方式展示着成人可能失去的品质，展示着生命和人生的价值，也就是用天真、诗意、抒情、幻想、幽默、荒诞、游戏等等这样一些基本的概念或美学来展示童年的生命，而且对童年的把握和展现是充满了智慧和创造性的。

我们的作家并非没有展示这种品质的可能性，有些作家在作品中也有不同程度的呈现。李姗姗的幼儿文学作品就部分地呈现了这种可能性。她的作品在一定程度上让我们感受到作家的创造性成就给我们带来的阅读喜悦，如关于陪伴、走路等这些故事，都是让我感动的。当然，也还是有一些问题存在：

第一，语言表达有些欧化、成人化，这个问题比较明显。欧化的语言如何和儿童的语言结合今后要注意。

第二，作品质量不整齐，这也是系列作品普遍会碰到的问题。有些作品令我惊喜，甚至接近完美，也有些作品比较一般。一部优秀的作品，故事整体的高度是很高的。我喜欢的涅斯特林格的"弗朗兹的故事"系列、迪米特尔·茵可夫的《我和小姐姐克拉拉》以及王淑芬的《我是白痴》，这些作品都是系列故事集。看完整个系列后会觉得很多篇都好，随便从哪个篇章读下去，随便什么时候重读，都会有惊喜。

幼儿文学作品显然有成人的思考和创作，但是达到好的境界的途径是什么？我觉得应该是通过对童年本身的洞悉来达到的，而不是生硬地夹杂进成人的身影和思考。那些顶尖的、优秀的作品特别是优秀的外国儿童文学作品，对童年的整体生活和精神面貌的把握是非常准确和自然的。在这种准确和自然中，我们的心会不断地紧缩。我们会震撼——一个作家竟然能够用这样的方式，通过这样天真自然充满孩子气的讲述来达到对童年的整体生活和精神面貌的把握。在这个过程中，我们能够充分体会到成人对童年世界的深刻理解和思考。

我觉得在这个层面上姗姗把握得不错。在中国当代整个幼儿文学创作中，精神高度往往不够，作家站得不高。但是这两本书有一定的精神高度，一定的童年观高度，是值得肯定的。不足之处是在这样的描述中，作家一不小心就把自己的一些反幼儿生活逻辑的状态带到叙事中去了。

　　关于作家的预设读者，我不同意在儿童文学的语境中不管读者，只顾自己写作。当然在整个文学世界，这个逻辑是成立的，作家就写他自己，他也许是出于对文学的热爱，也许是出于对自我精神救赎的需要，也许是为了版税改善自己生活等，这些动机或写作姿态都是正当的。然而一旦在儿童文学语境中考虑文学性的时候，我们一定要考虑到儿童文学是为儿童读者服务的。我到现在一直坚持这样的想法。

　　一旦放到儿童文学的语境当中，我们就一定要提出这样的观点：写作姿态很重要。很多话题的确和幼儿文学作家对于接受者的假想和预设有关。孩子对作品的解读和发现的角度完全不是我们能够想象到的，他们能发现很多大人发现不了的东西。真正好的幼儿文学作品和好的儿童文学作品，一定对童年的趣味、接受的限度等有深刻理解。如果只是把儿童文学作为爱好，可以自说自话。但如果把儿童文学作为一项有文化设计、文化自觉的事业来做，在创作中就要尽可能想到怎么更贴心地靠近读者。

　　国外好的幼儿文学作家在艺术上对读者的贴心是让我们感动的，他们多么了解孩子，多么了解孩子的趣味和接受可能，从语调的运用、语言重复性的运用到文图的配合等。

　　很多好的作品最后往往一下让我们震撼，比如我平常很喜欢举的一些例子："这条小鱼在乎"（《这条小鱼在乎》），"错就错在你什么都没有做"（《错在哪里》），"这就是我们为什么要向所有人祝贺的原因"
（《"祝贺"这个词是什么意思》），"没有别人的墓，所有的墓都是人类共有
的"（《所有的墓都是人类共有的》）等。这都是国外像奥谢耶娃、苏霍姆林斯
基他们的幼儿文学作品，这些作品都非常大气，也是我们中国儿童文学
缺乏的。我高兴的是在姗姗的作品中看到了这样的气质。幼儿文学也好，
儿童文学也好，最后都是有成人在场，最后好不好也一定由成人判断，
文学史最后由成人写，但作为一个有自觉意识的成人，他的写作一定要
考虑到在小读者接受场合中发生的东西。所以姗姗要在幼儿文学中有更
大作为就要考虑这点，一定要重视读者。

我很喜欢书里的插图。当然孩子们究竟喜欢不喜欢，这个我们都
可以探讨。

2011 年 10 月 10 日

儿歌集《谁要陪我去散步？》研讨会发言

　　各位早上好！今天，我们在绿树环绕的红楼举行林芳萍儿歌作品研讨会，这一场研讨会是非常特别的。第一，它是我们儿童文化研究院自 2008 年 11 月启动的"红楼儿童文学新作系列研讨会"的第十场；第二，这是本系列研讨会第一次邀请来自台湾的儿童文学作家；第三，这是本系列研讨会第一次研讨儿歌这一体裁。

　　林芳萍女士在多种儿童文学文体创作方面都取得了很高的成就。这次研讨会之前我跟她通过电子邮件联系，发给她一些关于本系列研讨会的背景材料，其中包括束沛德先生、殷健灵女士等在《文艺报》上发表的和我们红楼研讨会相关的文章。她给我回信说："谢谢您详尽的说明，寄来的资料也已经仔细阅读完毕，这让我对此次的研讨会有了更清楚的了解，这是一次非常难得的机会，我很愿意聆听各位独立、坦诚、纯粹的评论意见，我已经开始期待并做心理建设了。"

　　我跟芳萍讲一些背景倒不是为了"吓唬"她，而是让她了解一下我们的学术设计和专业努力的方向。我们从事儿童文学研究这个很单纯的事业，应该在学术伦理上做些努力。随后我给她回信说："我觉得你的儿歌作品非常优秀，我们所秉持的讨论立场是好处说好，坏处说坏，以坦诚和纯真的艺术良知去探讨问题，所以我觉得大家不一定会很'凶暴'，你也不必做'残忍'的心理建设。"可她却马上给我回复说："谢谢你的告知，但若这次研讨会和以往的研讨有很大的不同，我可不依。特别厚待我，就是姑息我、纵容我，并且剥夺了我听取坦诚、纯粹意见

的机会，而且若坏了'红楼儿童文学新作系列研讨会'独立、严谨、客观、公正的金字招牌可不行，我万万不从。"（笑声）

听过这些往来邮件的内容，我想大家或许能初步了解林芳萍女士的性格。

儿歌是一种古老的语言艺术样式，它和童话一样，都是从民间文化和语言的原野当中孕育发展起来的。我曾经在一部童话集的序言中写道，"带着民间质朴的天性和丰饶的情感，操着民间天然的语汇和温婉的语调，古老的童话进入了日常生活和精神记忆之中"。古老的儿歌显然也是如此。

1999 年联合国教科文组织正式确立每年的 3 月 21 日为世界儿歌日，主题是：关爱儿童、缔造和平、消灭战争、建设家园。不过坦率地说，这十几年来，世界儿歌日在国内的影响甚微。儿歌的创作和传播情况也让许多父母和教育工作者担忧。我记得 2009 年世界儿歌日的前夕，新华社记者王海鹰女士采访我，我当时说，儿歌作为最早让儿童感受母语文化的重要语言和文学形式，它可以给孩子语音方面的早期美感熏陶，让儿童感知母语的音乐美、声音的形式美和身体的运动美。尤其是学龄前的孩子，他们正处于对韵律和身体运动的一个敏感期，他们对语音的语感节奏等都会产生天然的迷恋，对身体的运动有一种本能的欲望，所以这个时候接触儿歌特别是优秀的儿歌对他们的成长是非常重要的。

儿歌，尤其是传统儿歌，作为一种很古老的文学样式承载着很丰富的历史、文化、民俗、社会的内涵和信息，对于儿童的成长和早期的精神建构来说也是非常重要的。

在我个人长期的儿童文学研究生涯中，我也一直关注儿歌。

但坦率地说，我对当代儿歌的创作现状，以及儿歌作家的创造力是有些失望的。这样说对于坚守在这个领域的儿歌作者来说可能不公正，所以这只是我个人的一种观感和判断。

2003年，我在北京参加宋庆龄儿童文学奖颁奖仪式时，林芳萍送给我一本书——《我爱玩》，这是我看到的她的第一本儿歌集。我很惊喜，当时我对同行的很多朋友说，这是我看到的两岸儿歌创作者当中最有天分的一位，她对儿歌艺术的真谛领悟得非常深。我马上跟芳萍联系，希望能把她的儿歌引荐给大陆的读者，芳萍一方面非常高兴说能有这样的机会，一方面也说必须取得出版社的授权。后来，因为授权方面的原因，这件事没有付诸实施，我一直很遗憾。前几年，我应浙江少年儿童出版社的邀请编一套儿童文学选本，我选了她的八首儿歌，并很认真地写了赏析文字。

今天我们红楼儿童文学系列研讨会关注儿歌这种儿童文学的古老而重要的样式，共同思考当今儿歌创作的现状，比较两岸儿歌创作的优劣与异同。

关于儿歌与儿童诗的界定问题，对一部分儿歌来说，尤其是对游戏儿歌来说，儿歌的文字呈现只是完成了诗歌美的一半，也许只有伴着孩子的亦歌亦戏，游戏儿歌的文学性才得到了完美的呈现。

承接上面的发言，我想谈一下儿歌的童诗化问题。昨天桂文亚老师在"红楼论坛"讲《台湾儿歌五家》时，介绍了林良等其他台湾诗人的儿歌作品，我感觉这些作品很多属于童诗范畴。

对于儿歌的认定，我是趋向于保守的，这是因为我觉得我们应有对一种文体的真正的认识和理解。如果我们放弃了对历史形成的儿歌形制的自觉，实际上我们也就放弃了儿歌。

或许对于作家来说，儿歌与儿童诗的划分无关紧要，只要自己写出好的作品就好了。但是对于研究者来说，对儿歌这个文体的梳理是很有必要的。我认为，第一，这次讨论的七本作品集中的很多作品属于儿童诗，而不属于严格意义上的儿歌；第二，它们有许多依然是好的作品，是好的儿童诗。

非常感谢芳萍女士给我们展示了一位作家优雅的创作态度，感谢芳萍和桂老师的到来，使得我们有这样一次美好的、碰撞的机会，感谢所有在场的老师们和同学们的参与和精彩的交流！

我们今天讨论的话题还是非常丰富的。我们谈到了儿童文学创作的敬畏之心，谈到儿歌作为一种文体的特质，包括儿歌与童诗之间的文体关系，儿歌的韵律、节奏，儿歌与读者接受等，尤其大家关于图形诗的讨论，这些我认为是非常精准的，很有启发意义。当然还有很多问题，如儿歌的民间性和草根性问题，由于时间关系还没有来得及展开。

今天是"红楼儿童文学新作系列研讨会"的第十场。本次研讨会之后，我们将把十场研讨会的纪要整理成书稿，配上参与者的文章和现场的照片，用一本书的形式来记录我们在儿童文学的思想和批评道路上跋涉的点点滴滴，记录在这间会议室里度过的那些充实、快乐、幸福的时光。

2012 年 5 月 26 日

长篇小说《谁在那里唱歌》研讨会发言

今天，我们在这里召开谢华儿童长篇小说新作《谁在那里唱歌》研讨会。谢华老师是非常优秀的儿童文学作家，她的短篇小说写得很好。她短篇小说的起步是在大学毕业后。我记得 20 世纪 80 年代初，她参加浙江省年会时写的作品《小桥吱呀，吱呀》（原载《当代少年》1982 年第 12 期），后来被选入《儿童文学选刊》，它歌谣一样的开头让人印象深刻。

2001 年 2 月，台东师范学院院长带领台东三十多名师生到浙江师范大学交流，谢华老师从衢州赶来参加会议。在交流会中，她谈到了一部长篇小说的构想，也就是今天我们要研讨的这部长篇小说的雏形，故事感动了在场两个学校数十位儿童文学专业的师生。

红楼儿童文学新作研讨会的前十场研讨纪要将由明天出版社出版。谢华《谁在那里唱歌》新作研讨会，是红楼系列研讨会的第十一场。让我们继续怀着对作家的热爱、对儿童文学事业的敬畏、对艺术坦诚的态度，来进行本次研讨。

2001 年冬天台东师范学院师生来金华的那次会议中，谢华讲述了这个故事。这首歌唱了十年。我一开始表达的对谢华短篇小说的美好印象，是发自内心的。我们认识有二十年了，我读你的作品差不多有三十年了。我们曾有很多交流，特别在 90 年代中期，我因为要写浙江作协的年度儿童文学述评，每年都读很多作品。我觉得你的艺术生命是属于短篇的。短篇中有鲜活的人物，如阿跳，太生动了！还有老提，我在《最佳儿童文学读本》里选过《快乐的老提》这个故事。谢华很会写故事，我印象特别深的是《错误游戏》，特别精巧，有巧思，有学校生活的现场感，孩子的故事很生活化。所以我相信谢华一直是用写实的方式写作，特别是写少年小说。

我很喜欢《谁在那里唱歌》这个题目，很简洁，但有情味，可以提供一个巨大的故事、情感、思想的空间。这本书留给我的印象首先是作品中的一些点子。木吉能听到别人听不到的声音，看到或感受到他人所不能看到、感受到的东西，这是关于人物的一个很有意思的设定，也是小说故事情节发展的艺术灵感。蝴蝶标本也是很好的点子。这是儿童文学创作中比较高的艺术智慧的体现。二是作品中有些故事给我留下印象。比如写信的情节中，双方都是代写。另外在教育故事的叙事中，讲述了盲人摸象的故事，颇有新意，表现了木吉这个内向的孩子，能用很真实的方式说出让我们心灵一颤的话。我很相信他会说出这样的话。这个很自然的真相的揭示，出自这个孩子，点燃了教育的现场。这是高明的故事情节设计，制造了叙事的趣味。

可是，这部作品仍存在一些艺术问题。

第一，作品的焦点设计不够。

我认为"谁在那里唱歌"这个点子应该贯穿始终，而且成为重要的情节线索，它可能会给作品带来结构的完整感，还有叙事上的新颖感。它是个自然的点子，又是个文学化的点子，但是在我看来这个点子并没有贯穿始终。蝴蝶标本这个情节到后来也消失了。这些标题性的点子没有贯穿在作品之中，作品的结构就松散了。

一部长篇总是在表达作家的一些观念，表现作家对人性、对社会或对教育现实的某种思考，但是作品中不应该出现很多议论性的话语。如书中写道："木吉不是好学生，而且，他还知道，从当好学生到考上大学，中间还隔着一个很大很大的海。他害怕这没边没沿的大海。"这似乎是写孩子对人生、对自我认识的某种恐惧。再比如："哦，小小的心里，可以藏匿多少东西啊！大人和小孩都有他们装满了东西的大屋子，只是他们总把各自的门关起来，不让别人进去，大人和孩子是在躲猫猫呢！"小说中有很多类似的句子表达作者对童年和成人、童年和教育、童年和社会等问题的看法。这些评论性话语让人觉得作家似乎没有一个干净的构思或故事讲述能力。

第二，关于长篇的结构。

原生态写作并不表示把生活和人物搁在一起就会成功。刘震云的《塔铺》《单位》《一地鸡毛》，以及池莉等人的小说也描写琐琐碎碎，在时间的流逝中生活的一点一滴，但故事慢慢展开的过程中总会围绕一条主线。如果作家使用写实手法，展示生活自然形态，那对生活的叙事语言也要是写实的。目前这个作品叙事语言是文学的，是离开生活的叙事方式。也就是说，它不让我感受到生活的自然和质感，它仍然是作家有意的故事叙事，可是又没有达到故事叙事的效果。我希望作家在进行写作时，状态是松弛的，同时又有对于细节的、人物心理的展现。

举作品中一个例子。学校开展了各种兴趣活动，科学老师任其成立了养殖兴趣小组。这天，老师们正在聊天时，香蕾为了摘桑树叶从树上摔了下来。这一段，我们来分析一下。

这一段用了一个戏剧叙事手法。首先，叙事有些啰唆；第二，故事情节在整个小说中表意性不是很明确；第三，作家在创作时情感控制不够，虽然作品一直在描写流泪和感动，用了很多感情来描写，但是故事中的细节没有打动我。

木吉在听到别人听不到的声音时，感受到他个人独特的感觉世界，如果在这个点上有让人更感动的构思，这样故事会更好点。

谢华人在衢州，她的艺术成就没有被儿童文学界足够重视。她写的评论语言也是极敏锐和独到的。我想继续谈关于作家的情感控制问题。这部小说里有很多撕心裂肺、眼泪横飞的场面。有必要描绘这种场面吗？我个人觉得这并不是最好的表现手法，是比较直白的。好的作品可以把人写活，比如《我是白痴》中对智力障碍儿童的描写就很到位。将角色写得好就会成为伟大的作品。

我的评论是将这部作品和谢华短篇小说创作的高成就比较而言的。谢华的短篇小说创作成就非常高，她喜欢写孩子，她的人物不落俗套，她的故事精彩而真实。《永远的女孩》也写得很撕心裂肺，但写得很好。

谢华老师从开始创作、发表作品到今年为止，正好是三十周年，今天也算是纪念谢华老师创作三十周年的一个研讨会。

刚才你的一番话，我是很感动的。你对自己的艺术、自己的创作生涯和自己的教学生涯有那样的感情，有那样的自信，这其实也是打动我的地方。这个完整、真实的你，我觉得很棒。谢大姐，向你致敬！

2012 年 11 月 6 日

长篇小说《美少年之梦》研讨会发言

　　就像建江说的，我们跟家琪认识有十八年了。1996 年的散文之旅，我们还出版了一本书《这一路我们说散文：96 江南儿童文学散文之旅》（桂文亚主编）。那次散文之旅让人特别难忘，整个活动都是散文的形式、散文的节奏、散文的腔调。后来桂文亚女士建议我们把这一路谈散文的录音整理出来出一本书。可当时书名怎么也想不出来。我记得管家琪老师从台湾带来一个相声录音带，名字就叫作"那一夜我们说相声"。后来我提议说书名就叫《这一路我们说散文》。

　　十八年来，我们的交往有很难忘的记忆。管老师是一位特别勤奋、特别率真的人。她既是一位以写作为生活方式的作家，也是对孩子们疼爱有加的好妈妈。她创作的灵感很多来自生活，来自她和两个儿子相处的故事。创作和生活对她来说是一体的。2013 年，家琪说她一共写了整整 73 万字。我算了一下，平均每天正好两千字。我们偶尔一天可以写两千字，可是每天都保持这状态就非常困难了。从这里我们可以看出她对写作的迷恋和热爱。一个人能够与文字有这样的生命纠缠，我觉得可以算是一件奇迹了。

　　刚才建江回顾了两岸儿童文学出版交流的历史，并且梳理了一个很清晰的脉络。浙江少年儿童出版社在 2000 年推出三个系列十五本管家琪的作品，这是对她创作重点的一个很好的概括。一个是少年小说系列，也就是"少男少女系列"；二是童话系列，即"幽默童话系列"；三是名人传记系列。实际上，除此之外，管老师的作品还涉及了散文、翻译，还有改写。

我先来谈谈对她创作的总体印象。她早期的很多少年小说，有一个很鲜明的特质，就是紧紧贴住时代的脉动，写出了在特定时代演变中，少男少女们心灵成长的故事。

我个人最喜欢的她的一个短篇是《珍珠奶茶的诱惑》，我将这个短篇收入了《最佳少年文学读本》中。这个短篇为当代两岸少年小说创作提供了一个经典的、非常优秀的版本。它优秀在哪里呢？它描写了一个青春期男孩对弄堂里的珍珠奶茶摊子的记忆和感受：在他还很小的时候，他看到一个老板娘在弄堂口制作奶茶，孩子被她操作的姿势、女性化的气息以及珍珠奶茶所吸引，他为之迷恋。我觉得作者对青春期男孩心理活动的揭示是非常生动的。这个故事更精彩的部分还在后面。随着时代的变化，珍珠奶茶加工的技术有了变化，从充满人的气息变成了机器制作，男孩迷恋的心理找不到载体了。这篇小说不仅写出了一个青春期少年的心理，而且通过他的观察和感受反映了时代的变化，故事里充满了台湾生活气息。所以，这个故事是以小见大、举重若轻的。而且写作的切入视角，是轻巧而别致的。这正是一个作家才情的表现。

《美少年之梦》这部作品延续了管家琪对少男少女的生活、情感以及命运的关注和思考，并且有新的延伸，这是非常难得的。

我对这部作品印象最深的是两点。一是作品体现的作家童年观，即后记所说"每一个孩子都是独一无二的"。一个作家秉持这样的理念是很可贵的。家琪不管是作为一个作家、妈妈，还是成人，都将孩子看作是独一无二的，这份情怀给我的印象非常深刻。二是作家的教育观，即从童年观延伸出来的教育观。她的教育观是包容的、民主的、平和的。这种包容性，其实就是一种理性，一种尊重，教育者对被教育者的尊重、平等的观念。我个人认为，教育不是技术手段，潜藏在教育过程当中的教育者的灵魂、价值观念和教育立场十分重要。

这部小说的题材很别致，它写一个中性化的问题。在我的印象当中，这样的题材在大陆的儿童文学小说创作中没有涉及。我记得在1990年上海的研讨会上，汤锐的一篇文章叫《多元探索的一个特别领域》曾经引起过注意，她探讨的就是性别意识的觉醒。我觉得性别意识的觉醒在大陆的小说当中是有很多表现的。这部小说探讨中性化的问题，或者探讨怎么样包容孩子的性格、性别的形态的问题，甚至也触及了同性恋的议题，是很大胆的突破。一个有多年写作经验的、资历很深的作家，能够在创作当中保持对这个题材的敏感，是非常可贵的。

我看这部作品时发现，作家的生活、经历给作品打上了烙印。这部作品是新作，它仍然是以台湾生活为背景的，但比起早期作品中台湾生活气息已经大大地减少了。

作品中六个版本的故事，我个人觉得在艺术布局上还不平衡。如果这个作品在艺术的表现方面更加均衡、周密、智虑、周严的话，可能整部作品会有一个更大的提升。

2014年3月8日

系列小说"'薄荷香'女生私密成长花园"研讨会发言

　　各位老师同学，上午好。今天举行的谢倩霓新作研讨会是特别的，因为这两部具有自传色彩的小说目前还未出版，而且作者正在进行第三部的写作。出版方少年儿童出版社希望将批评放置在新作出版之前，这对"红楼儿童文学新作系列研讨会"来讲也是一个创举。

　　谢倩霓在创作这部作品时调动了她丰富的生活记忆，也投入了很多感情。我相信作品为我们从多角度进行探讨提供了可能。

　　这部充满了丰富的感情和生活体验的小说对个人的创作题材来说，对当代写作来说，都是独树一帜的。作家写出了一种普遍的童年经验。不光是女生，我也有很多共鸣。比如小说写孩子对世界的那种好奇，比如说看到小脚女人的那种感觉，尤其是男生女生之间的那种朦胧的感情，小孩子不喜欢招呼大人的感觉等等。

　　作家也考虑了故事的节奏，如第一部中三次写到"薄荷"，这也成为一个叙事线索和节奏感的体现。

　　我觉得"'薄荷香'女生私密成长花园"这个系列的名称不好，两部作品的标题也不够好。因为它与作品的乡土气息、纯正的文学感是不搭调的，容易把我们导向流行阅读的状态中去。《草房子》《腰门》等作品，它们的标题与自身的乡土感以及纯文学的意味是比较搭的。虽然在《腰门》研讨会时，我也曾提到"腰门"这个意象在作品中作为一个结构手段没有被很好地利用。

　　小说的整体视角是童年叙事，可是在第一部当中，大概有三处左右是作者跳出来叙述，这对叙事的浑然整体感是有破坏的。

作家把自己的童年经历处理为三部曲，我也是有疑问的。

现在的儿童文学出版物太多了，单本书容易被读者忽视，所以出版社喜欢做有规模的书系。但实际上从艺术的角度来讲，会出现几个问题。

首先，一个浑然一体的艺术品，被分为三部来写，其内在的艺术完整性会不会被破坏掉了。在文学史上有"下半部现象"，或是第二部现象、第三部现象，就是作品越写越弱。罗曼·罗兰《约翰·克利斯朵夫》的第一卷我觉得是精彩的，作家描写的童年生活非常生动，可是小说的第二部、第三部就有点虎头蛇尾。一部名著都会有这种问题，当代文学写作中这样的问题是很普遍的。

我建议作家把童年那么生动、丰富、独特的记忆和情感，还有对童年的思考用一部很精彩的作品来呈现，或许在写作策略上会更好。目前的状态下，我建议作家放慢第三部的写作。

今天我们是针对一部待出版的作品进行研讨，大家也把红楼研讨会的追求展示得非常透彻。所以，倩霓刚才所讲的由衷之言是对我们很大的鼓励。我觉得创作和批评之间的良性互动是很好的。我们一点一点跟作家成为朋友，成为一个共同的文学世界相携相伴的同行者。这是我们的职业带给我们的幸福，也是人生带给我们的幸福。我们感谢有儿童文学，感谢有红楼，感谢今天。谢谢大家。

2014 年 4 月 19 日

中篇童话《流星没有耳朵》研讨会发言

虽然这段时间忙忙碌碌，我仍然很认真地看了这本书。很多年的职业性阅读，把我作为一个普通读者的姿态慢慢改掉了，这似乎是无可避免的。我与一个十岁孩子的接受状态肯定是不同的。

其实，对于爱阅读的孩子来说，他们是天生的高级读者，他们不受经验的束缚，没有眼光的预设，仅凭本能，凭着天真和热情来阅读。这是难能可贵的。不过，一部儿童文学作品是否受到孩子的喜欢，只是衡量作品是否成功的必要的第一步。孩子的喜欢、夸赞，只是一切的开始。阅读本身所具有的内涵、应有的理想，都要从这个起点展开。但作为成年的职业阅读者，我们的存在同等重要。

第一遍读这本书时，我读得很舒服，这是我真实的阅读状况。这本书的主题选得很好，而且写得非常"接地气"。比如这本童话书里的人物都不使用洋名，"安安""小军""阿超""削铅笔"等等。很多作家现在似乎不用洋名，就没法写童话。

世仁先生的创作气质、个性、文化的素养以及作为一个儿童文学作家的气质、作为一个艺术家的美学气质，都非常独特、高远，这或许是他与生俱来的一种气质。作品的很多段落、作品的结局，都让我感动。

可是读第二遍，我发现自己有点"不舒服"了。我试图寻找作品中哪里让我不舒服。

这部童话构思的最大策略，是"误听"。"误听"造成很多趣味，是语言的游戏，作者使用得也很好，我相信孩子是一定喜欢的。然而，误听在语言的运用上、生活规律上、言语的使用情态以及在语言逻辑、心理逻辑的常态中，通常是把一个不太熟悉的词误听成熟悉的概念，这是误听在生活中、在文学表现中要尊重的常态。

我们听到一个陌生的词，通常会用自己熟悉的词去解释、去理解，儿童尤其如此，这造成了阅读上、接收上、交流上的趣味。可这部作品硬是把孩子非常熟悉的词变成搞笑的、陌生的词，而且这样的误听贯穿童话始终。比如，安安许愿说"我希望流星天天来"，这是非常普通的话，流星将它误听成"舔舔来"这个很别扭的表述。我认为它不符合我们一般生活中语言接收的规律。再比如，安安许愿"我希望再看一次妈妈"，流星听成再看一次"马马"，我感觉非常别扭。另外，希望"坐飞机到香港玩"变成了"坐灰机到香港玩"。

作品几乎从头到尾都把我们耳熟能详的日常语言，变成不常用或不符合生活逻辑的词语，这种整体的情节和叙事的构思，就造成了我在阅读上的不舒服。孩子们是接受且喜欢的，他们不会挑剔，我作为一个成人读者，却觉得这是对我的生活逻辑、心理逻辑的挑战。

我注意到作品后来交代，妈妈是故意听错的，这个我不太赞成。一个孩子失去了母亲，母亲远在天上，从人伦的常理来说，哪怕是在一个童话世界里，母亲多希望满足自己照顾不到的孩子的一个愿望，我觉得这才是世间母子之情的常态。

这是我对这部作品的感受，也是比较个人化的理解。

我也注意到，作品交代妈妈生前在和儿子交流过程中，有两个有趣的谐音，一是"每天"变成了"煤天"，还有就是"蚊子飞"变成了"文字飞"。一个妈妈跟孩子交流时做这样的文字游戏，我揣摩孩子的心理，他会不舒服的。只有让谐音的使用更自然，逻辑上更可信，童话才会更完美。

　　我仍然认为孩子们在生活中的词汇误听，会用熟悉的词替换或解释不熟悉的词。我儿子方麦子小时候去吃火锅，火锅底料端上来以后，菜一直没有上来，我们就说："我们要催一下！"成人都知道这是要催一下服务员，但因为方麦子才上幼儿园，他马上就对着火锅燃烧的地方，拼命"吹"。（南方人将"催"和"吹"念成同一个音"cuī"）这是符合生活常态的。

2014 年 5 月 24 日

长篇小说《少年与海》研讨会发言

早上好！"红楼儿童文学新作系列研讨会"的第17场，当代著名作家张炜先生《少年与海》研讨会现在开始。

《少年与海》是张炜先生近年来在儿童文学创作方面的新成果。该书由五个章节构成：《小爱物》《蘑菇婆婆》《卖礼数的袍子》《镶牙馆美谈》及《千里寻芳邻》。这是一部以写人与自然和谐关系为核心的儿童传奇文学作品，讲述了三个聪明伶俐、心地善良的少年在神秘的海边密林里如何认识世界，拥抱自然，并获得心灵成长的故事。这本书出版不久，就在北京开了高规格的研讨会，最近这本书也获得了中宣部"五个一工程"奖。

在昨晚的尖峰论坛上，张炜先生讲述了自己对文学创作的热爱，对童心和诗心的坚守。我想在座的研究者一定会秉持红楼儿童文学新作研讨会的自由批评之精神，与张炜先生进行坦诚的交流、碰撞和探讨。

我认为，张炜先生的《少年与海》艺术性非常强，他的叙述，他的描绘，他对整个海边日子、野地生活的质感把握与呈现，还有这部小说中恰到好处地流露出的童趣和幽默，都让我们感受到它是一部精致的艺术品，可以说，体现了一位杰出的作家炉火纯青的语言艺术。而且我觉得他对儿童语言的心理把握也非常生动、到位，一句简简单单的语言就能体现童年天然稚拙的情味。比如，"小蜥蜴四处乱瞅，我就把它们逮住了"。通过轻巧的语言，小动物的情态，质朴、灵秀、童趣等被表现得浑然天成；再比如"这里的星星格外大，没有月亮时就格外大"，我非常喜欢字里行间许许多多这样的表达；还有作品中孩子们对"见风倒"是男是女的猜疑，对"海边日子过得忒快"的感叹，在普通人看来，这是个不入流的问题，纯属空想，可对孩子们而言，这是他们世界中顶重要的大事。这种心理的把握与呈现都是非常生动的。

1997 年，我在山东的文学年会上认识了张炜先生，十多年来我们偶有联系，不常见面，但我作为一位读者，对张炜先生的艺术思想、对他的许许多多的见解还是有一定了解的。2012 年，有一家理论刊物邀我主持一个儿童文学研究栏目，我想这样一个比较高级别的成人理论刊物的邀约对儿童文学研究是一件很好的事。第一期一定要有一位名家出场来镇镇场子，我就想到了张炜先生，他很快地答应并交稿，那时他的《半岛哈里哈气》刚出版，他正好有一些思考，一气呵成写出了《诗心和童心》，有五六千字。在这篇文章中，他对文学的理解、对诗心和童心深度的思考有很多很好的阐述，所以，我很认真地读了多遍，我知道他是怎么看儿童文学的，是怎么看文学的，是怎么看童年的，是怎么谈他创作理想的。

对在座的我的同事来说，因为多年的儿童文学的职业经营、熏陶和训练，常常让我们的思考情不自禁地站在儿童文学的立场。说实在，儿童文学的"文学性"与"儿童性"的关系一定是个相反相成的悖论，当作者的才情和文学功力的不逮造成文学性缺失时，我们一定会强调文学性；当我们想到文学性的扩张伤害到童年性时，我们一定会考虑到儿童性问题。这是一个永恒性的话题。我相信在座的同行对张炜的艺术观点也有深刻的了解，但我还是不得不说下面的感想。刚刚有几位同事已经谈到，从儿童文学的艺术性出发，当我们把作品做成一个非常精美的艺术品时，在儿童文学的艺术语境中，一定要考虑到读者的接受，这在儿童文学领域是必须考虑的。那在这个问题的考虑上又有两个方向，一个方向是我们怎么从真正的文学性引领、提升、塑造孩子的阅读；另外，我们通过对儿童接受心理的深刻了解，对儿童文学艺术精神的了解，或者说对儿童文学跟童年关系的把握来探讨儿童文学怎么走进孩子。所以，今天我们由衷地表达了对这部作品的喜爱，也表达了我们对这部作品的真实感受。我觉得，只要是真实的，都是可贵的。

我在读这部作品时有两点对艺术表述和故事叙事的初级感受。第一，这部小说叙述非常顺畅光滑，充满生活的质感，海边气息浓郁，但同时，读完整部作品我发现作品叙事平缓，它不像那类有叙事高潮的儿童作品，它具有一种"语言的坡度"。我认为故事的高潮对于儿童读者是有特殊意义的。他们总是期待一个故事从低处走向高处，再高处，直到令人心悸的艺术顶点，最后安全地落在一个"意料之外，却在情理之中"的叙事层面。那么，这种阅读带来的情绪极度收紧与放松的过程，提供了一种最古老的愉悦感，它对我们每位读者都有一种天然的魅力。文学史上被读者广泛接受的通俗文学作品，都是包含着意外而明确的叙事高潮的文学作品。我不认为作品只有一种，必须有故事的高潮，这只是我读完《少年与海》的一种感觉。

前段时间我也读了安徽少年儿童出版社出版的"金麦田丛书"中的，美国作家玛·金·罗琳斯的作品《一岁的小鹿》，这也是一部非常优秀的自然题材的儿童小说，1938年出版，出版第二年获普利策文学奖。故事讲述了主人公裘弟和父母生活在佛罗里达的林区，父母都是垦荒农，他与父亲一同耕作、打猎，后来驯养了一只叫"小旗"的幼鹿，小旗成为他最好的伙伴。小说的高潮是：由于小鹿啃吃庄稼幼苗、威胁全家生存，最终裘弟被迫用枪亲手射杀了这只一岁的小鹿。这个高潮使裘弟的童年发生了质的变化，他告别了童年，得到了成长。

我认为张炜先生提供了一个更好的母语文本，他带有胶东海边生活气息的语言表达以及文学才情是翻译作品不能抵达的，但如果《少年与海》能够在从容漂亮地推进叙事的同时，加强叙事的坡度，对于儿童读者的吸引力就会更强。

第二，海边林子里的各种故事中，孩子们主要是在场看、听、感受、体验，在整个故事的构成上，他们的参与度是不够的。儿童对作品中的某个儿童角色产生认同，认同程度往往决定他们的阅读投入程度。作家如果能让孩子成为故事完全的主角，让孩子们的行为成为故事推动的第一动力，那么故事给孩子们的情感抓力会更强。这是我个人站在多年儿童文学研究者、教育工作者的角度对儿童文学作家的期待。谢谢！

2014 年 10 月 26 日

散文集《童话作家　英语菜鸟世界行》研讨会发言

"红楼儿童文学新作系列研讨会"启动之初，我就在设想有些作家我们一定要邀请他们来参加作品研讨。周锐先生就是其中之一。

我最希望研讨的当然是周锐的童话作品。在 20 世纪 80 年代的童话作家中，在热闹派童话作家中，我最推崇的就是周锐。从才华的纯粹、从作品的精彩、从热闹派童话艺术特色之角度来看，周锐都是非常有代表性的。但周锐说他更希望做这套散文集的研讨。

在跟周锐先生沟通过程中，我觉得他非常珍爱这套作品，他渴望到这里来和大家交流他的写作。再加上我们之前从来没有触碰散文的文体，我想这套作品也许可以说是一个童话作家跨文体的写作，应该也十分值得研究。

这套作品展示给我们的话题性很丰富。周锐展现给读者的是他作为一个五十九岁的老小孩的英语学习和异国生活经历，它展现了一种生活和写作的态度。这部作品也向我们展示了一个杰出作家无所不能的创作才气、文本想象力，还有写作的智慧。

我认为这本书能够探讨的地方有很多，但我们究竟怎样鉴定和把握日记体游记作品的文学品质？如果换一种写法，周锐完全可以写出另外一种面貌的作品来，但经过一些修饰之后，日记体旅行散文的那种粗糙的、毛茸茸的生活感受和人生感悟，可能就消失了。

反之，如果作品保留这种状态，的确会让读者觉得保留了生活的原汁原味，但似乎作者没有精心地创作。其实如作者所言，作品的写作实际上是用心思虑过的。我们对这套作品的评价，其实是对日记体游记散文的一个判断，这肯定是见仁见智的。

这套书中把小童话放在游记散文中，我本是想批评的，但淑英说这是融为一体的，我仔细想也觉得有道理。

我建议周锐先生可以有两套写作系统，你也可以用这套书里的方式，记录旅行生活经历中的点滴，包含有深刻的感受和体验，又有作家写作经验的触动，把它呈现出来，更多地保持来自生活的原始感，或是原生态。

2014 年 12 月 7 日

短篇小说集《地下室里的猫》研讨会发言

《牛骨头》之所以在发表之初不受关注，可能有几个原因：一是当时的编辑对作品的判断有问题；二是他们依然用传统儿童故事的标准来评判当代的儿童小说，忽视了小说面貌的多样性，忽视了作品写作可能的多样性，以及这部作品在小说情感、生活、技巧呈现上的闪光点，因而造成了对作品的误判。

如果要给我的发言冠以一个题目，可以是：玉清，一个千万不可被低估的作家。当代文学界近年来在讨论一个话题，即文学史上被高估和被低估的作家，我们需要重新进行评价。

20世纪80年代末，在我的阅读记忆中，玉清作品给我的印象非常深刻。当时，切入少年情感生活的小说很少，而且，因为时代的原因，作家们在表现情感的细腻度、从容度和主题的把握方面，都是颤巍巍的。玉清在某些方面的同类写作是超前的。所以90年代初，他作品的独特性获得了当时儿童文学界的关注和重视。

但现在重看"直面青春"系列作品时，我当年感觉的百分之六十已经流失了。我看到了"青涩"：不仅是作品主人公的青涩，还有作家玉清的青涩。我不是贬低玉清的创作，首先我肯定他在文学史上的地位，同时反思为什么我当年的激动、陶醉以及对他文字欣赏的感觉流失了一些。与三十年前比，我或许变得更专业，但也许是在大量阅读后已经训练得貌似强大、实则冷漠和麻木了。

《地下室里的猫》一书中收集的新作品改变了我对你的认识。这是一本奠定了玉清在儿童文学史上的地位的作品。

我认为当代中国儿童文学的创作在 20 世纪 80 年代完成攻城略地，完成了所有的艺术尝试和可能后，今天的儿童文学写作应该回到儿童文学的艺术自身。

儿童文学自身状态到底是什么？玉清的作品给我很多解答。刚才幻灯片上摘录的玉清那一段话："我一直是既写儿童文学，也写成人文学；我有一个发现，在我自己的作品中，成人文学的最美之点常是那些带有儿童文学色彩的地方；而儿童文学的最美之点又常常是里面的带有成人文学色彩的地方。"不仅把玉清重要的创作观点表达了出来，也把中国当代儿童文学创作的想法表达出来了。这部作品无论是在题材的开拓上，还是在文学的童年把握上，以及艺术的表达方面，都给我们看似山穷水尽的少年小说创作空间带来了新的气息，这是很珍贵的。

文学史中的评价和判断，是存在很多误读和错误记忆的。作为一个专职的研究人员，我们要设法在历史的遮蔽、历史的谎言中做一些我们应该做的事情。文学史的继承规则和一些文学体系的设定，往往由一些很复杂的因素造成。比如传统史家们先发优势的历史叙事，会变成后来人的一个既定坐标、既定判断话语体系，成为预设的结构，后人难免会受其影响。另外，一个作家在社会生活中的位置，拥有的资源、权力都可能会影响文学史的书写。

玉清生活在一个县城里，他是一个执着于创作的人，他的创作在一定意义上是被低估的。这样的作家，我们在文学史的图景中应该给一个更加准确的判定。在中国当代儿童文学，特别是短篇小说创作，似乎已经完成了所有尝试的情况下，在短篇受到冷落、成为新手练兵的文体时，玉清的一系列尝试，给我们带来了一些新的可能和贡献。

《地下室里的猫》收集的短篇小说包括"文革"题材的作品《我们谁会当叛徒》《洪常青给了吴清华两个银毫子》等，唤起了我的童年记忆。所以我看这类作品，对作家描写死亡的分寸把握，对人物命运的处理，以及这血淋淋、残忍的结局设定存在一些疑问。我充分肯定作家的创作态度，并且他注意到了小说中即便在描写这么惨烈的童年，孩子们为自己辩白所依凭的东西仍然是童年性质的，这是小说中立得住的逻辑依据。但关于结局你觉得是否有另外更好的处理方式？

针对这篇作品而言，从时代的逻辑、童年的逻辑、文学的逻辑分析，这个结局都是成立的。但是最经典的儿童文学作品，一般来说，它不会用童年的死亡收尾。我认为儿童文学更高的层次是走出限制。

2005年5月，在曹文轩《青铜葵花》作品研讨会上，我做了两点批评，其中一点是关于死亡描写，小说描写了葵花父亲之死、奶奶的死、老牛的死。可我感觉这些死亡都是偶然之死，限制了死亡书写的价值和意义。有朋友评价，这是一部感人的悲剧美学作品，我个人觉得这个结论值得讨论。

2015 年 4 月 18 日

长篇小说《渔童》研讨会发言

　　各位老师、同学，今天的研讨会迎来了诗人、作家、《上海文学》杂志社社长赵丽宏先生。近年来，《童年河》《渔童》这两部长篇小说引起我们文学界、出版界，尤其是儿童文学界读者们的关注。今天，《渔童》研讨会是红楼系列研讨会的第二十一场。我们若把十场作为一个周期，那么今天又是一个新的起点。

　　在当代甚至更远的中国儿童文学创作史上，儿童文学从来就不是一个封闭的系统。中国现代儿童文学的历史启动实际上是在一批文坛大师的加盟和推动下完成的，这样的传统在一百多年来的中国现当代儿童文学史中一直是被继承和书写的。近年来，一些在文学界非常有影响的作家陆续进入儿童文学的写作或在提供着适合儿童阅读的一些作品。去年，我们在这里召开了张炜先生的作品研讨会。最近我们看到茅盾文学奖获得者阿来的《三只虫草》由明天出版社出版。马原、虹影等一些在文坛有一定知名度的作家都在从事与少儿有关的写作。

　　在这样新的创作版图中，赵丽宏的《渔童》一出现我就非常关注，去年我收到福建少年儿童出版社寄来的《童年河》，便一口气读完。我当时也和福建少年儿童出版社做了沟通。《童年河》在北京已举行了非常好的研讨会。今年，丽宏先生的新长篇《渔童》出版，现在我们很高兴在这里进行《渔童》的研讨。

　　暑假读《渔童》，说实话，我读完还是有一些激动的。我为什么会有这种心动的阅读感觉？可能是因为这些年我在长篇儿童文学的阅读中，一些阅读的经验和观感根植于心，在某种程度上他们起了参照的作用。昨天和丽宏先生谈到，他说《童年河》带有很多个人童年生活的珍贵记忆。当我读到《渔童》时，我觉得放到今天儿童文学整体的创作语境中，这是一篇创作素养比较丰厚的作品。具体体现在以下几个方面：

第一，它的长篇结构。赵丽宏是一个在散文和诗歌创作领域有成就的作家，所以《童年河》更多带有一种散文气质。从结构上讲，它是一种童年生活流的回忆，很多片段可能会打动我，但是叙事结构相对比较松散。

我们今天有许多"长篇小说"，实际上是由若干短篇或中篇组成的。在这样的背景下，当我看到《渔童》的结构时，我是蛮欣慰的。因为这个问题，我已经关注了二十多年：为什么今天儿童文学的创作者不花多一点创作的心思去经营一部长篇呢？

《渔童》是一部跨越了很长岁月的长篇，从"文革"前写起，穿越"文革"的岁月，一直到"文革"以后。在结构上，我认为作者是非常用心的。

第二，小说写作和散文写作在情感的表达和记忆、感悟、观察的呈现上有很大不同。它有人物、人物性格、人物活动带出的故事，整个结构尤其是细节的表现等等，我命之曰"小说写作的素养"。

我觉得《渔童》在这方面给我留下很深的印象。先看人物。小说中写到的家庭主要是三个：童大路家、韩娉婷家和胡生宝家。我不知道这样讲对不对，同时写到大人和孩子的，有些笔墨就很少，比如写胡生宝的妈妈。但是每一个人物的出场，我都印象挺深。一个作家能够用举重若轻的方式让作品中闪现的人物多而不乱，并且让人留下记忆，留下辨识度，这是不容易的。还有一些人也是如此个性鲜明，比如说那个盲人。描写盲人的主要有两部分，第一部分描写他去韩娉婷家的路上，当然这里有一些回溯、叙述的交代；还有一个部分用的是大路爸爸转述的技法，这个盲人给我的印象太深了。其实涉及盲人的笔墨也就两千字左右，可是这个人物在那样一个时代和环境当中，他的盲人身份感以及一个底层靠算命谋生的劳动者的生活苦痛和经历，以及他和大路互动过程中的神神叨叨，都那样鲜明生动。还有这样一个人物在"文革"时期的"算不准"和"算得准"之间的拿捏，体现出一个人物的智慧和叙事本身的张力。

人物性格在小说的描写当中具有跨度和张力，比如写胡生宝。我觉得这才是一个作家功力的表现。他出场时，斜眼胡交代，"胡生宝长得矮小精瘦，像只小猴子，在学校里很活络，上蹿下跳，哪里有喧闹声，哪里就有他的身影"。如果仅写这些，我就觉得他是只小皮猴。可走进韩娉婷家时，"这小猴子却变得很规矩，缩手缩脚，看见韩娉婷的妈妈时，毕恭毕敬地喊了一声：'韩师母。'大路觉得很奇怪，胡生宝怎么好像有点害怕这'韩师母'呢"。你看这个细节当中，传达的文学信息就非常多。比如第一，因为两家之间的历史缘故，因为曾是恩人，他也知道这家对他们的重要性。第二，韩家的气场、韩家父母的容仪，给他一个震慑，所以这么顽皮的小猴子在这时候变得这么规矩了。第三，也符合一个圆形人物的特点，他有不顾一切的时候，也有收敛的时候。

所以，我觉得这样的细节和交代，都是引人回味的，而类似细节在小说中很多。

如果说一些疑问和阅读的体验要讨论的话，我这里说一点。

这部作品从整个叙事长度来说，是三个大段落，从历史的对应来讲，分别为"文革"前、"文革"中、"文革"后。那么，"文革"后这一段从结构上来讲是少不了的。但是，我估计作家写到后面会有一点疲倦，结尾的段落还是没有满足我的阅读期待。让我觉得有点遗憾的主要是这两封信。韩娉婷从国外给大路寄来两封信，当然前后还有很多信没收到，这两封信应该说是非常重要的，因为他们在少年时代共同经历了浩劫和磨难，他们曾经有这样深切的童年生活的碰撞和交融，经历过岁月风霜和时间的汰洗，他们在成年时候又通过这两封信重新有了交集。所以这两封信在叙事交代和人物关系的衍生上是很重要的。但是经历过这样阶段的两个儿童到了成人阶段，用的语言却是这样的：

> 在最困难的日子，是你和你们全家同情我们，帮助我们，给了我们人间最温暖的关心和爱。爸爸说，他对生命的信心，对生活的希望，都是因你们而重新燃起的。你们对我们有救命之恩，无论怎样都难以报答。

整个信的语言质感大概是这样一种感谢的语言。我就回想起他们童年时代经历的那场围绕着渔童，围绕着童年的两家故事，那个情感的起伏度是非常大的。他们共同经历了那样一场浩劫，作者在叙述时情感是非常克制的，可是在这种克制当中，情感表达仍然富有深度和烈度。在历经岁月的淘洗以后，韩娉婷写出那样一封信，在情感逻辑方面是不太准确的。这是一封用公共话语写出来的信，而不是一起经历过童年生活的伙伴，经历过那样的历史悲喜以后的写作。我想以丽宏先生散文的写作功力，用这样的两封信来交代，我是觉得蛮遗憾的。怎么样用更诗人化的，在平淡当中见出历史的沧桑、感慨和感激的一种语言？如果那样收尾的话，可能小说在结尾部分会更加真实。

我还是觉得结尾整个的构思和交代是有一点落入平常了，如果说前面的故事真是一个独特的故事的话，那么结尾是大团圆的结尾，没有出奇制胜。我认为结尾相对在这个作品中，没让作品更好地提升。

有时我也在想，是不是写得很累，或者说作者写作儿童小说时的菩萨心肠，这个我也是认同的。而童年写作美好、智慧的地方在哪里？今天，在写人物的复杂时，不忘记人性的多样化，我觉得这个比较重要。

小说的结构和叙事相关联，如果结尾更简洁一点，本身更含蓄，和前面有呼应和对接的话会更好。我读这部作品时，想起电影《美丽人生》，结尾时盟军的坦克进入监狱，其实是黑暗的时代过去了，人们重回人间了，可盟军坦克来时，在监狱的爸爸告诉孩子我们在做游戏，你躲到最后，你的奖品是一辆坦克，前面这样交代了，所以结尾一出现就很好。它是美好的，又是符合电影情节逻辑的结尾，呼应得很严密，又很温暖。现在《渔童》这样的结尾感觉平了一些。

这些天读作品，包括读赵老师送我的两本著作，昨晚我看到两点多钟。今天上午起来又把这本书看了一遍，我也是蛮震撼的。我从他的书中，还有平时的交往中，了解到作为一个知识分子、一个作家，他的文化综合素养、人文素养是非常深厚的。他刚送我的书是由安徽文艺出版社出的一本文章合集，收有谈他个人生命和中国古典诗文的一百多篇文章，是他在《新民晚报》发表的专栏文字的汇集。一个作家深广的积累和阅读，带到儿童文学中，从另外一个角度打开了我对一个作家新的认识，所以刚才的掌声非常及时，是我们今天最精彩的掌声。

时间总是过得很快，今天的研讨会很充实，尽管有遗憾。

我有这么几点感慨：

第一，我们各位老师、同学和出版社的编辑还是紧紧地扣住文本来做解读，这也是我们提倡的研讨态度。

第二，因为赵老师是一个阅历和知识修养都非常丰厚的作家，他带着非常大气、真诚、坦诚的态度来跟大家互动，所以我觉得今天的互动特别好。近几期研讨会，我每次都觉得"怎么今天交流得这么好"，每次都觉得越来越好，其实这已经变成我们交流的一个常态了。当然这也是我们努力营造、追求的一种研讨氛围。

第三，今天的研讨有很多书里书外的故事和交流，让我们把眼光和关注点从文本投向一个更广大的世界，进入一种更深刻的思考。尤其是赵老师讲了很多他在"文革"时期的见闻，让人触目惊心、感慨万千，也在我们心里放进了很多的关于历史、文化、社会、民族、未来的想法和有分量的内容。

今天掌声特别多，我想可能也是一些发言引起我们与会者的共鸣吧。感谢福建少年儿童出版社对这次会议的支持！特别感谢丽宏老师作为当代文学界的名家来到这里，给我们展示了一个大家的风范，给我们很多坦诚智慧的互动，也给我们很多温暖的鼓励。也感谢各位老师和同学一如既往的参与和付出，谢谢大家！

2015 年 12 月 12 日

系列小说《海龟老师》研讨会发言

今天的研讨会，我们关注的作品是资深儿童文学作家、目前旅德的华裔作家程玮女士在浙江少年儿童出版社出版的新作"海龟老师"系列。

1980 年代我就在许多刊物如《巨人》《儿童文学选刊》，以及《当代少年》中不断读到程玮女士的作品，比如短篇《白色的塔》《老人·孩子·雕塑》，中篇小说《来自异国的孩子》，长篇小说《少女的红发卡》等。她是新时期中国儿童文学起步阶段涌现的最优秀的青年作家之一，且在新时期儿童文学艺术革命中，她的身影是十分独特的。她的作品有着那个时代很深的印记。《白色的塔》当年经孙建江老师之手发表在《当代少年》上，被《选刊》选载。时隔三十多年，我们聚集在红楼，围绕她近年来的新作进行这样一场研讨，我想这是很有意义的。

现在针对低年级段读者的小说在我们原创儿童文学中不多，写得好的更少。这本书有一个看点：一个留英的"海归"，回来做一年级老师。我在阅读前有一个蛮大的期待，就是一个从很现代的国度留学回来的老师，对当今很多人沮丧不满的教育文化、教育生活能带来怎样的冲击。

可翻开第一本，我有点惊讶，就像雷老师发火："这次语文测试我们又是全年级垫底"，然后他跟孩子们有了成绩提升的约定。这就与我个人对于现代教育生活、对孩子成长的期待产生了很大的矛盾，我们能否就从这里开始讨论？

我认为应该告诉孩子一些现代的价值观，就是当你一个人很优秀时，你给世界带来美好时，你已经是成功的，这样是不是更好呢？所以我现在要接着责任编辑玉虎的话再说一点。

PPT 呢，我看过。第一，谢谢你对这次活动的重视。第二，如果你把结论告诉我们，这三个作品就是对于三个关键词的解读，那会给我们研讨带来一些尴尬。我们是响应你的"承诺、守护、选择"三个关键词，还是要另外想出三个词来呢，那你也会尴尬，对不对？我是一直是很欣赏玉虎的，但刚才玉虎的"狡辩"能力居然这么强。你看，他告诉我们一个以"海龟老师"命名的作品，我们居然不能去想象，不能去期待他带给我们一些对于校园生活和现代教育的新的理解，他说如果那样写就落入俗套了。而且他也辩解说所有在主人公"海龟老师"身上的中国投影都是出国之前的烙印，都是很符合逻辑的，真是狡辩。

第二，你要求我们放下一切预设，用很纯洁的心去进入作品。我们都是很有经验的读者，我们怎么可能放下那么多年文学生涯所给予我们的对于文学、儿童文学的理解和期待。当然玉虎作为责编的这种深情我也很感动。但说实在的，我觉得这个作品最大的问题就在这里。现在教育有太多太多问题，现在的孩子承受了太多的不幸，最近你看朋友圈转发的关于教育的文章：一个德国教师的离去，带给我们一些惨痛的感受。又有一篇说整个中国教育错了：应该游戏时拼命学习，应该学习时拼命游戏（讲的是大学生），应该开始养生时拼命赚钱，应该享受晚年时拼命锻炼。

写一个儿童的生活，能写得这么轻巧流畅好看，甚至不乏童年的那种闪光点，尽管年龄上有点错位，但总体来说这是一部好看的作品。可是我期待的不是这个，我期待的是"海龟老师"这样一个名义下，他带给我们的文学对于教育的介入。可在这本书中我认为它带来的不多。如果这个老师仅仅给我们一个校园沙滩，那就是他从国外带回来的教育成果，那么这个"海归"他"白归"了。

这部小说的智慧应该在哪里？应该在"海龟老师"身上兼有中国烙印和现代教育理念。他回到我们中国的语境，回到孩子们的生活中时，他怎么用他的智慧，不是简单地用现代教育理念、方法跟传统教育或跟现实的教育对抗，而是怎么在一个复杂的关系和冲撞中，显示出文学的天分和力量，而这力量的核心是关于当代教育的思考。

第三，讲到文学故事，我个人觉得程老师有能力把这个故事写得更好一点。我们有时候不忍心去举同类型的更好的故事的例子，比如《弗朗兹的故事》，还有淑英讲到的《小淘气尼古拉的故事》，还有一本耕林童书馆出的《疯狂学校》，写教育，写校长、成人和儿童的冲突，写得真好。可这本书从故事层面讲，这个老师，从他的理念到教育方法到语言，你不能说都不可爱，但是不够。我也真的为刚才宜清的发言感到震撼，刚才那个发言"及物性"并不强，但是给了很高的评价，我也有点不是很理解。

你看那些大作品真是了不起，驾轻就熟，所有的关于世界的复杂性都表现了，童年的复杂性也表现了，可是所有都在他的掌控当中，尤其是对伦理的掌控非常好。希望中国儿童文学在文学伦理，或者是说在文学的人文性表现方面能够更加提升一些，这一点非常重要。其实程玮老师已经准备好了。我刚才坐在这里想，如果要我来评新时期最优秀的儿童文学短篇十篇也好，二十篇也好，我一定把《白色的塔》放进去，那么深邃，那么富有哲理和诗意，故事又是从生活当中来的一个片段，文学气息是非常纯真的。

您的大度我十分敬佩。今晚是近一年来第一场红楼研讨会。我觉得今天有一个情景是特别的，是二十几场中没出现过的，就是以强大的出版社、亲友团一方和浙师大师生一方形成了某种程度上的对峙。我看到了出版社的专业素养：文学素养、编辑素养、文学理论素养，以及他们作为"接生婆"对于职业、对于作家的无限感情，这是我非常赞赏的。如果编辑没有对职业的热爱和支撑其职业的洞见，这个职业就变得非常肤浅了。

另一方面，我们的老师和同学也是经过八九年的跋涉，对于文学问题的探讨走到了没有太多包袱的阶段，这是我所欣喜的。前提是我们请到红楼的作家、编辑都是我们热爱的尊敬的朋友，还有我们对这样一份事业的热爱。所以我个人觉得今天的探讨尽管有些唇枪舌剑、刀光剑影，对有些地方大家有些不满，以前是个体对群体，但是今天有 A 队和 B 队 PK 的感觉了，说明我们浙江省的儿童文学队伍很是难得。

最后，我们要感谢远道而来的颇具大家风范的程玮老师，我也很欣赏年轻作家的率真和决不妥协的态度。我们也要感谢浙江少年儿童出版社，因为有和孙建江老师几十年的友情以及浙少社年轻编辑朋友们长期的信任。

所有对儿童文学的热爱化作了这样一次对儿童文学的研讨，所有的意见都是启发我们对话者的。对于作品的讨论不要争个你死我活，"真理就一定在我手里"，我觉得不是这样的。任何一方的观点都是有意义的言说，所以我感谢所有与会者。

2017 年 5 月 9 日

学术著作《中国儿童文学史略》研讨会发言

今天的研讨会是红楼儿童文学新作系列研讨会的第 26 场，但却是第一场为儿童文学研究者的学术著作组织的研讨会。

红楼研讨会从 2008 年启动之后，一直没有给儿童文学研究者开研讨会。最近一两年我才开始规划。《中国儿童文学史略》是 2013 年 1 月出版的，但这本书作为学者论著的第一场研讨会的主题对象是非常适合的。因为这本书提供给我们丰富的学术研讨话题，并给予我们当代儿童文学研究者许多启示，尤其可以为师生们学习儿童文学研究提供很好的文本借鉴。

这本书的话题性无疑非常强。首先，从文学史的角度来讲，1988 年，陈思和教授和王晓明教授就提出了重写文学史的话题。当时在整个学术界是很有新意的，但儿童文学界却没有响应这个话题。之后的几十年间，我们实际上在做相应的实践，很多学者在对中国儿童文学史的重新打量和思考中，都有一些不同于传统儿童文学研究观念的新成果。这些成果提供了儿童文学史研究的不同范式。

其次，本书不仅提供了范式，还是一本让人读了长见识的书。它提供的文学史掌故、文学史个案、解读的趣味，还有在这本书的字里行间不时闪烁的一个学者对中国儿童文学的体察和洞见，都给我很深的触动。

这本书值得我们不止一次阅读。今天来自全国各地的同行们坐在一起，我们就可以秉持红楼研讨会开诚布公、率真务实的精神，像朋友一样畅谈我们读这本书的感受、收获、启发。

本来这场研讨会我预设的时间是两到两个半小时，现在已经整整三个小时了。

《中国儿童文学史略》无疑是一本重要的、有个性、有价值的著作。我们大家都能感受到，刘绪源先生在我们中国儿童文学学术领域的存在有很多特殊的意义。2009 年《儿童文学的三大母题》准备出第二版的时候，绪源给我打电话说让我写一篇序。我当时说："不写了吧。"他说，"你写一篇批评的序"，这一下子打动了我，后来我在那个序当中就说到这个事。其实对那本书我的确也有一些想法，当然这些想法都是可以讨论的。我在那个序中提了这么一句，我说，许多年来，刘绪源在儿童文学领域的存在，就像是在角落里不时发出尖叫的孩子。当我们大家都按照体制或者都按照我们的批评伦理，或者我们的文学生活的常态在生活的时候，他真的是很有个性。但今天我想补充一句，他在学理上也给儿童文学研究提供了很独特的值得我们深思和研究的一些财富。

刚才我们大家都谈到，这本书无疑是十分独特的，是提供了一种新的研究个性和可能、新的研究范式的一部著作。那他为什么可以写出这样一本书来？今天我们当然还是需要一些史料收集更完善、文学史的面貌呈现勾勒更加全面的著作，但是我们也非常欣慰、非常高兴有这样非常个性化的著作的出现。这种个性化的写作一方面很难，一个人怎么能面对那么浩瀚的史料，那么广阔的时空，那么丰富的文学现象和文学生命、作家作品？可是从另外一个角度来看它又很容易，因为可以任性、可以率性、可以随意，可以说"我"的喜好就在这里。关键是这种个性化的写作是真正显示功力的。怎么去打捞这个历史，怎么去勾勒你眼中文学史的地图，这才是功力和水准、学养的真正体现。

绪源的这本书无疑是独特的。我认为在这一点上，作为一个人的写作，他给我们提供了一张无比惊艳而且自成一体的文学史地图。这样一个学者，这样一部著作他是怎么炼成的？等等刘老师还有好戏，他要向我们奉献他治学的武林秘籍。读这个秘籍之前，我先说说我的感想。

第一，刘老师做学问无比地辽阔和大气。

这个说起来似乎容易，但要真正做到却很难，这也是我很多年来跟同学或者年轻同事们经常谈论的一个话题。有些本科同学问我："方老师，我很喜欢儿童文学，我应该读哪几本书？"我常常和他们说："如果你要真正进入儿童文学这个门槛，你可以把儿童文学先放在一边，或者做一个简单的打量。你先把广阔的文史哲的功夫做好。如果你真的要走得远，你必须要这样去做。"

从某个角度来讲，绪源是一个幸运的学者。因为，在我看来，他虽然有一份正式的拿报酬的工作，是体制中的人，但是从学术思想的形成、学术个性的养成来说，他从来没有进入过体制。他一直在跟体制周旋，在这体制之外，来创造他自己的学术个性和故事。所以你看，他通文史哲，这在当代儿童文学界可以说无出其右者，在当今的整个学界也不算多见。当然，有的学者，比如杨义，他以研究中国现代小说史闻名，但他成名以后，得到像夏志清等的评价以后，他开始转向中国古代文学史的研究和探讨。他也是想让自己对文学史的认识能够更加通透，让自己作为学者的气象更加磅礴。绪源的辽阔和大气也许跟他没有上过全日制大学有关，这看起来是他的不幸，可是从做学问的角度来讲，这可能又是他的幸运。在多年的阅读当中，多年的文史哲涵养中，多年的吸收积累当中，他慢慢、慢慢地形成了今天作为一个学者的个性和天地。

第二，他的研究、他的所有的文字和思考都有他独到的生命体验。

这个跟刚才的第一点也是相通的。他不是从体制的模子里面浇筑出来的一个学人，而是在广阔的阅读当中逐渐丰富培养了自己独特的眼光和体验能力。文学研究很多是通过理论的准备、理论概念的搬运去套作品。可是作品的温度、文学语言的血肉在这样的理论解剖台上，在这样的解剖当中都失去了。所以他作品当中的独特体验让我无论第一次读还是再读都感受强烈。

第三，就是他的批评姿态和思想姿态。

绪源是一个自信、睿智、犀利的批评家和学者。这一点我们大家都已经谈了很多了。我觉得这一点特别珍贵。这也跟他始终在体制的里外穿梭，保持他个人的自由的学术心性有关。

最后，因为这些东西，他的文字始终是有趣味的，既有思想的理趣，也有文字当中的情趣和为文者的性情。我这次读这部作品对这一点的感受仍然十分强烈。

大家今天不仅表达了对刘老师的热爱、敬意，对这本书的喜爱，也表达了祝福，特别是表达了对这本书本身的期待。不过，我一边听我们这些70后、80后、90后们这样说的时候，一边也在想，咱们也要撸起袖子来加油干，有些工作也不要让绪源老师太辛苦了。可以说最近三五年在儿童文学评论界他写的文章数量是最多的，而且体验和判断、把玩和拿捏也是最独特的，获得的响应、获得的关注、获得的学术尊敬几乎也是最多的。刘老师今年身体有点不好，大家特别关心、特别心疼。他对我们来说太重要了，对我们这个领域来说太重要了，对我们这些朋友们来说太重要了。所以，我想我们就让他的心情更轻松一点。1977 年以后的文学史论述，以后咱们跟他一起干！特别是在座的同学们，我们一起。刘老师给我们做了很好的示范，也是我们的榜样。《中国儿童文学史略》是一本很好的教科书，李燕老师就当教科书在使用。所以很多工作我们大家也要更加努力。

今天这个会议气氛是很少有的，大家都满怀着敬意。今天的讨论涉及了很多细节，但是研讨会结束并不意味着我们的学习和思考的结束，我们可以继续。按照惯例，我要请今天的主角说几句。刘老师事先也知道了我们这个安排，因为他多次来参加我们的红楼研讨会，所以特地准备了发言稿《三点治学的"独家秘籍"》。刘老师今天嗓子不太好，所以我们请刘老师念一段，接下来就由我代表刘老师来念。

今天的研讨就到这里。再次谢谢大家。谢谢绪源老师，谢谢少年儿童出版社，谢谢远道而来的各位朋友。也谢谢我们各位老师和同学。时间虽然超出预计，但是我们都不觉得长。期待下次再在这里聚会。也谢谢为这次活动做了很多工作的老师和同学们。

2017 年 10 月 21 日

长篇小说《有鸽子的夏天》研讨会发言

刘海栖先生的新作《有鸽子的夏天》(讨论稿)研讨会现在正式开始。今天的主角是海栖先生。他是儿童文学出版界的传奇人物，他对儿童文学出版事业贡献良多，功不可没。他同时也是一位作家，主要作品早期有《这群嘎子哥》《银色旋转》《灰颜色白影子》《男孩游戏》，稍后一点还有《扁镇的秘密》《驯龙记》《无尾小鼠历险记》《爸爸树》《戴红袖标的大象》《豆子地里的童话》等。

海栖虚怀若谷，充满了倾听的欲望，他说："好话对我没什么用，我希望听到一些批评的意见。"他希望自己的作品能更好。我们今天也一样，我们喜欢这部作品，在探讨时也希望大家能把话讲充分。

我在看这部作品时候的第一反应是，这部作品是海栖对自己真实童年生活大规模地调集、运用和创作。它描写的生活环境、生活环境中所有的人、鸽子的知识、木匠活的知识……老实说，如果一位作家光靠做功课来创作的话，是写不到那么鲜活的。后来我问海栖，他说这全部是他的童年经历。没有那些亲身经历，是写不出那种童年生活的鲜活感、丰润感来的。但我也一直跟海栖讲，我是一个日趋保守的儿童文学思考者。在20世纪80年代，也许我是儿童文学前卫艺术的吹鼓手之一。但现在，我觉得儿童文学真的要立足于对儿童的意义。我相信你是从保持生活的逻辑、鲜活感出发，但儿童文学怎么上升到艺术逻辑？我觉得这点值得海栖思考。

关于书名，我收到最早的电子稿，名字叫作《两头乌》。我们在讨论的时候就说这个题目不好，把整个作品的层级降低了。我就同海栖说，题目一定要改。一说"两头乌"，我们就想到那个猪，做火腿的"两头乌"了。过了几天，海栖说题目改成了《有鸽子的夏天》。我一听就说，这个题目好，这题目及格了。但是不是再改，有没有更好的题目，可以再讨论。

萧萍老师是学者，更是一位优秀的作家。她刚才对作品的分析，特别是开头的分析就是我当时阅读的感受。我为什么有那样的反应，就是因为这么多年我了解海栖的创作。据我判断，这篇小说所体现的基本素养是当今一流的儿童小说作家的水准。我跟海栖有过很多交流，我也提到一些问题——整个密度作为一篇小说来讲还是太大。包括作品中那个用刀的问题，我知道这个情节在这个作品中有多么重要，但我认为还是不这么写比较好。今天看来大家还是有共识的。

小说要按照小说的方式讲故事，孩子其实是能够吸收的。而且我越来越觉得孩子的接受能力超出我们的想象，我们自己少年时代读作品的时候，不也是"不求甚解"的吗？

如果我们的研讨会继续进行，我相信还会有很多很精彩的发言。今天，大家既充分表达了对这部作品的喜爱，也谈到了很多对这部作品的建议和困惑；谈到了对这部作品整体的把握和看法，也一再谈到对其中一些细节的看法和建议；谈到了对这部作品和海栖老师整个创作的感受，也结合到了当今儿童文学创作一些整体性的童年的、美学的问题。所以信息量是蛮大的。我相信所有这些讨论，对于一个作家来说，都是珍贵的。

今天大家讲了那么多，我觉得非常好，大家都渴望这部作品能够变得更好。海栖可以综合考虑，怎么做一个修改。你看我们大家对作品的意见也不一致，对一些细节方面的处理意见也不同，这也许就是文学跟科学的区别。

感谢我们大家一起的努力。

2018 年 4 月 14 日

"孤独狼"系列童话研讨会发言

　　各位老师、同学，"红楼儿童文学新作系列研讨会"的第 30 场——"冰波'孤独狼'系列童话研讨会"现在开始。

　　冰波老师的这一套童话作品即将出版，儿童文化研究院和新蕾出版社联合主办本次会议。

　　冰波是 20 世纪 80 年代以来抒情派童话的重要代表，其实这个标签远不足以涵盖他的全部创作。"孤独狼"系列童话还没有出版，但是新蕾出版社已经做了很多的前期工作。

　　冰波 20 多岁时写了一系列很有影响的短篇童话，比如《秋千，秋千》《窗下的树皮小屋》《梨子提琴》等。在以郑渊洁、周锐等为代表的热闹派童话之外，冰波的作品在当时的童话界独树一帜，班马说："冰波为中国当代童话的整体创作带来了一个很好的美学结构。"他常因为作品抒情、美好的气质而被小读者误认为是女作家，所以他当时常收到小读者的来信，称他为"冰波姐姐"、"冰波阿姨"或"冰波奶奶"。那时候冰波血气方刚，为了证明自己是男子汉，写了很多探索实验性的童话，以及像《蜗牛奇侠记》、"阿笨猫"系列等幽默诙谐的作品。1987 年 12 月，我曾写了一篇《冰波童话的情绪变调》，发表在《当代作家评论》1988 年第 3 期上。冰波告诉我，那是关于他的作品的第一篇评论。今天，用一个简单的标签来定义冰波显然已经不够了。

　　作家可能是多种多样的，作家怎么去挖掘自己生命当中的深刻内容，我觉得也有多种途径。是不是都要深入到潜意识的层面？很难说。去年我们在这里开了《阿莲》研讨会，作家汤素兰也是在挖掘自己的童年记忆宝藏。因为汤素兰现在的作品当中，如此大规模地调动童年生活经验，恐怕也是第一次吧，那应该是她第一次回归童年，回归自己记忆深处的某种方式。

我跟冰波认识时间长，我觉得冰波特别有慧根，他对创作的思考和体悟比较深，这在儿童文学作家中并不多。面对一般会放到文学理论课堂上讨论的话题，他的很多感悟跟我们是相通的。除了相通之外，他还有很多自己的体验和见地。我觉得这些都来自他最真切的体验和思考。十多年前我就跟冰波说过，"冰波，你的这些思考都很有价值"，我说了很多遍，而且我说"这些思考是可以写成一本书的"。

感谢所有参会的老师们和同学们，我们的编辑小焦和小纪远道而来，汤老师一如既往地支持我们，带领她的娘子军来到这里，给我们带来友情和专业的交流。

今天还有特别的几句话想说。

2008 年 10 月 30 日，我们在这里启动了"红楼儿童文学新作系列研讨会"的第一场——《腰门》的研讨会。一转眼整整十年过去，今天是 2018 年的 11 月 24 日。我有很多感慨，感慨我们对一种文学精神和批评精神的坚守，也很感慨这么多年来，30 位作家和众多的编辑朋友走进红楼，来到这里，跟我们一起探讨儿童文学的艺术之道。我们探讨儿童文学创作和文本，以及一些最新的动态和进展——在这个过程中，我们共同体现的对儿童文学事业的敬畏之心，共同体现的学术伦理，还有我们最美好的友情，这些都跟红楼的生命结合在一起，并成为它的一部分。所以我非常感谢大家一起走过的这十年时光，谢谢大家！

2018 年 11 月 24 日

（原载方卫平主编《红楼儿童文学对话》第 1 辑、第 2 辑、第 3 辑，分别由明天出版社、广西师范大学出版社、福建少年儿童出版社出版）

其 他

艺术是形象和情感的统一
——试谈艺术本质

一

艺术本质，一个古老的美学课题。虽然从时间上来说，对于艺术本质的自觉的探求，要比原始艺术的发生晚得多，但是倘若把艺术从原始胚胎中脱离出来走向成熟的历程，与人类对艺术的美学思辨的发生、发展经过作一个比较的话，那么我们便会发现，它们几乎有着同样悠久的历史：正是在诗歌艺术发展的基础上，东方的中国出现了古老的"言志说"；也正是在古希腊史诗、戏剧繁荣的基础上，西方出现了同样古老的"模仿说"。这两种人类对于艺术本质探索的最初尝试的成果，竟然不仅作为一种观念，而且作为一种传统，影响东西方人们的美学观念达数千年之久！

然而，艺术的面纱真的被揭开了吗？人们在怀疑。

于是，有了新的探索……

人们的注意力，首先集中在对于艺术本质的"形象说"的思考上。

在古希腊盛行的"模仿说"那里，已经显露了艺术本质"形象说"的端倪，但后人将"形象说"奉为圭臬时，却都喜欢引用别林斯基在《一八四七年俄国文学一瞥》中说过的那段尽人皆知的话。[1]"形象说"认为，艺术与哲学、社会科学一样，都是社会生活的反映，它们的不同之处仅仅在于，艺术通过形象反映社会生活，而哲学、社会科学则以抽象的概念形式反映客观世界。这一观念曾长期支配人们对于艺术本质问题的认识。20世纪50年代在我国流传的季莫菲耶夫的《文学原理》、涅陀希夫的《艺术概论》都持"形象说"。我国学者自己编著的文艺概论性著作，如巴人的《文学论稿》(1954年版)、以群主编的《文学的基本原理》(1964年版，1979年出修订版)、蔡仪主编的《文学概论》(1979年版)以至近几年来出版的十四院校合编的《文学理论基础》(1981年版)、郑国铨等编著的《文学理论》(1981年版)等，也都沿用"形象说"来阐述艺术本质。可见，"形象说"在文艺理论界是一种根深蒂固的艺术观点。

当然，"形象说"也不是从来没有遭到过任何怀疑。我们看到，早在50年代初期，苏联文艺理论界就有人对别林斯基的观点提出异议，认为别林斯基关于艺术、哲学和科学的内容同一的说法是不正确的。近几年来，随着学术思想的日趋活跃，我国文艺理论界对艺术本质的探讨有了新的发展。除了传统的"形象说"外，还出现了"情感说""主观客观统一说""人的本质的确证说"以及"多层次多因素统一说"等。有的概论性著作在论述艺术本质时，也开始出现不同于"形象说"的观点。如高等艺术院校编著组集体编写的《艺术概论》(1983年版)一书，在肯定"形象性是艺术区别于社会科学的一个基本特征"，"形象就是艺术反映现实生活的一种特殊手段"的同时，还指出"艺术除了形象的特征外，还必须具有审美的特征和情感的特征，它们是三位一体，密不可分的"。总之，各有所见，说法不一。

上述诸家观点，除"形象说"影响深广，至今仍为许多论者所坚持外，以"情感说"较为引人瞩目。"形象说"与"情感说"有接近的一面，也有分歧的一面，我们且来看看两家的主要分歧点。

持"形象说"者[1]认为，艺术是一种认识活动，具有一定的认识意义，但艺术以形象作为认识的手段，是现实生活的形象反映。

持"情感说"者[2]则认为，艺术独具的最鲜明的特性是情感，同时强调只有在承认情感是现实关系的反映，就其性质来说，也是人们在对现实的一种认识的前提下，把情感视为艺术的基本特性，才是正确的。

持"形象说"者的理由是：我国古代大量文论、诗论、画论、乐论、小说戏曲评点中，形象向来都被当作基本的特征；西方通过形象来考察文艺的本质特征，其理论更带系统性也更占主导地位；而关键在于，从艺术的观照目的，特殊对象和掌握对象的特殊方式看，艺术的本质只能是形象。

持"情感说"者的理由是：形象不能概括一切艺术门类的特性，尤其是不能说明表现艺术如音乐、舞蹈等的特性，即使就再现艺术来说，其审美意义的根源同样是美好的情感。

就双方分歧点来看，各执一端，似乎都有一定的道理，又好像都未能尽如人意。我感到形象和情感在艺术本质的层次里，不是水火不相容的。

二

探讨艺术本质，视野却不能局限于艺术本身的范围里。艺术是一种精神现象，但它同时又是一种社会现象。当有些同志提出要从一定的规定系统去探讨艺术本质时，这无疑提出了一个正确的研究前提。不过，问题的复杂性在于，艺术既作为一个相对独立的规定系统而存在（这是我们研究艺术本质问题的现实前提），又作为一个更大系统属下的子系统甚至亚子系统而出现。规定系统并不能完全割裂自身与周围系统的联系。自然和社会的众多规定系统的有机联系，构成了一个系统的世界，因此，认识到艺术系统对于更大系统的依赖性，对于我们的研究是十分重要的。

艺术作为一种社会现象，与哲学、科学、宗教、道德等一样，都是人们的头脑对于客观世界的反映的产物，属于社会意识形态。如果把整个社会看作一个大系统的话，那么社会意识形态则可以看作是一个既依赖于社会大系统又具有相对独立性的子系统。在社会意识形态这个子系统的层次里，艺术和哲学、科学、宗教、道德等，都具有不同于一定社会的经济基础和上层建筑其他部分的共同特征。这种为社会意识形态各个部分共有、特有的特征，即是意识形态的本质的特征。那么，意识形态的本质特征是什么呢？唯物主义反映论原理告诉我们，社会意识是由社会存在所决定的，是人们的头脑对于一定社会存在的反映的产物。因此，意识形态共有的本质特征是认识，或者换句话说，认识是作为社会意识形态组成部分的哲学、科学、宗教、道德、艺术等共有的本质特征。

本质是事物内部的联系，而事物内部的联系是多层次的。在社会意识形态这个层次里，艺术的特征表现为认识，但艺术不仅仅是认识。

有些同志提出，艺术的本质就是认识。我认为，这只是看到了艺术与其他意识形态共有的特征，而没有指出艺术作为一种认识的特有的本质。持艺术本质"情感说"的同志反对用一般哲学反映论原理代替对艺术本质的研究和认识，是有道理的。

要深入探讨艺术本质，就不能停留在对艺术作为一种意识形态的特征的认识水平上，因为认识的特征并不能把艺术同其他意识形态区别开来。恩格斯指出："一切观念都来自经验，都是现实的反映——正确的或歪曲的反映。"哲学是人们对于世界的认识。宗教也是认识，尽管是一种扭曲了的认识。所以，我们还必须将艺术视为意识形态这个子系统下属的亚子系统，进一步指出艺术不同于意识形态其他部分的独具的特征，这样才可能把握艺术的本质。

艺术区别于哲学、科学、宗教、道德等意识形态的本质是什么呢？我认为是形象和情感，即艺术是通过塑造形象和灌注情感来反映人们对于社会生活的认识的，艺术品是形象与情感的化合物，是情感与形象的统一体。

但是，"形象说"却认为只有形象对于艺术才具有本质意义，"情感说"则以为艺术的基本特性非情感莫属。持"情感说"者诘难"形象说"不能说明生物挂图、医学模型何以不是艺术，持"形象说"者指出小孩的啼哭、闲汉的争吵、看客的叫喊，虽有情感却不是艺术。这种批评，虽然严格地说并不那么合理，但确也指出了对方的问题。不过，当他们批评了对方以后，自己又都陷入了固守一隅所造成的困境之中。事实上，形象和情感在把艺术区别于其他意识形态而显示自身本质特征的这个层次里，具有同样重要的意义，形象和情感共同规定了艺术的本质。无论舍弃哪一点，都不可能科学地说明艺术本质。

　　艺术反映社会生活，不仅有自己的特殊对象，而且有自己特定的方式。特殊的反映对象和特定的反映方式的统一，使得艺术成为一种特殊的意识形态。这绝不是说，艺术的特殊对象仅仅是主观情感，艺术的特定方式仅仅是形象。不，形象不仅仅属于形式范畴，情感也并不就属于内容范畴。形象和情感的融合，再现和表现的统一，共同构成了艺术的内容和形式。

　　首先，形象在艺术中既以形式的方式出现，又直接构成艺术的内容。罗丹的雕塑《思想者》，那微微垂首，手托下巴，陷入沉思的思想者的形象，不但呈现为艺术的感性形式，同时也直接体现了艺术的情感内涵；天坛祈年殿在蓝色的琉璃瓦顶上冠以巨大的鎏金顶，其雄伟、挺拔的形象显示出不可侵犯的凛然气势，这正表达了天帝崇高神圣的意旨和"天人感应"的思想。

　　其次，情感在艺术中一方面灌注为内容，另一方面又转化为形式。李白的《梦游天姥吟留别》一诗中，那种奔放而孤傲的情感，是内容，同时又一发而为洒脱不羁的艺术形式；当追求友爱、欢乐和光明的激情像火山一样喷发出来的时候，贝多芬破天荒地把合唱的形式引进了他的《第九交响曲》。艺术形式，已经直接同情感合二为一了。罗丹曾经说过："最纯粹的杰作是这样的：不表现什么形式，线条和颜色再也找不到了，一切都融化为思想与灵魂。"[3] 苏珊·朗格则在《艺术问题》中有更详尽的阐述："在观赏者看来，一件优秀的艺术品所表现出来的富有活力的感觉和情绪是直接融合在形式之中的，它看上去不是象征出来的，而是直接呈现出来的。形式与情感在结构上是如此一致，以至于在人们看来符号与符号表现的意义似乎就是同一种东西。正如一个音乐家兼心理学家说的：'音乐听上去事实上就是情感本身'，同样，那些优秀的绘画、雕塑、建筑，还有那些相互达到平衡的形状、色彩、线条和体积等等，看上去也都是情感本身，甚至可以从中感受到生命力的张弛。"将形式仅仅归结为情感表现的观点，显然失之偏颇，但情感转化为形式的看法，却是可取的。

总之，形象和情感共同熔铸为艺术的有机整体，并且共同规定了艺术的本质。

三

现在，我们可以通过对艺术活动的分析，来考察形象和情感之于艺术的本质意义。

人类认识的对象，是纷纭复杂的大千世界。人们从不同的角度、不同的层次去探究和把握世界的奥秘。哲学通过抽象的思辨，对世界做出宏观的理论把握；社会科学的不同学科，则以社会生活的特定领域或侧面为研究对象，以期从不同的途径来认识社会生活。哲学和其他社会科学以客观地、精确地把握对象为要求，不容在理论成果中羼入导致对象变形的主观因素。艺术则不然。它把以人为主体的整个社会生活作为自己反映的对象，力求保持生活本身的丰富具体的可感性，同时也毫不排斥把创作者对社会生活的感受、理解、评价、愿望作为自己的对象。因此，任何艺术创作过程，必然是主观与客观、表现与再现的矛盾统一过程，是塑造形象与灌注情感的辩证运动过程。陆机在谈到创作过程时说，"情瞳胧而弥鲜，物昭晰而互进"。"情"（情感）与"物"（表象）逐渐融合在一起，并且逐渐从朦胧变为清晰。钟嵘也有过"指事造形，穷情写物"的说法。列夫·托尔斯泰尽管对情感在艺术中的地位和作用做了不适当的夸大，但他在《艺术论》一书中解释艺术活动时也说："在自己心里唤起曾经一度体验过的感情，并且在唤起这种感情之后，用动作、线条、色彩、声音，以及言辞所表达的形象来传达出这种感情，使别人也能体验到这同样的感情——这就是艺术活动。"如音乐创作，作曲家不仅借助音乐语言来抒情，同时也用它来描绘。贝多芬说："当我作曲时，在我的思想中总有一幅画，并且按照这幅画去工作。"[4] 又如绘画创作，泼彩措墨之际，也是情感摇荡之时，画家不仅绘出形象，而且也倾注情感。已故著名老画家潘天寿曾说过："没有感情就没有作画的欲望，没有感情怎么能动笔呀！"[5] 可见，表象与情感运动，是艺术地认识并表现生活的创作过程的基本特征。当然，创作过程中的表象与情感运动，是潜伏着理性的思维运动，而不是一般的情感活动和表象活动。

作为创作活动的结晶，艺术品总是形象和情感的融合体。只有形象而无情感，艺术品便成为生物挂图、实物模型或现实音响的拙劣模拟而不成其为艺术品。情感在艺术品中的表现主要有两种途径：一种是托物寄情，以含蓄的手法将情感暗示、传达给读者；一种是直抒胸臆地通过内容（如抒情诗歌的内容）和形式（如诗歌的节奏、韵律）大胆、率真地抒发出来。但即使是直抒胸臆的艺术品，情感亦不能不通过与形象的融合来表现，否则，只有情感而无形象，艺术便成为空洞的豪言壮语或呻吟哀号，变成"多么快乐""非常悲哀"一类的东西了。所以，无论是托物寄情还是直抒胸臆，艺术品都是形象与情感的统一体，只不过前者情感表现较隐，后者较显罢了。

由此，我们还可以看到，艺术品中的形象因素和情感因素不可能是一半对一半的关系。有的作品侧重于塑造形象，主要通过艺术形象来再现生活，同时也表达创作者对生活的态度；有的作品侧重于抒发情感，主要通过情感来表现对生活的态度，同时也间接地再现生活。情况看来很复杂，但大致说来，艺术可以根据上述情形分为两大类，即侧重反映客观生活的再现艺术和侧重抒发主观情感的表现艺术。从具体艺术样式看，一般地说，小说、戏剧、电影等艺术样式偏重再现，音乐、书法、舞蹈、建筑等艺术样式偏重表现。不过，即如小说，在曹雪芹、狄更斯、巴尔扎克、托尔斯泰笔下绘出的是再现社会生活的历史画卷，而到了乔治·桑、雨果、郁达夫那里，奏出的则是侧重表现的浪漫凯歌了。又如一向被认为是表现艺术的音乐作品，也仍然时常使欣赏者的脑海里翻腾起联翩的审美意象，更何况音乐中还有"音画"这种形式的作品。不过，音乐以有组织的乐音构成音乐形象，这种不用人们习见的视觉形象而用听觉形象构成的艺术形象在艺术活动中具有较大的转换性，需要主体的创造性的想象去补充、发现、再现。罗曼·罗兰在其名著《约翰·克利斯朵夫》中曾对主人公的音乐作品做过这样的描绘："他创作的音乐，境界变得恬静了。当年的作品像春天的雷雨，在胸中积聚、爆发、消灭的雷雨。现在的作品却像夏日的白云，积雪的山峰，通体放光的大鹏缓缓地翱翔，把天空填满了。"如果我们不否认克利斯朵夫的原型就是音乐大师贝多芬的话，那么罗曼·罗兰的这段描述，不正是贝多芬后期音乐风格（主要是创作《第九交响曲》时）的绝妙写照吗？"据说贝多芬曾说过：'没有人比我更喜爱自然的。'可以做这种心情的证明的是他的《田园交响曲》；它的风格，它的每个细小的成分，都是从自然界本身汲取来的。"的确，对田园风光的动人描绘，对乡村生活的亲切回忆，使这部交响曲的音乐形象格外迷人。当然，这并不是说，《田园交响曲》是一部再现性的艺术品，相反，它仍然是一部以表现对田园景象的愉快感受和对乡村生活的深切怀恋之情为主的作品，作曲家本人就曾在乐谱上写道："表现多于再现。"总的来看，在再现因素与表现因素的组合中，音乐是侧重调动表现因素的艺术形式。再如书法艺术，李阳冰曾论笔法说："于天地山川，得其方圆流峙之形；于日月星辰，得其经纬昭回之度……近取诸身，远取诸物，幽至于鬼神之情状，细至于喜怒舒惨，莫不备载。"[6]既师法造化，又出自心灵，于表现中见出再现。这一切，说明在艺术品中，尽管形象因素与情感因素以不同方式进行着组合，但它们总是互相交融，不可分离的。

从艺术欣赏看，它既带有浓厚的主观色彩，又遵循着一定的客观规律。首先，艺术欣赏是对具体艺术形象的观照，因而具有直觉性的特征。艺术直觉并不像克罗齐在《美学原理》中说的那样"是离理智作用而独立自主的"，而是一种由理性活动参与的复杂的精神活动。艺术直觉在审美主体身上，表现为一种似乎是难以言传的能力，实际上它是历史地形成的，其中积淀着人类文化发展的成果，又是通过审美主体的个体艺术欣赏实践习得的。这是一种对于艺术形象的不假抽象推理的特殊感受能力。如果"艺术"没有形象的话，就不可能使艺术欣赏带有直觉性特征，实际上也就取消了艺术观照活动。其次，艺术欣赏总是伴随着情感活动，因而具有情感性特征。这种观照过程中的情感活动，是与艺术作品蕴蓄的情感因素分不开的。如果欣赏者面前的所谓艺术品没有情感因素，欣赏者无异于面对着实物模型、生物挂图，那么艺术欣赏活动焉存？

正因为艺术欣赏具有直觉性、情感性特征，使艺术能以饱蕴着情感的形象打动人们，满足人们的精神需要，从而发挥它的特殊的社会功能，对社会生活发生影响。

通过以上对艺术活动的简要分析，可以得出这样的结论，形象和情感是把艺术活动区别于其他任何活动的本质特点。

四

无论是考察东方还是西方的美学史，我们都可以看到对于艺术本质的自觉或不自觉的探讨由来已久，源远流长。在东方，中国美学思想雏形主要是在诗歌、散文等以表现为主的艺术实践基础上形成的，所以出现了以"意境"为核心的理论体系；在西方，史诗、戏剧为美学思辨的发生提供了思想材料，由此形成了以再现为中心的美学体系，其理论核心是艺术典型问题。东西方两大美学体系交相辉映，形成了世界美学史上蔚为大观的景象。

《尚书·尧典》提出的"诗言志"说，朱自清先生认为是中国历代诗论的"开山的纲领"。此后，表现说不断出现于历代文论、乐论、画论、曲论中。《乐记》认为音乐的产生是因为人心"感于物而动，故形于声"。《毛诗序》说："诗者，志之所之也，在心为志，发言为诗。情动于中而形于言，言之不足故嗟叹之，嗟叹之不足故咏歌之，咏歌之不足，不知手之舞之，足之蹈之也。"陆机则明确提出了"诗缘情"说。后来，王昌龄在《诗格》中提出了"意境"一词，认为诗要把"意象"与"境象"融合起来。《四溟诗话》中也说"景乃诗之媒，情乃诗之胚：合而为诗"。但在客观的景和主观的情的关系上，我国古代美学家多强调以情为主，如清初李渔就认为，情景"二字亦分主客，情为主，景是客，说景即是说情。非借物遣怀，即将人喻物，有全篇不露秋毫情意，而实句句是情，字字关情者"。王国维也说："昔人论诗词，有景语情语之别。不知，一切景语，皆情语也。"抒情诗、写意画的发展，使中国表现艺术的特征得到了充分的体现。晚起的戏曲艺术，也是以浓厚的抒情性、写意性为其特征的。张庚在《关于"剧诗"》中说："由诗而词，由词而曲，一脉相承，可见也认为戏曲是诗。戏剧在我国之所以称为戏曲，是与拿来清唱的抒情或叙事的'散曲'相对待的，这样看来，我国也把戏曲作为诗的一个种类看待。"作为戏剧样式的戏曲，必然包含叙事的因素。但戏曲艺术是在再现中表现，借叙事以抒情，重点还是表现、抒情。戏剧理论家张庚认为中国戏曲结构的特点是"能够较充分地从控制情绪起伏的角度来结构故事"。这种按照感情的逻辑安排戏剧结构的方式可以称为"感情结构"[7]。可见，戏曲也是表现性很强的艺术。

与此相反，在西方，古希腊以"模仿说"为基础建立的艺术准则，发展而为以典型形象塑造为中心的传统艺术观念。许多艺术家、理论家都谈到过艺术创作与再现社会生活的关系。莎士比亚通过剧中人之口说出戏剧要做时代的综合而简练的记录；狄德罗谈到绘画对于自然的仿效，巴尔扎克则表示自己"企图写出整个社会的历史"[8]。别林斯基、车尔尼雪夫斯基更是明确地强调艺术是现实生活的形象再现。小说、戏剧的发达，使西方表现艺术的特征得到充分的体现。如戏剧，与中国重在表情的戏曲不同，西方古典戏剧强调的是情节。亚里士多德给悲剧规定了六要素，即情节、性格、言词、思想、形象与歌曲，其中，情节是悲剧的基础。因此，西方的写实戏剧往往把情节放在第一位，着重写人的行动，按照行动的逻辑安排戏剧结构。这种结构方式，可以称之为"情节结构"[9]，显然与戏曲的"感情结构"迥异。

应该指出的是，我们说东方（中国）和西方艺术分别以表现和再现为美学特征，只是就其主要倾向而言；事实上，不管我们是从整体美学风貌去做宏观的把握，还是从个别作品去做微观的分析，都可以发现东西方艺术中，形象与情感、再现与表现永远是互为补充、彼此结合的。中国抒情诗、写意画发展的同时，"蕴藉""含蕴"仍然是人们普遍遵循的美学原则；比兴手法的大量运用，对形象创造的高度重视，说明人们在侧重艺术表现的同时也还是念念不忘情感与形象的融合。这或许正是我们民族在艺术实践中对于艺术本质不自觉却是异常深刻的把握？在西方，莎士比亚戏剧中洋溢着的那种一泻千里、令人回肠荡气的诗情自不待言，即如19世纪批判现实主义作品，也绝不是作者对于社会生活的冷冰冰再现的产物，只不过那情感是通过形象自然而然地流露出来的。

所以，美学史上，艺术的表现和再现、情感和形象特征，都一起进入了东西方美学家的理论视野。有同志通过对我国最早的美学专著《乐记》和在西方影响深远的亚里士多德《诗学》的比较研究认为，虽然《乐记》的主导思想是强调抒情，但不是完全排斥再现，《乐记》曾讲到过"以象事行"，"顺气成象，而和乐兴焉"，"夫乐音，象成者也"，等等（所谓"象"，在此处指客体及其形貌、变化过程）；《诗学》取古希腊流行的"模仿说"，但也不排斥情感。亚里士多德也说过："被情感支配的人最能使人们相信他们的情感是真实的……唯有最真实的生气或忧愁的人，才能激起人们的愤怒和忧郁。"[10] 可见，当表现和再现分别成为东方（中国）和西方美学体系的特色的时候，它们在理论上的融合也同时开始了。在以后的美学家那里，我们可以看到，当他们在强调艺术的形象特征或情感特征时，又总是从另一方面进行了补充。别林斯基固然说过艺术和哲学的区别仅仅在于"哲学家用三段论法，诗人则用形象和图画说话"，但他还曾语气坚决地指出过："没有情感，就没有诗人，也没有诗。"罗丹在遗嘱中说，"艺术就是感情"，但也说过"我服从'自然'，从来不想命令'自然'"，"像仆人似的忠实于自然"。别林斯基和罗丹深谙艺术真谛，他们的话值得我们重视并深长思之。我认为，不能把前人的这些话割裂开来，根据需要加以取舍。那样做是难以令人信服的。

总之，从艺术实践看，从前人的理论探索看，艺术特有的性质只能是形象与情感的统一。在艺术本质的层次里，形象和情感绝非水火不容，而是缺一不可的。

艺术本质，一个重要的美学课题。对于这个课题的探讨，将有助于我们深入掌握艺术规律，从而促进社会主义艺术创作的繁荣。

注 释

[1] 此说可以王少青为代表,参见王少青:《什么是艺术的基本特性? ——兼评"情感说"》, 载《文艺研究》1984 年第 1 期。

[2] 此说可以王元骧为代表,参见王元骧:《情感——文学艺术的基本特性》,《文学评论》 1983 年第 5 期;《艺术特性与艺术规律》,《社会科学战线》1984 年第 3 期。

[3] 转引自李向伟:《线》,《艺谭》1984 年第 1 期。

[4] 转引自廖乃雄:《关于形象思维在音乐中的地位》,《人民音乐》1979 年第 6 期。

[5] 转引自蔡若虹:《怀念潘天寿先生》,《人民日报》1980 年 5 月 28 日。

[6] 转引自钧天:《古人论书法》,《历史知识》1981 年第 1 期。

[7] 参见朱颖辉:《张庚的"剧诗"说》,《文艺研究》1984 年第 1 期。

[8] 巴尔扎克:《致〈星期报〉编辑意保利特·卡斯狄叶先生书》(1846 年),《文艺理论译丛》 1957 年第 2 期。

[9] 参见朱颖辉:《张庚的"剧诗"说》,《文艺研究》1984 年第 1 期。

[10] 参见陈孝信、胡健:《〈乐记〉与〈诗学〉的比较研究——兼论中西艺术的美学性格》, 《文艺理论研究》1984 年第 2 期。

(原载 1985 年第 3 期《宁波师范学院学报》)

浅谈艺术个性

　　徜徉艺术的宫殿，我们往往会被那些五光十色、争相斗妍的艺术珠宝迷住。然而，给我们感受最强烈、留下最深刻印象的却常常只是那些不流于平庸、别有洞天的艺术形象：荷马塑造的奥德赛，莎士比亚笔下的哈姆雷特；贝多芬《第五交响曲》中与命运顽强搏斗的英雄，比才的歌剧《卡门》中热情、勇敢的吉卜赛女郎卡门；徐悲鸿画的生气勃勃的奔马，齐白石手下情趣盎然的小虾。这些个性鲜明的艺术形象，能够悄悄地叩开我们的心扉，牵动我们的情怀，在我们的生活中发生有益的影响，在我们记忆的屏幕上占据一席骄傲的地位。古话说"文如其人"。艺术作品是艺术家（包括作家，下同）心灵的写照，作品的独特个性来源于艺术家的独特个性，是艺术家作为人的个性的"外化"。而只要是真正的、胸襟坦荡的艺术家，他就一定会把自己的一颗艺术家的赤诚的心，把自己鲜明的个性熔铸在刻意塑造的艺术形象之中，奉献于欣赏者的面前。所以，艺术作品的个性同艺术家的个性其实是相通的。

"必须在自己身上找到自己"

　　广阔无垠的艺术天地是艺术家纵横驰骋，献才献艺的广袤疆场。翻开浩繁的人类艺术史，那深邃的天空上镶嵌着多少颗璀璨夺目、熠熠发光的艺术之星，那辽阔的大海里蕴藏着多少晶莹圆润、惹人喜爱的艺术之珠啊！当我们留恋于人类艺术天才结晶的世界时，我们不会怀疑那艺术的天空中曾有过已经随着岁月流逝而陨落了的星星，也不会怀疑那艺术的海洋中曾有过已经被浪潮推到了岸上的贝壳。历史上有一些舞文弄墨的文人、玩琴泼彩的艺人，曾耗尽毕生心血于艺术，但终于赍志而殁、青史无识，作为一个艺坛过客而为时人所不识，为后人所不知。他们之所以会遭如此际遇，原因固然很多。但我以为没有独辟蹊径、形成自己独特的艺术个性，而只是拾人牙慧、蹈人覆辙，是许多人失败的主要原因。

所谓艺术个性，就是一个艺术家独特的思想感情、气质禀赋、生活经验、美学理想等在艺术作品中的表现。它既表现在作品的内容方面（作品反映的社会生活和作者的思想、感情），又表现在作品的形式方面（用富于个性和创新精神的艺术形式再现生活）。其中前者是决定后者的，也即对生活的独特认识和感受是用独特的艺术形式再现生活的前提。罗丹曾经批评过那些缺乏个性的所谓艺术家。在《罗丹艺术论》中，他特别指出，"拙劣的艺术家永远戴别人的眼镜"，他们不能"用自己的眼睛去看别人见过的东西，在别人司空见惯的东西能够发现出美来"。

生活的真谛埋藏在大山之中，平庸的人只能看到山表面的那些草丛、树木、泥土、石头，而眼睛越是敏锐的人就越是能够通过现象凿开山石，挖掘出生活的真谛。黄黎洲说过："每一题必有庸人思路共集处，缠绕笔端，剥去一层，方有至理名言。犹如玉在璞中，凿开顽璞，方始见玉，不可认璞为玉也。"[1] 的确，真正的艺术家总是殚思竭虑、独具慧眼地去观察和认识生活的，也正是在这种基础上，他才可能追求独特的表现生活的艺术形式，形成自己的艺术个性。让我们回到艺术的殿堂，看一看那些经过时间老人的考验、堪称艺术作品之中佼佼者的珍品吧！揣摩一下古今中外艺术大师的独特个性吧！李白诗歌的"飘逸、豪放"，迥异于杜甫诗歌的"沉郁、顿挫"，他们同是我国诗歌史上两座独特的巍峨丰碑。苏轼的词豪迈奔放，格调高昂，不同于柳永词的低沉感伤、愁情绵绵。再看唐朝，书法中兴，风流高手，接踵问世。擅长楷书的欧阳询、虞世南、褚遂良、颜真卿、柳公权诸辈都各探幽径，自成一格。以狂草著称的张旭和怀素，运笔流走跌宕、酣畅淋漓，而又路数自备，赢得"颠张醉素"的美名。在西洋音乐史上，巴赫和莫扎特是同属古典乐派的作曲家。被称为近代音乐"开山祖"的巴赫，作品具有德国式的粗悍性风格。而莫扎特则以其妙不可言的丰富旋律打动了人们的心灵，成为古典乐派中独具风采的大师。19世纪西洋乐坛，出现了两位圆舞曲大师，即奥地利的约翰·施特劳斯和法国的华德托依福。人们将他们的作品进行比较，发现它们各有特点：华德托依福的法国圆舞曲更有规律地将重音放在第一拍上，而约翰·施特劳斯的维也纳圆舞曲常将重音放在第二拍上；维也纳圆舞曲在美妙的旋律中往往掠过一丝淡淡的忧怨、哀愁，而法国圆舞曲却总是那么欢乐、明快。对艺术个性，古人也是看到并予以重视了的。曹丕认为"文以气为主"，刘勰探讨了"风骨""体性"等问题。清人刘熙载在《艺概·文概》中品评诸子文章时也说："周秦间诸子之文，……皆有个自家在内，后之为文者，于彼于此，左顾右盼，以求当众人之意，宜亦诸子所深耻欤？"有些人甚至认为有个性的作品才堪称艺术佳品，才能发挥艺术的作用。罗丹说："在艺术中，有'性格'的作品，才算是美的。"法国作家列斐伏尔在《美学概论》中写道："艺术作品也同人一样，愈有独创性和愈有个性，就愈能充分地深入地参加生活（自然的和社会的）。"所以，有没有个性，对艺术家来说至关重要。我们可以说，艺术个性是艺术家之所以成为艺术家的筋骨，没有这根筋骨，他就很难跻身于艺术巨擘荟萃的艺坛，或者即使暂时取得一席之地，也往往是昙花一现，转瞬凋谢。因此高尔基曾经大声疾呼："谁要想当作家，谁就必须在自己身上找到自己——一定要找到自己。"这是对立志成为作家的青年人的忠告，也是对艺术个性的肯定。

艺术个性是在艺术实践中独创的产物

艺术个性是艺术家成熟的标志。伟大艺术家的天才不但在于他们有深邃的思想、丰富的生活经验和高超的艺术技巧，还在于他们能够充分发挥自己内在的资禀，形成自己独特的、无人贸然可与之比肩的艺术个性，在艺术的百花园中献出一朵引人注目的奇花异卉，为艺苑增添光彩。然而，要形成自己的个性，还得经过一个漫长的、充满挫折的艺术实践过程。如果说生活是一座熔炉，那么艺术实践就是那熊熊的炉火，熔炼着具有个性的艺术家。离开了熊熊的炉火，好钢无从冶炼；而离开了各种艺术实践，纷繁的艺术个性也就无由产生了。

艺术个性的形成，更离不开在以生活为依据的艺术实践中进行自己的探索和独创。鲁迅先生说："诗歌小说虽有人说同是天才即不妨所见略同，所作相像，但我以为究竟也以独创为贵。"

其实，艺术就是要大胆地在实践中攀高探险，"道别人所未道，发别人所未发"，闯出一条自己的路子来。唐人朱景玄在《唐朝名画录》里记载了这样一个故事：盛唐时代，著名的山水画家吴道子和李思训曾经先后各自在大同殿壁上，画了嘉陵江三百余里山水。吴道子用刚劲有力的线条来表现，一天时间就完成了。李思训运用绚烂的色彩来描绘，费时数月方告成功。他们两人用的技法不同，但都出色地通过绘画语言再现了嘉陵江两岸的山水风光。唐玄宗李隆基看后说："李思训数月之功，吴道子一日之迹，皆极其妙也。"这个故事说明，艺术的无限风光可以通过不同的途径去领略，需要的是独创的胆识和勇气。费尔巴哈曾经引用过伽桑狄对亚里士多德的信徒说的话。伽桑狄说："你们多么懒惰啊！你们不是用自己的眼睛，而是用亚里士多德的眼睛观察自然，你们不是研究自然界本身，而只是研究亚里士多德关于自然界的著作！""你们还多么胆怯啊！你们不相信自己的力量和才能，而认为自然界已经被某个天才穷尽无遗了……"这些被伽桑狄嘲笑的亚里士多德的信徒们，墨守成规，不敢越雷池一步，他们怎么能超过他们的老祖宗亚里士多德呢？独创对艺术个性来说，好比炼钢时的吹氧，可以促使炉温提高，炼出好钢。独创使莫里哀冲破了古典主义的藩篱，独创使毕加索成为20世纪独占鳌头的艺术巨匠。这种例子在文艺史上唾手可得、俯拾即是。

强调独创，并不意味着艺术创作可以闭门造车，不研究其他艺术家的艺术个性，不学习其他艺术家的成功经验。相反，带着自己的头脑去分析、借鉴，往往会给你的独创带来灵感，提供催化剂，使你更快地形成自己的艺术个性。艺术史上，我们可以看到许多师法前人，又不囿于前科，而终以崭新的姿态，鲜明的个性异军突起、步入艺坛的艺术家。《旧唐书·柳公权传》上说：柳公权"初学王书，遍阅近代笔法，体势劲媚，自成一家"。贝多芬从海顿那里学习了主题发展的手法，从莫扎特那里学得了旋律的丰富，然后又在自己的艺术实践中加以熔铸，形成自己宏伟、完整而严密的风格。他的每一部交响曲都展示了一幅时代生活的画卷，表现的是作曲家自己对生活的感受和态度。我们从其中的每一个旋律，都可以看到贝多芬流动着的血液；从其中的每一个节奏，都可以触着贝多芬跳动着的脉搏。德国作曲家勃拉姆斯受过门德尔松、李斯特和舒曼的影响，有人又说他的真正导师是贝多芬和巴赫。但勃拉姆斯的作品并非一锅大杂烩，他仍然是一个艺术个性突出的作曲家，有着沉重的风格。所以，个性并不排斥借鉴，但借鉴是为了创新。如果困在前人的框子里逡巡不前，就不能形成自己的艺术个性。18世纪德国启蒙运动的杰出代表莱辛说过："要研究莎士比亚，而不要剽窃莎士比亚。如果我们有天才，莎士比亚之于我们必然就像照相机暗箱之于风景画家那样。他应该勤快地向里头瞧瞧，来学习一下，自然怎样在各种情况下投射到一个平面上去的，但他却不可以从中借取什么。"莱辛的意思当然不是不允许人们从前人的创作中吸取营养，而主要是反对剽窃，主张在学习前人时也不要忘记在实践中进行自己的独创。这话是有见地的。

艺术个性本身是一个丰富的世界

艺术个性不是艺术家性格单调、个人怪癖的反映，恰恰相反，它是艺术家丰富的思想感情和整个内心世界的集中表现。所以，任何大师的艺术个性绝不意味着作品的单调，而是奇花异葩，令人应接不暇。李白诗作在飘逸、豪放的总风格之下，既有《梦游天姥吟留别》这样想象雄奇、色彩缤纷的长诗，也有《赠汪伦》这样不加雕饰、质朴情深的小品；既有"俱怀逸兴壮思飞，欲上青天揽明月"这样超逸豪放的兴致，也有"吴牛喘月时，拖船一何苦"这样感慨的写实。杜甫在沉郁、顿挫的总风格下，既有《春望》这样睹物伤怀、深挚凝重的诗篇，也有《望岳》那样豁朗而明快的作品；既有"朱门酒肉臭，路有冻死骨"这样概括浓缩的描写，也不乏"两个黄鹂鸣翠柳，一行白鹭上青天"那样清丽淡远的素描。唐朝的韩干善于画马，但又不是只会画马。元代的王冕长于画梅，但又不是单单画梅。被称为"歌曲之王"的奥地利作曲家舒伯特为我们留下了六百多首声乐作品，但他也曾写过像《未完成交响曲》这样大型的器乐作品。记得海涅曾经说过大意如下的话：阿里斯托芬的树上有思想的奇花开放，有夜莺歌唱，也有猢狲吵闹。的确，艺术王国决不能容忍强求艺术家的创作变成单调的法律存在。社会生活为艺术家的创作开拓了无限广阔的领域，而艺术家的艺术个性也正是通过丰富的创作来显示的。别林斯基认为："在真正的艺术的作品中，所有的形象都是新颖的、独创的，没有任何形象重复其他形象，而是每个形象都有其各自的生命，一个艺术家的作品尽管如何多种多样，他在任何一部作品或任何一笔线条上都不会重复自己的。"难道不是这样吗？只有蠢人才会自动地给自己的个性抹上单调的色彩，天才的艺术家决不会为了基本色调而放弃使用艺术王国的五颜六色。

当然，使用五颜六色不是为了喧宾夺主，而是为了更好地突出基本色彩，正如胡应麟评论杜诗时说的那样："杜诗正而能变，变而能化，化而不失本调，不失本调而兼得众调。"艺术个性就是这样一个既单一，又丰富的矛盾统一体。

艺术繁荣需要无数个艺术家形成自己的个性

艺术繁荣的标志之一是许多个具有独特艺术个性的艺术家的出现，而社会主义文艺的繁荣，就更需要无数个艺术家形成自己的艺术个性。文学艺术发展的历史充分表明，没有艺术巨擘的联翩出现，就没有艺术繁荣可言。唐代诗坛，出现了李白、杜甫、白居易、李贺、李商隐这样一些个性突出的诗人，才使得唐诗繁荣无比，在中国乃至世界的诗歌史上写下了光辉的一页。宋朝词苑，柳永、苏轼、秦观、李清照、辛弃疾等争献佳作，用自己独放异彩的作品点缀词苑，使宋词成为一代文学。如果没有卜迦丘、拉伯雷、塞万提斯等的风格特异的小说，没有莎士比亚的丰富多彩而又个性鲜明的戏剧，没有达·芬奇、拉斐尔、米开朗琪罗的匠心独具的绘画，就构不成欧洲文艺复兴时代艺术繁荣的灿烂画卷。如此等等，实难胜数。艺术的花园应有菊花、兰花、牡丹花来争妍，也需要百合、睡莲、美人蕉去点缀。如果不是办菊展而只有菊花的花园，恐怕也会使人感到单调的，尽管菊花本身就有两千多个叫得出名的品种。

我们的艺术家正处在一个伟大的时代，我们的民族走上了中兴之路，我们的人民正进行着"四化"的宏伟建设。时代生活为艺术创作提供了用之不竭的源泉，为艺术家施展艺术才能开辟了无限广阔的天地。艺术家们应该通过自己的艺术实践，努力为我们的社会主义文艺百花园增加点什么，或是一束水仙花，或是一朵紫罗兰。另一方面，艺术个性的形成也要求给艺术家以充分的创作自由。花儿需要园丁培养，可也离不开适合生长的气候。在一种僵冷的气氛中，绝对不可能孕育出许多个艺术个性来。在我国漫长的封建时代里，凡是封建文化专制主义肆虐、扼杀艺术个性的势力猖獗之时，艺苑就满目疮痍、一片沉寂。欧洲的中世纪，文艺被封建教会势力所操纵，变成为反动神学服务的工具，结果造成了中世纪的文艺领域犹如一潭死水，几乎空白的局面。更令人记忆犹新的是，"十年动乱"期间，林彪、"四人帮"一伙实行文化专制，对文艺肆意践踏，使中国文艺园地百花凋零、荆棘遍地，艺术个性更是横遭涂炭。这一切，我们永远也不会忘记。今天，封建文化专制的枷锁已被打碎，"百花齐放、百家争鸣"的局面逐渐形成。我们要珍惜这种局面。艺术家也应该有更大的气魄，勤于实践、努力探索，形成自己的艺术个性，为艺术繁荣作出贡献。

邓小平同志在代表中共中央、国务院向第四次全国文代会致的祝词中说："雄伟和细腻，严肃和诙谐，抒情和哲理，只要能够使人们得到教育和启发，得到娱乐和美的享受，都应该在我们的文艺园地里，占有自己的位置。"[2] 这也是对艺术个性的呼唤啊！

注 释

[1] 转引自瞿白音：《关于电影创新问题的独白》，载《电影艺术》1962 年第 3 期。

[2] 见《光明日报》1979 年 10 月 31 日。

（原载 1981 年第 2 期《宁波师专学报》）